INFLUENZA*

Les ombres du ciel

Éric Marchal

INFLUENZA*

Les ombres du ciel

Éditions Anne Carrière

ISBN : 978-2-8433-7530-9

www.anne-carriere.fr

À E. & R.,
à mon A.

Avertissement

Bien que l'intrigue de ce roman soit fictive, la plupart des faits évoqués et des personnages représentés ont réellement existé, sous un nom différent.

1.

15 juin 1941, île de Wight.

– Et maintenant, que la fête commence !

Après avoir soufflé à vide dans l'embouchure de sa trompette, le musicien donna le départ d'un claquement de doigt rythmé. Le jazz band entama *In the Mood* sur un rythme rapide et nerveux, interrompant les discussions des invités, dont la plupart entrèrent dans la danse pendant que d'autres s'échappaient sur la terrasse ou dans le jardin pour profiter d'un soleil flatteur qui s'était fait attendre depuis le début du printemps. La maison, située à l'écart de la ville de Shanklin, au sud-est de l'île de Wight, offrait une vue magnifique sur la mer, bien qu'elle fût retirée de la côte de près d'un kilomètre. Elle était construite au sommet d'un petit dôme de verdure, composé de pâturages et d'îlots boisés qui s'étendait sur plusieurs hectares, délimités par une falaise crayeuse au sud et l'unique voie de chemin de fer au nord. La bâtisse à l'immense toit de chaume enveloppant était la propriété familiale des Beaumont depuis cinq générations. Depuis ce jour de 1843 où Charles Beaumont, marin de Sa Gracieuse Majesté la reine Victoria, y jeta son dévolu, après avoir sillonné les océans du globe et fait fortune dans le commerce avec les Indes.

– Kathleen, tu sais où est Alex ? demanda Jack, géant aux cheveux roux, aux oreilles décollées et à la carrure impressionnante, mal à l'aise dans son blazer étriqué de l'université d'Oxford, dont il tirait machinalement sur le col comme pour l'étendre à la taille désirée.

– Non, pas depuis qu'il nous a accueillis à notre arrivée, répondit une frêle jeune femme blonde en tentant de maîtriser la robe et le chapeau élégants qui se soulevaient sous la brise.

Une rafale plus forte que les autres lui arracha un cri de surprise lorsque son couvre-chef s'éloigna en effectuant une série de roulades acrobatiques et que le bas de son vêtement se releva, découvrant jusqu'à mi-cuisse des jambes au galbe harmonieux. Jack profita du spectacle sans discrétion ni retenue. Kathleen le ramena à la réalité et à ses devoirs :

– Jack, si Alex te voyait, il te rappellerait les règles de bonne conduite qu'un gentleman de ta faculté se doit de respecter en toutes circonstances. Surtout en présence de sa fiancée.

– Il me botterait le cul, oui ! De toute façon, vous n'êtes pas fiancés. Et c'est d'un œil professionnel que je te regardais. Je me demande si tu n'as pas un genu valgum. Tu peux remonter ta robe ? ajouta-t-il en chaussant des lunettes rondes et en prenant un air sérieux.

– Ne l'écoutez pas, ce type est un arracheur de dents ! intervint un homme en uniforme de l'armée anglaise, un verre de champagne dans chaque main.

Son sourire candide et ses traits juvéniles contrastaient avec les deux énormes cicatrices qui lui barraient la joue droite, de l'oreille au menton.

– Tu es dentiste ? Mais tu m'avais dit que tu étais médecin, comme Alex ! s'exclama Kathleen.

– Personne n'est parfait, répliqua Jack, faussement gêné. Merci, Pat ! Grâce à toi, je suis démasqué.

– Tiens, prends ça, lui ordonna Pat en lui tendant une coupe et en proposant la seconde à Kathleen, qui refusa. Patrick Railey, dit-il pour se présenter. Alors, que pensez-vous de cette bande de voyous ? Pas trop effrayée ?

Kathleen regarda autour d'elle. Dans le parc, un groupe d'invités braillait des chansons paillardes, tout en buvant et en s'arrosant copieusement entre deux couplets, tandis que certains, torse nu, jouaient au rugby avec une chemise roulée en guise de ballon. Le vêtement que se disputaient deux adversaires, se déchira rapidement, les projetant à terre sous les rires avinés des autres.

– Je savais que les amis d'Alex n'étaient pas très... conventionnels, mais je dois avouer que tout cela dépasse mes espérances. Et de loin, ajouta-t-elle en observant deux comparses qui entraînaient un troisième, ivre mort, vers une mare à poissons.

Ils le jetèrent à l'eau, ce qui eut pour effet de le réveiller. L'homme sortit de l'étang, s'affala dans l'herbe et se vomit dessus. Kathleen détourna la tête avec une moue de dégoût.

– Ce ne sont que des rustres de médecins, plaida Jack. Je ne dis pas ça pour votre père, ajouta-t-il en se rappelant qu'elle était la fille du chef de service de chirurgie de l'hôpital le plus prestigieux de Londres.

– Bah, dans quelques années, ils seront aussi guindés que leurs aînés, remarqua Pat. Et aussi tristes. Laissez-leur le temps. Surtout en ce moment.

Chacun resta silencieux. La remarque avait fait ressurgir la réalité au centre de leurs pensées. Comment pouvait-on s'amuser autant alors que le monde était en guerre ?

Jack chassa ce pesant sentiment de remords d'un revers de manche :

– Aujourd'hui, mon ami Alex a obtenu son diplôme avec le grade de médecin. C'est un jour exceptionnel pour lui et rien ne pourra m'empêcher de le célébrer. C'est ainsi.

On danse sur un charnier ? D'accord, mais si l'on se terrait chez soi en refusant de vivre, les Allemands auraient gagné !

– Tu as raison, renchérit Pat. Vivons comme si tout était normal. Ne leur donnons pas ce plaisir. Je porte un toast à Alex et à la victoire des Alliés.

– À Alex, à la victoire ! hurla Jack.

– À la victoire ! reprirent en chœur les quelques invités, éparpillés sur la pelouse, qui avaient encore la force de trinquer.

Jack vida sa coupe et la lança derrière lui sans prendre garde. Elle se planta, le pied en l'air, dans un bosquet. Le géant roux avait les yeux plus vitreux qu'en début de conversation.

– Et vous, demanda Kathleen à Pat, vous êtes dans quel domaine ? Dents, cœur, poumons ? Un autre organe peut-être ?

– Moi ? Je vais vous décevoir. Je suis militaire de carrière. Il écarta les bras pour mimer un avion.

– Les chasseurs, pas les bombardiers, précisa-t-il, comme pour se justifier.

– C'est l'original de la bande, plaisanta Jack. Et le plus sobre d'entre nous.

– Une bande de gamins, conclut Kathleen en regardant autour d'elle. C'est bien ce qui m'inquiète parfois chez Alex. Il déteste les Allemands juste parce qu'ils ont perturbé sa vie insouciante.

– Ne vous fiez pas seulement à ce qu'il montre, mais essayez de percer ce qu'il ne montre pas, lui conseilla Pat. Vous pouvez me faire confiance, je suis son plus vieil ami.

– À égalité avec moi, intervint Jack, vexé.

– La vue est superbe, remarqua Kathleen pour faire diversion. Quel bel endroit ! Alex a de la chance d'y vivre.

– Il n'y vient plus souvent depuis la mort de son père, expliqua Pat. Il a beaucoup de mal à s'en remettre.

– Ça fait combien de temps ? interrogea-t-elle, alors que Jack les abandonnait, assoiffé, à la recherche des dernières bouteilles de bière.

– Peter est mort il y a deux ans. À la veille de l'entrée en guerre de son pays. Il n'aura jamais vu son fils devenir médecin.

– Comment est-il mort ?

– Un accident de voiture. Sur la route qui longe la côte, entre Brighstone et Brooke. Il y a des endroits terriblement dangereux sur cette île, qui ne pardonnent aucune faute. Il a dû s'assoupir. Un homme comme lui, quelle perte pour la science ! Le plus grand spécialiste mondial du virus de la grippe, ajouta-t-il pour Kathleen qui ne semblait pas en mesurer l'importance. Et quel humaniste ! Un type simple, charmant, abordable...

– Vous semblez l'avoir bien connu.

– Je passais tous mes étés ici, avec Alex. Mes parents habitent la maison voisine. Nous sommes des amis d'enfance.

Kathleen le prit par le bras et l'entraîna vers la bâtisse.

– Vous m'intéressez : vous allez me raconter comment était Alex quand il était ado.

– Mais c'est encore un adolescent !

– Alors, tu es sortie avec lui il y a trois ans ? demanda Clara.

– Oui, pendant un an, ma chère, répondit Yanis, d'un ton plein de fierté.

– Moi, j'ai pris la relève et ça a duré un an et demi, renchérit Clara comme un joueur de poker abattant un carré de dames.

Assises au bar, les deux femmes se toisèrent avant d'éclater de rire.

– Ça nous fait un point de plus en commun, dit Clara en levant son verre. À Alex !

– À Alex, le plus mignon de tous les médecins du Royaume-Uni ! Et le plus difficile à attraper !

– Les filles, on porte un toast à mon meilleur ami sans moi ? fit Jack en investissant le bar, les mains pleines de bouteilles de bière.

Il les déposa sans ménagement sur le comptoir et se servit.

– Alors, à Alex, le plus grand chanceux que j'aie jamais connu, conclut Jack en levant la bouteille qu'il venait de décapsuler. Et le plus stupide, pour avoir laissé tomber les deux plus belles femmes de la Création.

Les filles minaudèrent, plus par politesse que par satisfaction. Jack n'était pas dans leur liste de prétendants – trop massif dans son comportement et dans son caractère. Elles étaient toutes les deux encore amoureuses d'Alex et espéraient secrètement qu'il comprendrait son erreur de les avoir quittées, aucune ne pariant un penny sur la pérennité de ses fiançailles avec Kathleen. La jeune femme était tout l'opposé d'Alex. Pondérée, rigoriste et d'un conformisme à faire fuir l'extravagant Alex. Il aurait vite fait de s'en rendre compte et d'en tirer les conséquences. Il n'était pas le genre à s'enliser dans une relation qu'il ne désirait pas ou qu'il estimait vouée à l'échec.

Un jeune homme au visage lunaire les rejoignit au bar, provoquant un haussement de sourcils de Jack qui voyait en lui un gêneur.

– Bonjour, je suis Neil, le frère d'Alex.

– Enchantée, je m'appelle Yanis et voici Clara. Je ne savais pas qu'Alex avait un frère.

– Il me cache. D'habitude, il m'enferme : il a peur que mon succès lui fasse de l'ombre ! Et vous, vous êtes sa petite amie ? demanda-t-il à l'adresse de Clara.

– Son ex-petite amie. Comme pas mal de filles ici.

– Ça veut dire que vous êtes libre ?

– Ça veut dire que je ne suis plus stupide. Et que je n'ai aucune envie de retomber dans les bras d'un Beaumont, répondit-elle du tac au tac.

– Eh, attendez, en fait je ne suis pas son frère, juste son demi-frère. Et encore, il y a des doutes ! Revenez ! Oubliez ce que j'ai dit !

Les deux filles avaient profité de l'occasion pour rejoindre un autre groupe moins entreprenant.

– Bravo, Neil, marmonna Jack. Tu viens de détruire une idylle naissante.

– Avec laquelle ? La brune ?

– Oui, Clara. Elle a le béguin pour moi et je la trouve vraiment gironde.

– Réveille-toi, camarade ! Ce n'est pas le genre de fille qu'il te faut. Tu la broierais en osselets si tu la prenais dans tes bras. Non, toi, il te faut quelqu'un de plus charpenté. Comme cette fille, par exemple, dit-il en désignant une femme corpulente, aux cheveux blonds rassemblés en un énorme chignon, qui parlait bruyamment et de manière volubile à un groupe d'invités.

– Imbécile, c'est la mère de Pat ! dit Jack, dégoûté. Elle a au moins quarante-cinq ans.

– Oui, mais c'est le genre de femme qu'il te faut : incassable.

– Tu es arrivé quand ? interrogea Jack pour détourner la conversation.

– Hier à Londres. J'ai voyagé en train cette nuit, je suis fourbu.

– Comment est la vie à Liverpool ?

– Ça va, on n'a pas à souffrir des bombardements. L'hôpital n'est pas en alerte permanente. Par contre, la pénurie est sensible. Charbon, nourriture, on manque de tout. Alors, on s'arrange. Mais on ne va pas se plaindre, je n'aimerais pas habiter Londres en ce moment.

– Je te comprends. S'il n'y avait pas Alex, ce serait dur. Mais c'est le roi de la débrouille, tu le connais. Seulement, tu devrais arrêter de te faire passer pour son frère. Il ne sera pas content quand il l'apprendra.

– Pourquoi ? C'est plutôt flatteur pour lui, non ?

– Laisse tomber, Neil. Tu l'as vu ?

– Pas encore. Il m'a écrit qu'il avait rencontré la femme de ses rêves. Alors ?

– Alors ? Comme à chaque fois, il est persuadé de rencontrer le grand amour. Et comme à chaque fois, rendez-vous dans six mois.

– Chouette, la baraque de son père, dit Neil en jetant un regard circulaire. La bière est réquisitionnée pour le barman ?

– Oh, pardon ! fit Jack en lui décapsulant une bouteille et en la lui tendant.

– Que va faire Alex maintenant qu'il a son diplôme ?

– Pour l'instant, il veut se consacrer à la chirurgie. Il travaille dans le service du père de Kathleen à l'hôpital St Thomas.

– Kathleen ?

– Sa future ex-fiancée. Je te la présenterai. Elle a des jambes fabuleuses.

– Comment le sais-tu ? L'aurais-tu connue avant lui, par hasard ?

– Je ne peux pas te le dire, c'est très personnel, répondit Jack que l'hypothèse flattait.

– Et où est-il, notre héros ?

– Ça, je n'en sais rien. Personne ne l'a vu depuis le début de la soirée. Même pas Kathleen.

– C'est tout lui. Il déteste les honneurs. Le portrait craché de son père. D'ailleurs, en parlant de portrait, le tableau dans l'entrée, c'est Richard, le grand-père ?

– Non, c'est Charles, celui qui a acheté la propriété. Et qui a fait fortune en important du thé des Indes.

Charles Beaumont mourut en 1852 des suites d'une syphilis contractée trente ans plus tôt dans un lupanar de Bombay et qui s'était lentement propagée à tout son système nerveux. Ses deux enfants, Helen et Richard, héritèrent de son patrimoine, mais pas de sa passion pour la mer. Ils vécurent paisiblement à Shanklin, se contentant de faire fructifier les acquis de leur père par leur engagement libéral et leur implication dans la politique de Trade-Union de l'empire britannique. Leur participation discrète et efficace à la vie politique locale, leur soutien à la Couronne doublé d'un engagement progressiste modéré leur ouvrirent les portes des cercles influents de Londres, tous gouvernements confondus. Évitant les apparitions publiques et toute manifestation de train de vie tapageur, ils cultivèrent leur goût du secret au point que les noms d'importantes personnalités de la vie politique et intellectuelle furent cités comme ayant séjourné chez eux, alors qu'ils n'avaient jamais effectué la moindre traversée pour l'île de Wight. Ici, comme ailleurs, on ne prêtait qu'aux riches.

– Moi aussi, j'aimerais faire fortune. Je déteste travailler, avoua Neil en soupirant. Mais mes parents, eux, adorent ça. Tu crois qu'Alex est plein aux as ?

– Alex, à part cette maison, est fauché comme nous. Son grand-père a tout englouti dans une usine de soda, un truc genre Coca-Cola, mais qui n'a pas marché. Et toi, tu en es où ?

– Je travaille au *Daily Post*, le plus grand canard de Liverpool. Et je vais bientôt partir comme correspondant de guerre en Tunisie. Rommel a été écarté et les Alliés progressent. Ça bouge, on remonte vers la France comme un rouleau compresseur, et je ne veux pas rater ça. Je veux être le premier à annoncer le débarquement. Tu imagines, mon vieux ? Sur cinq colonnes à la une : « Le débarquement en Provence a eu lieu. La France libérée. De notre envoyé spécial, Neil Chambers. »

– Tu seras quand même là pour le match ?

– Quand a-t-il lieu ?

– Dans une semaine, au stade de Twickenham, le seul qui soit encore intact.

– Oui, je viendrai. Je n'ai pas encore de date de départ.

– La bande est en train d'exploser, Neil. Bientôt, il ne restera plus qu'Alex et moi.

– C'est la guerre, mon vieux. Tu l'aurais oublié ?

Kathleen était profondément amoureuse d'Alex. Pourtant, au fond d'elle-même, elle savait que leur relation n'était pas faite pour durer. Il n'était pas prêt à vivre en couple. Peut-être même n'était-il pas du tout fait pour cela. Il était l'âme du groupe, son leader naturel ; il ne vivait que pour sa bande d'amis, et vouloir l'emprisonner dans une vie à deux était illusoire et n'aurait fait que l'inciter à retrouver sa liberté. Elle le savait et essayait de profiter de tous les moments passés avec lui. Ce n'était pas facile, mais c'était le prix à payer pour le garder près d'elle le plus longtemps possible. Alex avait le caractère le plus bohème qu'elle eût jamais rencontré. C'est aussi ce qui faisait son charme. Ce mélange d'immaturité et de candeur, son absence de respect pour les valeurs bourgeoises, son empathie pour la souffrance des autres, son désintérêt affiché de la réussite sociale, son côté frondeur, anticonformiste, dont il savait qu'ils lui interdiraient de faire une belle carrière hospitalière, et surtout son regard empreint de douceur, cette infinie douceur que reflétaient ses yeux gris-bleu et son sourire enjôleur... Il se défendait d'avoir du charme et elle reconnaissait qu'il ne faisait rien pour le cultiver.

La fête commençait à basculer vers son épilogue, la plupart des invités étant repartis prendre le dernier train vers Ryde où les attendait une navette pour Plymouth, les autres ayant prévu de dormir sur place. Kathleen parcourut le premier étage à la recherche de son fiancé. La majorité des chambres était vide. Les amis d'Alex s'était assoupis sur la pelouse, les canapés du salon, ou même dans les différentes salles de bains de la maison, à la recherche d'endroits leur permettant d'évacuer le surplus de chyme alcoolisé que leur estomac ne pouvait conserver. Elle n'avait jamais vu autant de débauche, mais elle reconnaissait que les rares soirées auxquelles elle avait participé avaient une ambiance beaucoup plus guindée. Elle ne s'en offusquait pas et interprétait cette conduite comme une échappatoire à la situation actuelle. La dernière pièce de l'étage était un petit salon qui s'ouvrait sur une terrasse dominant la véranda du rez-de-chaussée. Une femme, assise dans un large fauteuil de moleskine tourné vers la mer, y profitait de la vue, en buvant une tasse de thé parfumé, à l'ombre d'un parasol blanc aux bords dentelés.

Quel tableau insolite, pensa Kathleen en s'avançant vers l'inconnue. De l'autre côté de la Manche, le joug du IIIe Reich. À Londres, le ciel qui crachait la mort. L'île semblait si préservée. Image d'un paradis trompeur. Dès le mois d'août 1940, les Allemands avaient commencé à bombarder Wight en raison de sa position stratégique dans leur plan d'invasion de l'Angleterre. La côte sud-est faisait partie de leurs cibles privilégiées, de par la présence d'un centre radar à St Boniface Down, sur les hauteurs de Ventnor, situé à cinq kilomètres de Shanklin. Huit pylônes gigantesques, dont deux avaient déjà été détruits par la Luftwaffe, se dressaient face à la mer comme un immense jeu de quilles. Les sirènes retentissaient plusieurs fois par semaine et aucun village, même le plus reculé, n'était à l'abri.

– Bonjour, fit-elle en clignant des yeux, éblouie par la réverbération du soleil sur la pierre d'albâtre.

La femme se retourna et lui sourit. Elle posa sa tasse sur une table basse en bois d'olivier et se leva.

– Bonjour, Kathleen, comment allez-vous ?

– Vous me connaissez ? demanda-t-elle, surprise.

– Oui, j'étais à la villa quand vous êtes arrivée avec Alex.

Kathleen s'en voulut d'avoir oublié ce visage vaguement familier. La femme les avait accueillis quand ils avaient débarqué en début d'après-midi, après quatre heures de voyage depuis la gare de Waterloo.

– Je suis désolée. Bien sûr, je me souviens de vous. C'est vous qui vous occupez de la maison quand Alex est à Londres.

– En quelque sorte, oui. Je suis sa tante. Vous voulez du thé ?

Kathleen se confondit en excuses et accepta la tasse d'Earl Grey. Elle fit un effort de mémoire pour retrouver le nom des sœurs du père d'Alex, dont son fiancé lui avait parlé durant la traversée vers l'île.

– Êtes-vous Jane ou Elizabeth ? demanda-t-elle en priant pour ne plus commettre d'impair.

– Jane. Je m'occupe de la propriété depuis plus de vingt ans. Elizabeth vit à Washington et n'est venue ici qu'une fois, pour l'enterrement de notre frère, Peter. Venez, asseyez-vous.

Elle s'exécuta. Jane était une belle femme d'une cinquantaine d'années, au visage serein, et possédait le même sourire engageant qu'Alex.

La marque des Beaumont, songea Kathleen.

– Je dois reconnaître que l'histoire de notre famille est plutôt atypique, mais depuis que Charles a déniché ce petit coin de paradis, tout nous a toujours ramenés à Wight. Pourtant, le seul à être né ici était Douglas, mon père.

Douglas John Beaumont était le petit-fils de Charles. Fils de Richard, il fut aussi le seul à ne pas se conformer à la tradition familiale d'attachement à la terre du clan et il s'embarqua en 1882, à l'âge de dix-sept ans, sur la goélette *Boston*, attiré par les récits d'aventures du Nouveau Monde. Il rêvait de conquête de l'Ouest sauvage, mais sa progression fut stoppée le lendemain de son arrivée à New York par Jane Coleridge, joli grain de sable, fille de la bourgeoisie locale, qu'il put épouser après une cour assidue de plusieurs mois et la promesse d'engager des études afin de subvenir aux besoins de sa future descendance. Il obtint son diplôme de pharmacien en 1888, ouvrit une officine et se réconcilia avec sa famille en 1890, à l'occasion de la naissance de Peter Benjamin Beaumont. Impressionné par l'exemple de John Pemberton qui, quatre ans plus tôt, avait composé un nouveau soda dans sa pharmacie d'Atlanta et le commercialisait depuis avec un succès grandissant, il formula plusieurs élixirs, dont le Wight Cola, et investit tous les bénéfices de son officine dans une unité d'embouteillage, persuadé que la distribution par le réseau des pharmacies serait un atout. Les ventes de la marque Colemont permirent à Peter de suivre des cours dans la meilleure faculté de médecine du pays, mais son lent déclin à l'ombre du succès de Coca-Cola et la Première Guerre mondiale sonnèrent le glas des ambitions de Douglas John Beaumont. Endetté et ruiné, il mourut des suites d'un ulcère en 1917, au moment où les États-Unis entrèrent en guerre. Peter fut incorporé le lendemain des obsèques de son père et ne revit sa mère que des années plus tard.

– Et vous, Jane, pourquoi êtes-vous revenue ici ?

– Ce serait une longue histoire. Disons qu'il fallait que quelqu'un s'occupe de la maison et que le sort m'a désignée.

– Votre propriété est superbe, complimenta Kathleen en comprenant que le sujet était clos. Tout ici aspire à la quiétude. C'est tellement reposant. On en oublierait presque la guerre.

Jane ferma les yeux.

– Non, dit-elle, on ne l'oublie pas. Même ici.

Elle les rouvrit, dévoilant des iris gris-bleu :

– Vous voyez ce long trait noir qui traverse la mer devant Hope Beach ? demanda-t-elle en désignant la plage qui s'étendait au loin dans la baie de Shanklin. C'est le mur anti-invasion. Des kilomètres de barbelés qui sortent de l'eau. Notre gouvernement craint que les Allemands ne choisissent notre île pour débarquer et s'inviter à table.

– Je ne savais pas tout cela. Vu depuis Londres, tout semble si préservé chez vous.

– Vous avez raison, ma chère, vivre ici reste un privilège. Mais je suis désolée, aujourd'hui est un jour de fête et je ne voudrais pas le gâcher avec mes histoires. Je suppose que vous cherchez Alex ?

– Oui. À vrai dire, je ne l'ai plus vu depuis le début de la fête.

– Je comprends votre frustration. Il ne faut pas lui en vouloir. Du moins aujourd'hui. C'est un jour spécial pour lui, plus que vous ne le pensez. Alex porte une véritable vénération à son père. Et il n'a pas encore fait le deuil de sa disparition. Je vais vous indiquer où vous pourrez le trouver.

– Trop tardive, ton entrée dans *Blue Moon*, presque une demi-mesure, reprocha le trompettiste à son voisin qui essuya l'intérieur de son trombone avant de le déposer dans une mallette doublée de feutrine rouge.

L'autre haussa les épaules :

– Ils n'ont rien entendu, ils étaient tous soûls.

– Je ne veux pas le savoir, Dick. La semaine prochaine, on joue dans un théâtre devant des invités de marque. Pas question de se contenter d'à-peu-près. Heureusement que Paul nous a sauvé le coup en te remettant dans le rythme. Merci, Paul, dit-il à l'homme qui passait en portant une grosse caisse.

– Pas de problème. C'est rien, Dick, ça arrive à tout le monde. La prochaine fois, tu me rendras la pareille.

La salle s'était vidée de ses invités et résonnait des pas pressés des musiciens qui finissaient de ranger leurs instruments. L'un d'eux défit la bannière située au-dessus de l'estrade, qui proclamait *Doc Alex, Prince of Friendship*. Il la laissa sur un empilement de chaises et sortit en sifflotant *When the Saints*. Dehors, le vent avait rabattu une colonie de nuages gris qui menaçait de compromettre la soirée. Mais l'après-midi avait été superbe, rien n'était venu gâcher la fête.

Kathleen, qui avait enfilé un pull en V marine trouvé dans les affaires d'Alex, félicita les musiciens pour leur prestation et promit de les recommander au prochain gala de l'hôpital St Thomas. Elle traversa le parc sous une bruine naissante et se dirigea vers une maisonnette en pierre abritée par une haie d'ifs centenaires. Une croix de granit, blottie dans une niche au-dessus de la porte d'entrée, lui indiqua qu'elle ne s'était pas trompée d'endroit.

Le caveau des Beaumont, pensa-t-elle. *Drôle de famille, éclatée par la vie et réunie par la mort*. Elle entra sans frapper, trouvant cette précaution inutile. Le laraire avait la taille d'une grange sans en avoir la hauteur, on pouvait tenir debout sans effort. Un autel rudimentaire était disposé au fond, à une dizaine de mètres de l'entrée, devant lequel une rangée de bougies allumées permettait d'éclairer suffisamment l'endroit pour ne pas se servir de la lampe tempête accrochée à l'extérieur. Les tombes familiales étaient disposées de part et d'autre d'une large allée centrale. Elle s'approcha de l'autel, alluma un cierge et se signa.

– Kathleen ? dit Alex en sortant d'un emplacement dans l'obscurité.

Elle sursauta en poussant un petit cri. *Quelle sotte !* songea-t-elle. *Je viens le retrouver et je suis surprise qu'il soit là.*

– Kathleen, c'est moi qui te fais peur ainsi ? dit-il en la prenant dans ses bras. Désolé.

– Non, répondit-elle, rassurée par le contact de son corps. C'est ce lieu qui me file la chair de poule.

– Je le sens bien, tu frissonnes encore. Tu me cherchais ?

– Oui, c'est ta tante qui m'a indiqué où je te trouverais. Tu sais que la fête est finie, tout le monde t'a cherché une partie de l'après-midi, où étais-tu ?

– Avec mon père, répondit-il en désignant un caveau de pierre.

– Tu n'es quand même pas ici depuis trois heures ?

– Tant que ça ? dit-il en se grattant le menton. Je ne m'en suis pas rendu compte. On avait beaucoup de choses à se dire.

– Tu es vraiment un drôle de type, remarqua-t-elle en l'embrassant du bout des lèvres. Bon, puisqu'on est ici, tu me le présentes ?

Un large sourire éclaira le visage d'Alex. Il la prit par la main et l'entraîna vers la tombe.

– Papa, je te présente Kathleen. Kathleen, mon père.

– Monsieur Beaumont.

– Kathleen est ma... ce n'est pas encore ma fiancée, mais je fais tout pour qu'elle le devienne, tu sais, prononça-t-il en s'adressant au tombeau.

Il la regarda dans les yeux et ils s'embrassèrent tendrement. Elle se défit doucement de son emprise.

– Je ne suis pas très à l'aise, Alex. Ce lieu...

– Je comprends. Moi je m'y sens bien, mes parents sont là. Cet endroit me rassure, j'ai l'impression qu'ils me protègent.

– Ta mère aussi est enterrée ici ?

– Bien sûr, jamais ils ne se seraient séparés ! Ils étaient amoureux fous.

– C'est elle, le portrait sur le tombeau ? interrogea-t-elle en montrant un médaillon de pierre fendu en deux qui représentait un visage de femme.

– Non, c'est la Vierge Marie. Mon père y tenait, je ne sais pas pourquoi, il est tout abîmé.

– Comment ta mère est-elle décédée ?

Il s'assit dans un fauteuil de cuir usé qu'elle n'avait pas remarqué jusqu'alors. Elle se lova contre lui. L'endroit lui semblait ainsi beaucoup moins hostile.

– Ma mère est morte en me mettant au monde. Une hémorragie que l'accoucheur n'a pas décelée à temps.

– C'est triste. Tu ne l'as jamais connue.

– J'ai été élevé par mon père et ma tante Jane. Mon père ne s'est jamais remarié. Je crois qu'il n'a jamais fréquenté d'autres femmes. Elle était l'ange de sa vie et il a vénéré sa mémoire jusqu'à sa mort.

– Comment se sont-ils rencontrés ?

– C'est une histoire incroyable. En 1918, il combattait en France, au sein d'une unité médicale. Un de ses hommes, d'origine polonaise, lui a demandé avant de mourir de pouvoir être enterré à Katowice, la ville d'où était issue toute sa famille. Mon père, qui était un homme de parole, honora sa promesse et escorta lui-même le cercueil jusque-là. Il a traversé l'Allemagne d'ouest en est, dans une charrette qu'il avait achetée à un paysan de Laon – l'armée américaine avait refusé de lui confier un véhicule. Vingt jours de trajet, plus de mille kilomètres. Quand il est arrivé, il était épuisé et avait de la fièvre. Il fut hébergé dans la famille de son camarade durant une semaine. Comme personne ne comprenait ce qu'il disait, les proches firent venir une amie de la famille qui enseignait l'anglais à Sosnowiec, Sara Leczzynski. C'était ma mère. Ils ne se quittèrent plus. Une sorte de coup de foudre physique et intellectuel. Il resta deux mois en Pologne, pendant lesquels ils passèrent des heures à discuter et à se découvrir l'un l'autre. Puis ils gagnèrent les États-Unis où ils se marièrent, dès leur arrivée à New York. Je suis né un an après. Voilà. Tu sais tout, maintenant.

– C'est une belle histoire.

– Les plus belles amours sont les plus improbables.

Cela ne me laisse pas beaucoup de chance, songea-t-elle. Elle se leva pour dissiper les fourmillements qui envahissaient ses jambes.

– Tu étais proche de ton père ?

– Oui, même si je ne le voyais pas beaucoup. J'ai vécu les dix premières années de ma vie avec lui, dans un appartement au cœur de l'université Columbia. Il y enseignait et, en parallèle, se consacrait à la recherche d'un vaccin contre la grippe. Il se partageait entre moi et son labo. Je ne lui ai jamais connu d'autre passion. Puis, subitement, il m'envoya en Angleterre, auprès de ma tante Jane. J'y ai fait le reste de ma scolarité et mes études de médecin. Je n'ai jamais compris, on s'entendait pourtant très bien tous les deux. Il m'a dit que c'était mieux pour moi, pour mon équilibre. Sauf que je ne le voyais plus que deux mois par an, quand il venait nous rejoindre sur l'île. C'est la seule fois de ma vie où je lui en ai voulu. Je lui en ai tellement voulu... Et maintenant, je ne pourrai plus jamais être auprès de lui autrement que dans cette chapelle. Il me manque, tu sais.

– Je comprends, compatit Kathleen, je comprends.

Elle se blottit à nouveau contre lui. *Patrick avait bien raison de me dire de mieux chercher à connaître ce qu'Alex ne montre pas*, pensa-t-elle. *Je l'ai dans la peau, dommage que je ne sois pas assez bien pour lui. Je ne serai jamais à la hauteur*. Elle le regarda comme si elle l'avait déjà perdu.

– Tu es bien songeuse, dit-il en lui caressant la joue.

– Rentrons, j'ai froid.

2.

23 juin 1941, hôpital St Thomas, Londres.

– Bon sang, quelle chaleur ! Mariette, tamponnez-moi, voulez-vous ? ordonna Philip Swann à l'infirmière, qui s'exécuta en silence.

Malgré les passages répétés des compresses sur son front, le chirurgien était perturbé par les gouttes de sueur qui perlaient de ses sourcils épais. Alex, qui l'assistait, se demanda pourquoi le médecin avait gardé son complet veston et sa cravate sous sa blouse. Opérer dans les conditions précaires qu'ils connaissaient en cette période était déjà une gageure.

Il a sans doute besoin de mettre la barre plus haut, pensa-t-il en le regardant secouer la tête pour en évacuer la sueur. *La prochaine fois, il viendra en chapeau melon.* Il hésita à partager cette réflexion à haute voix, n'étant pas encore assez familier des réactions de son chef de service. L'impertinence d'Alex était suffisamment connue de tout l'hôpital et il ne voulait pas s'attirer les foudres du père de Kathleen. En premier lieu parce que celui-ci n'était pas au courant de leur relation, ce qui permettait à Alex d'éviter une pression supplémentaire de la part de son beau-père potentiel, qui avait d'autres ambitions pour sa fille qu'un assistant déluré.

– Beaumont, vous rêvez ? demanda Philip Swann, d'un ton cassant.

Alex leva la tête : tout le monde avait les yeux fixés sur lui. Il comprimait l'artère pulmonaire du patient depuis plusieurs minutes, attendant que le chirurgien, empêtré dans sa sudation excessive, effectue une suture. Ce qu'il venait de pratiquer. Tous en attendaient le résultat. Alex écarta ses doigts sans qu'aucune goutte ne suinte du vaisseau sanguin.

– Félicitations, monsieur, dit-il pour se donner une contenance, beau travail.

Swann lui lança un regard sans concession. Puis il se concentra sur la fermeture de l'incision.

– Du catgut, Mariette. Beaumont, combien en reste-t-il ?

– Trois, monsieur.

– Dans quel état ?

– Juste des éclats à enlever pour deux d'entre eux. En revanche, le troisième a eu l'abdomen perforé.

Le chirurgien émit un grognement.

– Quel genre de dégâts ?

– Foie et rate. L'hémorragie interne est stoppée. J'ai pu stabiliser sa pression artérielle. Celui-là va vous faire rater votre partie de golf, monsieur, ajouta-t-il alors que Philip Swann jetait un regard nerveux vers la pendule.

– Gardez votre humour pour vos fiancées, Beaumont. Je n'aime ni votre insolence, ni le golf. Par contre, j'ai rendez-vous chez le ministre dans trente minutes. C'est donc vous qui allez finir le boulot, mon vieux. Pour la bagatelle, il faudra attendre.

Alex prit le fil et l'aiguille et entreprit de recoudre la plaie en utilisant une technique de point en U, qu'il estimait plus adaptée que la technique de Blair-Donati dont le Dr Swann avait fait sa référence, ce qui sonnait comme un désaveu du choix du chirurgien. Swann le regarda faire, sans rien dire, avant de s'adresser à son assistante :

– Qu'est-ce que vous en pensez, Mariette ?

Les yeux de l'infirmière roulèrent plusieurs fois de l'un à l'autre. Elle savait qu'Alex avait fait le bon choix, que la cicatrisation se ferait sans marque visible, ni bourrelet inesthétique. Mais Philip Swann était un excellent chirurgien et un professeur hors pair. La question, abrupte, l'embarrassait fortement.

– Je pense que c'est correct, finit-elle par admettre.

– Et vous avez raison ! tonna le médecin. Je n'ai pas fait un mauvais choix, mais celui de Beaumont était meilleur. Merci de l'avoir reconnu, Mariette. Leçon numéro un : il faut toujours mettre le patient avant son amour-propre. Vous ferez une aussi belle boutonnière aux autres. La guerre n'est pas une raison pour ne pas être soigneux.

Il ouvrit la porte du bloc puis se retourna :

– Vous avez de la chance d'être un bon chirurgien et de porter un nom qui est respecté. Mais vos frasques ne plaisent pas à tous, ici, surtout en cette période. Alors, faites un effort côté comportement et tout le monde sera gagnant. Je sais bien que vous ne m'écouterez pas, mais je m'en serais voulu de ne pas vous avoir prévenu. Quant à votre relation avec ma fille, si je ne suis pas intervenu, c'est parce que je sais qu'elle ne durera pas. C'est vous qui la quitterez. Je connais le cœur des hommes, Alex Beaumont. Et pas seulement pour l'avoir souvent opéré.

25 juin 1941, pub Harry's, *Londres.*

La façade du *Harry's* arborait les couleurs de l'Irlande. C'était le seul pub de Brewer Street, dans le quartier de Soho. Le seul débit de boissons où la bière coulait encore à flots et le seul à rester ouvert jusqu'à l'extrême limite du couvre-feu. C'était aussi, en raison de la proximité des hôpitaux, le repère des carabins. Le comptoir, le plus long de toute la ville, faisait la fierté de son propriétaire qui, contre toute attente, ne s'appelait pas Harry, mais Freddy, prénom qu'il détestait par-dessus tout, en raison de sa parenté avec le demi de mêlée de l'équipe d'Angleterre, Freddy Windsor, qui avait, à lui seul, humilié l'Irlande en 1934 à Dublin. Depuis, il avait décidé de s'appeler Harry.

Harry fit glisser le verre de bière sur toute la longueur du comptoir, accompagnant son geste d'un cri qui couvrit le brouhaha de l'assemblée :

– Attention, pinte sur la voie !

Alex arrêta la course du bock puis essuya sa main inondée de mousse. Il remercia le barman et but une gorgée du liquide avant d'apostropher son camarade :

– Jack, c'est pas sérieux ! Combien, dis-tu ? Trois ? T'en as planté trois sur dix ?

– Écoute, Alex, pas de panique, c'était pas mon jour, il y avait trop de vent, répondit Jack, embarrassé. Ça ira mieux demain.

– Attends, tu m'annonces froidement que tu n'es pas capable de réussir une pénalité à vingt-deux yards en face des poteaux et tu voudrais qu'on batte Cambridge sans efforts ? Même si tu t'entraînais toute la nuit, on n'aurait aucune chance pour le Varsity demain !

Le Varsity était le plus ancien et le plus populaire match de rugby entre universités de Grande-Bretagne. Il opposait, une fois par an, celle d'Oxford et de Cambridge, sans interruption depuis 1872, même pendant les conflits mondiaux. La rencontre avait lieu au stade de Twickenham, cathédrale d'un sport né cinquante ans auparavant sous l'impulsion de William Webb Ellis. C'était la dernière participation d'Alex à cet événement et il voulait clore en beauté. Il but sa bière d'un trait, en apnée, et fit claquer le verre vide sur le zinc, signal de détresse destiné à Harry, qui prépara la chope suivante et la lui apporta en mains propres, afin de se mêler à la conversation :

– Et si tu passais à l'ouverture ? proposa-t-il à Jack. On trouverait quelqu'un pour les coups de pied.

– Qui ça ? rétorqua Jack. On n'a même pas un seul remplaçant ! John s'est engagé dans la Navy cette semaine. Encore une défection et c'est le forfait.

– Devant Cambridge ? Impossible, ce serait une honte, affirma Harry, qui était de surcroît le président du Supporters Club d'Oxford. Pas par amour pour cette université qu'il n'avait jamais fréquentée, mais parce que Freddy Windsor avait été le capitaine de l'équipe de Cambridge pendant de nombreuses années. L'homme avait la rancune tenace.

– Et les filles vont venir nous soutenir. Il ne vaut mieux pas se dégonfler, ajouta Alex. Putain de guerre ! Bon, ne vous faites pas de bile, on va trouver une botte secrète. Kathleen est arrivée ?

– Pas encore vue, répondit Jack. Mais elle doit passer avec Janice. Tu devrais te méfier, Alex, si son père savait, il te virerait de son service.

– Il sait. Mais il a besoin de main-d'œuvre... Voilà les filles. Kath, on est là ! cria-t-il tout en agitant les bras.

Elles les rejoignirent. Kathleen se laissa timidement embrasser sur la bouche.

– Salut, les garçons, vous avez l'air bien sombres, dit Janice. Vous parliez de quoi ?

– C'est qu'on vient d'apprendre une nouvelle des plus graves, répondit Alex, très sérieux.

– Les Allemands ? De nouveaux raids ? demanda Kathleen.

– Non, plus grave.

– Ils préparent un débarquement sur nos côtes ? s'inquiéta Janice.

– Bien pire. Monsieur a perdu son légendaire coup de botte, répondit Alex en désignant son ami. Fini. Disparu.

Anéanti par une blessure inopportune. La guerre nous aura même pris cela.

– Qu'est-ce qui s'est passé, Jack ? interrogea Kathleen. Un éclat d'obus ?

– Non... Bon, parlons d'autre chose.

– Alors ? fit Kathleen en s'adressant cette fois à Alex.

– Alors ? Monsieur est tombé dans les escaliers lors d'une alerte. Il s'est pris les pieds dans le tapis.

Gêné Jack eut un geste d'impuissance. Alex saisit une pinte.

– Je propose de boire à une défaite annoncée ! Au Varsity *rout*[1] !

Jack le tira par la manche et désigna les cinq hommes qui venaient d'entrer dans le bar et avaient investi la partie de la salle réservée aux joueurs de fléchettes.

– La voilà notre botte secrète, dit Alex, un large sourire aux lèvres. Tout compte fait, on n'a pas encore perdu. Harry, tu sais quoi faire.

Ce dernier acquiesça d'un air entendu. Alex se dirigea vers le groupe qui se préparait à entamer une partie.

– Qui sont-ils ? demanda Kathleen à Jack.

– Les piliers de l'équipe de Cambridge.

– Qu'est-ce que va faire Alex ?

– Écraser les piliers, répondit Jack en mimant la scène d'un geste explicite.

Les cinq joueurs avaient commencé leur partie sous l'œil attentif d'Alex, qui s'était joint à eux sans même leur adresser la parole. Ils l'avaient d'abord ignoré. Puis il s'était mis à commenter les tirs et à les encourager de manière bruyante. Le plus costaud du groupe, Nick Deville, était un gaillard doté d'un cou d'un diamètre impressionnant, d'une

1. Déroute.

mâchoire prognathe, et d'yeux exagérément petits et effilés qui lui donnaient un air de tueur. Son jeu tout juste passable en faisait le maillon faible de la bande et Alex se focalisa sur lui.

– Allez, tu vas y arriver, tu dois y croire, lui dit-il alors que l'autre se concentrait avant de lancer.

Le résultat fut aussi décevant que ses tirs précédents.

– Aïe ! gémit Alex, en exagérant sa déception. Pas de chance, mais l'intention y était. Vraiment !

L'autre lui lança un regard noir en signe d'avertissement et alla décrocher sa fléchette. La partie continua sous les remarques du capitaine d'Oxford. Quand ce fut à nouveau le tour de Nick, Alex attendit que le joueur répète son geste et, au moment du lancer, l'interrompit :

– Stop !

Les cinq hommes se retournèrent vers lui. Il s'approcha, prit la fléchette des mains du joueur, l'examina à la lumière de l'ampoule, mouilla son index et lissa consciencieusement les ailettes avant de rendre l'objet à son propriétaire.

– Voilà, ça devrait aller mieux, maintenant.

Nick visa et fit un score plus médiocre encore. Il se planta devant Alex et l'apostropha :

– Qu'est-ce que tu veux, espèce de chiure d'ailier d'Oxford ?

Alex lui sourit.

– Je vois que ma réputation a dépassé les limites du quartier. Je voulais juste vous aider.

– Je répète ma question : qu'est-ce que tu cherches ?

– À me joindre à vous, pour une partie.

– Et qui te dit qu'on a envie de jouer avec un type comme toi ?

– Allons, messieurs. Ne me dites pas qu'à vous cinq, vous avez peur de vous faire battre par... une chiure.

– Dégage.

– Je vous propose une partie de réflexes. Vous connaissez ?

– Non, on ne joue qu'aux fléchettes. Et pas avec des joueurs d'Oxford.

– Pour chaque lancer hors du centre, une pinte de bière en gage, à boire cul sec. Le premier qui arrive à cent points a gagné. OK ?

– Dégage.

– Je vous signale que Freddy Windsor a, ici même, effectué une des plus mémorables parties de réflexes, contre toute la ligne avant d'Oxford, en 1933, mentit Alex.

– Freddy était le meilleur, quel que soit le jeu. Il a forcément gagné.

– Bien vu. Vous nous devez donc la revanche.

– Allez, Nick, intervint l'un des autres joueurs, acceptons. Qu'on lui cloue le bec, il n'a aucune chance. Ce type, c'est du vent.

– Tu vois, Nick, dit Alex. Tu ne prends aucun risque. Sauf celui d'être ridicule si votre idole Freddy apprend que vous avez refusé mon défi.

– Très bien, tu l'auras voulu.

– Harry, va chercher le tonneau ! cria Alex, à l'adresse du barman.

Tous les clients firent cercle autour des joueurs. Jack et les filles, au premier rang, pour encourager Alex.

– Quelle abnégation, dit Jack.

– C'est un champion des fléchettes ? demanda Janice, inquiète.

– Lui ? Pas du tout ! Il va se faire massacrer. Mais il va nous en éliminer cinq pour demain !

Une fois le tonneau installé, la partie put commencer. Au premier tir, Alex, tout comme Nick, ratèrent le centre. Ils vidèrent d'un trait les verres qu'Harry leur tendit. Les deux tours suivants, tout le monde atteignit son objectif. La foule, tout acquise à Alex, manifestait sa joie à chaque tir de son champion, alors qu'un silence glacial suivait les lancers réussis des autres joueurs. Les tours s'enchaînèrent, le nombre d'essais gagnants diminuant au fur et à mesure de l'augmentation exponentielle du nombre de pintes avalées. Alex fit suspendre la partie deux fois pour aller uriner, sous l'effet du volume de liquide ingéré. Il en profita pour boire le flacon d'huile de paraffine qu'Harry avait déposé dans les toilettes à son intention. À un contre cinq, il fallait bien bénéficier de quelques avantages.

Au bout d'une heure, deux joueurs avaient abandonné par forfait et le troisième s'était écroulé. Les deux rescapés, Alex et Nick, n'étaient pas les plus habiles joueurs de fléchettes, mais les plus résistants à l'alcool.

– Allez, Alex, tiens bon ! l'encouragea Jack.

– Jack, dit Kathleen, tu sais qu'il s'est engagé dans la défense passive ? Il t'en a parlé ?

– Qui, Alex ? Non, je n'en savais rien. Finalement, sous ses airs de jean-foutre, c'est un vrai patriote ! Ça n'a pas l'air de t'enchanter ?

– Déjà que l'on ne se voit pas beaucoup, cela va devenir carrément une partie de cache-cache. Et Alex est si inconscient du danger...

– Ne t'inquiète pas, un chirurgien comme lui, ils vont le coller dans un endroit sûr. Il ne sera pas exposé.

– Tous ces bombardements ont fait déjà tellement de morts. On parle de milliers de victimes...

– Tranquillise-toi. Tant qu'il est avec moi, il ne court aucun risque, affirma Jack.

Kathleen lui adressa un sourire pour le remercier de ses paroles. La présence du colosse la rassurait.

Devant eux, Alex venait de rater le cadre pour la dixième fois. Aucun des deux rescapés ne parvenait plus à trouver le centre de la cible. Leurs gestes, imprécis et leur équilibre précaire signifiaient une fin de partie proche. Harry décida avec sagesse d'arrêter le jeu et décréta – à regret – un match nul entre Oxford et Cambridge. Le public applaudit Alex à tout rompre alors que Nick, à moitié inconscient, était transporté par ses camarades sur une chaise.

– C'est malin, lui dit Kathleen. Et notre soirée ? Elle est foutue !

Alex, qui avait les yeux mi-clos, les ouvrit en grand et lui fit un clin d'œil. L'huile de paraffine avait minoré les effets de l'alcool en diminuant son absorption.

– En temps de guerre, tous les coups sont permis, proclama-t-il en pensant déjà au lendemain.

26 juin 1941, stade de Twickenham, Londres.

Lorsqu'il enfila le maillot couleur bleu sombre de son université, Alex était en proie à une douleur pulsatile qui lui martelait le crâne et rendait toute lumière insupportable. Ses jambes avaient du mal à le porter sans trembler. L'huile de paraffine ne protégeait pas de tout, surtout pas des maux de tête.

J'espère que les autres ne sont pas en meilleur état, se dit-il. Le résultat de la soirée de la veille dépassa ses espérances : deux des cinq piliers de Cambridge avaient déclaré forfait et les trois autres ne semblaient pas au meilleur de leur forme. Nick Deville était d'une pâleur extrême, proche du blanc de son maillot. Ses yeux, cerclés de jaune, étaient encore plus enfoncés dans leurs orbites que la veille. Il ignora Alex lorsqu'ils se croisèrent sur le bord de la pelouse pour l'échauffement. Il avait réalisé, à son réveil, qu'ils s'étaient fait piéger et sa hargne s'en trouvait décuplée. Les tribunes étaient remplies de manière inattendue vu le contexte, donnant au match un air de finale. L'atmosphère était festive.

Les nuages gris, serrés comme les piliers dans une mêlée, faisaient espérer un répit dans les alertes aériennes qui avaient rythmé la semaine.

L'inamovible Davis Callbright, l'entraîneur, harangua ses joueurs avec les mêmes arguments que les années précédentes : l'esprit de combat, pas d'abdication devant l'adversaire, l'orgueil et la fierté du maillot. Les mots résonnaient dans le vestiaire en désordre comme les appels du gouvernement depuis la BBC. Alex avait du mal à se concentrer sur la partie, son esprit se perdait dans des détails : la peinture cloquée du couloir d'accès à la pelouse, le banc désert des remplaçants de son équipe, le nid d'oiseaux sur le pylône ouest, les tribunes aux dominantes de brun, couleur des uniformes de l'armée, et Harry brandissant son écharpe de supporter en hurlant le nom d'Alex.

– Tu es sûr que ça va ? lui demanda Jack, qui, alors qu'il s'échauffaient ensemble, avait remarqué son manque d'entrain.

Alex lui donna une tape virile dans le dos.

– Ça ira. Mais je ne pensais pas que ce match me rendrait aussi mélancolique.

– C'est une page qui se tourne, mon vieux. Tu grandis, conclut-il.

– C'est étrange. J'ai l'impression que cet après-midi marque la fin de la plus belle période de ma vie. On est tous là pour faire la fête et je suis triste. Demain, je serai vieux. Demain, je serai à la guerre.

– Holà, mais ça ne te vaut rien, la gueule de bois ! Attends ce soir, Harry a préparé une fiesta du tonnerre qui va te faire tout oublier.

L'arbitre appela les deux capitaines au centre du terrain.

– En attendant, fais gaffe à Nick, ajouta Jack. Il va vouloir te faire payer leur mésaventure d'hier soir. Ils se sont même plaints auprès de l'arbitre pour essayer de faire reporter le match. Dernier point : si tu gagnes le tirage au sort, choisis le côté gauche. Il nous porte chance.

Alex gagna le *toss* et suivit le conseil de son ami. Il posa le ballon ovale au centre du terrain, inspira profondément, pensa à son père et botta en avant.

26 juin 1941, pub Harry's, *Londres.*

– Six à cinq. Minimal, mais suffisant. Sur le fil du rasoir. Tu es le roi du suspense. Bravo, Alex, dit Patrick Railey en le félicitant.

– Merci d'être venu, répondit Alex. Merci, Pat.

– Comment ça, minimal ? s'offusqua Harry. On a dominé tout le match, on les a mis sous l'éteignoir et la pénalité d'Alex était un vrai bijou ! Patrick, tu ne vas pas nous gâcher notre plaisir ! On a gagné le Varsity et merde à Freddy ! hurla le barman.

Il entonna l'hymne des supporters d'Oxford, repris en chœur par toute l'assistance.

– Tu vois, dit Alex à Pat en l'emmenant s'asseoir à une table, lui, au moins, il ne change pas. Il se donne toujours à fond pour le groupe.

– Alex, Alex... Tu as un métier formidable, une fiancée formidable et un avenir formidable qui t'attendent. Tu ne veux pas tout gâcher en restant un adolescent attardé comme Harry ? La vie de groupe, l'amitié et la fête, d'accord. Mais il faut savoir en sortir avant qu'il ne soit trop tard.

– Tu dois me trouver bien superficiel et frivole, compte tenu de la période dans laquelle on vit.

– Non, je te connais bien et je sais que tu vaux bien mieux que cette opinion sommaire.

– Tu sais, je t'admire. J'admire ton engagement. Moi, je ne serais pas capable d'aller au combat. Je ne me sens pas assez... comment dire ? Impliqué. Ce n'est pas de l'indifférence, mais l'humanité en souffrance, je connais déjà. Je ne suis pas un héros, je ne suis pas mon père.

– Arrête de vivre dans son ombre. Chacun a ses qualités propres et tu en es pétri : je te confierais ma vie les yeux fermés. Tu as de l'or dans les doigts. Et je sais que tu t'es engagé dans la défense passive.

– Tu parles ! Comme tout le monde à Londres. Et on ne m'a encore affecté à rien.

– Comme presque tout le monde. Et là où tu seras affecté, tu seras très utile.

– Ta permission se finit quand ? demanda Alex pour changer de sujet.

– Je rejoins mon escadrille demain matin. Au fait, Neil t'envoie toutes ses amitiés. Il s'est embarqué pour la Tunisie avant-hier. Il était désolé de ne pas pouvoir assister au match. Je lui ai promis de le tenir au courant du résultat.

– Neil... encore un ami qui s'en va.

– Il te reste Jack.

– Nous sommes les deux derniers fantômes de la bande de pirates.

– En tout cas, j'espère que vous boirez des pintes à notre santé. En attendant de reconstituer la bande à la fin de la guerre.

– Promets-moi de revenir intact, Pat.

– C'est bien mon intention. Tu vois, contrairement à toi, moi, la vie de famille me fait rêver. Et je n'ai pas envie de louper ça.

– Qu'est-ce que vous faites ? intervint Jack en les enlaçant tous les deux par les épaules. Venez, on va porter des toasts à notre victoire !

Harry les attendait. Il commença par le traditionnel échange qu'ils avaient instauré depuis le début du Blitz :

– Messieurs, le black-out dans quinze minutes ! cria-t-il à la manière d'un présentateur de combat de boxe.

– *Black shit* ! hurla l'assistance en levant les bras, index pointés vers le ciel.

La cérémonie pouvait démarrer. L'équipe au complet et leurs ardents supporters s'époumonèrent en acclamant les joueurs les uns après les autres. Harry avait gardé Alex pour la fin. Il voulait qu'on lui rende hommage pour ses cinq années de capitanat de l'OURFC[1]. Lorsque son tour fut venu, Harry demanda le silence et se hissa sur une table :

– Mes amis, s'il vous plaît, j'ai une bien triste nouvelle à vous annoncer. Notre ami, notre frère, Alex Beaumont, va nous quitter.

Des murmures de désappointement fusèrent de l'assistance.

– Il a choisi de se ranger, paix à son âme ! continua Harry. Mais ce soir, il nous a offert le plus beau des cadeaux en guise d'au revoir. Il nous a donné la victoire contre Cambridge ! Alors, pour lui, un triple ban. Hip, hip, hip...

– Hourra !

– Plus fort ! cria Harry. Hip, hip, hip...

– Hourra !

– Encore plus fort, je veux que les vitres tremblent ! Je veux que la ville s'en souvienne. Hip, hip, hip...

Soudain, toutes les lumières du pub s'éteignirent.

– Hooo ! fit le groupe.

– Saleté de black-out, maugréa Jack, les poings serrés.

Tout le monde fut dehors en moins de cinq minutes. Le brouillard, épais et pénétrant, accéléra les effusions et le dernier groupe se disloqua rapidement dans la nuit

1. Oxford University Rugby Football Club.

Londonienne. Le black-out avait été décrété par le gouvernement dès les premiers bombardements allemands sur la ville en septembre 1940. Une demi-heure après le coucher du soleil, tous les lampadaires étaient éteints. Les citadins avaient de même reçu l'ordre de ne laisser chez eux aucune lumière visible depuis l'extérieur. L'obscurité qui régnait les soirs sans lune était si profonde que les autorités eurent affaire à une recrudescence d'accidents divers. Le premier mois, Alex avait constaté une multiplication par deux des entrées au service des urgences pour des traumatismes liés à des chutes. Depuis, les murs étaient placardés d'affiches proclamant : *Watch out in the black-out*. Le Blitz durait depuis six mois. Et Londres restait debout.

Alex, que sa mélancolie n'avait pas quitté, choisit de marcher le long des quais de la Tamise avant de rentrer dans sa chambre d'étudiant, à l'hôpital St Thomas. Il devait la quitter prochainement pour emménager dans un petit appartement du quartier de Soho, qui appartenait à la sœur de Pat. Celle-ci avait préféré fuir la capitale pour séjourner dans sa maison de Buxton, moins exposée aux bombardements. Il allait pouvoir profiter d'un confort sans commune mesure avec sa situation actuelle, mais seule Kathleen s'en réjouissait vraiment. Il emprunta Regent Street, traversa Picadilly Circus sans prêter attention à la statue d'Éros qu'il avait de nombreuses fois déguisée de façon ridicule, lors de ses nuits festives. À Whitehall, il s'arrêta devant un immeuble calciné dont il ne restait que la façade, qui se découpait, fantomatique, contre un ciel de pleine lune. De part et d'autre, des gravats, enchevêtrement de pierres et de bois, étaient les derniers témoins des maisons victoriennes qui encadraient la dépouille de l'établissement bancaire le plus prestigieux de la capitale. Cette nuit du 11 janvier 1941, la bombe, tombée directement sur la banque, avait fait s'effondrer la chaussée sur un abri improvisé dans le métro. Le souffle avait brisé les vitres des rames à l'arrêt, propulsant des débris dans la station bondée de réfugiés, faisant cinquante-six morts. Alex avait soigné les blessés qui avaient été acheminés vers St Thomas. Beaucoup de perforations d'organes, de traumatismes crâniens. Face à cela, pas assez de sang, pas assez de fils de suture. Parmi les victimes, on dénombra aussi des habitants restés dans les abris de fortune que constituaient leurs maisons.

Des brûlures. De la souffrance. Mr Timpton promenait Winston, son terrier, quand les sirènes avaient hurlé. Après le bombardement, il avait retrouvé l'emplacement de sa maison grâce à son numéro sur la plaque émaillée qui était restée accrochée sur le seul pan de briques rouges encore debout. Quand il était sorti, sa femme préparait le repas. Il l'avait cherchée dans tout le quartier puis avait essayé les centres de soins. C'est là qu'Alex lui avait appris la mort de son épouse. L'engin incendiaire ne lui avait laissé aucune chance dans le sous-sol qui leur servait de cave. Il avait été obligé de refuser à Josh Timpton de voir la dépouille, tant la vision du cadavre brûlé et déformé aurait été un traumatisme supplémentaire. Josh s'en voulait de ne pas avoir été, à ce moment, présent au côté de sa femme. Pour la sauver ou pour partir avec elle. L'image de l'homme, assis dans le couloir des urgences, la tête entre les mains, ravagé de douleur, revenait parfois dans les rêves d'Alex.

Il obliqua à gauche et emprunta le pont de Westminster. En pleine journée, la vue était impressionnante tant le quartier du port avait été meurtri par le Blitz. *Au moins, la nuit, les plaies ne sont plus visibles*, songea-t-il, debout au milieu du pont, occupé à regarder les ombres de la ville. Il remarqua que l'homme au trench-coat et au chapeau sombres, qui était sorti du pub en même temps que lui, s'était aussi arrêté et fumait une cigarette un peu plus loin. Son visage lui semblait vaguement familier et il en conclut qu'il devait être un habitué du *Harry's*, sans doute un employé de l'hôpital, en tout cas trop vieux pour être un étudiant. Depuis les premières attaques aériennes, de nombreux Londoniens avaient perdu le sommeil. Certains sortaient à n'importe quelle heure de la nuit pour essayer de semer leurs cauchemars en déambulant.

Sur les quais, le brouillard était plus dense. La lune, velléitaire, avait presque disparu. Entre les gouttelettes d'humidité, une odeur étrange flottait dans l'air. Une odeur de brûlé qui ne quittait plus la ville, tel un tatouage olfactif. Plutôt que de rentrer directement, il choisit de remonter vers le quartier de Waterloo. Mais l'irrégularité des pavés de la berge et l'absence de lumière le contraignirent à renoncer et faire demi-tour au niveau du Cleopatra's Needle, l'obélisque dressé sur la rive opposée, qui pointait vers le ciel sa mine salie par les cendres de Londres. La fatigue venait d'envahir son corps d'une chape de lassitude. Au bout d'une vingtaine de mètres, il croisa le promeneur solitaire, qui baissa la tête à son passage. Pas assez vite. Alex aperçut son visage et se souvint de l'endroit où il l'avait rencontré.

L'homme ne s'attendait pas à un demi-tour aussi inattendu de la part d'Alex. Il avança sur quelques dizaines de mètres et fit aussi demi-tour. Il accéléra le pas jusqu'au pied du pont de Westminster, espérant apercevoir Alex. Mais ce dernier avait disparu. Il n'y avait personne sur le pont, ni dans les rues adjacentes. Seule une voiture aux lumières filtrées par la brume remontait péniblement Abingdon Street. L'homme la héla d'un geste bref. Le véhicule s'arrêta à sa hauteur. Il s'engouffra à l'avant. L'engin resta immobilisé sur la chaussée plusieurs minutes, puis démarra. Alex, installé sur le rebord d'un balcon au-dessus d'un kiosque à journaux, sauta de son perchoir inconfortable. Il n'avait rien perdu de la scène. La voiture portait une plaque d'immatriculation de l'armée qu'il n'avait pu déchiffrer.

Il rentra directement dans sa chambre de St Thomas, s'allongea sans prendre la peine de se déshabiller et grilla une cigarette en repensant au patient qu'il avait opéré, il y avait six mois de cela. Swann lui avait annoncé d'emblée que Mr Smith, chambre 12, n'était pas un malade ordinaire. Alex n'avait pas eu besoin d'explications supplémentaires, Smith étant le nom utilisé pour les personnalités dont le patronyme devait rester secret et la chambre 12, la seule à un lit, réservée aux malades les plus influents. Swann se réjouissait de la présence de ce genre de patient, qui lui permettait d'avoir l'oreille du ministre de la Santé. Alex l'avait opéré d'un pneumothorax compliqué secondaire à une bronchite mal soignée. L'air accumulé dans la plèvre du patient avait comprimé les veines de son thorax, empêchant le retour du sang vers le cœur. La constitution robuste de l'homme et les soins prodigués en urgence par Alex l'avaient tiré d'affaire. Il n'avait jamais oublié son regard, impénétrable, fermé à double tour. Au moins, avec lui, il ne risquait pas l'empathie. Il l'avait instantanément reconnu sur le quai. Pas de doute possible. Son suiveur était bien le Mr Smith de la chambre 12. Il savait que ni ses frasques d'étudiant, ni sa liaison avec Kathleen ne pouvaient lui valoir l'intérêt d'un tel personnage. L'incident avait relégué sa mélancolie au second plan. Il s'endormit, l'esprit rempli de pensées confuses et d'un désagréable pressentiment.

3.

7 juillet 1941, Ascot.

L'hippodrome de bois blanc n'avait pas l'air de fête habituel des jours de derby. La foule, sombre et compacte était transie de froid dans les gradins face à l'immense perspective d'une pelouse impeccable. Peu de chapeaux hauts de forme et de redingotes, noyés dans les rangées de bérets kaki, pas de tenues chatoyantes ni de coiffes excentriques. L'heure n'était plus au faste. Juste quelques officiels et la population de Londres et de ses faubourgs venus se rassurer quant au potentiel militaire de leurs troupes, à l'heure où des rumeurs prêtaient aux nazis l'intention de lancer de nouveaux raids aériens massifs sur Londres. Ascot constituait une opération de communication destinée à présenter aux civils – et aux forces ennemies, dont il ne faisait nul doute que des espions étaient présents dans le public – le Gloster Meteor, premier avion à réaction de la Royal Air Force. Une pluie fine et pénétrante, portée par le vent qui balayait les tribunes, fouettait les visages, rendant l'observation du ciel difficile.

Jack sécha son visage ruisselant et maugréa :

– Mais qu'est-ce qu'on fait ici ? Dites-moi pourquoi j'ai accepté de vous suivre ?

– Arrête de faire l'ours, répondit Alex. Tu es venu quand tu as appris que Janice accompagnait Kathleen.

– Chut ! Elles vont t'entendre !

– Il faudrait peut-être que tu te décides à lui déclarer ta flamme, avant qu'un autre ne le fasse.

– Tu sais bien que je n'ai pas ton aisance pour cela.

– Parle avec ton cœur.

– Tu as raison, je vais lui dire que je déteste la pluie et les avions, mais que je suis quand même venu. Elle comprendra.

– Je ne suis pas sûr qu'elle prenne ta présence ici pour un acte d'amour ou d'héroïsme, se moqua Alex.

– Alors quoi ? Peut-être que si je pilotais un de ces foutus avions...

– Ou si tu t'engageais sur le front ?

– Tu es sérieux ? Je risque d'y laisser ma peau !

– Tu veux lui prouver que tu es un héros, n'est-ce pas ?

– Non, je veux juste qu'elle m'aime.

– Sois toi-même. Et parle-lui. Après, tu pourras toujours aller rejoindre Pat pour l'aider à libérer l'Europe. Mais par conviction. Ne fais jamais rien qui engage ta vie pour une femme. Tu ne pourras qu'être déçu.

– Mais toi, tu t'es bien engagé avec Kathleen...

– Oui, mais je ne fais rien qui me rendrait émotionnellement dépendant d'elle.

– Je n'y comprends rien, dit Jack en dodelinant sous sa capeline qui dégoulinait d'eau. Tu ne l'aimes pas ?

– Si, nigaud. Mais je ne veux pas qu'une séparation me détruise. Je ne veux pas que ma vie dépende d'une seule personne. Tu peux prendre cela pour de l'égoïsme ou de l'irresponsabilité, mais j'ai vu mon père poursuivi par le fantôme de ma mère toute son existence. Je ne veux pas que cela m'arrive.

Un bruit de moteur retentit, arrachant à la foule un murmure de satisfaction qui se propagea comme une onde tout le long de la tribune. En bas, le public s'amassa contre la barrière. Dans les gradins, les regards se pointèrent vers une zone qu'ils ne pouvaient pas voir. Le bruit s'amplifia, strident, inhabituel.

– On doit aller à la première projection de *Soupçons* au Majestic mercredi prochain, annonça Alex. Le dernier film d'Alfred Hitchcock. Toi et Janice n'aurez qu'à venir avec nous. D'accord ?

– Oui, répondit Jack, conscient qu'il ne pourrait pas se dérober éternellement, mais soulagé de remettre sa déclaration à plus tard.

Les flashes des journalistes crépitèrent. Le premier Gloster apparut, roulant au pas sur la pelouse, suivi de quatre autres, en file indienne. Les murmures se transformèrent en cris d'admiration et d'étonnement, puis en applaudissements au fur et à mesure que les avions, à l'allure de gros insectes vert et gris, défilaient devant les spectateurs.

– Mais comment peuvent-ils voler sans hélices ? s'étonna Kathleen, traduisant l'interrogation générale.

Alex fit une moue d'ignorance. Pour la première fois depuis le début de la guerre, il était impressionné par la technologie qu'elle avait générée. Il comprenait la fierté qui s'était emparée des autres, même s'il se refusait à la partager en raison de ses idées profondément pacifistes, autre héritage de son père. Cependant depuis le début de la guerre, il n'exprimait pas de telles opinions, ne voulant pas être accusé de défaitisme. Il savait que sa position était moralement intenable et qu'il n'avait aucune réponse satisfaisante à apporter, autre que la guerre. Le conflit était une réalité et prendre les armes pour se défendre était la seule option possible. Les peuples pacifistes avaient toujours fini massacrés. Il avait décidé d'agir là où il pouvait être le plus utile, en soignant les blessures physiques et morales de ses compatriotes. Mais il se sentait mal à l'aise face à Pat ou Neil, dont il admirait l'engagement. Il se sentait parfois lâche d'être à l'abri des zones de combat, où sa présence aurait sans doute été plus utile.

Le sourire de Kathleen chassa ses idées sombres.

– Ça y est, il décolle, cria-t-elle en l'empoignant par le bras.

Sur la piste improvisée, le premier engin prit son élan dans un vrombissement qui leur fit se boucher les oreilles. Les autres firent de même et commencèrent dans le ciel leur danse de guerre. Une fois la démonstration terminée, ils atterrirent sur la pelouse et s'immobilisèrent face à la tribune centrale avant de couper les gaz. L'arrêt des turbines fit place à un silence incongru, que les applaudissements de la foule déchirèrent bien vite. Une partie des spectateurs envahit le terrain afin d'approcher les monstres endormis. Les cockpits s'ouvrirent, l'un après l'autre, comme dans un ballet bien réglé. Les cinq pilotes s'en extirpèrent et descendirent de leurs machines. L'un d'eux enleva son casque et le jeta à son mécanicien.

– Mais c'est une femme ! s'exclama Kathleen, qui observait la scène avec des jumelles.

– Tu en es sûre ? dit Janice, incrédule.

– Oui. Elle a les cheveux courts, mais c'est une femme. Pas de doute.

La nouvelle fit le tour de la tribune. Tout le monde autour de Kathleen s'arracha ses jumelles.

– Tu veux voir ? demanda-t-elle à Alex, quand elle les eut récupérées.

Il prit les binoculaires et les régla à sa vue. Il s'attarda d'abord sur l'avion dont il remarqua le dessin en dents de scie sur le fuselage, avant de chercher son pilote dans la foule, qu'un cordon de militaires maintenait à distance des appareils. Il la trouva, dans sa tenue bleu nuit, aux prises avec le ministre des Armées et une meute de photographes convoqués pour l'occasion. Kathleen avait raison. Même s'il lui était impossible de distinguer les traits de son visage, tout dans sa silhouette et sa démarche revendiquait son appartenance au sexe féminin.

– La RAF a engagé une femme comme pilote d'essai, dit Alex, songeur. Cette fille doit avoir un sacré caractère pour y être parvenue.

– Ou de nombreuses relations, ajouta Kathleen, d'un ton plein de sous-entendus.

– Même la fille de Churchill ne pourrait obtenir un tel job par son père, répondit-il en se demandant si le Premier ministre avait une fille du même âge. Les essayeurs sont des pilotes exceptionnels.

– Des fêlés, oui ! intervint Jack en regardant Janice. On les enverrait à cheval sur un obus qu'ils ne refuseraient pas.

– Ils se battent pour leur pays, ils prennent des risques au nom de la liberté, dit Janice. Moi, je trouve leur courage exemplaire.

Jack s'en voulut de sa remarque mais se dit qu'il serait bien temps de réparer les dégâts à la prochaine séance de cinéma, sur laquelle il fondait désormais tous ses espoirs.

– Vous voulez qu'on aille voir les héros de plus près ? proposa-t-il pour se faire pardonner.

– Le train pour Londres part dans trente minutes, fit remarquer Alex.

– Mon père nous a invités au cocktail qui a lieu dans le salon d'honneur, intervint Kathleen. Même toi, Alex. Et il y a d'autres trains dans l'après-midi.

– Ton père est là ? demanda Alex, désappointé.

– Oui, bien sûr. Il est l'ami de presque tous les ministres du gouvernement. Le meilleur chirurgien de Sa Majesté, a dit Winston.

– Winston ? Tu l'appelles Winston ? On a l'impression que tu es une intime du Premier ministre.

– Il m'a connue toute petite. Mon père est son médecin depuis trente ans.

– Tu ne me l'avais pas dit.

– Tu crois que je te dis tout ? Pour cela, il faudrait qu'on ait le temps de se voir plus, remarqua-t-elle, entre plaisanterie et reproche.

– Bon, intervint Jack, on peut profiter de l'invitation du Dr Swann. Pas vrai, Alex ?

– Allez-y sans moi, répondit Alex. Je dois rentrer à Shanklin. J'ai un rendez-vous.

– Tu ne m'en as pas parlé, fit sèchement remarquer Kathleen.

– Moi aussi, je ne te dis pas tout, répondit-il d'un ton neutre pour éviter toute polémique. On a chacun ses petits secrets.

– Alex, dit Jack, la plupart du temps, tu n'as rien à m'apprendre sur quoi que ce soit, mais aujourd'hui, je pourrais te donner une leçon sur la diplomatie amoureuse. C'est l'occasion rêvée pour officialiser votre relation, toi et Kathleen. Son père vient de faire un pas en avant, à toi de faire les cent autres. Je crois même, pour être franc, que tu n'as pas le choix. Un refus équivaudrait à un affront.

Alex, pragmatique, abandonna le combat qu'il savait perdu d'avance. Il prit un air détendu. Sa main trouva celle de Kathleen.

– Bien, allons-y. Mais je dois partir en début d'après-midi. Allons saluer les pilotes et mon magnanime patron. Au fait, comment dites-vous héros au féminin ?

La foule vida rapidement les tribunes, investissant les nombreux couloirs de sortie. Il émanait du brouhaha une joie communicative, comme si l'apparition des cinq avions était annonciatrice de la fin du conflit. Personne dans le public ne pouvait savoir que les appareils n'étaient pas encore techniquement fiables et qu'aucune production industrielle n'était prévue avant l'année suivante. La parade n'était destinée qu'à remonter le moral de l'opinion publique. Opération pleinement réussie.

– Nelson, permettez-moi de vous présenter ma fille et... son petit ami du moment.

L'hésitation de Philipp Swann et le terme employé pour le qualifier amusèrent Alex qui, tout en serrant la main du ministre, songea qu'au fond, il méritait cette dénomination peu amène. Il n'aimait pas son beau-père au point de faire les efforts préconisés par Jack, il n'aimait pas assez Kathleen pour s'investir sérieusement dans leur relation amoureuse. Il ne se sentait pas capable de lui donner ce qu'elle attendait. Il le savait, malheureusement et même s'il se sentait bien avec elle, il devait rompre. Et c'est elle qui en ferait les frais. Alors qu'il répondait machinalement à une question du ministre sur les besoins en matériel et en médicaments dans son service, il jeta vers sa fiancée un regard désolé, qui lui demandait par avance pardon du mal qu'il allait lui faire. Il savait qu'elle ne le comprendrait pas, qu'elle allait le vouer aux gémonies, et le haïr pour le restant de ses jours. Elle aurait raison. Et lui aussi. Pour la première fois de son existence, il ressentait le besoin d'une vie plus équilibrée. Il voulait arrêter de fuir, de se mentir à lui-même. Il voulait se poser, seul ou accompagné. Il voulait que son père soit fier de lui.

– Isaure ! dit Nelson à l'adresse de la femme en tenue d'aviateur qui se frayait un chemin vers la sortie.

Le ministre l'attrapa par le bras et l'entraîna vers le groupe.

– Venez que je vous présente à nos amis : Philipp Swann, sa fille et son gendre.

Elle les salua, avec un sourire forcé. Ses cheveux d'ébène, coupés au carré, une référence évidente à Louise Brooks, encadraient un visage d'une grande finesse, au teint diaphane, aux pommettes saillantes ponctuées d'éphélides. Ses yeux vert émeraude, aux cils longs et courbés, lui donnaient un regard perdu dans un univers parallèle. Il émanait d'elle un charisme naturel, mélange de force et d'inaccessibilité. Elle serra la main des invités sans répondre à leurs flatteries. Alex était impressionné : pour lui, elle était l'icône d'une irréductible liberté, une femme qui n'aurait jamais à dépendre de personne. Il se sentit obligé d'interrompre le flot de compliments, mais, troublé, ne trouva aucune remarque pertinente et improvisa platement :

– Isaure, c'est plutôt rare, comme prénom...

– Il désigne l'Isaurie, une région d'Asie mineure autrefois peuplée de pirates insoumis. Mon père a toujours été attiré par les mystères de l'Orient, expliqua-t-elle d'une voix lasse, comme si elle répondait à la remarque d'Alex pour la centième fois de la journée. Je suis française, ajouta-t-elle.

– Mais de souche anglaise, s'empressa d'ajouter le ministre afin de minimiser cette fausse note. Miss D'Argreen est la nièce de feu sir Stuart D'Argreen, comte de Fulton.

– Je suis française, répéta-t-elle, comme par provocation. Stuart est un accident de famille. Un regrettable accident de famille. La sœur de ma mère s'est entichée d'un aristo qui faisait du commerce avec les Allemands. Même pendant la guerre. Heureusement, il est mort en 1938. Ça nous fait un collabo de moins.

La franchise de la repartie alliée à la rudesse du langage laissa l'assemblée interdite. Un silence s'ensuivit, que personne ne combla. Même le ministre, pourtant habitué aux joutes oratoires, semblait au bord de la suffocation. Alex, admiratif, poursuivit :

– Comment se fait-il alors que vous portiez son nom ?

– Ils m'ont adoptée à la mort de mes parents, à l'âge de dix ans. Je suis l'héritière de ce salaud.

– Sir D'Argreen a toujours été très généreux, intervint le ministre, comme s'il n'avait rien entendu.

– Surtout envers ses amis Krupp, ajouta-t-elle du tac au tac.

Il ne répliqua pas, sachant qu'en ce jour, elle était intouchable. La digestion des couleuvres étant un exercice dans lequel il excellait, Nelson sourit et proclama :

– Voilà de l'humour bien français, chère Isaure. Nous avons encore beaucoup à apprendre sur vous. Et réciproquement.

– Quel effet cela vous fait-il d'être la première femme pilote ? intervint Kathleen dans un élan de féminisme inattendu.

– Aucun. J'ai été favorisée pour obtenir le job : je suis la fille cachée de Winston Churchill.

Les visages se figèrent. Le ministre prit un air outré. La plaisanterie avait dépassé les limites de la convenance. Seul Alex éclata de rire, ce qui fit se retourner les autres invités.

– Et d'Hélène Boucher, peut-être, renchérit-il.

Ce fut au tour d'Isaure D'Argreen de laisser échapper un petit rire, bref et mélodieux. Ses yeux brillaient d'une lueur nouvelle. Alex eut l'impression qu'il était le seul à l'avoir remarqué.

– Vous aimez Saint-Exupéry ? lui demanda-t-il, ignorant les regards réprobateurs des autres.

– Vu mon métier, il m'est impossible de ne pas l'aimer. C'est en lisant *Vol de nuit* que j'ai eu envie d'être pilote. Et *Terre des hommes*... ce n'est pas le plus grand aviateur du moment, mais c'est sans conteste le plus grand pilote auteur.

– Vous savez que Consuelo, sa femme, est une parente ? intervint Nelson, qui essayait de reprendre la main. Elle est salvadorienne, c'est une descendante des Sandoval, une famille de conquistadores. Il se trouve que mon arrière grand-père a épousé une Sandoval, aïeule directe de Mme Saint-Exupéry. Vous n'ignorez pas que lui vient d'emménager à New York il y a trois mois. Consuelo, elle, est restée en France.

– Ah... fit Isaure d'un air distrait en direction du ministre, avant de lancer un regard plein de curiosité envers Alex.

– J'ai lu dans la presse qu'il avait l'intention d'écrire un conte pour enfants, dit ce dernier, sans la quitter du regard.

– Quoi qu'il écrive, il ne peut pas me décevoir.

– C'est un avantage que bien des hommes aimeraient avoir, répliqua-t-il spontanément.

– Alors, qu'ils se mettent au niveau de tolérance et de sagesse de cet homme ! proclama-t-elle en lui souriant.

– Il ne me reste plus qu'à écrire la Bible, plaisanta Alex.

– Seigneur Dieu, Beaumont ! interrompit sèchement Philipp Swann. Arrêtez de blasphémer. Vous rendez-vous compte de l'outrance de vos fanfaronnades ?

– L'avez-vous lu ? demanda Alex avec aplomb.

– La Bible ? Quelle question !

– Non. Saint-Ex. L'avez-vous lu ?

– Croyez-vous que j'aie le temps de lire les récits de tous les soi-disant aventuriers, étrangers qui plus est ? La situation de notre pays réclame toute mon énergie, répondit-il, sous le regard approbateur du ministre.

– Dommage. Cela vous aurait peut-être aidé à mieux comprendre les hommes. En attendant, étant le seul à pouvoir comparer les deux auteurs, je suis aussi le seul à pouvoir affirmer la supériorité de Saint-Exupéry sur Dieu dans le domaine de l'humanisme.

Kathleen lui lança un regard suppliant. Un regard qui lui demandait : *pourquoi ?* Alex connaissait les convictions et la rigidité de son père en la matière et ses allégations blasphématoires équivalaient à un sabordage en règle. Isaure D'Argreen profita du flottement pour prendre congé :

– Je vous laisse en famille, dit-elle en les saluant à la militaire. Bon courage, chuchota-t-elle à Alex en passant à sa hauteur.

Il la regarda s'éloigner et entendit à peine le Dr Swann lui intimer de ne plus jamais revoir sa fille. Il avait de la peine pour Kathleen et se sentait mal à l'aise vis-à-vis d'elle. Les jours à venir allaient être très difficiles pour elle. Il se promit de lui écrire le soir même, de lui ouvrir son cœur, même s'il était incapable d'expliquer son attitude présente. Rien n'était prémédité dans son geste. Pour l'heure, il devait rejoindre l'île de Wight pour un rendez-vous qu'il redoutait.

7 juillet 1941, Brighstone, île de Wight.

Les deux traces noires balafraient encore la route. Une grande ligne droite sur la A3055, à la sortie de Brighstone, entre champs et falaise. Deux marques, au début parallèles à la langue de bitume, puis plongeant vers la gauche, côté falaise. Ni la pluie, ni les embruns incessants n'avaient pu les effacer. Il restait, deux ans après le drame, le tatouage obscène de la mort de Peter Beaumont. Alex n'oublierait jamais le moment où on lui avait annoncé. Le téléphone qui sonne dans la chambre, la voix inconnue de l'officier de police de Newport, nerveux, maladroit. L'homme parlait d'un accident, de graves blessures, de médecins qui avaient tout fait pour le sauver, mais malheureusement... Il connaissait trop ce discours pour l'avoir lui-même prononcé de nombreuses fois sans s'être rendu compte à quel point chaque mot faisait mal, à quel point il choquait et traumatisait à jamais. L'irréversible absence. Depuis, chaque sonnerie le ramenait à ce moment, il craignait chaque appel comme le rituel funèbre d'une mort annoncée. À la tristesse s'ajoutèrent très vite les regrets : ceux de ne pas avoir su lui dire à quel point il l'aimait et l'admirait, qu'il aurait voulu le voir plus heureux, plus épanoui, qu'il aurait dû se remarier, que la vie était injuste de ne pas lui avoir laissé le temps de voir son fils devenir lui aussi médecin... Depuis deux ans, il essayait de comprendre le pourquoi et le comment : pourquoi, ce 29 mars 1939, se trouvait-il sur cette route, dans une partie de l'île où ils n'allaient jamais ? Comment avait-il pu plonger dans un ravin en pleine ligne droite, alors que la visibilité était parfaite ? Il avait besoin de savoir, il avait besoin de comprendre pour faire son deuil. L'esprit humain se nourrit d'explications, de rationalité, de causes. Il devait trouver le coupable : la fatigue, un malaise, un animal sauvage qui traverse la route... Mais chaque hypothèse était battue en brèche par la réalité. Aucun gibier ne s'approchait jamais des falaises, et son père, insomniaque depuis sa vie dans les tranchées, pouvait passer des heures au volant sans la moindre lassitude. L'accident avait eu lieu vers 10 heures du matin, ce qui rendait cette version encore plus improbable. Peter était parti sans prévenir sa sœur, qui ne s'était même pas aperçue de son départ et avait été alertée par Alex. Restait le malaise, personne n'est à l'abri, même avec une santé parfaite. Son père, qui avait pratiqué le rugby dans sa jeunesse, comme lui, pouvait avoir été victime de la rupture d'un anévrisme cérébral. Imparable. Mais contradictoire avec les traces noires. Il avait freiné. Il était conscient au moment de la chute. Alors pourquoi avoir braqué vers le ravin ?

Au fond, quelle importance, qu'il soit mort d'un malaise ou d'un accident de voiture ? songea-t-il. Un coq traversa la route pour aller picorer sur la bande d'herbe qui longeait le vide. Il y avait de nombreux gallinacés dans le secteur et tous étaient en semi-liberté autour des fermes. Il imagina l'animal, indifférent au trafic, à la recherche de grains. La voiture freine, braque, dérape et tombe dans le ravin... Il refusait de croire à une fin aussi stupide. La gendarmerie avait été alertée par Francis Geer, agriculteur à Brook, qui conduisait ses moutons à Plymouth pour les vendre. Une épaisse fumée noire s'élevait du rivage. Le corps calciné avait été évacué par la mer jusqu'à Newport. Encore un choc pour Alex : reconnaître officiellement son père à la morgue. Les flammes avaient attaqué les chairs, carbonisant l'épiderme et le derme, faisant fondre les graisses, déformant le visage. L'odeur était insoutenable, l'idée de sa souffrance aussi. Alex s'était évanoui devant la dépouille.

La carcasse de la Cooper était encore au bas de la falaise. Amas noirci, rouillé, corrodé. Aucune autorité n'avait voulu prendre en charge son remorquage. La mairie de Brighstone et les représentants du comté s'étaient longtemps renvoyé la responsabilité de son enlèvement, puis tous étaient tombés d'accord pour conclure que les moyens humains et techniques devaient rester au service de l'effort de guerre. Bien que revenant régulièrement sur les lieux, Alex s'était toujours jusque-là refusé à regarder ce qui restait de l'automobile. Il s'approcha du bord et se pencha, lentement. D'abord, il ne vit rien. La crique de galets, encadrée par des buissons denses, plongeait dans une mer moutonneuse aux reflets sombres. Puis il l'aperçut. Un gros insecte noir coincé sur une proéminence rocheuse, quelques mètres au-dessus des premiers galets. Il frissonna et, en dépit de ses convictions personnelles, se signa. Il prit la paire de jumelles, empruntées à sa tante Jane, qu'il avait gratifiée d'une explication évasive, et les régla sur la voiture. Le toit, désossé par les secouristes, reposait à quelques mètres de la carcasse. Ainsi décapitée, il pouvait en voir presque entièrement l'intérieur. Les sièges étaient éventrés, le volant avait pris une forme ovoïde et le pare-brise avait disparu, pulvérisé sous l'impact. La partie avant était pliée en accordéon. Curieusement, son père n'avait pas été éjecté du véhicule, ce qui l'avait définitivement condamné. Il remarqua un long et profond enfoncement de la tôle sur tout le côté gauche et rechercha des traces de l'accident sur l'à-pic rocheux. Qu'il ne trouva pas. Il n'arrivait pas à reconstituer mentalement la trajectoire de la chute en fonction des traces de chocs sur la carrosserie.

– Bonjour, monsieur Beaumont.

Alex se retourna vers l'homme, qu'il n'avait pas entendu arriver. De taille moyenne, tout en rondeurs, le visage ridé et couperosé à l'excès, habillé d'une salopette bleue et coiffé d'un chapeau maculé d'auréoles, Adam Bishop, le maire de Brighstone, ouvrier des chantiers navals à la retraite, avait toujours fait de son mieux pour aider Alex dans ses recherches. C'est lui qui, la veille, l'avait appelé pour lui signaler un élément nouveau.

– Je suis navré pour votre père, dit-il pour entamer la conversation comme à chacune de leurs rencontres.

– Merci, monsieur Bishop.

– Vous regardiez l'auto ? C'est bien malheureux qu'on ne puisse même pas l'enlever. Ça n'est pas faute de l'avoir demandé au comté. Mais vous connaissez la situation...

Alex opina en guise d'approbation.

– La semaine dernière, le conseil a voté en faveur d'un crédit pour la construction d'un muret le long de cette route. Vous savez, je vous en avais parlé la dernière fois. On fera les travaux cet été. Sur cinq kilomètres.

– Tant mieux s'il y a enfin des mesures concrètes. Mais j'imagine que ce n'est pas pour m'annoncer cela que vous m'avez demandé de venir.

– Non, bien sûr, reconnut l'homme en s'essuyant le front du revers de la manche. Il y aurait peut-être un témoin.

– Un témoin ? répéta Alex, qui n'espérait plus entendre ces paroles.

– J'ai dit peut-être. Ne vous emballez pas. En tout cas, une voiture étrangère a emprunté la route au même moment que votre père.

L'homme sortit du papier à cigarette, puis du tabac qu'il coula dans la rigole improvisée. Quand Adam Bishop parlait d'« étranger », il voulait signifier qu'il ne faisait pas partie des cinquante mille habitants recensés de l'île. Alex se demandait même parfois s'il ne considérait pas que seuls les résidents de Brighstone pouvaient échapper à ce qualificatif. Le maire lécha le papier et le roula avec dextérité avant qu'il ne finisse allumé aux commissures de ses lèvres.

– Voilà. Il se trouve que le week-end dernier, j'étais au mariage de mon neveu dont les parents habitent à Yarmouth. Ils tiennent l'épicerie. On est venus à parler de l'accident, et ma sœur m'a raconté qu'elle avait vendu une carte routière à deux étrangers le matin même. Ils lui ont demandé quelle était la route pour se rendre à Shanklin.

– Qu'est-ce qui vous fait penser qu'ils aient pu le croiser ?

– Il était un peu avant 10 heures. Elle en est sûre, elle venait d'ouvrir sa boutique. Et de Yarmouth à Brighstone, il y a un quart d'heure de route. D'après Francis, la fumée était telle qu'elle coupait la route en deux. Ils n'ont pas pu ne pas la voir.

Il cracha les brins de tabac qui s'étaient collés sur sa langue.

– Ils l'ont peut-être croisé avant l'accident ?

– Ça non, c'est impossible ! protesta-t-il.

– Pourquoi, impossible ?

– Parce que cette voiture, elle n'est jamais arrivée à Brighstone. J'ai bêché mon jardin toute la matinée ce jour-là.

À part la Cooper de votre père, aucun véhicule n'est passé avant celui des secours.

– Ils se sont peut-être arrêtés avant, à Totland ou à Freshwater ?

– C'est possible...

– Mais vous ne le pensez pas ?

– Moi, je ne pense rien. J'essaye de vous aider, c'est tout. Mais vous devriez essayer d'oublier au lieu de remuer sans cesse ce drame. Ça ne le fera pas revenir. Je sais ce que c'est : mon père a disparu en mer quand j'étais adolescent. On n'a jamais su ce qui avait fait couler son bateau. À quoi bon savoir ?

Au fond de lui-même, Alex savait que Bishop avait raison. Tout le monde trouvait son entêtement inutile et vain. Il voulait surtout comprendre la raison pour laquelle son père avait emprunté cet itinéraire en ce matin de mars 1939. C'était un homme tellement secret. Il aurait aimé que ce fût pour rejoindre une femme, mais il en doutait. Sa dévotion à la mère d'Alex était totale.

Bishop aspira sa dernière bouffée, regarda le mégot en ayant l'air de prier pour son salut, le jeta à ses pieds et essuya sa semelle dessus.

– Tout ce que je peux vous dire, dit-il en s'épongeant à nouveau le front, c'est qu'une voiture était dans le secteur au moment de l'accident, qu'elle est partie de Yarmouth, mais qu'elle s'est arrêtée avant mon village.

– Mais pourquoi votre sœur a-t-elle attendu deux ans pour en parler ?

– Parce que personne ne lui avait rien demandé. Il n'y a jamais eu d'enquête, ni quoi que ce soit dans le genre. Pour elle, c'est un fait sans importance.

– Je comprends. J'irai lui rendre visite, avec votre permission.

– C’est inutile, elle a été incapable de me décrire les deux étrangers. Vous perdez votre temps.

– A-t-elle au moins vu d’où ils étaient en Angleterre ? Leur plaque ? Un accent ? Londres ? Manchester ?

– Vous m’avez mal compris, monsieur Beaumont. Je vous ai dit qu’ils étaient étrangers. Des Américains.

4.

9 juillet 1941, hôpital St Thomas, Londres.

Mariette Loyd avait une grande admiration pour son patron, Philipp Swann. Une dévotion, disaient ses collègues, depuis que celui-ci l'avait nommée surveillante du service de chirurgie, charge dont elle essayait de se montrer digne en se comportant en cerbère zélé du médecin. Elle n'aimait pas Alex Beaumont. Ses manières et son impertinence la confortaient dans son idée d'un déclin certain de l'Empire britannique. Elle le croyait anarchiste ou communiste, ce qui, pour elle, revenait au même. Toute cette jeunesse dévoyée avait contribué au déclenchement de la guerre, disait-elle souvent dans son comité de quartier où, depuis le Blitz, elle œuvrait en tant que *Chief Warden*. Les autres lui souriaient poliment tout en évitant de polémiquer sur un sujet pour lequel elle ne faisait preuve d'aucune tolérance. Pour le reste non plus, d'ailleurs. Son esprit se sclérosait au fur et à mesure que son corps se rigidifiait.

Ce matin, Mariette était de meilleure humeur qu'à l'accoutumée. Le Dr Swann lui avait demandé d'intercepter Alex dès son arrivée et de l'accompagner jusqu'à son bureau, où il se trouvait en compagnie d'un homme qu'elle ne connaissait pas, mais qui l'avait impressionnée par l'autorité et la rigueur qu'il dégageait. Alex allait avoir des ennuis. Quelle qu'en fût leur nature, elle se réjouissait de son possible renvoi. Son remplaçant ne pouvait qu'être plus respectueux des convenances. Et seules les convenances pourraient sauver l'Angleterre du chaos. Du moins dans l'esprit de Mariette Loyd.

En enfilant sa blouse blanche, Alex se répétait mentalement ce qu'il avait prévu de dire à Philipp Swann. Il avait tenté de contacter Kathleen, à son retour de l'île de Wight, sans succès. Il se préparait à affronter son père. Il avait appelé un ami à l'hôpital de Portland, qui l'avait assuré d'une place au service des urgences. Mais il refusait d'être licencié pour des questions d'ordre personnel. Il ne regrettait même pas son attitude à Ascot. Il avait juste de la peine pour Kathleen. Beaucoup de peine. Elle méritait mieux que lui et finirait par rencontrer un homme qui lui ferait oublier leur relation. Il en était persuadé.

Le sourire méprisant de Mariette, lorsqu'elle l'aborda, lui indiqua qu'elle était au courant de ses ennuis. Il releva le col de sa blouse en guise de provocation – elle détestait les excentricités vestimentaires – et la gratifia d'un bonjour bravache.

– Le Dr Swann vous attend dans son bureau. Maintenant, ajouta-t-elle, les lèvres exagérément pincées.

– Mariette, ce que j'aime le plus chez vous, c'est votre douceur. Vous savez que vous pourriez combler le plus austère des hommes. Mais votre dévotion à notre patron est si grande que vous n'avez plus de temps pour vous. Dommage...

Elle ne répondit pas et tourna les talons, savourant d'avance sa vengeance. Alex s'engagea dans le couloir qui menait au bureau du chef de service en ayant l'impression de retrouver celui qui débouchait sur la pelouse de Twickenham. Il sentait la tension monter en lui, mais le match lui semblait moins équilibré.

– Alex, entrez, dit Philipp Swann, répondant au coup sur la porte. Nous vous attendions.

Alex marqua sa surprise, plus en raison de la présence de l'homme qui se tenait debout près de la fenêtre, les mains dans le dos, que de l'air enjoué du Dr Swann. Il reconnut son suiveur.

– Vous vous souvenez de notre invité ? lui demanda le médecin sans prendre le temps de lui serrer la main.

– Comment vont vos poumons, monsieur Smith ? s'enquit Alex, en le saluant.

– Comme un charme, répondit celui-ci. Grâce à vous deux. Mais vous pouvez m'appeler Philips. Ou mon colonel.

Swann les invita à s'asseoir sur le canapé, honneur qu'Alex n'avait jamais connu depuis son arrivée à St Thomas. La présence de cet intrus le contrariait. Elle fleurait une opération de chirurgie délicate sur le plan diplomatique, pour laquelle on leur demanderait de garder le secret. Elle allait surtout retarder l'explication qu'il désirait avoir avec son « beau-père ».

– Le colonel Philips va vous entretenir d'un sujet qui va réclamer de votre part la plus extrême prudence et la plus grande discrétion, dit le Dr Swann en introduction.

Ça y est, le manège commence, songea Alex. *Cette fois, qui a mal ?*

– Monsieur Beaumont, je suis ici en qualité de membre d'un département du War Office. Pas comme malade, ni comme représentant d'un malade « sensible », dit-il en insistant sur le dernier mot.

– J'ajouterai que le colonel est le cousin de feu sir Lawrence d'Arabie, intervint Swann, jubilant.

Philips continua, ignorant la flagornerie :

– J'ai remis à votre chef de service une lettre du général Wake qui m'autorise à vous réquisitionner pour une durée indéterminée au sein des forces armées. Le Dr Swann a bien compris que, malgré vos brillants états de service en tant que chirurgien, votre place serait plus utile parmi nous qu'à St Thomas et je l'en remercie. Je tiens à préciser que ceci n'est pas une sollicitation de sa part en réponse à vos différentes frasques, dont celle d'Ascot. Il n'y a aucune mesure de rétorsion dans cette demande. Nous allons vous charger d'un travail important dans le cadre d'une de nos missions car vous êtes la personne la plus indiquée pour le mener à bien.

Alex comprit l'allégresse de son ex-beau-père. Le ciel venait de lui envoyer le moyen de se débarrasser de lui sans faire passer son départ pour une vengeance personnelle. Et le War Office, qui gérait l'administration de toute l'armée en temps de guerre, était sous la dépendance directe de son ami Winston Churchill. Quant à la requête, elle l'avait pris de court.

– J'en suis honoré, mais je ne vois pas ce que je peux apporter dans votre domaine, dit-il, sincère.

– Ne vous inquiétez pas, c'est à nous d'en juger, répliqua Philips qui sembla irrité par sa réaction. Nous vous connaissons suffisamment bien.

– C'est vrai que vous m'étudiez même la nuit, répondit Alex en allusion à la filature ratée sur les quais de Londres.

– Vous voyez que vous êtes capable de vous débrouiller dans des situations inhabituelles, répliqua-t-il en réponse aux doutes émis par Alex. Je considère que j'ai votre approbation, affirma-t-il, péremptoire.

– Attendez, je me suis juste engagé dans la défense civile. Et tout d'abord, en quoi consiste ce travail ?

– Vous le saurez dans quelques minutes, dit Philips en se levant. Nous partons pour le QG de la LCS.

La voiture filait à vive allure dans les rues peu fréquentées de Londres. Le chauffeur, en tenue de combat, le béret vissé sur des cheveux gris clairsemés, avait une expression d'impassibilité digne du musée de cire de Mme Tusseau. Assis à l'arrière, Philips et Alex regardaient défiler le paysage, séparés par un mur de silence. Au croisement de Victoria Street et Ambrosden Avenue, des barrières encerclaient une colline de gravats à l'endroit où, quelques jours auparavant, se tenait la façade calcinée d'un immeuble d'habitation. Les panneaux indiquaient encore : « Ne pas pénétrer. Danger d'écroulement ». Plus loin, la carcasse d'un bus à impériale attendait depuis des mois devant l'arrêt numéro six, dont le panneau affichant le plan des lignes avait miraculeusement résisté au souffle des explosions. La circulation était rendue difficile par les travaux de déblaiement dans certaines rues. Le véhicule bifurqua vers Saint James Park où de nombreuses mères poussaient des landaus, autour desquels des enfants jouaient en chahutant bruyamment. L'immense jardin ressemblait à un îlot vert protégé des stigmates de la guerre, à l'exception de l'imposante présence de deux batteries antiaériennes sur la pelouse centrale.

Un bambin s'engagea sur la route pour récupérer son ballon capricieux. Il s'en saisit alors que le chauffeur, prudent, avait ralenti à son approche. Le garçon s'écarta juste assez pour laisser le véhicule circuler et regarda les occupants d'un air de défi. Alex lui sourit sans obtenir de réponse et se retourna pour voir sa frêle silhouette immobile rapetisser et disparaître. Il se demanda ce que pouvaient bien penser tous les enfants entraînés dans cette tragédie. Peut-être n'étaient-ils déjà plus des enfants.

Philips sortit de son mutisme, tout en continuant à regarder à travers la vitre de la MG :

– Mon Dieu, quand on pense à ces quartiers, avant la guerre... Vous connaissez bien Londres, Beaumont ?

– Certains endroits seulement. Du côté de Soho et de Piccadilly.

Le colonel haussa les sourcils :

– Alors, vous ne connaissez pas Londres. C'est la plus belle ville d'Europe, la plus chargée d'histoire. Hitler l'a bien compris, lui qui s'acharne à pilonner nos monuments. Il n'a pas fait les Beaux-Arts de Vienne pour rien, le rufian ! Dieu fasse que notre patrimoine soit sauvegardé.

Alex le regarda avec insistance, mais Philips ne détourna pas son attention du paysage urbain.

– Mon colonel, avec tout le respect que je ne vous dois pas encore, en regardant par cette vitre, je vois des gens qui souffrent, des vies brisées, des sans-abri, des sans-famille, de la tristesse, de la désespérance. Même chez les plus jeunes. Il n'y a pas que les pierres qui brûlent, les cœurs aussi.

Il eut droit au premier coup d'œil de son voisin.

– Belle tirade, en vérité. Candide mais touchante. L'empathie ne mène à rien en temps de guerre. Seul compte le résultat. On ne vous l'a pas appris en médecine ?

– Cela dépend du genre de médecine que vous pratiquez. Mais, au moins, le médecin est-il au contact du malade. Le cuir de votre limousine est plus confortable que la selle de ce pauvre homme, ajouta-t-il en lui montrant un cycliste qu'ils venaient de dépasser.

L'individu, plus âgé que le colonel, peinait à faire avancer son vélo chargé de deux grosses valises fermées par des ficelles. Son visage aux rides profondes, crispé par l'effort, à la peau rougie, était recouvert d'un rideau de sueur. Il puait la souffrance.

– Notre Premier ministre a proclamé qu'il y aurait du sang et des larmes, mais qu'à la fin, nous serions vainqueurs. Il faut l'accepter, répliqua Philips. Il va falloir vous endurcir, *vitelloni*[1].

1. Veau de lait élevé sous la mère.

Le ton était proche du mépris. *Soit il me provoque délibérément, soit ce type est dépourvu d'humanité*, pensa Alex. *Ou peut-être les deux.*

Après avoir traversé Queen Anne's Gate, la voiture s'engagea dans Broadway Street et ralentit devant le numéro 54. Elle pénétra sous le porche sans s'arrêter devant la guérite où une sentinelle s'était empressée de relever la barrière, tout en esquissant un salut réglementaire. Aucune indication ni plaque n'était visible sur la façade, seul un drapeau de l'Union Jack flottait au bout d'une hampe dans la cour intérieure.

– Où est-on ?

Philips se tourna vers Alex en souriant pour la première fois :

– Ce bâtiment abrite depuis plus de vingt ans une de nos plus performante organisation de protection des intérêts de l'Empire. À partir de maintenant, considérez que vous n'êtes plus un civil. Vous êtes sous mon contrôle et n'aurez de compte à rendre qu'à moi, rien qu'à moi. Bienvenue au MI-6[1].

La salle de réunion avait les proportions d'un petit amphithéâtre. Une centaine de chaises alignées par rangées de dix étaient tournées vers une estrade sur laquelle un large pupitre excentré leur faisait face. Une grande toile blanche était tendue sur le mur du fond. Alex se rappela que la communication était le maître mot de la LCS.

– Philips, vous voilà, claironna le maître des lieux, un homme aux cheveux blancs coupés en brosse, au visage avenant, aux gestes amples et aux épaulettes étoilées. Venez, venez, dit-il sur un ton amical.

Au fond de la salle, accoudés à un bar, se tenaient trois militaires, un verre de champagne à la main. Philips fit un

1. Military Intelligence 6, ou SIS, Secret Intelligence Service, service secret de contre-espionnage britannique.

salut au trio de gradés, alors qu'Alex se permit de leur serrer la main. Ce qui n'offusqua personne, à part le colonel. Leur hôte s'adressa sans cérémonie à Alex :

– Je vous ai vu à Twickenham, Alex Beaumont. Félicitations pour le résultat. Bel esprit de combat. Une coupe ?

Sans même attendre la réponse, il lui fourra le verre dans la main et s'approcha de Philips :

– Bonjour, Edward. Comment se porte madame ?

– Bien, bien. À part son cholestérol, comme toujours.

– C'est pour cela que vous avez choisi notre ami ? Pour soigner votre épouse ? demanda-t-il en glissant un regard malicieux à Alex.

Il tendit la bouteille de champagne au colonel afin qu'il se serve lui-même. Philips eut un sourire de circonstance mais resta muet. Alex fut tenté par une repartie cinglante, mais se contint devant le nombre impressionnant de décorations qui ornaient les vestes des participants.

– Venez, continua le maître des lieux. Allons nous asseoir dans le salon. Cette grande pièce me file le bourdon. Je n'y ai annoncé que des mauvaises nouvelles. Vraies ou fausses.

Les autres eurent un rire entendu. Le groupe se déplaça dans une pièce contiguë aux dimensions plus chaleureuses. Tout le monde s'assit autour d'une table ronde marquetée de loupe d'orme et avec, en son centre, le sigle LCS en lettres dorées.

– Bien, dit l'homme aux cheveux blancs. Je vais faire les présentations pour notre jeune ami. Et, charité bien ordonnée, je vais commencer par moi-même. Je suis le général Wake, responsable du Joint Intelligence Committee. Pour faire court, je coordonne les différents services secrets de notre pays, RAF, Navy et toutes les autres branches de l'espionnage militaire, dont le MI-5 et cette honorable maison du MI-6 qui nous accueille aujourd'hui. Je rapporte à Desmond Morton, qui est l'aide de camp personnel de notre

Premier ministre en matière d'espionnage. Il y a trois mois, nous avons créé la London Controlling Section, la LCS, dont notre ami Philips est le dépositaire. Ce ne serait pas vous faire injure, cher Edward, que d'avouer à notre jeune ami que le véritable patron en est Churchill lui-même, ajouta-t-il en clignant de l'œil en direction de l'assemblée.

Seul Philips resta impassible à la repartie. Wake poursuivit :

– À la LCS, nous avons en charge le renseignement, comme le MI-6, mais aussi la mystification, pour employer un terme policé. Nous y reviendrons en ce qui vous concerne. À votre gauche, le colonel Dennis Wilne, chef de la commission des moyens spéciaux. Notre pointure pour toutes les opérations délicates.

L'homme, jeune et d'allure austère derrière des lunettes rondes cerclées d'écaille, approuva d'un signe de tête. Wake finit sa coupe et reprit :

– À ses côtés, un compatriote américain, le général Brown, du Haut Commandement interallié. Un héros de la Première Guerre mondiale. Ceci est dit sans aucune flagornerie, George, plaisanta-t-il à son intention, puisque tout le monde sait que j'ai servi sous vos ordres.

George Brown était de ces militaires dont l'habit rehaussait la prestance. D'une carrure massive que son uniforme avait du mal à contenir, la tête plantée sur un cou puissant, il possédait des traits fins, des yeux en amande, et des canines pointues qu'il dévoilait lors de ses fameux sourires, dont on ne savait jamais s'ils signifiaient une approbation ou une menace pour ceux qui en étaient gratifiés.

– Enchanté de vous rencontrer, capitaine Beaumont, lâcha-t-il sobrement.

– C'est vrai que je n'ai pas encore eu le temps de vous le préciser mais vous reprenez votre grade de réserve assorti d'une petite promotion. D'une grande, dirait Philips, qui n'était pas d'accord pour faire de vous un officier. Il faudra vous y habituer tous les deux. Alex, vous faites désormais partie des services de renseignements alliés. Vous devez vous considérer comme un soldat, ce qui signifie une obéissance totale à nos ordres, quels qu'ils soient. J'insiste sur ce point. Et je suppose que je n'ai pas besoin de vous rappeler que tout ce que vous verrez et entendrez dans cette pièce devra rester secret. Y compris la marque des cigares de Brown.

Nouveaux rires de l'assemblée. À l'exception d'Alex, que la décontraction apparente de Wake mettait mal à l'aise. C'était pourtant le genre d'attitude qu'il cultivait lui-même. Mais, à ce moment, il pensait à ses amis qui étaient sur le front en Tunisie ou dans les airs. Le raffinement du lieu et la nonchalance de son hôte l'incommodaient.

Wake ouvrit un dossier et lut :

– Alexandre Beaumont. Vous êtes né à New York en 1919, mais vous résidez en Angleterre depuis votre enfance. Vous possédez d'ailleurs les deux nationalités. Vous parlez quatre langues, dont le mandarin. C'est plutôt inhabituel comme choix, non ?

– C'est celui de mon père. Il s'intéressait beaucoup à la médecine traditionnelle chinoise. Il pouvait lire et écrire le mandarin. Moi, j'en suis resté aux rudiments.

– Vous êtes champion universitaire de rugby et avez de nombreux titres à votre actif. Vos études de médecine ont été correctes sans être brillantes. Pas d'erreurs ?

– Non, c'est exact. Votre service est vraiment très bien renseigné, persifla Alex, dont la remarque ironique se perdit dans l'indifférence des participants.

– En revanche, vous vous révélez très vite être un excellent chirurgien, continua Wake.

– J'ai toujours été un manuel, confirma Alex.

– Vos voisins et vos proches vous décrivent comme une personne facile à vivre, sachant prendre l'initiative. Ils vous considèrent comme le chef de bande. Plutôt engageant, je dois le reconnaître. Seul point noir, mais il est de taille : vous avez un problème avec l'autorité et avez tendance à la désobéissance et à la provocation. Autant dire qu'après notre enquête, tous n'étaient pas enthousiastes à l'idée de vous choisir.

Alex sentit le regard de Philips peser sur lui mais choisit de l'ignorer.

– J'imagine que, pour le travail que vous voulez me confier, ce n'est pas rédhibitoire. Sinon, je ne serais pas ici.

– Exact. Vous êtes quelqu'un de franc et loyal. Je me suis porté garant pour vous. Et vous êtes suffisamment intelligent pour comprendre que vous allez œuvrer pour notre pays et pour la liberté. De toute façon, vous ne travaillerez pas seul. Un de nos agents a été détaché pour vous assister.

– Et pour me surveiller ?

– Ne commencez pas, Beaumont ! aboya Philips, qui se contenait depuis un long moment.

Wake lui fit un signe d'apaisement et répondit :

– Oui, aussi pour vous surveiller. C'est dans votre intérêt. Vous ne croyez quand même pas que l'on va vous lâcher dans la nature sans protection ? Il n'y a pas que nous qui ayons des services de renseignements, même si ce sont les meilleurs. Il n'est pas question que les Allemands viennent à faire échouer cette mission. Colonel Wilne, je vous laisse la parole.

Ce dernier ajusta ses lunettes et s'éclaircit la gorge en relisant la première page du dossier qui se trouvait devant lui.

– Votre mission, capitaine, fait partie d'un plan baptisé *Recovery.* Il consiste à provoquer, ou tout au moins à suggérer, des défections parmi les alliés de l'Allemagne, comme la Finlande, la Hongrie ou la Bulgarie et à faire basculer les pays restés neutres comme la Suède ou la Suisse.

– Vaste programme, fit remarquer Alex.

– *Recovery* est une des pierres d'angle d'un édifice que nous construisons en vue de la victoire finale. Que savez-vous de la grippe espagnole ?

Alex fut surpris par la question.

– La grippe ?

– Vous avez certaines compétences sur le sujet, n'est-ce pas ?

– Quand mon père a écrit son livre, *Lady Flu*, j'étais étudiant et je l'ai aidé à réunir sa documentation. Cela m'a servi plus tard, pour ma thèse. Mais, comparé à lui, je suis un ignorant. Il travaillait sur le sujet depuis la pandémie de 1918.

– Votre père était incontestablement le plus grand spécialiste mondial du virus de la grippe. Malheureusement, il n'est plus là, dit sobrement Wake. C'est pourquoi nous faisons appel à vous. Continuez, Wilne.

– En 1917, les services de contre-espionnage américains et anglais furent avertis que les Allemands préparaient en grand secret une arme biologique. Ils crurent à un coup de bluff et personne ne donna suite à l'information. Moins d'un an après, la grippe espagnole ravageait le monde. Des dizaines de millions de victimes. Plus que la guerre elle-même. Mais l'époque était à la reconstruction et tout le monde finit par oublier cet événement. Nous avons retrouvé, dans les archives du MI-6, le document de nos agents qui mettait en garde contre l'éventualité d'une telle arme. Or, il y a quelques semaines, une rumeur identique nous est parvenue d'Allemagne.

Wilne fit une pause, lança un regard appuyé à Alex, et reprit :

– Actuellement, il est difficile de faire la part du vrai, car l'Abwehr vient de procéder à une grande campagne de désinformation. Votre mission consiste à prouver que la grippe espagnole était en fait une arme bactériologique fabriquée par les Allemands à la fin de la Première Guerre mondiale.

– Une arme biologique ? C'est aberrant, ils ne possédaient pas de vaccin ! Croyez-moi, cela ne tient pas debout. C'eût été suicidaire ! dit Alex avec assurance.

– Nous nous sommes mal compris, intervint Wake. Votre mission est de montrer au monde que les Allemands, il y a vingt-cinq ans, possédaient la technologie pour produire une telle arme et qu'ils n'hésiteraient pas à s'en servir à nouveau. Il faut retourner cette menace contre eux pour faire basculer de notre côté les pays que Wilne a évoqués. Le but est de marquer l'opinion mondiale. Quelle que fût la réalité en 1918. Vous avez carte blanche pour trouver ces preuves. Ou les inventer. Ai-je été clair ?

– Très clair.

– Mon général, lui glissa Philips.

Alex le regarda, puis, s'adressant à Wake :

– Très clair, monsieur.

Le général ricana devant le regard outré du colonel. Brown sortit de son silence :

– Beaumont, vous êtes le digne fils de votre père, croyez-moi. J'espère seulement que vous aurez autant de cran devant des officiers allemands, dans l'hypothèse où vous seriez amené à les croiser de près. Seule importe la réussite de votre mission. Dans ce cas, et uniquement dans ce cas, je serai prêt à vous pardonner votre insolence. Vous avez tous les droits, sauf celui de nous décevoir.

– Où s'arrête ma mission ? Qui va communiquer les soi-disant preuves ? Comptez-vous encore sur moi pour déshonorer le serment que j'ai prêté ?

– Tous les moyens sont bons pour combattre les barbares nazis, capitaine, répondit Wilne, du même ton neutre. Ne vous faites pas de soucis, nous sommes habitués à manipuler ce genre de données. Si j'étais vous, je ne serais pas aussi catégorique. Vous comprendrez notre préoccupation en découvrant les documents en notre possession. Mais quelle qu'en soit sa véracité, votre mission se bornera à nous fournir un dossier sans faille. Le monde doit être convaincu que les nazis sont parvenus à cultiver le virus de la grippe espagnole. Si les Allemands possèdent réellement cette arme, le Service des opérations extérieures prendra le relais pour la neutraliser. Un dernier point : le nom de l'opération est *Destitute*. Des questions ?

– Je suis flatté de la confiance que vous semblez me porter mais je me suis engagé il y a quelques semaines à peine dans la défense civile. Je ne suis pas un agent secret, je n'ai aucune expérience dans ce domaine.

Brown, irrité, prit un visage de bouledogue :

– Beaumont, c'est le Haut Commandement qui vous a choisi parmi des dizaines d'autres. J'ajoute que vous avez l'avantage d'être totalement inconnu des services secrets allemands, ce qui est un atout. Et il est plus facile de vous former aux rudiments du métier que de former un agent à ceux de la médecine. Je vous l'ai dit, vous allez travailler avec l'un de nos meilleurs éléments. Vous n'avez pas le choix : cette mission sera une réussite.

– Je dispose de combien de temps ?

– Trois mois, pas un jour de plus, répondit Wake. Passé ce délai, nous déclencherons la phase deux. Philips va vous donner tous les détails. À partir de maintenant, vous n'aurez plus affaire qu'à lui. Votre entente devra être parfaite. Est-ce clair ?

– Très clair, mon... général.

– Bien, fit Wake, satisfait. George, John, Nelson nous attend au ministère.

Les trois hommes se levèrent, saluèrent rapidement et sortirent sans un mot pour lui. La conversation n'avait jamais eu lieu.

Philips triait des papiers dans un épais dossier sans plus s'intéresser à Alex, qui ressentit un immense sentiment de solitude. Au bout de quelques minutes, il s'adressa à lui :

– Edward, qu'est-ce que l'on fait maintenant ?

Philips, qui attendait manifestement ce moment, répondit avec une jouissance certaine :

– Capitaine Beaumont, avons-nous un lien de parenté ?

– Sans vouloir vous décevoir, je ne crois pas. Je connais tous mes aïeuls depuis leur arrivée sur l'île et il n'y a jamais eu aucun pisse-froid dans la famille.

– Alors, pourquoi vous permettez-vous de m'appeler par mon prénom ? Ceci est réservé à mes proches. Pour vous, mon colonel suffira.

– Ed, j'ai deux opérations cet après-midi. Soit on coopère, soit je m'en vais.

Philips ne répondit pas et poursuivit son classement.

– Ed ? Après vous avoir opéré, il m'a semblé que vous n'aviez aucune séquelle auditive...

Le colonel prit un stylo et annota dans la marge un texte tapé à la machine.

Alex comprit qu'il n'aurait jamais gain de cause tant le fossé entre eux était grand.

– Mon colonel, dit-il en toquant sur la table où Philips s'affairait.

Celui-ci leva la tête et le regarda avec froideur :

– Capitaine, vous n'avez toujours pas compris la situation : vous avez déjà été remplacé dans le service de chirurgie du Dr Swann, à son grand bonheur, je dois avouer. Vous êtes notre collaborateur à plein temps pour les cent jours à venir. Vous continuerez à habiter votre appartement et à vous rendre à l'hôpital pour ne pas attirer les soupçons. Là-bas, une voiture vous attendra et vous conduira tous les jours à la LCS. Elle vous déposera le soir au St Thomas, d'où vous regagnerez votre logement, comme à votre habitude, avant de vous rendre au *Harry's* jusqu'à l'heure du black-out.

– Et vous continuerez à me suivre avec autant d'habileté ?

– Non. Maintenant, vous allez me trouver sur votre chemin à la moindre incartade.

– Charmante façon de combattre l'ennemi, en terrorisant sa propre population !

– Capitaine, eu égard à votre statut particulier, je suis obligé de fermer les yeux sur toutes vos provocations d'adolescent, mais ne faites jamais rien qui puisse compromettre votre mission. Car, dans ce cas-là, c'est moi qui aurai carte blanche.

Alex ne put s'empêcher de frissonner. Il savait que l'homme ne plaisantait pas.

– Quel est le programme des réjouissances ? demanda-t-il, conciliant.

Philips lui répondit tout en continuant à corriger son texte :

– Demain, vous prendrez connaissance des trois cantines d'archives que nous avons mises de côtés pour vous. Dans deux semaines, vous nous ferez un premier point sur vos recherches.

– Et mon coéquipier, il mettra la main à la pâte ou il sera juste là pour me protéger de moi-même ?

– Cela dépendra de vous et de vos manières. Pour impliquer les gens, il faut savoir les motiver.

– Bien reçu. Je le vois quand ?

– Ce soir. Une rencontre accidentelle.

– Parce que je dois jouer la comédie ?

– Pour vous, ce ne sera pas très difficile.

– Merci du compliment. Où doit-on se rencontrer... par hasard ?

– Ne changez rien à vos habitudes.

– Au *Harry's* ?

– Ne changez rien à vos habitudes.

– Mon colonel, j'adore travailler avec vous !

– Ça ne fait que commencer, Beaumont, que commencer.

5.

9 juillet 1941, pub Harry's, Londres.

La nuit avait avalé les quelques degrés qu'un pâle soleil avait péniblement gagnés tout au long de la journée. Fait inhabituel en cette période de l'année, Londres s'était recouverte d'un épais manteau de brouillard. Mais, depuis le début du Blitz, il signifiait pour tous l'assurance d'une nuit sans bombardements ni sirènes. Alex avait passé l'après-midi à rassembler ses effets personnels et à transmettre les dossiers médicaux en cours à son successeur, un jeune Gallois prétentieux qui officiait jusque-là dans le service de pneumologie. *La chirurgie d'urgence lui remettra les pieds sur terre*, songea-t-il en le regardant parcourir les comptes rendus opératoires d'un air condescendant. Le personnel avait été prévenu qu'il quittait le département pour raisons de santé mais qu'il continuerait à travailler pour l'hôpital dans un service administratif. Tout le monde était persuadé que son départ était lié à sa situation personnelle, ce qui faisait les affaires de Philips. Peut-être même avait-il choisi ce moment comme une occasion unique de camoufler la mission d'Alex. Ce dernier se demandait quelle était la part de hasard et quelle était la part de manipulation dans ce qui lui arrivait. Le souvenir de Kathleen le hanta tout l'après-midi, à un point tel que, lorsqu'il pénétra au *Harry's*, il en avait presque oublié qu'aucun agent de la LCS ne s'était encore manifesté auprès de lui. Le bar était peu fréquenté et l'ambiance était morne. La dernière soirée animée du pub avait été celle du Varsity. Accoudé derrière son comptoir, Harry discutait sans entrain avec un couple qui dévisagea Alex. Il se sentit soudain devenu étranger à cet endroit dont il avait été l'âme pendant des années. Il s'assit à une table isolée, située à l'opposé de l'entrée, attendant son contact, ainsi que la bière qu'Harry lui servait systématiquement à son arrivée. Mais aucun des deux ne se manifesta et, au bout d'une dizaine de minutes, il se retourna vers le patron, les mains écartées en signe d'étonnement. Harry lui répondit d'une mimique qu'il allait s'occuper de sa consommation, mais il continua sa conversation un moment avant de s'activer derrière son comptoir. Il lui servit une Guinness à la mousse aventureuse et lui tapa dans le dos :

– Tout passe, Alex. Tout passe, dit-il, comme pour s'excuser.

Alex lui sourit sans répondre. Tous deux savaient qu'une page se tournait et qu'ils se voyaient peut-être pour la dernière fois.

Le seul joueur de fléchettes présent rangea son matériel dans un petit sac de toile et quitta le pub sans saluer personne. Les chaises retournées s'étaient accumulées sur les tables et Harry avait obturé la devanture de panneaux de bois plus tôt qu'à l'accoutumée. Il annonça la proximité de la fermeture d'une voix lasse, ce à quoi Alex répondit en murmurant pour lui-même :

– *Black shit...*

Il vida sa chope et décida de rentrer pour ne pas prolonger l'agonie de la plus belle période de sa vie. Seuls l'homme et la femme étaient encore présents, buvant silencieusement leur consommation au comptoir. Même Harry avait disparu, sans doute pour éviter des adieux trop douloureux.

– Alex Beaumont, nous voudrions vous parler.

Il leva la tête sur le couple qu'il n'avait pas entendu approcher. La journée défila devant ses yeux en une fraction de seconde : Philips, sa mission, son contact... La réalité le rappelait à l'ordre. Il chassa son spleen et les invita à s'asseoir.

Bien sûr, c'est tellement évident, pensa-t-il. Ils étaient là depuis le début de la soirée. Ils n'avaient pas l'air d'amoureux. Ils ne faisaient pas partie des clients habituels de Harry. Pourtant, le regard de la femme ne lui était pas inconnu. C'est ce qui l'avait trompé.

Il les dévisagea discrètement alors qu'ils s'installaient en face de lui. L'homme avait le visage hâlé, les traits fins des héros de la Paramount et une insolente assurance qui ne pouvait pas faire de lui un sujet de Sa Majesté George VI, mais plus vraisemblablement un membre des services secrets américains.

J'aurais dû me douter que Brown ne me laisserait pas seul avec un agent de la LCS, songea-t-il. *Voilà donc mon coéquipier. Espérons qu'il a plus d'humour que ses supérieurs.*

Contre toute attente, la femme prit la parole.

– Capitaine Beaumont, vous connaissez la raison de notre présence ici, dit-elle sobrement en guise d'introduction tout en fichant ses yeux dans ceux d'Alex.

Les irisations émeraude du regard ainsi que la voix féline réveillèrent le souvenir de leur rencontre : Ascot. Le Gloster Metor. L'ange en habit de pilote qui avait catalysé sa décision de rompre. L'icône de la liberté était un agent des services secrets. Curieux méandre du destin.

– Bonjour, Isaure D'Argreen, répondit-il en essayant de dominer son étonnement.

– J'espère que vos ennuis familiaux se sont arrangés, dit-elle d'un air complice.

– Ils se sont réglés de la façon dont vous savez, fit-il en ignorant le niveau d'information dont elle disposait mais son habitude du poker l'incitait souvent à bluffer.

Elle ignora la repartie et lui présenta son collègue.

– Le lieutenant Orson m'accompagne au nom des services secrets américains.

– Belle couverture, lieutenant, ironisa Alex en réprimant un sourire. Vous faites un couple épatant.

Les deux agents échangèrent un sourire entendu. L'impertinence d'Alex devait être signalée en rouge sur la première page de son dossier.

– Nous ne sommes pas ici sous un quelconque déguisement ou sous une fausse identité, corrigea-t-elle. Sachez juste que le lieutenant parle l'allemand, le français, l'italien et le néerlandais et qu'il a de nombreuses missions réussies à son actif.

– Je ne mets pas vos capacités en doute, lieutenant, dit Alex. Mais ne pensez pas qu'il suffise de parler notre langue pour être pris pour un Anglais. Il y a des attitudes qui ne se copient pas. Quels que soient vos efforts, vous ne serez jamais assez... anglais. Ici, vous êtes visible comme un saint-bernard dans un élevage de yorkshires.

– Il me semble que vous-même avez la double nationalité ? rétorqua Brown. Et une mère polonaise ?

– Exact, Orson, dit Alex, ravi d'avoir réussi à le faire réagir à ses provocations. Exact. Mais je n'ai jamais prétendu me faire passer pour qui que ce soit. Pour ce qui nous attend, je vous laisse ce rôle, cher coéquipier.

– Nous vous en savons gré, chacun ses compétences, répondit froidement Orson.

– Je suis sûr que, déguisé en Allemand, vous êtes plus que crédible, ajouta Alex pour le tester.

– J'en ai effectivement dupé plus d'un. Mais ne soyez pas modeste, vous-même avez des qualités dans le domaine. À la différence que ce n'est pas l'ennemi que vous abusez, mais vos petites amies.

La réplique ébranla Alex, et le mit mal à l'aise vis-à-vis d'Isaure D'Argreen. Cette femme l'intimidait. Curieusement, il n'avait pas envie qu'elle ait une mauvaise impression de lui. Il prit un air angélique et chercha à mettre au point son système de défense. Il adorait ces joutes oratoires qui lui donnaient la possibilité de sonder rapidement les qualités profondes de ses interlocuteurs aussi sûrement qu'une radiographie permettait de détecter une fragilité osseuse. En l'occurrence, il avait sous-estimé son adversaire, ce qui ne lui arrivait jamais. Le rugby lui avait appris plus d'humilité.

– Mon cher Orson, je réclame le droit à l'erreur sentimentale. Mieux vaut rompre plutôt que de s'entêter. *Errare humanum est...*

– ... *Perseverare diabolicum*, compléta Isaure, que la situation semblait amuser.

– Je n'ai jamais abusé aucune de mes fiancées, continua-t-il. Je ne leur ai jamais été infidèle. Combien d'hommes mariés peuvent le dire ?

– Peut-être... Cependant, vous n'êtes pas considéré par nos spécialistes comme étant quelqu'un de très stable. Si on parlait de Kathleen Swann ?

– Concernant Kathleen, je reconnais ne pas m'être bien comporté. J'assume mes responsabilités. Finalement, je suis un type profondément égoïste et insupportable. C'est bien pour cela que vos chefs vous ont choisi pour m'encadrer : à nous deux, grâce à toutes vos qualités, on parviendra à un équilibre, non ?

Orson, à court d'argument, lui tendit la main :

– Beaumont, vous êtes encore pire que la description que vous faites de vous. Mais on devrait pouvoir mener à bien cette mission.

En lui serrant la main, Alex sentit la résistance d'une poigne solide.

– J'avais des craintes, mais je crois que l'on va bien s'entendre tous les deux, dit-il, rassuré par la tournure de leur première rencontre.

– Cela m'étonnerait fort, capitaine.

– Pourquoi donc ?

– Parce que ce n'est pas moi votre futur coéquipier, mais Miss D'Argreen, annonça-t-il avec un plaisir évident. Félicitations. Vous aussi, vous faites un beau couple.

10 juillet 1941, QG de la LCS, Londres.

La fenêtre était obturée par un panneau occultant qui laissait deviner une journée ensoleillée. Un rai de lumière avait réussi à déborder le pourtour de l'encadrement et variait d'intensité au gré des nuages, seul lien avec le monde du dehors. Une ampoule nue, pendue à un fil torsadé désagrégé, inondait d'une lumière jaunâtre la table posée au centre, jetant le reste de la pièce dans une relative pénombre. Deux étagères métalliques n'offraient plus à la vue que des restes de cartels de papier déchirés à la hâte sur chaque rayon. Un pan entier de mur était partagé entre un tableau d'écolier, dont la rigole poussiéreuse contenait des restes de craie blanche mangés par l'humidité, et une mappemonde plantée de drapeaux de différentes couleurs. Au vu de l'avancement des drapeaux rouge et bleu en Afrique du Nord, Alex estima que la pièce n'avait pas servi depuis au moins six mois, ce que les toiles d'araignées couvertes de poussière, qui se balançaient dans tous les angles de l'ancienne salle de formation au décryptage, validaient nonchalamment. Les trois cantines d'archives – une par pays – étaient empilées à même le sol : l'Allemagne croulait sous le poids des États-Unis et de l'Angleterre. Chacune était scellée et ornée d'un bandeau interdisant leur ouverture sous peine de poursuites. Un bruit de moteur lui parvint de la cour intérieure. Il s'approcha machinalement de la fenêtre avant de réaliser qu'il était dans une pièce aveugle. Deux portes claquèrent. Suivirent des éclats de voix, des ordres aboyés, des pas pressés sur le gravier. Il se demanda combien de temps il pourrait tenir dans ce trou à rats, à la recherche de preuves qui n'existaient pas.

Il n'avait cessé de penser à elle. Une fois la surprise passée, Orson lui avait expliqué le choix d'Isaure comme étant la couverture parfaite au vu de sa situation présente : lui-même avait été initialement prévu pour être son coéquipier, mais la rupture entre Alex et Kathleen avait convaincu Wake d'agir autrement. Isaure et lui étaient censés se fréquenter régulièrement dans les jours à venir avant d'annoncer leurs fiançailles à leur entourage respectif. Un coup de foudre qui leur permettrait d'enquêter en toute quiétude. Du moins, c'était le point de vue émis par les stratèges de la LCS. Orson avait été nommé au poste d'agent de liaison chargé des rapports au Haut Commandement interallié. Il avait supervisé le rassemblement au QG de la LCS de toutes les archives concernant la grippe espagnole, contre la garantie de la part de Wake d'un partage total des informations entre les différents services. Alex et Isaure auraient à lui fournir des comptes rendus sur l'avancement de leurs travaux chaque semaine, ce que Philips s'était bien gardé de lui indiquer. La désinformation ne concernait pas que les Allemands.

Tout en assainissant le lieu, le bras enroulé dans un chiffon, il s'interrogea sur sa capacité à se comporter avec cette femme comme s'ils étaient un couple. Mentir à ses proches, même pour une cause juste, lui semblait bien plus difficile que le reste de la mission. D'autant que Kathleen allait rapidement l'apprendre. Il faisait confiance à son père pour lui annoncer. Peut-être cela l'aiderait-elle à passer ce cap difficile. Au fond de lui, il avait honte du mal qu'il lui faisait. Il avait cru que sa liberté était à ce prix. Mais il en doutait déjà. Isaure D'Argreen le troublait et l'intimidait, au point qu'il ne savait pas comment se comporter avec elle. Pour la première fois de sa vie, il se sentait mal à l'aise en face de quelqu'un qui l'attirait par son charisme et le repoussait par les barrières qu'elle imposait dans ses rapports avec les autres. *Bien fait pour moi*, songea-t-il durement. *Chacun son tour.*

Il tira vers lui la caisse aux couleurs des États-Unis, brisa le scellé et entreprit de trier les documents par ordre chronologique et par thème, ce qui lui prit trois heures. Il fit de fréquentes pauses à l'air libre, sous l'œil d'abord suspicieux puis compréhensif de la sentinelle, qui le regardait mâchonner un bâton de réglisse tout en trottinant, pour se décontracter, dans la cour intérieure. Il avait été informé par sa hiérarchie que l'étrange comportement du capitaine Beaumont n'avait rien de suspect. La deuxième caisse, en provenance du MI-5 et du MI-6, était plus fournie, mais plus ordonnée, si bien que le classement se fit en un temps record. Il ouvrit la troisième cantine. Les documents n'émanaient pas des services secrets allemands mais des autorités médicales, et faisaient état de la progression de la pandémie, décrivant la maladie avec une précision qui dépassait celle décrite par son père dans *Lady Flu*. Il les rangea en suivant la même méthode et se promit de les lire en priorité. Il devait commencer par faire le portrait-robot le plus exact du tueur, et les symptômes du virus étaient ses empreintes digitales.

Malgré ses pauses fréquentes à l'extérieur, il supportait de plus en plus mal la chaleur. L'après-midi touchait à sa fin. Son estomac lui rappela qu'il avait décliné l'invitation à déjeuner de Philips au Fish and Chips le plus proche. Sa bouche, desséchée, appelait aussi à l'aide.

– Marre ! grogna-t-il en sortant du bureau et en avisant dans le couloir une hache à incendie.

Le panneau de bois occultant la fenêtre vola en éclats dès le deuxième coup porté. Un faisceau de lumière envahit l'espace, balayant les particules de poussière en suspension. Alex fit sauter les derniers morceaux, restés cloués sur l'encadrement. La poignée de la fenêtre avait été retirée, empêchant toute velléité d'ouverture. Il donna un coup sec avec le manche de la hache qui vit voler en éclats la vitre inférieure.

Miss Marple, la secrétaire de Philips, entra, affolée par le bruit. Elle contempla les morceaux de bois éparpillés comme s'il s'agissait d'un cadavre.

– Mon Dieu, mon capitaine, que vous arrive-t-il ?

– De l'air, j'ai besoin d'air ! répondit Alex en s'approchant d'elle, l'outil dans la main droite.

Il était échevelé et en sueur. Sa chemise, échappée de son pantalon, était maculée d'auréoles et parsemée de débris de bois. Elle sortit en poussant de petits cris, manquant au passage de s'échouer contre Isaure, qui venait d'arriver et ne semblait pas étonnée de la situation.

– Vous faites du ménage ? demanda-t-elle en s'approchant de la fenêtre pour y regarder Miss Marple expliquer au soldat en faction la vision de cauchemar qu'elle venait d'avoir.

– Je déteste travailler dans un cagibi, répondit Alex en jetant l'arme par terre. J'ai besoin de respirer.

– J'aime votre finesse. J'ai bien fait de vous choisir comme fiancé, ironisa-t-elle.

– Concernant la comédie que nous devons jouer, je voulais vous prévenir... commença-t-il.

– Tenez, mettez ça, l'interrompit-elle en lui lançant sa veste. Et rhabillez-vous correctement. Nous allons voir du monde.

Il remit les pans de sa chemise dans son pantalon.

– Où va-t-on ?

– Vous venez de le dire. Au meilleur endroit pour jouer la comédie : au théâtre.

La salle comble bruissait en attendant le lever de rideau pour la générale de la pièce la plus attendue de l'année. Créée en 1938, *Geneva* avait été annoncée comme un événement artistique majeur et le Tout-Londres s'était déplacé pour voir et être vu. La rumeur circulait que l'auteur lui-même était présent dans la salle. Chaque apparition au balcon latéral faisait se lever les spectateurs et se tourner les têtes, à la recherche de George Bernard Shaw. Âgé de quatre-vingt-cinq ans, l'homme était devenu un vieillard à la barbe blanche et ses sorties en public étaient exceptionnelles. Chacune menaçait d'être la dernière.

Lorsqu'ils gravirent les marches de l'immense escalier en marbre du Haymarket Royal Theatre, Isaure prit Alex par le bras. Il eut un mouvement de recul, mais la laissa faire.

– Ne vous inquiétez pas, c'est purement professionnel, précisa-t-elle. Si cela peut vous rassurer, je n'ai aucune attirance pour vous.

– Vous m'en voyez rassuré. Sachez juste que la réciproque est vraie.

– Au moins, nous sommes fixés. Il n'y aura jamais d'ambiguïté.

– Jamais, mon amour, fit-il d'une voix fielleuse.

L'ouvreuse les conduisit à leurs places réservées dans une des loges proches de la scène, à hauteur des comédiens. Isaure lui serra le bras plus fort.

– Maintenant, souriez.

– Pourquoi ?

– Parce que nous avons fait courir le bruit que cette loge était celle de Shaw.

– Et alors ? demanda-t-il, en pénétrant sans crainte.

Il se retrouva la cible de centaines d'yeux et de deux photographes qui, vite déçus, ne firent aucun cliché. Au brouhaha qui suivit leur apparition au balcon succéda une clameur de désappointement. Les spectateurs se désintéressèrent de leur personne, G. B. Shaw ne viendrait plus, ils en étaient persuadés.

– Bien, dit-elle. On peut s'asseoir.

– C'est donc ça ? Vous m'avez emmené ici pour que nous soyons vus ensemble par le plus grand nombre ?

– Oui. On vient de gagner un temps précieux. On pourra annoncer nos fiançailles dès la semaine prochaine. Cela ne surprendra plus personne.

– Il ne manquerait plus que Kathleen soit là !

– Mais elle est là. Avec son père. C'est Nelson, le ministre, qui les a invités. Vous vous souvenez de Nelson ? Il a des intentions à son sujet. Pas pour lui-même, rassurez-vous, mais pour son fils.

– Laissez-moi lui parler. Je ne peux pas lui faire ça. Je ne veux pas qu'elle souffre à cause de moi.

– Il fallait y penser avant. Personne ne vous a forcé à la quitter.

Il s'assit, la mine sombre, sans quitter son manteau.

– Vous boudez ? dit-elle, après avoir posé soigneusement sa veste sur la chaise restée vide. Vous voulez déjà repartir ?

– Votre mission est terminée, non ? Nous n'avons plus rien à faire ici.

– Si. Voir une pièce de qualité écrite par un auteur de talent.

Il la regarda pour la première fois depuis leur arrivée dans la loge.

– Vous aimez le théâtre ? demanda-t-il, perplexe.

– Pourquoi ? Cela serait-il incompatible avec mon statut de pilote ?

– Non, mais je pensais que les espions se nourrissaient d'action plus que de littérature.

– Merci pour l'élégance de la remarque. Pendant que vous y êtes, vous pourriez faire passer une annonce dans le public pour les informer de mon appartenance à la LCS.

Alex jeta un regard circulaire afin de vérifier que personne ne pouvait les avoir entendus et s'en voulut intérieurement de son amateurisme. *Ça ne fait que commencer*, pensa-t-il. Mais il décida d'être fidèle à son image et s'engouffra dans la minuscule fissure qu'elle venait de lui offrir.

– Vous avez raison, dit-il. Le moment est propice : le gratin de Londres, un ministre et mon ancienne fiancée. On ne peut pas rêver mieux.

Il se leva, s'éclaircit la gorge et apostropha l'assistance :

– Mesdames et messieurs, s'il vous plaît !

Tous les regards se tournèrent vers lui.

– S'il vous plaît, mesdames et messieurs. Pouvez-vous faire silence, j'ai une annonce à faire.

Le public se tut rapidement, pensant avoir affaire à une intervention concernant l'auteur. Isaure restait immobile, incrédule.

– Je voudrais vous présenter Miss D'Argreen ici présente. Miss D'Argreen est l'un des pilotes des Gloster Meteor qui ont été présentés récemment au peuple anglais. Les premiers avions à réaction de notre flotte.

Quelques applaudissements timides retentirent. Alex enchaîna :

– Mais il y a une chose sur elle que vous ignorez. Une chose que je vais vous révéler ce soir.

Le cœur d'Isaure suspendit sa course un instant avant de repartir en sprint. *Non*, pensa-t-elle, *ce n'est pas possible. Il ne va pas le faire*... Mais, au fond d'elle-même, elle l'en croyait capable. Elle le tira par le bas de son manteau pour le forcer à se rasseoir, en vain.

– Voilà, je voulais vous annoncer qu'Isaure D'Argreen et moi allons nous fiancer.

Le public, qui, comme tous les sujets du Royaume-Uni, adorait ce genre de spontanéité allant à l'encontre de sa retenue habituelle, lâcha une clameur chaleureuse qu'il ponctua d'applaudissements nourris. Au milieu des premiers rangs une femme poussa même un cri. Alex localisa Kathleen, que son père essayait en vain d'empêcher de quitter la salle. Tout en recouvrant son souffle, Isaure joua la promise, surprise et ravie. Puis elle lui décocha un regard noir.

– Voilà. Vous êtes contente ? dit-il d'un ton agressif, agrémenté d'un sourire factice. On vient encore de gagner du temps. Ça vous va ?

Il sortit sans attendre sa réponse. Il voulait rejoindre Kathleen pour lui fournir des explications. Du moins, tenter de lui faire comprendre qu'il n'était pas parti pour quelqu'un d'autre, mais pour lui-même. Il descendit à l'étage inférieur où se trouvaient les vestiaires, pensant l'y retrouver. Le hall était vide, à part une hôtesse qui, réprimant un bâillement, s'approcha du comptoir à son arrivée. Alex fit demi-tour et remonta au rez-de-chaussée pendant que l'employée se rasseyait, espérant que plus personne ne viendrait la déranger avant l'entracte. Il se rendit à l'accueil, où la caissière lui confirma que personne n'était sorti, du moins par le hall principal. Elle lui indiqua l'entrée annexe, qui se trouvait être aussi celle du bar, qu'utilisaient les habitués et les membres du *Tobago's Lodge*, club privé réservé aux hommes que le théâtre intéressait moins que la consommation de cigares et de brandy. Il traversa la salle déserte et sortit par la porte tambour qui l'éjecta sur Stamford Street, désertée par les promeneurs. Il erra dans les rues avoisinantes jusqu'à ce que la pluie, tombant en averses violentes, le fasse renoncer à ses recherches. Il retourna dans le bar, et s'assit sur un tabouret au comptoir. L'ambiance feutrée lui convenait mieux que le spectacle, commencé depuis près d'une heure. Il commanda un Martini à un serveur apathique, qui devait appartenir à la même famille que la préposée au vestiaire. Il n'avait aucune envie de retrouver sa coéquipière dont l'assurance l'agaçait. Il ne maîtrisait pas la situation et se sentait manipulé par elle. Le barman revint avec sa consommation noyée sous de la glace pilée. Il songea à Harry qui détestait voir son breuvage préféré être dilué par quoi que ce fût. Sa taverne lui manquait déjà. Un rire sec lui parvint d'une table derrière lui. Conversation animée. En fin de compte, il n'était pas le seul à avoir préféré la quiétude des cuirs bordeaux du bar à l'excitation mondaine d'une première londonienne. Il se retourna machinalement et les vit tous les deux, assis à une discrète table d'angle. Ils étaient tels que sur les photos. George Bernard Shaw, vieil homme alerte, barbe et longs cheveux blancs, regard vif et mains expressives. Seule concession aux outrages du temps, une canne au pommeau doré, posée à ses côtés. Quant à son interlocuteur, il l'aurait reconnu entre mille. C'était lui. Il n'avait aucun doute. Le visage rond, le crâne dégarni, les yeux cernés par les nuits sans sommeil, la bouche fine et les lèvres serrées, comme si même les sourires devaient être tout en retenue par ces temps difficiles, il fumait nerveusement une cigarette roulée tout en ponctuant son discours de mouvements des paupières qui arrondissaient ses yeux légèrement globuleux et faisaient naître sur son front une ride profonde comme une crevasse. Alex avait beau se dire qu'il devait se tromper, qu'il n'était pas possible qu'il fût là, à Londres, devant lui, ses yeux lui rapportaient le contraire. Il se retrouvait comme un enfant qui n'ose pas déranger les grandes personnes. Pour la première fois de sa vie, il était intimidé. Les deux hommes semblaient passer un agréable moment. Leur connivence naturelle était évidente, malgré le demi-siècle qui les séparait.

– Il faut qu'elle le voie, murmura-t-il.

– Pardon, monsieur ? dit le serveur, qui était resté à proximité, en attente d'une nouvelle commande.

– Vous avez vu qu'IL est là ? chuchota-t-il, de peur de les déranger.

– Ah, Mr Shaw ? Oui, il est venu souvent pendant les répétitions. Il aime le calme de cet endroit.

– Non, pas lui, répondit-il, vexé.

– La personne avec Mr Shaw ? Désolé, je ne sais pas qui c'est. Il est français. Sans doute un directeur de théâtre ou un éditeur.

– Comment, vous ne le connaissez pas ? Mais c'est...

Une sonnerie stridente retentit dans tout l'établissement, arrêtant Alex au milieu de sa phrase.

– L'entracte, monsieur. C'est l'entracte, annonça le barman.

– Ne bougez pas, je reviens, dit Alex en jetant un dernier coup d'œil aux deux hommes attablés.

– Cela ne risque pas d'arriver, monsieur. Je finis mon service à minuit.

Alex grimpa l'escalier à contre-courant du flux de spectateurs et entra dans la loge qui leur avait été réservée. Isaure s'y trouvait, en compagnie d'Orson, qui se tut à son arrivée.

– Venez, dit-il sans même saluer l'agent américain, je vais vous montrer quelque chose.

– Quoi donc ? répondit-elle. Ma bague de fiançailles ?

– IL est là ?

– Qui ça ?

– Lui. Il discute au bar avec George Bernard Shaw. Je n'arrive pas à y croire. Venez.

Il lui prit le bras pour l'entraîner dans le couloir.

– À plus tard, Orson, dit-elle en se laissant faire.

– Orson, vous êtes là ? dit Alex, semblant seulement s'apercevoir de sa présence. Prenez des notes. Vous nous raconterez la suite.

Le bar était rempli de monde. La pause battait son plein et le barman avait retrouvé toute son énergie. Lorsqu'il arriva près de la table d'angle, Alex eut confirmation de son pressentiment : la place était occupée par un groupe de notables qui glosaient sur la mise en scène épurée et l'interprétation minimaliste. L'auteur et son interlocuteur avaient disparu. Il s'approcha du serveur et tenta vainement de l'interroger sur l'endroit où ils avaient pu se réfugier, mais celui-ci n'avait ni le temps ni l'envie de coopérer.

– Je vous assure, il était là. Je l'ai vu. Je ne peux pas me tromper, maugréa-t-il alors qu'ils marchaient dans Picadilly.

– Je vous crois, mais vous savez autant que moi qu'il n'a aucune raison de se trouver à Londres. Surtout en ce moment.

– Je sais. Mais il y était.

– Pourquoi ne pas l'avoir abordé ?

– Parce que j'étais pétrifié.

– Vous ?

– Oui, moi. Et vous auriez été dans le même état que moi. Il a une telle aura. Vous rendez-vous compte que j'étais à trois mètres de lui ?

– Je me rends surtout compte qu'il n'est marqué nulle part dans votre dossier que vous êtes une midinette.

– Une quoi ?

– Rien, c'est un terme français.

– Vous connaissez bien la France ? dit-il afin d'échapper à cette conversation qui ne tournait pas en sa faveur.

– Oui, j'y ai fait de fréquents séjours. Toute ma famille y habite. Plutôt dans le Sud-Ouest. C'est la zone libre.

– Vous serez à la LCS demain ?

– Pourquoi, vous vous ennuyez de moi ?

– Non. Je voudrais que vous demandiez à vos collègues de le localiser. Il est à Londres, ce devrait être facile pour vous, non ?

– Vous croyez que les services secrets sont faits pour rechercher l'idole d'un citoyen en pâmoison ?

– Je vous le demande comme un service.

– C'est bien parce que c'est aussi mon idole.

– Merci. Rien qu'en le voyant, vous comprendrez pourquoi Saint-Ex est un génie.

6.

25 juillet 1941, LCS, Londres.

Rapport du Dr Hirwing, responsable du State Hygiene Laboratory de l'université de Berkeley, au médecin-colonel Goldsmith, directeur de l'USPHS [1] de l'État de Californie. 29 octobre 1918.

Mon colonel,

Lors de mon précédent rapport, je faisais état d'un nombre de malades sur le campus de soixante-huit personnes, dont douze parmi le personnel enseignant. Ce nombre n'a cessé d'augmenter depuis de façon exponentielle. Malgré la quarantaine en vigueur, actuellement, huit cents personnes ont été victimes du virus, dont dix sont malheureusement décédées, dans les rangs desquels il faut compter notre estimé confrère, le professeur Stadtman, emporté par une pneumonie intercurrente au virus. Le docteur Robert Legge lui-même, titulaire de la chaire d'hygiène, fut touché il y a quinze jours, mais est actuellement en voie de rétablissement. Nous avons maintenant la certitude que l'origine du foyer remonte à la journée du 6 octobre, lorsque nous avons reçu deux aviateurs de la Navy pour notre séminaire

1. United States Public Health Service.

mensuel sur la conscription. Les deux hommes furent soignés dans notre infirmerie pour des fièvres, qui furent diagnostiquées comme atypiques.
Le président Wheeler a décrété obligatoire le port des masques dans les amphithéâtres, salles de cours, librairie et couloirs. Suivant vos instructions, tout contrevenant pourra se voir infliger une amende pouvant aller jusqu'à cent dollars, et une peine de prison en cas de récidive. Je dois reconnaître que cette décision a beaucoup marqué les esprits et que la vision des étudiants déambulant le visage recouvert par cet artifice fut un choc pour tout le monde, bien plus palpable que le virus lui-même. Espérons que cette initiative sera salutaire. Cependant, une partie de la population estudiantine refuse le masque, voyant dans son port un effacement de leur identité individuelle. La jeunesse est parfois sa propre ennemie. Les autorités, qui ont procédé à des contrôles, ont déjà arrêté plus de cent cinquante contrevenants.
La quarantaine imposée actuellement est, de mon point de vue, bien plus efficace que l'utilisation du masque. Même s'il est vrai que l'interdiction de nombreuses manifestations a grandement mis en péril l'avancement des cours ce semestre. Certains examens pourraient être reportés à la prochaine rentrée. Avez-vous des nouvelles du quartier général de l'USPHS ? La fermeture de l'université est-elle à l'ordre du jour ? Ici, la rumeur enfle et mes confrères me pressent de leur rapporter votre décision. Ce point doit être débattu lors de notre prochaine assemblée générale extraordinaire, le 11 novembre.
Nous venons de finir la préparation du sérum récolté auprès des étudiants guéris depuis au moins quinze jours, et nous en espérons beaucoup pour le traitement de l'influenza. Quand pensez-vous pouvoir nous donner le feu vert pour son utilisation ? À l'heure actuelle, nous n'avons d'autres remèdes que la bromo-quinine, fabriquée au laboratoire même, mais sa production se fait en flux tendu. Nous avons

noté que les décès survenaient majoritairement à la suite d'infections bactériennes de type pneumonie, dues à des staphylocoques et de streptocoques. Jamais aucun virus n'a autant affaibli l'organisme. Avez-vous plus de nouvelles concernant la fin de l'interdiction d'utiliser ce médicament appelé Aspirine ? Il semble qu'il donne des résultats encourageants, notamment sur la douleur. A-t-on bon espoir que l'embargo sur les produits de la firme Bayer prenne fin ? Notez que ma remarque n'est pas une critique des décisions de notre gouvernement qui combat sur le front de la guerre et de la maladie avec un acharnement sans faille, mais je me place du point de vue des patients qui souffrent. Nous nous sentons désarmés face à cet ennemi invisible. Et nous sommes pauvres en moyens humains. Est-ce que ma demande de renforts a des chances d'être prise en compte ? Nous avons assez de médecins sur le campus, mais de nombreuses infirmières ont été touchées par l'épidémie. Ce sont elles qui prodiguent les soins de base et qui, pour l'heure, nous font cruellement défaut.
Une dernière question : pouvez-vous nous informer sur les effets bénéfiques de la fumée de cigarette dans la lutte contre le virus ? De plus en plus d'étudiants l'utilisent comme moyen de se prémunir contre l'infection. Nous n'avons aucune donnée scientifique sur le sujet et nous voudrions pouvoir annoncer la position officielle de l'USPHS afin qu'il n'y ait aucune contestation possible.
Je vous joins enfin, par la présente, la note que nous avons éditée sur l'alimentation des patients atteints du virus. Cette diète, basée sur le lait, les sucres et l'amidon, est un consensus du corps médical de notre université et j'espère qu'elle aura votre agrément. Nous essayons aussi de favoriser l'utilisation du porridge qui semble un allié intéressant.
Dans l'attente de votre réponse, je vous envoie mes salutations respectueuses.

Dr John Hirwing, State Hygiene Laboratory.

Les trois feuillets, bien que jaunis, avaient conservé intacts les pleins et déliés d'une écriture fine et serrée. La réponse de l'officier de l'USPHS était attachée à la lettre. Alex l'en sépara et lut les quelques lignes tapées à la machine.

Cher confrère,

1. Rien de nouveau quant à la fermeture de la faculté. Continuez à assurer les cours. Imposez les masques.
2. Votre sérum sera utilisé en priorité sur les troupes. Une navette viendra le chercher dans deux jours.
3. Utilisez les traitements habituels. Cigarette, pourquoi pas ? Pas de contre-indication.
4. Nous pouvons vous fournir des médecins sans restriction, mais pas une seule infirmière disponible.
5. Votre travail est très apprécié au QG. Continuez à nous envoyer vos rapports hebdomadaires.

Major Broker / PO colonel Goldsmith.

Alex se frotta les yeux, se leva, s'étira et s'approcha de la fenêtre dont Philips avait interdit qu'on changeât le carreau brisé. Immergé depuis plusieurs jours dans les témoignages relatifs à l'épidémie, il se laissait petit à petit envahir par son sujet. Il avait une bonne connaissance générale de l'influenza, pour avoir aidé son père dans ses travaux de recherche, mais il comprenait mieux pourquoi la réponse des autorités avait été si tardive, surtout aux États-Unis. Dans l'esprit des dirigeants, il était impensable qu'il existât une urgence plus grande que la guerre elle-même. Et les forces armées avaient été un élément déterminant dans la propagation du virus sur tous les continents.

Il prit le bâton de réglisse entier qui dépassait de la poche de son pantalon, le fourra dans sa bouche et descendit rejoindre la sentinelle dans la cour.

– Salut, Kowalski, comment vas-tu aujourd'hui ?

– Mieux, mon capitaine. Merci pour l'emplâtre. Je peux bouger mon bras, il a dégonflé.

– Laisse-le encore une journée. Kowalski, tu crois en Dieu ?

– Je suis d'origine polonaise, avança-t-il pour toute réponse.

– Ah oui ? Ma mère l'était aussi. Sara Leczzynski, de Sosnowieck.

– Mes grands-parents étaient du Nord. Koszalin, près de la Baltique. Ils ont émigré en 1905. Je ne suis jamais allé là-bas. Pourquoi cette question, mon capitaine ?

– Pour comprendre comment on peut croire à une divinité qui laisse les survivants d'une guerre se faire achever par un virus.

– Vous pensez à quoi ?

– À la grippe espagnole.

– La fameuse grippe de 1918... J'ai un oncle qui en est mort. Il avait résisté à tous les assauts allemands au chemin des Dames. Et en moins de deux jours, la faucheuse l'a emporté. Il était de la région de votre mère, d'ailleurs.

– Le virus a fait au moins cinquante millions de morts. Tu te rends compte ? Plus que la guerre... Tu veux une sèche ?

– Merci, mon capitaine, mais si le colonel Philips me voyait, je serais sanctionné. Déjà qu'il n'aime pas quand je vous parle pendant mon service.

– Désolé, je ne savais pas que je pouvais t'attirer des ennuis.

– Non, ça ira. Il faut savoir le prendre. Il est très à cheval sur le règlement, mais c'est un type honnête. Avec lui, c'est donnant, donnant.

– Je vois. Le genre « Je suis dur mais juste ».

– Ça n'a pas que des inconvénients. Il est prévisible.

– Sans doute faut-il des types comme lui pour gagner une guerre.

– Sauf votre respect, mon capitaine, je crois qu'il n'a pas une grande confiance en vous. Il m'a demandé de lui rapporter toutes nos conversations. Ne vous retournez pas, mais, en ce moment, il nous regarde de la fenêtre de son bureau.

– Tiens ? La prochaine fois, dis-lui que je t'ai avoué lui avoir implanté une balise émettrice dans l'oreille lors de son opération. Pour que sa femme sache toujours où il se trouve.

– Arrêtez, il est capable de le croire et de se faire opérer à nouveau !

Les deux hommes rirent sans retenue. Alex en profita pour se retourner et jeter un coup d'œil discret à l'étage. Un rideau bougea derrière une des fenêtres.

– Bien, je remonte dans mon placard, dit-il en faisant passer son bâton de réglisse de gauche à droite dans sa bouche. Salut, Polack !

– À plus tard, mon capitaine. *God save the King.*

– Qu'il sauve d'abord nos soldats.

Alex prit un dossier intitulé « Dormouse », scellé à la cire et classé confidentiel, ce qui lui donna deux raisons supplémentaires de le choisir, en plus de son titre étrange. Il était composé des rapports d'un agent des services secrets militaires américains, dont le nom de code était Dormouse, entre mars et octobre 1918. Il y décrivait la vie quotidienne dans les tranchées et les grottes du chemin des Dames. Les bombardements, les combats. Tous les faits et gestes d'un nommé Stix, responsable de l'hôpital, au vu de ses occupations. *Pourquoi infiltrer les troupes ennemies, dans le seul but de surveiller le médecin chef ?* se demanda Alex. Cette question aiguisa sa curiosité. Quel pouvait être le lien avec la pandémie de grippe ? Jusqu'à présent, il n'avait trouvé que des rapports strictement médicaux sur l'épidémie. Les feuillets qu'il tenait dans les mains avaient une tout autre origine. Ils témoignaient de l'espionnage systématique du corps médical de l'ennemi. Mais leur lecture se révéla décevante. Juste la routine de l'horreur. Des soldats qui essayent de sauver leur peau. Stix, qui passait son temps enfermé à écrire des lettres. Lesquelles n'arrivaient jamais à leurs destinataires, puisque l'agent Dormouse se chargeait de les acheminer à sa hiérarchie. Alex fouilla dans le reste des archives sans parvenir à les trouver.

Une sirène d'alerte aérienne retentit dans le quartier voisin, mais se tut rapidement. Il ne prit même pas la précaution de descendre dans l'abri situé au sous-sol, pas plus que les autres. Tout le monde s'était habitué à ces alarmes intempestives, alors qu'il n'avait pas plu de bombes depuis près de deux semaines. Miss Marple passa la tête dans l'embrasure de la porte pour lui indiquer qu'il s'agissait d'une fausse alerte, ce que tout le monde savait déjà. Mais la secrétaire de Philips aimait à tout formaliser. Quant à son patron, Alex ne l'avait plus revu depuis leur première rencontre.

Il reprit sa lecture au feuillet XII, daté du 27 mai 1918. Ce qu'il lut le déconcerta. C'était impossible. Ou bien cela signifiait qu'il s'était trompé depuis le début.

– Je dois voir Philips, déclara fermement Alex en entrant dans le bureau d'Elisabeth Marple.

– Vous n'y pensez pas, il est en réunion, répondit-elle en le regardant par-dessus ses lunettes, sans se départir de son flegme.

– Et Wilne ?

– En réunion, aussi, dit-elle en reprenant son travail où elle l'avait laissé à l'arrivée d'Alex.

– Et Wake, de même, je suppose. Tout le monde est en réunion dans votre boutique !

– Capitaine, fit Miss Marple d'un air blasé, nous ne sommes pas ici dans un pub, mais dans un centre névralgique de décisions. Je vous conseille de retrouver votre calme et nous verrons après ce qu'il est possible de faire.

– Je crains que seul l'inverse soit possible, Miss Marple.

Edward Philips eut l'infortune de sortir de son bureau au même moment.

– Elizabeth, auriez-vous l'obligeance de... Beaumont, que se passe-t-il ?

– Il faut absolument que je m'entretienne avec vous.

– Notre meeting est prévu dans une semaine, il me semble, répondit-il avec morgue.

– C'est urgent. Orson n'en saura rien, ajouta Alex, persuadé que l'argument emporterait la décision.

Philips soupira, et lui fit signe d'entrer, avant d'ajouter, à l'adresse de son assistante :

– Elisabeth, pouvez-vous nous faire du thé, s'il vous plaît.

Il ferma la porte et s'installa à son bureau sans proposer à Alex de s'asseoir.

– Qu'avez-vous, Beaumont ? Encore des revendications sur les conditions de travail ?

– Mon colonel, que savez-vous de John Dormouse ?

Philips parut sincèrement surpris.

– Dormouse ? Je ne connais personne de ce nom.

– C'était un agent des services secrets américains, en 1918.

– Et alors ?

– Il avait pour mission de surveiller un officier allemand connu sous le nom de code Stix, et s'était infiltré dans les rangs des troupes ennemies. Ça ne vous dit toujours rien ?

– Grand Dieu, si j'étais au courant de tout le contenu de ces malles, nous n'aurions pas fait appel à vos services,

Beaumont. Et, croyez-moi, c'est une option qui aurait eu tout mon appui. Continuez.

– Savez-vous si nos forces armées ont utilisé de l'ypérite sur le front de l'ouest ?

– Du gaz moutarde ? Ni à l'ouest, ni ailleurs ! Seuls les Allemands ont utilisé des armes non conventionnelles. En Belgique, à Verdun, en Argonne.

Il s'interrompit pour laisser le temps à Miss Marple de déposer deux tasses fumantes sur le bureau. Lorsqu'elle fut sortie, Alex poursuivit :

– Expliquez-moi pourquoi Dormouse décrit dans son rapport une attaque aux gaz dont son unité a été victime ?

– Quand et où a eu lieu cette attaque ?

– Sur le chemin des Dames, le 27 mai 1918. Très exactement dans la caverne du Dragon.

– Alors, pas de doute : votre agent se trouvait dans une unité alliée. Française ou américaine. Ce sont eux qui tenaient cette position.

– Donc, je faisais fausse route en croyant qu'il était un agent infiltré surveillant un médecin allemand. Dans ce cas, pouvez-vous me dire pourquoi un agent des services secrets américains espionnerait l'officier responsable de l'hôpital d'une unité militaire de son propre camp ?

Le colonel s'enfonça dans son fauteuil, les sourcils froncés, comme s'il venait de comprendre la situation.

– Et qui était Stix ? ajouta Alex.

Philips se raidit. Son visage se ferma comme s'il évacuait tout sentiment humain pour se recentrer sur son métier.

– Capitaine, avant que vous n'ayez à l'apprendre par un canal détourné, je crains que ce ne fût votre père.

29 juillet 1941, Shanklin, île de Wight.

Le pigeon piqua droit sur l'arbre, qui étirait ses plus hautes feuilles vers un soleil livide. Il plana en vol circulaire autour du chêne et se posa devant les brindilles enchevêtrées qui composaient son nid. Trois becs pointèrent vers l'oiseau en pépiant. Il enfourna un ver résigné dans celui du premier, ce qui eut pour effet de multiplier les cris des deux autres. Un bruit sec interrompit leur manège. Le père recouvrit le nid de ses ailes, protégeant sa progéniture d'un danger inconnu. Le bruit se répéta sur un rythme soutenu, transmettant ses vibrations aux branches.

La bûche se fendit en deux sous la violence du coup. Alex, essoufflé, retira la hache enfoncée dans le billot et prépara un autre rondin, sans prendre le temps de récupérer. Dès le premier coup, la cognée se bloqua dans le bois. Il souleva l'ensemble au-dessus de sa tête et le frappa de toutes ses forces, répétant l'opération plusieurs fois, en poussant des cris de rage, jusqu'à l'éclatement complet de la bûche et provoquant le départ précipité du ramier.

Jane le rejoignit dans le parc, près du caveau, alors qu'il entassait le résultat de sa hargne matinale sous une bâche tendue.

– Je t'ai fait du café, dit-elle en lui tendant un mug. Prends, il fait froid.

Il enleva ses gants et se réchauffa les mains contre la tasse.

– Merci, ma tante.

Il but en silence, évitant le regard interrogateur de Jane.

– Alex, je te connais bien. La dernière fois que tu as fendu du bois, je devrais dire que tu as massacré du bois – elle eut un regard pour l'empilement de bûches –, c'était quand ton ex-petite amie t'a annoncé son mariage avec... comment s'appelait-il déjà ?

– Foster. Allan Gregory Foster. Un puant aristocrate de lignée douteuse.

– Oui, Foster. Tu étais jaloux comme un coq.

– J'avais prévenu qu'elle ne pourrait pas être heureuse avec ce mondain prétentieux. Elle aurait dû m'écouter.

– Ce jour-là, tu as abattu un pommier sous prétexte qu'il était infesté de pucerons. Un arbre que ton arrière-grand-père avait planté. Et tu l'as débité en tranches jusqu'à l'épuisement. Tu sais que tu peux tout me dire. Qu'est-ce qui ne va pas ? C'est à propos de Kathleen ?

Il lui rendit la tasse vide.

– Merci pour le café.

– Je sais qu'elle a été très touchée de te voir avec une autre femme, au théâtre.

– Jane, si tu savais... tu comprendrais.

– Je ne demande que ça, comprendre. Mais parfois, avec toi, j'ai du mal. Tu as ajouté de la peine à sa peine. Dorénavant, sois plus discret, respecte-la.

– Mais je la respecte !

Il s'arrêta net. Comment lui expliquer qu'il n'y avait rien entre lui et une femme avec qui il allait officiellement se fiancer dans quelques jours ? Personne, même ses proches, ne pouvait comprendre. Personne, surtout pas ses proches, ne devait savoir.

– Ma tante, tu as raison, je suis perturbé et j'ai eu besoin d'évacuer ma tension. Mais il n'y a aucune relation entre ma séparation d'avec Kathleen et mon activité de ce matin.

Elle le prit par le bras :

– Bon. On en parle ?

Ils cheminèrent un moment en silence. Le pigeon, réfugié sur le toit de la maison, rasséréné par le départ du fauteur de troubles, choisit de regagner le nid, non sans avoir fait quelques provisions de vermisseaux afin de se faire pardonner auprès de sa progéniture. Bien qu'étant proche de sa tante, Alex et elle n'avaient jamais évoqué ensemble le passé de son père.

– Jane, quand papa était sur le front en Europe, est-ce qu'il t'écrivait souvent ?

– Oui, mais ses lettres m'arrivaient rarement. Ton père préférait l'écrit à la parole, tu sais. Il n'était pas à l'aise en public. Si tu avais vu toute la correspondance que j'ai triée à sa mort. Une malle entière !

– Tu en as fait quoi ? demanda Alex sans masquer son intérêt.

– J'ai renvoyé les lettres à leur expéditeur. J'ai jeté les miennes. Je n'aime pas les souvenirs figés. J'ai juste conservé son carnet de jour.

– Son carnet de jour ?

– Oui, il y notait tous les détails de ses journées, comme les conditions atmosphériques ou les repas qui l'avaient marqué. Ses rendez-vous professionnels, les soirées passées entre amis. Tes premières dents. Rien de particulier.

– Tu pourras me le montrer ?

– Mais il est à toi. Je ne sais d'ailleurs pas pourquoi je ne te l'ai pas donné avant. Ne t'attends pas à y trouver de révélations. Ton père avait la vie la plus rangée qui soit. Un peu trop, à mon goût.

– Pourquoi s'est-il retrouvé au front ? Avec ses relations, il aurait pu rester à New York et travailler dans son labo.

– C'est lui qui l'a demandé. Il disait tout le temps qu'il avait une dette. Il ne l'a jamais regretté puisque, sans la guerre, il n'aurait pas rencontré sa femme. Et toi, tu ne serais pas là à me poser ces questions. Et puis c'était un idéaliste. Il voulait se trouver là où les gens avaient le plus besoin de lui.

– Tu sais s'il a eu des problèmes avec la hiérarchie militaire ?

– Peter a eu toute sa vie des problèmes avec toutes ses hiérarchies. En cela aussi, tu es bien son héritier.

– Pourquoi s'est-il mis à étudier la grippe espagnole ?

– Ce qu'il avait vu là-bas l'avait profondément marqué. Comme tous les survivants, la guerre et l'épidémie l'ont changé. Il se demandait parfois pourquoi lui avait été épargné alors que ses camarades étaient tombés.

– C'est la seule raison ?

– La seule que je connaisse.

– Est-ce que le nom de Dormouse te dit quelque chose ?

– C'est un nom de famille ?

– Sans doute un surnom. Du temps des tranchées.

– Non, rien. Rien du tout.

– Je trouverai peut-être la réponse dans son carnet.

– Ça m'étonnerait, il l'a commencé en 1919, à son retour aux États-Unis.

– Il n'y a rien sur la guerre ?

– Non. Pourquoi est-ce que cela t'intéresse tant ?

– Je recherche ce Dormouse qui faisait partie de la même unité.

– Dans son unité, Peter avait un camarade d'origine anglaise qui est revenu au pays pour prendre sa retraite. Il s'appelle Torn. Kenny Torn. Il a séjourné plusieurs fois à la maison. Ton père s'était mis dans l'idée qu'il ferait un mari très convenable pour moi. Peut-être pourra-t-il te renseigner ?

– Tante Jane, je devrais discuter plus souvent avec toi, déclara Alex, qui ne cachait plus son excitation. Où habite-t-il ?

– Dans le Dorset. Tu me voyais, moi, vivre dans le Dorset ?

– Il faut vivre là où ton cœur t'emporte, ma tante.

– C'est toi qui me donnes des leçons de sentiments, maintenant ?

Il partit en courant vers la maison puis se retourna, une fois arrivé à la terrasse.

– Une dernière chose : si quelqu'un téléphone pour moi, qui que ce soit, tu ne m'as pas vu. D'accord ?

– D'accord. Mais c'est déjà fait : Isaure D'Argreen a appelé et j'ai anticipé ta demande. Je ne suis pas sûre qu'elle m'ait crue. En prenant le bateau de 11 heures, tu garderas une certaine avance. Peut-être même reconsidéreras-tu la nature de ta relation avec cette jeune femme...

– Ma tante, je te promets que d'ici trois mois, cette personne ne sera plus ma fiancée. À quel endroit, dans le Dorset ?

– Westray. 45, King George Street. Une maison au grand toit de chaume et aux volets verts.

– Eh ! Je croyais que tu ne connaissais pas cet endroit ?

– Je t'ai dit que je ne voulais pas y vivre. Pas que je n'y étais jamais allée, répondit-elle malicieusement. N'oublie pas ta promesse.

29 juillet 1941, Londres.

– N'allumez pas la lumière ! ordonna l'homme en voyant la forme sombre pénétrer dans la pièce. Personne ne vous a vu entrer ?

– Non, j'ai bien suivi vos instructions, mon général, répondit l'ombre en fermant la porte avec douceur.

– Cette cave est le seul endroit qui échappe à toute surveillance. Je le sais, j'ai commandé un audit sur la sécurité du bâtiment. Tant que je ne l'aurai pas rendu public, nos contacts auront lieu ici. La même procédure qu'aujourd'hui.

– Très bien.

– Vous avez du nouveau ? Où en est-il ?

– Il sait pour Dormouse. Les archives.

– Je vous avais dit de les nettoyer.

– Impossible. Elles étaient scellées. Et Philips est un chien de garde efficace.

Le général grogna en haussant les épaules.

– Je ne peux rien demander directement à Philips sans éveiller ses soupçons. Qu'importe, ça ne le mènera nulle part. Mais on perd du temps.

– Nous l'avons localisé. Il est sur l'île.

– Ce n'est pas suffisant de le filer. Vous devez vous rapprocher de lui, gagner sa confiance. Il doit travailler avec vous. Sinon, vous ne nous servez à rien.

– Merci pour vos encouragements, mais laissez-moi faire à ma façon.

– Faites comme vous voulez, mais vous devez être là quand il découvrira la lettre. Elle ne doit pas nous échapper.

– Qui vous dit que je ne la trouverai pas avant lui ?

Le général ricana. Ses étoiles brillèrent sous la tranche de lumière découpée par le panneau qui occultait le soupirail. Même dans la pénombre, son attitude martiale impressionna son vis-à-vis.

– La jeunesse est toujours présomptueuse. Voilà vingt-cinq ans que les services secrets du monde entier recherchent ce document. Personne ne sait s'il existe encore. Sans la guerre, cette histoire aurait été enterrée. Il n'y a plus qu'Alexandre Beaumont qui puisse réussir. Ne vous dispersez pas. Restez avec lui, favorisez ses recherches, aidez-le de votre mieux. Et s'il la trouve, il comprendra très vite l'intérêt qu'il a à la détruire.

– Si ce n'est pas le cas ?

– Vous vous en chargerez.

– Mais lui ?

– Vous vous en chargerez. Dans l'intérêt de la nation.

30 juillet 1941, Westray, Dorset.

À l'écart des principaux axes routiers et ferroviaires, Westray avait l'allure d'un village resté ancré dans les siècles passés. Une langue de terre battue traversait le bourg avant d'aller mourir au pied de Klimberfall, unique sommet de la région, qui n'avait plus droit qu'au statut de colline depuis qu'il avait été déclassé par la Royal Society of Geography. Mais le lieu attirait de nombreux touristes en raison de la présence de gisements de fossiles, en forme d'étoile, uniques dans le pays. La légende voulait que les nombreuses fouilles effectuées par les archéologues et les particuliers aient érodé le sommet de Klimberfall sur une profondeur de trente mètres, hauteur qui aurait suffi à conserver l'intitulé officiel de « mont ». Le taxi déposa Alex devant le 45, King George Street. La maison, située légèrement à l'écart de la commune, à l'amorce de la montée du Klimberfall, était telle que Jane l'avait décrite. Prévenu de son arrivée, Kenny Torn l'attendait, assis sur un banc de pierre à l'angle de son cottage. Il se leva et salua Alex par une accolade chaleureuse. Petit et trapu, le nez écrasé par des années de pratique de la boxe, le visage buriné encadré par des cheveux courts où le blanc avait pris le dessus sur le roux, Kenny s'était paré de ses habits les plus chic, au cas où Jane aurait décidé d'être du voyage, ce dont il avait essayé de la convaincre au téléphone. Mais Alex était seul et Torn se sentit engoncé et peu à l'aise dans son costume trois pièces en velours côtelé, qu'il avait enfilé à la place de ses chemises à carreaux habituelles. Il invita Alex à entrer, tout en se promettant de ne plus jamais faire de concessions quant à sa façon d'être.

– Vous prendrez bien une bière ? Elle est brassée dans le village, dit-il en posant deux pintes sur la table.

La fraîcheur et la douce amertume du breuvage étaient révigorantes, après un trajet de quatre heures dans un confort sommaire. Kenny déposa son verre, vidé d'un trait, et sécha ses lèvres humides entre pouce et index.

– Je suis content de voir le fils de Peter. Soyez le bienvenu, Alexandre.

– Je vous en remercie. Je sais que ma visite impromptue a de quoi vous surprendre. Mais je suis venu pour que vous me parliez de mon père.

– Votre père ? Votre père... Que pourrais-je vous dire que vous ne sachiez déjà ? C'était l'homme le plus doux et le plus humain qui soit. Je lui suis tellement reconnaissant de l'aide qu'il m'a apportée. Pendant la guerre et quand je suis revenu ici. Je l'ai vu moins d'une semaine avant son accident. Je suis vraiment navré, Alex.

– Comment vous a-t-il semblé ce jour-là ?

– Comme à son habitude. Il débordait d'énergie et se croyait sur le point d'aboutir dans ses recherches. Mais je l'ai toujours connu ainsi.

– Avez-vous une idée de ce qu'il pouvait faire sur la route de Brighstone ?

– Allez savoir. Peter était imprévisible. Capable de tout s'il pensait que quelque chose pouvait faire avancer ses travaux. Je me souviens d'un jour où, ayant lu qu'une certaine algue pouvait être utilisée pour cultiver des virus difficiles, il m'a emmené tout au nord de l'Écosse pour en chercher. Sur un coup de tête. Dix heures de route, trois heures de recherche dans le vent et la pluie des Highlands pour recueillir deux gros sacs d'un végétal gluant qui sentait fort mauvais. Puis le chemin de retour dans la foulée, sans manifester la moindre fatigue alors que je m'étais endormi à ses côtés. Je n'ai jamais vu cela. Même pendant la guerre.

– Parlez-moi de cette période. Votre camp au chemin des Dames.

– Ah, la grotte du Dragon ! Elle méritait bien son nom. On y a connu l'enfer. Mais lui est toujours resté incroyablement détaché. Il n'avait jamais besoin de se détendre, de prendre une bonne cuite. Enfin, vous voyez ce que je veux dire... Il s'enfermait des heures à lire ou à écrire. Il ne sortait que pour sauver la vie de nos gars. Quel bonhomme. Je suis fier de l'avoir côtoyé.

– Kenny, ma question pourra vous paraître étrange, mais avez-vous le souvenir qu'il se soit passé quelque chose de spécial le 27 mai 1918 ?

Le major Torn plissa les paupières.

– Le 27 mai...

– Je sais que tout cela est loin, mais c'est important pour moi.

Kenny se frotta la joue du revers de la main.

– Ne vous méprenez pas, Alexandre, bien sûr que je n'ai pas oublié ce jour et ce que l'on a vécu. Je l'avais juste enfoui sous des tonnes de gravats. Pour ne plus jamais avoir à l'exhumer.

Il sortit une bouteille sans étiquette, en verre brun dépoli et fit claquer le bouchon.

– Ce n'est pas de la bière qu'il nous faut, mais du single malt, dit-il en servant généreusement le whisky. Du spécial, distillé dans ma remise.

Il but en fermant les yeux, les mains jointes autour du verre, et prit une longue inspiration.

– Non, je n'ai pas oublié. C'est le jour où l'on a fait connaissance avec le Wilhelmgeschutze.

27 mai 1918, ligne de front de la vallée de l'Aisne.

L'œil de la statue regardait fixement son créateur. Payton était en sueur, la chemise collée par un mélange de transpiration et de poussière, les cheveux blanchis d'éclats de pierre. Sous les coups de burin experts, la roche calcaire s'était métamorphosée en un doux visage de femme. Rien ne semblait pouvoir arrêter le mouvement cadencé du marteau dont l'impact résonnait dans toute la grotte, amplifié par un écho traînant. La Vierge arborait un sourire de compassion apaisant qui contrastait avec la violence des coups assenés. Le martelage s'arrêta, abandonnant le lieu à un silence étourdissant. Payton laissa tomber ses outils et imposa un rythme plus lent à sa respiration emballée. Il souffla sur le visage de pierre puis l'essuya délicatement du revers de la main, d'un geste proche de la tendresse. Il se releva avec peine, ses muscles et ses articulations sclérosés par la position qu'il maintenait depuis plusieurs heures.

La cavité faisait partie d'un vaste ensemble de carrières souterraines dont la colline était truffée. Les plafonds culminaient à deux mètres cinquante du sol et les couloirs, de trois à quatre mètres de large, n'avaient aucune parenté avec les habituels boyaux des tranchées environnantes. La grotte du Dragon était le plus luxueux des charniers de la région. En cette fin du mois de mai, elle était occupée par les troupes françaises qui la partageaient avec le détachement médical de la 101e compagnie d'artillerie de la 26e division terrestre de l'armée américaine. Payton Joiner était le plus jeune sous-officier de cette unité, chargé de brancarder les blessés sous les ordres de l'officier médecin Peter Beaumont.

Il se signa devant l'icône et récita un *Je vous salue Marie*, la prière qu'il répétait en boucle dès qu'il entrait sur le champ de bataille, et qui l'avait jusqu'à présent protégé d'un sort funeste. Qui plus est, le Haut Commandement venait de les informer de leur citation à la Distinguished Service Cross, pour acte de bravoure au combat : deux mois auparavant, il avait, en compagnie du capitaine Beaumont, évacué un homme sous la mitraille et les torpilles ennemies en le portant à découvert sur plus de trois cents mètres.

Cette nomination lui avait procuré un profond sentiment de fierté et avait eu pour effet de mettre Peter Beaumont très en colère. L'officier ne goûtait guère les honneurs et, à plusieurs reprises déjà, avait refusé un avancement qui lui aurait procuré une relative sécurité en l'éloignant du front.

Le chemin des Dames... Il sourit à la pensée de cette habitude bien française de nommer les rues, places, jusqu'au moindre sentier communal en faisant référence à l'Histoire. Il lui était si difficile de se retrouver dans ces villes sans aucun sens logique. Malgré la moiteur étouffante du lieu, il fut parcouru de frissons, qui se prolongèrent un long moment. Ces trémulations anarchiques l'épuisèrent. Il détestait par-dessus tout ne pas être maître de son corps. Pourtant, durant cette année de guerre, il ne l'avait jamais ménagé : le camp d'entraînement de Funston, l'embarquement pour l'Europe, Le Havre, les longues marches dans la campagne normande et, pour finir, cette tanière dans laquelle son unité venait d'établir ses quartiers. Mais jamais il n'était tombé malade, jamais son nom n'avait été consigné sur le registre de l'infirmerie. Alors que ses muscles se détendaient, peu à peu, sa poitrine le piqua soudainement, comme dardée par des centaines d'aiguilles minuscules, déclenchant un violent réflexe de toux qu'il calma en enfouissant son visage dans son tricot de peau. Il se racla la gorge plusieurs fois et avala l'eau du gobelet qu'il avait prévu d'utiliser pour se laver les mains. La sensation de brûlure s'apaisa. L'espace d'un instant, il fut déçu de ne pas avoir reconnu le goût du sang dans sa salive. Il réalisa qu'il souhaitait inconsciemment tomber malade car une infection bénigne lui permettrait de se reposer quelques jours loin du front. Ce qu'il trouvait mérité. Jamais il n'avait failli à son devoir, jamais il n'avait simulé quoi que ce soit afin de pouvoir s'exonérer de son devoir sur le champ de bataille.

Il chassa bien vite cette pensée et se dit qu'il n'aurait pas dû tant travailler la pierre, la poussière produite saturant l'atmosphère petit à petit, en raison d'une ventilation déficiente. La faible lumière qui l'éclairait, transmise par un groupe électrogène aussi fatigué que l'ensemble des troupes, donnait à la pièce, aménagée en chapelle, un air de veillée funèbre. Payton appréciait ces moments de calme où l'ennui venait se mêler à l'inaction. Il inscrivit son nom au burin sous sa fresque en imaginant que cette journée était la dernière qu'il passait dans cette grotte avant d'être démobilisé pour raison de santé. Cette idée lui regonfla le moral. Bien qu'il n'eût aucun argument médical à avancer à son supérieur, il décida d'aller quand même le trouver afin de le convaincre de le soustraire au front quelque temps. Le capitaine Beaumont était le seul officier de toute l'armée américaine à qui il pouvait faire une telle demande sans finir aux arrêts ou passer en cour martiale. Au moment où il achevait de graver la date, une vibration se propagea de la roche à son corps. Il retira précipitamment son bras, comme sous l'effet d'un courant électrique, et scruta la pièce, une lueur d'inquiétude dans les yeux. Il resta aux aguets, immobile, un long moment. Rien ne se produisit. Personne dans les grottes n'avait réagi. Le campement était calme. Lentement, ses muscles se détendirent. Il souffla et donna une tape amicale au pan de roche qui avait servi de base à son œuvre. *Il faut vraiment que je m'en aille d'ici*, pensa-t-il. L'angoisse, quasi permanente depuis son débarquement en France, lui tenaillait les viscères, transformant son estomac en une pierre douloureuse qui lui comprimait le diaphragme et irradiait tout le long de l'œsophage.

Il jeta un dernier regard à la Vierge et remarqua qu'il avait oublié de la parer d'une auréole. Il sourit de son erreur, reprit ses outils et s'agenouilla. Il positionna le burin au-dessus du visage, inspira profondément pour éviter de trembler et lança le marteau à l'assaut du calcaire. Le bruit de l'impact fut couvert par un sifflement strident, suivi aussitôt d'une énorme explosion dont le souffle projeta Payton contre la paroi opposée. Des éclats de roche criblèrent son corps. Le visage sculpté, propulsé d'un seul tenant tel un boulet de canon, sectionna sa main droite. Un nuage gris envahit la cavité, la plongeant dans un épais brouillard de particules. Lorsqu'elles se déposèrent sur le corps meurtri du jeune caporal, la guerre venait de prendre fin pour lui.

Torn sut instantanément que l'explosion n'avait rien à voir avec les bombardements habituels. Plus puissante, plus profonde. *Plus vicieuse*, pensa-t-il d'instinct. D'un geste dérisoire, il balaya l'air d'une main, tout en brandissant une lampe tempête de l'autre. Mais l'intensité des résidus en suspension l'empêchait de voir à plus de deux mètres. Avançant à l'aveuglette, il heurta un soldat qui tenait son visage enfoui dans un chiffon pour tenter de calmer une quinte de toux irrépressible. En apercevant son supérieur, il enleva le mouchoir de son visage et fit, dans un réflexe conditionné, un salut réglementaire, qui n'eut pour effet que d'aggraver sa toux.

– Arrêtez vos simagrées, Golinski ! On n'a pas de temps à perdre avec le protocole. Vous n'êtes pas blessé ?

L'homme, qui avait été plaqué au sol par le souffle de l'explosion, était en état de choc.

– Ça va, major, ça va, mentit-il en évitant de croiser le regard de son supérieur.

– Vous savez où est Payton ? On va avoir besoin de lui à l'infirmerie.

– Il était à la chapelle pour sculpter une fresque.

– Bien. Prenez ceci, dit-il en détachant de sa ceinture un masque à gaz filtrant. Respirez lentement et profondément. D'accord ?

Torn posa sa main sur l'épaule de Golinski en signe de réconfort. Il savait, pour avoir vécu de nombreux bombardements, quels effets pouvait avoir sur l'organisme le souffle des engins explosifs. Il fallait rassurer le caporal et éviter qu'il ne se laisse envahir par la panique. Il ne pouvait blâmer son jeune camarade d'être traumatisé par son baptême du feu. Lui-même n'oublierait jamais le premier obus qui avait failli l'ensevelir.

– Mon lieutenant, c'est une offensive allemande ?

– Ça m'en a tout l'air. Mais ne vous inquiétez pas, nous sommes les moins exposés de tout le secteur. La roche au-dessus de nous est épaisse.

– Mais... s'ils employaient des gaz ?

– Ils ne sont pas aussi stupides. Ils ne pourraient plus utiliser le réseau de galeries. C'était un obus. Plus gros que ceux qu'ils nous envoient habituellement, mais un obus, dit Torn en s'éloignant.

Il parcourut les couloirs en sens inverse, alors que les particules de poussière restaient désespérément en suspension dans l'air. Il entra dans un dortoir dont les lits à étage avaient basculé tels des dominos sous l'effet de la secousse. Deux hommes allumaient des bougies alors que trois autres remettaient les paillasses sur pied.

– Ça va, les gars ? Pas de blessés ? demanda Kenny Torn.

– Ça va, mon lieutenant, c'est OK, répondit l'un d'eux, dont le front sanguinolent était recouvert d'un énorme hématome fendu sur plusieurs centimètres comme un melon trop mûr.

– Vous passerez quand même vous faire recoudre, dit-il à l'homme avant de reprendre sa recherche.

La visibilité était presque redevenue normale quand l'ensemble des galeries fut ébranlé par une seconde explosion d'intensité plus faible. Le major se jeta à terre, par réflexe, mais la déflagration ne fut suivie d'aucun effet. L'obus avait manqué sa cible. Il leva les yeux vers le plafond où une ampoule éteinte se balançait au bout d'un cordon, dans un grincement angoissant. L'électricité n'était pas encore rétablie, ce qui le mit en colère contre ses hommes, dont les performances lors des exercices d'alerte avaient pourtant été bien meilleures que celles de toutes les autres unités. *J'aurai deux mots à leur dire*, maugréa-t-il pour lui-même en accélérant le pas vers le lieu de l'impact. Il était persuadé qu'il y avait eu des blessés graves, peut-être des morts, l'obus s'étant abattu sur l'extrémité de l'aile ouest du réseau souterrain. À cette heure de la journée, cette zone, composée de la cantine, d'un fumoir et de la chapelle, était habituellement déserte. Mais il savait que les soldats du détachement devaient s'y retrouver pour fêter l'anniversaire de l'un d'eux. Torn avait insisté pour qu'ils ne se réunissent pas dans une des chambrées, mais dans le mess, situé à l'écart des dortoirs. Lorsqu'il arriva devant le réfectoire, des hommes s'affairaient dans la pénombre des lampes torches. Ils enlevaient d'énormes morceaux de roche qui les empêchaient d'entrer. Leurs gestes traduisaient leur nervosité. De l'autre côté, s'échappaient des cris, des plaintes, des hurlements de rage ou de douleur. Peter Beaumont était présent, et s'entretenait avec un des sauveteurs, infirmier dans son équipe. Il apostropha le major :

– Kenny, comment est la situation, à l'hôpital ?

Au même moment, toutes les lumières s'allumèrent et la ventilation prit son souffle salvateur.

– Tout est opérationnel, mon capitaine, dit le major avec fierté.

– Vous savez où est Payton ? Je vais avoir besoin de lui.

– Je crains d'avoir de mauvaises nouvelles, répondit Torn en montrant du regard l'extrémité du couloir menant à l'oratoire.

Des blocs de roche calcaire l'obstruaient sur presque toute sa largeur. Beaumont saisit instantanément la situation.

– Non, non, non ! hurla-t-il en jetant de rage son képi au sol. Venez avec moi, ordonna-t-il au major. Il y en a encore pour plus d'une heure ici avant de pouvoir pénétrer dans le mess. On ne leur sera d'aucune utilité.

Sans lui laisser le temps de répondre, le capitaine lui lança une lampe et un masque, s'empara de sa trousse et s'enfonça dans le couloir jonché de gravats. Torn disparut derrière lui dans la forêt de pierre.

La progression fut lente, entravée par la poussière, la chaleur et l'inconfort du masque qu'il avait enfilé sous l'injonction du capitaine. Le bruit de sa respiration était amplifié par l'appareillage. La sueur coulait le long des verres, qu'il devait essuyer sans cesse. Devant lui, le médecin avançait sans faiblir ni sembler souffrir de l'air saturé de particules. La dernière partie de la galerie, qui menait à la chapelle, était difficilement praticable. Kenny Torn s'adossa au mur et enleva son masque. L'atmosphère y était curieusement plus respirable que dans la première partie. Beaumont but une gorgée d'eau et proposa sa gourde au major, qui la finit d'un trait. Ils sentirent un léger courant d'air frais sur leurs visages. Leurs regards se croisèrent, leurs pensées aussi. Peter Beaumont commença sa progression en rampant entre les rocs. Il savait qu'il n'y avait ni électricité ni ventilation dans cette zone. Et, pourtant, le courant d'air s'intensifiait. Il distingua alors une vive lumière au niveau de la chapelle. Il s'engouffra entre deux blocs de pierre et pénétra au cœur de l'impact.

Il se releva au centre d'un immense puits de lumière. La roche avait été perforée sur toute son épaisseur. Au-dessus de sa tête, le ciel charriait des balles de nuages grisâtres. Une escadrille de Spad XIII survola la zone à haute altitude afin de localiser la batterie ennemie. Au loin, des tirs nourris de fusils et de mitrailleuses manifestaient la nervosité qui s'était emparée des tranchées. Bientôt, les canons de 75 prendraient le relais. Mais l'arme utilisée par les Allemands était hors de portée des tirs alliés.

– Mon Dieu, mais qu'est-ce qui a bien pu faire ça ? interrogea le médecin tout en fouillant l'endroit du regard.

– Je ne vois qu'une seule arme : le Wilhelmgeschutze. Un monstre. Les Allemands l'ont utilisé il y a deux mois pour bombarder Paris.

Un gémissement parvint des décombres, une douleur qui s'exprimait à chaque expiration. Torn s'approcha de l'amas de pierres d'où il semblait provenir.

– Payton ? Payton ! Tu m'entends ? Tu peux me répondre ?

La plainte se poursuivit sur le même rythme, sourde aux appels de son sauveteur. Torn monta sur un amas de gravats et parvint à déplacer un bloc à l'équilibre précaire, découvrant une petite poche dans laquelle gisait Payton, inconscient. Sa tête et son tronc étaient libres, mais ses jambes se trouvaient immobilisées par un gros morceau de roche, brisé selon une ligne de fracture droite. Par chance, il reposait sur un autre, plus petit, en forme de pointe verticale, sur lequel apparaissait un visage de femme, fendu en son milieu. Le médecin s'introduisit dans l'espace dégagé et essuya le visage du blessé.

– Payton, c'est moi, Peter. Tu me reconnais, tu as confiance en moi ?

Le soldat ouvrit les yeux et murmura :

– Oui, capitaine, je n'ai confiance qu'en vous.

– Tout va bien aller maintenant, lui dit-il pour le rassurer. On va te sortir de là.

Ses membres inférieurs ne semblaient pas avoir souffert d'écrasement et son pantalon n'était ni déchiré, ni imprégné de sang. Joiner réussit à bouger ses pieds sous les encouragements de son supérieur. Le capitaine fouilla dans son sac, en sortit un flacon d'éther qu'il munit d'un embout nasal, et le lui tendit :

– Tiens, tu sais comment l'utiliser.

– Hé, vous allez m'opérer sur place ? demanda le blessé, inquiet.

– Non, mais il y a quand même un peu de boulot. C'est mieux pour toi. Pendant ce temps, Torn va trouver un moyen de déblayer les pierres qui bloquent tes jambes.

– Ma main, doc. Je ne la sens plus. Je suis sculpteur. Elle n'est pas trop amochée ? Je vous connais, je sais que vous ne mentez jamais à vos patients sur leur état.

Le médecin ne répondit pas et posa l'embout sur le nez du blessé. Payton respira profondément pour accélérer l'effet anesthésiant de l'éther. Ses yeux continuaient à réclamer un diagnostic. Beaumont compta lentement jusqu'à dix. Les paupières du caporal se refermèrent sur son interrogation.

Torn fouilla les décombres à la recherche d'une barre qui aurait pu lui servir de levier. Le vrombissement caractéristique de moteurs d'avions volant vers l'arrière du front se fit entendre. Ils passèrent à basse altitude, mais Kenny, concentré sur sa recherche, ne prit pas le temps de les observer. En surface, les tirs redoublaient d'intensité. Le médecin recousit entre elles les chairs du poignet, dont la compression par un pan de roche avait évité une hémorragie fatale au blessé.

– Je ne trouve rien qui puisse nous aider, mon capitaine, maugréa le major. Comme si tout avait été soufflé à l'extérieur par l'explosion. Je vais aller chercher du matériel.

Des gouttes de pluie s'écrasèrent autour de lui.

– Il ne manquait plus que ça, dit-il à l'officier. Heureusement que vous êtes à l'abri ! ajouta-t-il pour plaisanter.

Au moment de rejoindre l'entrée, il sentit le contact du liquide sur sa vareuse, et son regard s'emplit d'une expression de terreur. Des dizaines de gouttelettes jaunâtres, d'aspect huileux, s'étaient déposées sur ses vêtements.

– De l'ypérite ! C'est du gaz moutarde ! hurla-t-il.

– Pas de panique ! cria le médecin. Calmez-vous ! C'est sans doute de l'huile de moteur, un des nôtres a dû être touché.

Torn domina sa peur et retrouva le sang-froid qui le caractérisait.

– Non, capitaine, aucun doute. Odeur caractéristique.

Beaumont plongea sa main entre les pierres et en sortit du calcaire réduit en poudre.

– Tenez, prenez, dit-il en lui tendant. Frottez-vous avec ça. Allez-y !

Le major obéit et nettoya longuement ses mains et son visage avec les poignées de poudre que son supérieur lui tendait. Puis il enleva ses vêtements qui avaient été en contact avec le liquide, ainsi que son tricot de peau avec lequel il s'essuya consciencieusement. Il savait qu'il était hors de danger. L'opération l'avait rasséréné.

– Merci, mon capitaine. Vous m'avez évité une fin peu enviable.

– C'est surtout parce que je n'ai pas envie d'avoir du travail supplémentaire, plaisanta-t-il. Préviens les autres de porter les tenues adéquates.

Torn sortit, persuadé qu'aucune arme allemande ne pourrait jamais venir à bout d'un homme comme le capitaine Beaumont.

Lorsque Payton Joiner fut brancardé, toujours inconscient, la nuit tombait sur la vallée de Craonne et l'artillerie s'était tue depuis longtemps. Une équipe française du 25e bataillon du génie s'était jointe aux travaux de déblayage et avait permis l'ouverture d'une cavité assez grande pour que le blessé soit transporté à l'hôpital. Les hommes de Torn n'avaient pas été en reste et avaient assuré l'éclairage des lieux en un temps record. Tout le monde était épuisé. Dix-neuf soldats étaient morts, cinquante autres blessés. Beaumont partit le dernier, en compagnie du major, qui lui annonça que Payton était hors de danger. Il l'accompagna jusqu'au quartier des dortoirs :

– Sale journée, n'est-ce pas ?

– Oui, sale journée... vous savez, Torn, en temps de guerre, une bonne nouvelle est une mauvaise nouvelle qui aurait pu être pire. Alors, je crois qu'aujourd'hui est une bonne nouvelle, dit-il, mystérieusement.

– Sauf votre respect, et malgré tout votre travail, c'est le pire carnage que notre unité ait connu.

– Il y a un danger au moins aussi grand que le feu de l'enfer que nos adversaires de guerre nous envoient. Croyez-moi, Kenny : ceux qui survivront à ce fléau pourront survivre à n'importe quoi.

– Mais de quoi parlez-vous, mon capitaine ?

– D'une arme qui ne fait pas la différence entre les couleurs des uniformes et ne tient pas compte des frontières. D'un ennemi bien plus implacable que le Reich tout entier.

30 juillet 1941, Westray, Dorset.

Torn avait les traits tirés. Il semblait épuisé d'avoir eu à extraire cette journée du rayon de ses cauchemars.

– Je sais que votre père m'a sauvé la vie ce jour-là, dit-il en hochant la tête. Il m'a vraiment sauvé.

Ils restèrent un moment silencieux avant qu'Alex ne reprenne la conversation.

– Est-ce que le nom de Dormouse vous dit quelque chose ?

– Jonas ? Bien sûr ! C'était le postier de notre unité. Dormouse était son surnom. Lui aussi, toujours dans sa piaule. Mais pour dormir. Ce n'est pas lui qui aurait fait progresser l'humanité ! C'est peut-être votre père celui d'entre nous qui le voyait le plus, à cause de ses lettres. Il était toujours à le chercher partout pour lui donner son courrier. Ils faisaient un sacré tandem tous les deux. Les deux opposés.

– Kenny, ce que je vais vous dire devra rester strictement entre nous.

Alex savait d'instinct qu'il pouvait faire confiance au major Torn. Il le regarda droit dans les yeux et annonça :

– Dormouse était un agent des services secrets américains chargé de surveiller mon père.

Kenny ne parut pas surpris.

– Vous le saviez ?

– À vrai dire non, mais ce que vous m'annoncez explique bien des choses de son comportement et de ses relations.

– Je voudrais comprendre pourquoi mon père était l'objet de cette surveillance.

– De quoi avez-vous peur ? Qu'il ait collaboré avec l'ennemi ?

– Non ! C'est impossible. Je veux juste savoir pour quelle raison les militaires s'intéressaient à lui.

– Vous me rassurez. Ne vous inquiétez pas, votre père était connu pour ses positions pacifistes, qui ont fait des vagues jusqu'à Washington. Il n'avait pas que des amis là-bas. De là à penser qu'ils l'avaient à l'œil, rien d'étonnant.

– Savez-vous ce qu'est devenu Dormouse ? Je voudrais le rencontrer pour savoir qui était à l'origine de cette surveillance. Avez-vous son adresse ?

– C'est facile. Jonas n'a pas bougé depuis la fin de la guerre. Mais vous ne le ferez pas parler.

– Permettez-moi d'essayer. Je n'ai rien à perdre.

– Si. Votre temps. Ce type était tellement lymphatique qu'il était toujours le dernier partout. Le 11 novembre 1918, il fut le dernier mort américain de la guerre. Éparpillé par une mine à la frontière belge. Deuxième rangée de la troisième allée du cimetière militaire d'Hazebrouck. C'est là que vous le trouverez.

– Quelle guigne !

– Il ne vous aurait été d'aucune utilité. Il n'avait sûrement aucune idée des raisons de sa mission. Et à quoi cela pourrait-il vous servir d'aller déterrer cette histoire vieille de vingt-cinq ans ? Votre père est sorti de la guerre sain et sauf, il a eu une belle vie après. Je connais bien les gens des services secrets. J'ai fait quinze ans de commando avant de prendre ma retraite. Ces organisations sont des rouleaux compresseurs. Ne soyez jamais leur cible, quel que soit le bien-fondé de vos revendications. Évitez-les comme la peste.

– Vous avez raison, Kenny.

– Alex, j'apprécie la démarche que vous avez entreprise pour votre père et votre franchise avec moi. Si vous avez besoin de mon aide, n'hésitez pas. Je suis à votre service.

– Merci. Je n'oublierai pas. Une dernière question : quel était le vrai nom de Dormouse ?

– Personne ne l'a jamais su. Il dépendait des MP, la police militaire, pas de l'unité médicale. On savait tous que nos lettres étaient lues par la censure avant d'être envoyées. Votre père aussi. Pour les courriers plus personnels, on utilisait les services des camarades qui partaient en permission ou étaient évacués vers les hôpitaux. La censure de Dormouse était encore plus facile à contourner que la ligne Maginot.

4 août 1941, Londres.

La Daimler noire fit demi-tour à vive allure dans la cour principale de l'hôpital St Thomas avant de s'immobiliser devant Alex. Il fit mine d'hésiter puis prit place à l'arrière, où Isaure l'attendait, l'air renfrogné. Le chauffeur démarra en souplesse et se glissa dans la circulation alors que le jour chassait la noirceur du black-out.

– Il y a un programme particulier aujourd'hui ou vous avez daigné superviser mes travaux ? demanda Alex d'un ton moqueur.

Elle le regarda sans répondre.

– Non, ne me dites pas... on va à l'église pour nos fiançailles ? Pour le mariage ? C'est une surprise et tout le monde nous y attend ! Vous savez, comme dans les anniversaires.

Elle tourna la tête vers la vitre. Il en fit de même et fredonna sur l'air de *Happy birthday* :

– Joyeux mari-a-ge, joyeux mari-a-ge ! Joyeux mari-a-ge, joyeux mari-a-ge !

– Alex, c'est sérieux.

– Quoi donc ?

– Notre mission, la guerre. C'est sérieux.

– Et alors ?

– Quand cesserez-vous de jouer au gamin ?

– Quand VOUS me prendrez au sérieux.

– Comment voulez-vous qu'il en soit ainsi ? Votre comportement est imprévisible. Vous disparaissez deux jours, puis vous réapparaissez sans rien dire. Vous ne me faites aucune confiance. J'ai des comptes à rendre à ma hiérarchie.

– Désolé.

– Non, c'est trop facile ! Vous ne le pensez même pas. Soit on fait équipe, soit vous continuez avec Orson. C'était sa mission après tout. Peut-être n'aimez-vous pas travailler avec une femme ?

– Là, c'est vous qui ne le pensez pas. Wake a trouvé la première excuse venue pour m'adjoindre un agent à lui plutôt qu'un homme de Brown. Vous et moi ne sommes que des pions pour ces gens-là.

– Seule importe la réussite de la mission. Vous n'en avez pas oublié le but ? Ça vaut quand même la peine, non ? Quelles que soient les arrière-pensées de nos chefs.

– J'y suis attaché plus que vous ne le croyez. Mais donnez-moi une raison de vous faire confiance.

– Très bien. Ne me faites pas confiance. Méfiez-vous de moi comme des autres. Mais comportez-vous de façon professionnelle en toutes circonstances.

– Avez-vous des raisons d'en douter ?

– Oui, car pour ma part, je ne vous aurais jamais choisi pour ce travail.

– Merci de votre franchise.

– Pas de quoi.

Un silence s'installa pendant que chacun regardait les quartiers de Londres défiler sous ses yeux. Alex le rompit à la hauteur de Seymour Place.

– Maintenant que nous nous sommes déclaré nos consentements mutuels, nous pourrions peut-être tout reprendre à zéro ?

– Pourquoi ? C'est là que vous êtes ?

Il se força à ne pas répondre et se contenta de sourire.

– D'accord, fit-elle. Une trêve ?

– Un armistice. Un cessez-le-feu. La paix des braves.

– À l'entente cordiale, dit-elle en lui tendant la main.

– À l'entente cordiale, reprit-il, avant de mimer un baise-main.

Il fut surpris par la douceur de sa peau et identifia un léger parfum d'épice poivrée. Il envoya son trouble au diable-vauvert. Il refusait de se sentir attiré par elle. Les sens ne sont pas bons conseillers.

La voiture contourna Regent's Park et fila plein est, à l'opposé de la LCS. Il lui désigna le panneau indiquant le quartier de Finsbury.

– Isaure, si vous m'expliquiez ce que l'on va faire ce matin ?

– Disons que, moi non plus, je ne suis pas restée inactive ces derniers jours.

Bunhill Fields était l'un des rares espaces de verdure du cœur de Londres épargné par les bombardements allemands. Les arbres centenaires, de leurs branches reverdies, protégeaient les allées, que les canards et les cygnes avaient envahies à la recherche de la nourriture qui leur faisait défaut. Ils se disputaient la moindre miette et même les plus faibles, poussés qu'ils étaient par la faim, faisaient preuve d'une hardiesse excessive. Les promeneurs avaient pris l'habitude d'éviter de les nourrir sous peine d'être aussitôt poursuivis de dizaines de volatiles caquetants. Le parc était désert quand Isaure et Alex pénétrèrent dans l'allée centrale. Ils la remontèrent en direction de City Road. Arrivés à proximité du kiosque à musique, elle s'arrêta.

– Quelqu'un vous attend dans le pavillon. Prenez votre temps. Je serai devant Wesley's Chapel.

Il la regarda s'éloigner et avisa la pergola de béton dans laquelle une ombre était assise sur une des chaises dévolues habituellement à l'orchestre de la fanfare de Barbican. Il grimpa les quatre marches et s'assit dans la même rangée, deux sièges plus loin.

– Bonjour, Kathleen, dit-il, sans oser la regarder.

– Bonjour, Alex, dit-elle en le dévisageant.

– Je suis... Je... fit-il en baissant les yeux. Je m'excuse. Pardonne-moi.

– Pourquoi ? l'interrogea-t-elle les larmes aux yeux. Pourquoi ?

– Je voudrais que tu saches que cette femme... Isaure... n'y est pour rien. Elle n'est pas la cause de mon départ.

Il la regarda pour la première fois. Elle était très amaigrie et pâle. Ses yeux rougis étaient mouillés de larmes qu'elle ne pouvait contenir malgré ses efforts. Il en était la cause et se sentit encore plus coupable.

– Je n'ai jamais voulu te faire du mal. C'est juste que je ne ressens plus rien pour toi. Je ne peux pas l'expliquer. C'est ainsi. C'est moi qui ai changé, pas toi.

– C'est JUSTE ça ? s'exclama-t-elle, contenant difficilement sa colère. C'est juste ma vie que tu fiches en l'air... Effectivement, ce n'est pas grand-chose.

– Je t'ai aimée très fort, Kathleen. Et mes sentiments sont partis. Je ne veux pas que tu gâches ta vie avec moi. Je n'en vaux pas la peine.

– Tu es trop bon de te sacrifier ainsi, ironisa-t-elle. Mais si moi j'ai envie de gâcher ma vie avec toi ? Je suis assez grande pour en décider, non ?

– Il ne faut plus que l'on se voie pendant un moment. C'est mieux ainsi.

– C'est mieux pour toi ! Regarde-toi : on a l'impression que tu es celui qui vient de subir une trahison amoureuse.

– Kathleen... Aujourd'hui, je ne suis plus le même. J'aspire à d'autres choses.

– Et pourquoi tu ne le ferais pas avec moi ?

– J'ai besoin de me retrouver seul. Tu me comprendras mieux dans quelques mois.

– Tu te moques de moi ? Ça veut dire quoi ces fiançailles au bout de deux semaines ?

– Tu vas me prendre pour un malade ou un pervers, mais je ne suis pas amoureux de cette femme, crois-moi.

Alex se sentait de plus en plus mal à l'aise. Il louvoyait pour ne pas avoir à mentir sans toutefois lui avouer la vérité. Kathleen le connaissait suffisamment pour s'en rendre compte.

– C'est vrai que tu as changé, remarqua-t-elle. Mais pas en bien. Tu n'as même pas le courage d'assumer ta nouvelle liaison.

Il ne répondit pas et baissa la tête. Le sol à ses pieds était fissuré. La zébrure était colonisée par de la mousse sur laquelle une fourmi solitaire cherchait son chemin. Il écarta sa jambe pour la laisser passer.

– Je t'ai aimée. Je t'ai aimée très fort. J'y ai cru. Puis tout s'est dilué.

– Quand tu as rencontré cette fille !

– Non ! Non... tout était en moi déjà avant. À Ascot, j'ai seulement mis des mots sur ce que je ressentais depuis un moment.

– Qu'a-t-elle de plus que moi ? Dis-le-moi, j'ai besoin de savoir !

– Je n'en sais rien, je ne la connais pas. La situation doit te paraître folle, mais si tu es venue, c'est que tu as encore un peu de respect pour moi. Alors, crois-moi.

– Si je suis venue, c'est parce que tout le monde, de mon père jusqu'au ministre, a insisté pour que je te voie. J'ai l'impression que tu es plus important à leurs yeux que moi. Je me sens tellement perdue...

Elle éclata en sanglots et détourna la tête, par pudeur.

– Kathleen, non, ce n'est pas grave...

– Je sais, dit-elle en hoquetant, je n'arrête pas de me le répéter. C'est la guerre, des milliers de gens y laissent leur vie, des femmes se retrouvent veuves et des enfants orphelins. Nous, on est vivants, en bonne santé. Mais je suis désolée, le grand malheur des autres ne me console pas du mien, si petit soit-il.

– Ce n'est pas ce que j'ai voulu dire. Encore une fois, je m'en veux de te faire du mal.

– Ne t'inquiète pas, ça ne va pas te tarauder bien longtemps. Je connais tes limites. Le pire est que je dois maintenant vivre avec des sentiments qui sont toujours en moi. Ils sont comme... comme un enfant non désiré. Amour et dégoût mélangés. Je ne peux pas leur échapper. Tout le monde n'a pas ta force, Alex.

Alex se sentit meurtri. Une bourrasque de vent souleva du sol un vieux journal, qui avança en convulsant jusqu'à venir mourir à ses pieds. Il ne le vit même pas. Son regard était fixé droit devant lui, coincé sur les arbres qui s'agitaient de plus en plus. Ils restèrent assis en silence. Le temps se distendit. La page sport du *Herald Tribune* claquait à ses pieds. Alex s'extirpa de ses pensées et se tourna vers Kathleen. La chaise était vide. La silhouette quittait le parc.

Il réalisa à cet instant qu'il l'avait définitivement perdue. En une fraction de seconde, cette pensée lui parut insupportable. Il devait tout lui dire, elle devait savoir. Même s'il était à l'origine de leur rupture, ils ne pouvaient se quitter de cette façon.

– Pas comme ça, c'est trop moche ! dit-il à voix haute.

Il s'élança à sa poursuite. Arrivé à la porte de sortie du côté de Wesley, il la localisa à environ cent mètres, qui marchait à vive allure dans City Road. Elle croisa Isaure, sans la voir ou la reconnaître, en pleine conversation avec le chauffeur, à côté du véhicule. Alex traversa la route en courant. Il dépassa ses camarades, qui étaient à présent rentrés dans la voiture, moteur ronronnant. Elle n'était plus qu'à une cinquantaine de mètres. Il voulait attendre d'être près d'elle pour l'appeler. Il voulait lui dire tout ce qu'il n'avait pas su lui dire quelques minutes auparavant, parce qu'il n'avait jamais appris à communiquer ses sentiments. C'était ainsi. Un Beaumont ne devait jamais montrer de faiblesses. Et l'amour était dans la liste des faiblesses. Il voulait la prendre dans ses bras, lui demander pardon, pleurer avec elle, lui dire que la porte était encore ouverte. *Oui, la porte est encore ouverte*, se dit-il avec conviction.

Elle ralentit l'allure en apercevant un attroupement devant un pub qui venait d'ouvrir. Le groupe était composé principalement de militaires en permission, qui conversaient joyeusement, pintes de bière à la main, alors que le tenancier déchargeait d'une carriole son stock de boissons pour la semaine. Le cheval, un shire alezan, peu habitué à la foule, tirait nerveusement sur sa bride, donnant de grands coups de tête, que le serveur maîtrisait avec difficulté.

Elle sembla hésiter à passer devant eux, de peur d'être importunée. Alex en profita pour l'appeler.

– Kathleen, Kathleen !

Elle se retourna, d'abord incrédule, puis ébaucha un sourire. Il ralentit son allure car il ne voulait pas être essouflé pendant sa déclaration. D'ici une dizaine de mètres, il devrait avoir oublié toutes ses inhibitions et parler enfin avec son cœur. Le visage de Kathleen se détendit. Il ne la quittait pas des yeux. Soudain, un bruit insupportable déchira ses tympans et il se sentit projeté en arrière par un vent brûlant. Il entendit le hurlement de Kathleen. Un bourdonnement atroce envahit ses oreilles. Il essaya de se relever, tituba, puis s'affala sur le sol, groggy. Le titre de la page du *Herald Tribune* lui traversa l'esprit : *Victoire surprise des Wasp sur Bath.* Cette phrase l'obséda alors qu'il essayait sans succès de se relever. Il était désorienté. Ses sens avaient disjoncté. Il n'y avait plus aucun bruit. Juste un silence assourdissant. Puis un cri, des râles, des appels au secours s'élevèrent dans le brouillard. Il respira profondément mais n'avala que de la poussière qui le fit tousser. Il enfouit son visage dans son pull et s'efforça de contrôler sa respiration. Les vertiges diminuaient sensiblement. *Victoire surprise des Wasp sur Bath*. Quelle guigne ! Lentement, il se mit à genoux. Quelqu'un l'aida à se relever. Il se frotta les yeux et reconnut Isaure.

– Venez, lui dit-elle, on s'en va !

Hébété, il fit quelques pas, avec son soutien. Le présent lui revint soudainement en mémoire.

– Kathleen ! cria-t-il. Où est-elle ?

– Ne restez pas là, ordonna Isaure. Venez vous mettre à l'abri. On s'occupera d'elle après.

– Non, hurla-t-il en la lâchant. Je dois l'aider.

– Et moi, je dois vous protéger.

Elle l'attrapa par le bras pour le forcer à la suivre. Il se dégagea et se retourna sur une vision d'horreur : devant lui, des dizaines de corps gisaient inertes au milieu des gravats. La plupart avaient les membres arrachés. Une tête aux chairs déchiquetées avait été projetée sur la chaussée. Certains brûlaient dans une odeur insoutenable de graisse cuite. La carriole avait disparu, le cheval était éventré. Ses viscères s'étalaient sur plusieurs mètres le long du trottoir. Sa tête, dont les oreilles trémulaient encore, faisait avec son cou un angle improbable.

Il glissa sur un mélange de sang et de bière et s'entailla la main avec un débris de verre. Il y en avait partout, des éclats projetés sur des dizaines de mètres. Il progressa lentement de peur de chuter à nouveau. Il la cherchait du regard. Devant le pub, la situation était dramatique. Un homme, le visage brûlé, marchait comme un automate, dans des vêtements lacérés. Une aura de fumée entourait son corps, ses cheveux se consumaient lentement. Alex dégagea une place au sol et l'aida à s'allonger. Le soldat se mit à trembler en répétant des paroles qu'il ne comprit pas. Il n'y avait plus rien à faire pour lui. Les médecins soulageraient ses douleurs en attendant son décès, inéluctable. Il retourna sur ses pas à l'endroit où il estimait que Kathleen se trouvait au moment de l'explosion. Quelques mètres plus loin, il repéra une main qui dépassait d'une plaque de tôle émaillée. Il reconnut le cadre du pub, qui servait à afficher les menus. Les vertiges reprirent, ainsi que sa pensée obsédante : *Victoire surprise des Wasp sur Bath. Victoire surprise des Wasp sur Bath.* Les rafales de vent augmentèrent. Il avait l'impression qu'elles l'empêchaient d'avancer, comme dans ses cauchemars quand il était enfant. Il jeta un regard circulaire et ne trouva pas Isaure dans le chaos qui l'entourait. Son aide lui aurait pourtant été bien précieuse. Il souleva la tôle sous laquelle Kathleen était étendue, inconsciente. Elle ne semblait pas avoir été brûlée. Un filet de sang coagulé traversait la moitié droite de son visage. Il se pencha sur elle et constata avec soulagement que sa respiration était superficielle mais régulière. Son cœur battait rapidement, mais le pouls n'était pas filant. Il lui prit la main.

– Kathleen, si tu m'entends, serre-moi la main.

Elle resta inerte.

– Kathleen, s'il te plaît, serre de toutes tes forces.

La supplique ne fut suivie d'aucun effet.

– Kathleen, pardonne-moi. Pardonne-moi...

Il éclata en sanglots. Un liquide chaud lui coula des oreilles et tomba sur la robe de Kathleen. Du sang. Les bourdonnements s'intensifièrent et des lucioles lumineuses vinrent danser devant ses yeux. La sirène des secours retentit dans une rue avoisinante. Il se leva d'un bond, chancela et tomba à quatre pattes sur un champ de débris coupants. Il n'arrivait plus à se relever, la violence des vertiges le plaquant au sol. Il aperçut la première ambulance et hurla :

– Ici ! Par ici !

En rampant, il se rapprocha de Kathleen et se colla à elle. L'effort déployé déclencha une nausée incoercible. Les vertiges l'obligèrent à fermer les yeux. La phrase claquait dans sa tête en même temps que le bruit de l'explosion : *Victoire surprise des Wasp sur Bath. Mais comment ont-ils pu perdre ?* Ce fut sa dernière pensée avant qu'un tourbillon ne le précipite dans le noir.

7.

15 septembre 1941, Londres.

L'explosion du pub *Wild Cat* fit huit morts et trente-cinq blessés. Les premiers jours, la presse, relayée par la rumeur, émit l'hypothèse d'un attentat perpétré par la cinquième colonne allemande. Mais l'enquête s'orienta vers un accident dû à une valve d'arrivée de gaz restée ouverte par négligence. Les conclusions ne furent pas rendues publiques et l'affaire resta dans la mémoire collective comme un des nombreux actes barbares perpétrés par l'ennemi, ce qui arrangea la LCS, qui n'eut pas à expliquer la présence de deux de ses agents sur les lieux le jour du drame. Kathleen ne s'était pas réveillée. La plaque de tôle l'avait percutée en pleine tête, provoquant un hématome œdémateux qui l'avait plongée dans le coma. Un coma vigile que les médecins qualifiaient de rassurant. Aucune fonction vitale n'avait été touchée et la résorption naturelle de l'hématome était préférable à une opération, toujours risquée au niveau de l'encéphale. Son père avait autorisé son transfert dans un hôpital spécialisé, loin de Londres, à l'abri des bombardements et, surtout, hors de portée de son ex-fiancé qu'il tenait pour responsable de l'état de sa fille.

Alex perdit une partie de son audition et resta deux semaines hospitalisé, en raison des quelques brûlures qui risquaient de s'infecter. Mais sa constitution solide et sa capacité de récupération furent deux alliés précieux. À sa sortie, il se jeta dans le travail. Isaure lui servit d'assistante. À aucun moment, ils n'évoquèrent l'accident ni l'attitude d'Isaure. Pendant une semaine, ils ne communiquèrent que sur le virus de la grippe et la pandémie de 1918. Outre son audition, il semblait avoir perdu la partie la plus joyeuse de lui-même, la plus innocente.

– Mon général, si vous voulez bien vous asseoir.

Philips, plus révérencieux qu'à l'ordinaire, se comportait en maître de cérémonie. Wake s'enquit du taux de cholestérol de la femme de son subordonné et de la santé d'Alex. Brown et Orson arrivèrent les derniers, invoquant les tracas de la circulation londonienne. Mais les Britanniques savaient déjà qu'ils s'étaient arrêtés à l'ambassade des États-Unis pour une conversation téléphonique sécurisée avec le président Eisenhower. « L'avantage de jouer à domicile », avait l'habitude de répéter Philips. Alex et Isaure se tenaient debout sur l'estrade, derrière le pupitre, et ne manifestaient aucune émotion particulière face à leur auditoire étoilé. Wake, en bon diplomate, ouvrit la séance :

– Messieurs, je voudrais tous vous remercier de votre présence et me féliciter de la parfaite collaboration entre alliés, tant sur le terrain des opérations que dans les états-majors. Aujourd'hui, le capitaine Beaumont, dont je vois avec joie qu'il a recouvré la santé, va faire le point sur ses recherches. À l'issue de son exposé, nous devrons décider des actions à mener par la suite. Capitaine, vous avez toute notre attention.

Alex, le visage marqué par les séquelles des brûlures, se pencha sur le pupitre pour consulter ses notes puis entama son exposé :

– Le résumé que je vais vous présenter est la synthèse des documents que vous m'avez fournis et sur la foi desquels j'ai basé mes conclusions. Certaines des informations sont invérifiables par d'autres canaux, bien que capitales dans la proposition que je vais vous faire. Ceci étant dit, les faits importants sont les suivants...

Alex égrena les éléments, qu'il connaissait par cœur, sans cesser d'observer son auditoire. Tous les informateurs de l'époque avaient identifié trois phases dans l'évolution de l'épidémie. La première vague datait du printemps 1918. Elle fut moins violente que les deux suivantes, au point qu'un nombre élevé de médecins fut incapable de la diagnostiquer. C'est pourquoi elle ne figura que sur un nombre restreint de certificats de décès. La deuxième vague, qui eut lieu l'été, se caractérisa par des symptômes beaucoup plus sévères. Vingt pour cent des victimes développèrent une pneumonie ou une septicémie. La plupart d'entre eux en mourut, parfois en quelques heures. Le virus s'était associé à des bactéries, comme les pneumocoques, et leur ouvrait la voie en détruisant les défenses immunitaires. Cette seconde vague s'étendit rapidement. Sur le front de l'ouest, plus de soixante-dix mille soldats américains furent hospitalisés et un tiers décéda. La troisième vague apparut au printemps 1919 et fut tout aussi meurtrière. Contrairement à ce que son nom pouvait laisser croire, l'Espagne ne fut pas le foyer initial de la grippe. Mais le nombre de cas y fut gigantesque : huit millions d'Espagnols avaient été contaminés à la fin du mois de juin 1918. Les Espagnols l'appelèrent, eux, la grippe française. Aucune région du monde ne fut épargnée et le pays le plus touché fut l'Inde, qui recensa seize millions de morts.

Alex s'interrompit afin de boire une gorgée d'eau. Sous sa décontraction de façade, il était tendu et évitait le regard d'Isaure.

– Au total, on estime que cinquante millions de personnes ont péri à la suite de cette infection.

Wake émit un sifflement d'étonnement. Les autres restèrent silencieux. Brown avait un regard impassible.

– Nous avons essayé de retracer le chemin de l'épidémie. Les premiers cas enregistrés aux États-Unis furent localisés au camp militaire de Furston, Texas, le 4 mars. Un mois plus tard, les troupes françaises furent touchées à Villers-sur-Coudon. Puis les Anglais, à Rouen. Au Royaume-Uni, les premiers cas apparurent en mai, à Glasgow. À la fin du mois d'août, la deuxième vague toucha, la même semaine, trois ports, à des milliers de kilomètres les uns des autres : Freetown, en Sierra Leone, Brest, en France et Boston, aux États-Unis. Puis la grippe s'étendit dans les terres. Autre fait étrange : la tranche d'âge la plus touchée fut celle des jeunes adultes, en particulier de vingt à trente ans.

– Mais il est notoire que les épidémies se propagent plus facilement dans les zones de forte concentration humaine, comme les troupes, intervint Philips, et que les soldats correspondent à cette classe d'âge. Cet argument ne prouve rien.

– Pour l'instant, mon colonel, je vous mentionne des faits bruts, sans aucune interprétation. Je n'ai apporté aucun élément en faveur de l'existence d'une arme biologique. Mais pour répondre à votre objection, sachez que même les jeunes hommes éloignés du front furent la cible privilégiée du virus.

– Alors, on peut l'utiliser dans le dossier, conclut Wake.

– Si je pars de l'hypothèse que la grippe espagnole est une arme fabriquée par les Allemands, la première question à laquelle je dois répondre est : possédaient-ils un vaccin pour s'en prémunir ? continua Alex.

– Et... ? intervint Brown.

– Si l'on s'en tient aux chiffres, la réponse est : non. De nombreux soldats allemands furent touchés, ce qui ralentit leur progression en différents endroits du front, comme en France, à Château-Thierry. En Allemagne, plus de quatre cent mille civils périrent de la grippe.

– Vous venez de soulever un point important, dit Wake. Sans vaccin, c'eût été de la folie de lancer cette arme. Or, ils ne le possédaient manifestement pas. C'est bien ça ?

– Exact. D'ailleurs, il n'existe toujours pas.

– Donc notre plan aurait du plomb dans l'aile ? Notre hypothèse ne tiendrait pas face à une analyse approfondie ? demanda Orson en s'extirpant de son silence.

– Oui et non, répondit Alex, évasif. D'un point de vue purement médical, les scientifiques allemands avaient suffisamment de connaissance des virus pour les faire muter et les cultiver. Certains journaux de l'époque les ont d'ailleurs accusés de l'avoir fait. Un autre point est troublant : j'ai demandé aux archives des écoutes radio de me fournir le nombre des messages codés allemands la semaine qui précéda le début des deux vagues épidémiques. À chaque fois, les messages échangés avec des correspondants en France et aux États-Unis ont été multipliés par cinq.

– Intéressant ! interrompit Wake. On peut en tirer quelque chose ? demanda-t-il en se tournant vers Philips.

– C'est limité, mon général. Beaumont, votre conclusion ?

– Juste une hypothèse pour l'instant. Selon moi, les Allemands possédaient des souches du virus, sans doute issues de la mutation d'une grippe animale peu dangereuse pour l'homme, comme la peste aviaire. Ce virus a muté de lui-même, s'acclimatant à l'homme, et devint le tueur de la deuxième vague.

– Vous croyez que les Allemands ont joué aux apprentis sorciers et que la virulence de la deuxième vague n'est pas de leur fait ? demanda Wake.

– Le virus influenza possède une vitesse d'adaptation effrayante. Nous en avons fait le banal responsable de nos rhumes d'hiver, mais c'est un tort. Il pourrait à tout moment rayer l'humanité de la carte.

– Comment expliquez-vous le déclenchement de foyers simultanés en Europe et aux États-Unis ? Et la recrudescence des messages allemands ? demanda Wake en fronçant les sourcils.

– Je ne l'explique pas. Cela fait partie des contradictions qu'il reste à élucider si nous voulons être crédibles.

– Mais avons-nous besoin d'aller aussi loin ? intervint Brown. Quels que soient les éléments que nous apporterons, les Allemands nieront tout en bloc. Ils crieront à la manipulation. Nous devons juste être plus convaincants qu'eux.

– Mon général, intervint Isaure, le capitaine Beaumont et moi sommes arrivés à la conclusion que l'hypothèse d'un virus provenant des laboratoires militaires allemands est plausible. Pour l'annoncer à la presse, il n'y a pas besoin de beaucoup plus de présomptions, vous avez raison. Et ceci, quelle que soit la réalité de l'épidémie, volontaire ou accidentelle. Mais il y a un point que nous devons vérifier absolument avant que vous ne fassiez éclater l'affaire.

– Lequel ?

– Nous devons être sûrs qu'ils ne possèdent plus aujourd'hui aucune souche du virus de la deuxième vague.

– Plus ? Vous pensez qu'ils auraient pu en conserver ?

– Oui, affirma Alex. Mon père en a possédé pour les étudier à l'université. Il les avait isolées de tissus de malades. La difficulté principale était que ce virus se multipliait très mal dans les milieux de culture classiques. Il n'a pu les maintenir en vie que deux ans.

– Seigneur, fit Philips. Il a eu le tueur entre les mains...

– Il cherchait à le combattre. Il travaillait avec un laboratoire français et ils ont publié leurs résultats, répondit Alex.

– Vous étiez au courant, George ? demanda Wake.

– Je suis au courant de tout ce qui concerne la sécurité de mon pays, répondit-il, évasif.

– Il est donc possible que les Allemands aient fait de même, remarqua Philips. Que proposez-vous, capitaine ?

– De suivre les deux seules pistes que nous ayons. Je vais contacter l'ancien assistant de mon père, le Dr Yang, afin d'identifier les équipes de recherche qui s'étaient intéressées de près à leurs travaux.

– Attention à la confidentialité de votre mission, objecta Philips.

– Mon colonel, vous m'avez fourni la meilleure des couvertures, repliqua-t-il en lançant un regard vers Isaure. Nous sommes fiancés depuis ma sortie d'hôpital. Chen Yang n'était pas seulement l'assistant, mais aussi le meilleur ami de mon père. Ce sera l'occasion pour moi de lui présenter ma promise et de l'informer de mon intention de reprendre la rédaction du livre qu'il avait débutée peu de temps avant son décès, la suite de *Lady Flu*.

– Et l'autre piste ? demanda Brown.

– Enquêter sur le premier foyer, la source de l'infection. Savoir pourquoi et comment elle est apparue. Et retrouver les responsables, s'il y en a.

– Si j'ai bien compris, messieurs, interrompit Brown, notre mission se déplace sur le territoire des États-Unis. Je propose que mes services en prennent le leadership. Le camp de Furston est sous notre contrôle. Vous y aurez un accès sans restriction.

– Attendez, fit Wake. Nous avons encore plusieurs options possibles avant de prendre une décision.

Brown ricana.

– Soyons sérieux. La conclusion du capitaine Beaumont est claire : la solution, s'il y en a une, se trouve chez nous. Furston et le Dr Yang sont sous notre responsabilité, non ?

– Juste une précision, intervint Isaure. Il est exact que les deux pistes sont localisées dans le même pays. Mais pas aux États-Unis.

L'espace d'un instant, les visages des participants marquèrent un profond étonnement, même celui du général Brown, qui en perdit son impassibilité.

– Le premier cas d'infuenza a été rapporté en mars 1918, enchaîna Alex en ménageant son effet. Il se situait à Canton, en Chine.

– En Chine ? fit Wake, incrédule.

– Et le Dr Yang y est retourné en 1935 pour diriger un hôpital, à Nankin, pendant deux ans. Il vit maintenant à Shanghai. Cela lui fera vraiment très plaisir de me voir.

– Vous n'y pensez pas ? rugit Brown. Avez-vous idée de la complexité de la situation là-bas ?

– Notre organisation y est bien implantée, dit Wake, satisfait de déplacer la mission en terrain plus neutre.

– Si votre ami a quitté Nankin en 1937, c'est sans nul doute quand les Nippons ont investi la ville, rappela Brown. Vous n'avez pas l'air au courant, mais la plus grande partie de la Chine est sous contrôle japonais. Sans compter la guerre civile entre communistes et nationalistes. Il aurait dû vous déconseiler de venir.

– Il l'a fait. Je connais parfaitement la situation.

– Et vous savez sans doute aussi que Canton est à plus de mille kilomètres de Shanghai ? ajouta Philips.

– Les premiers malades de l'épidémie ont été soignés à Canton dans l'une des écoles de médecine traditionnelle les plus réputées de Chine. Celui qui dirigeait cette institution s'appelait Ding Gareng. Mais nous n'aurons pas besoin d'y aller pour le rencontrer.

Après la Première Guerre mondiale, l'occidentalisation de la Chine s'était accélérée sous l'impulsion de Sun Yat-Sen et l'évolution de la médecine en avait été le symbole. De nombreux Chinois, dont Chen Yang, partirent faire leurs études en Europe ou aux États-Unis, alors que les partisans de la tradition millénaire, parmi lesquels Ding Gareng, leur opposèrent un combat sans merci. L'école de Canton en fit les frais. Elle fut fermée en 1923. Gareng réussit à fonder un nouvel institut à Shanghai, qu'il dirigeait depuis dans la plus pure tradition.

– Qui vous dit qu'il nous aidera ? interrogea Philips.

– Il n'a aucune sympathie pour les Japonais.

– On a des agents disponibles à Shanghai ? demanda Brown à Orson, avec un regard en biais.

– Un seul correspondant. Mais il est sûr. Tous les hommes sont auprès de Tchang Kai-shek.

– Nous avons tout un réseau sur place, affirma Wake.

– Et ce Yang, qui nous dit que l'on peut lui faire confiance ? intervint Philips.

– Moi, mon colonel, répondit Alex.

– C'est bien ce qui m'effraye. C'est un sympathisant communiste ?

– Il n'est ni nationaliste ni communiste. C'est un médecin, il a la nationalité américaine.

– Un passeport, ce n'est pas une profession de foi. Je propose d'enquêter sur lui avant de prendre une quelconque décision.

– Le temps presse, Philips, lui répondit Wake. Dans deux mois, au plus tard, nous devrons divulguer à la presse le dossier *Destitute*. De combien de temps avez-vous besoin ?

– Trois à quatre semaines, déplacement compris, répondit Isaure.

– Même si vous ralliez Le Caire en avion, vous serez obligés de traverser l'océan Indien et la mer de Chine, intervint Orson. Avez-vous idée de la durée du voyage ?

– Mon colonel, demanda Isaure, pour quand le premier vol longue distance du Gloster est-il prévu ?

– Nous n'attendons plus que l'autorisation du ministre de tutelle.

– Je vous demande officiellement le privilège d'effectuer ce vol pour notre mission. Nous pouvons arriver à Vladivostok avec seulement deux escales : une à Moscou, l'autre à Novossibirsk. Le tout sans survoler aucun territoire ennemi, si cela peut vous rassurer. De Vladivostok à Shanghai, nous prendrons un bateau marchand. Ce sera la partie du voyage la plus longue, vingt heures de traversée. En attendant notre retour, le Gloster sera parqué sur la base militaire de Kholodilnik, si vous n'y voyez pas d'inconvénients.

– Il nous faudra négocier directement avec le maréchal Joukov, dit Wake. Je ne voudrais pas que ses hommes le démontent pour le revendre pièce par pièce.

– Miss D'Argreen, dit Philips, condescendant, vous savez mieux que moi que le Gloster Meteor est un monoplace.

– J'ai contacté Wensley. Il m'a garanti qu'il pourrait l'aménager pour un deuxième passager.

– Qui est Wensley ? questionna Wake.

– Le meilleur ingénieur aéronautique du Royaume-Uni, répondit Philips. Le père de l'avion.

– Je vois que vous avez pensé à tout, lança Wake à l'adresse d'Isaure.

Il croisa le regard de Philips dont les yeux l'imploraient de ne pas laisser le dernier bijou de la RAF dans les mains d'une aventurière et d'un civil inexpérimenté.

– Des remarques ? ajouta-t-il.

– Non, fit Orson. Qu'ils aillent au diable, après tout !

– J'irais volontiers si j'étais sûr qu'il détienne les informations que nous recherchons, dit Alex.

– Quand vous serez en Chine, vous regretterez qu'il ne vous ait pas invité, répondit Orson.

– Messieurs, l'affaire est entendue, proclama Wake.

– Un dernier point, dit le général Brown.

Il pompa longuement sur son havane avant de continuer.

– Orson les accompagnera à Shanghai. Un agent du G-2 doit être présent. La situation en Chine est trop délicate.

Ce fut au tour d'Orson d'implorer du regard son supérieur, qui ne fit preuve d'aucune compassion à son égard.

– D'accord, fit Wake sans hésiter, comme s'il s'était attendu à la demande. La Chine est le terrain de chasse privilégié des États-Unis, après tout.

– Puisque la RAF affiche complet, il voyagera sous ses propres couleurs, conclut Brown. Et je suis prêt à parier qu'il arrivera avant le fleuron de votre armée !

– Pari tenu, répondit Wake, que l'idée amusait. Un peu d'émulation ne fait pas de mal !

Alex trouva une fois de plus le comportement du général désinvolte. La proposition avait ragaillardi Orson, dont les yeux avaient retrouvé leur expression féroce. Alex n'aimait pas cette attitude. Le rugby lui avait montré que la compétition à l'intérieur d'une même équipe ne profitait qu'à l'adversaire. Et, dans le cas présent, l'adversaire ne pratiquait pas le fair-play. Cette pensée lui remit en mémoire les soirées passées au *Harry's* en compagnie des joueurs, à chanter et boire des pintes de bière jusqu'au mélange complet des couleurs des deux équipes. La voix de Wake le ramena à la réalité.

– À la réussite de votre mission, et que Dieu sauve...

– ... le fair-play, compléta Alex en observant l'auditoire.

Isaure baissa les yeux.

22 septembre 1941,
quelque part au-dessus du territoire soviétique.

Le ciel, d'un bleu pâle usé par la lumière solaire, formait une voûte immaculée tout autour du cockpit. Recroquevillé à l'arrière de l'habitacle, dos à dos avec Isaure, Alex était agrippé aux deux poignées fixées au fuselage à son intention. Son corps était meurtri par la vitesse, l'altitude et l'inconfort. Les vertiges ne s'étaient pas atténués après le départ, le maintenant dans un état nauséeux permanent, à la limite de l'évanouissement, qu'il attendait comme une délivrance. Il se hasardait parfois à ouvrir les yeux sur un spectacle inouï, qu'il aurait voulu pouvoir apprécier dans de meilleures circonstances. Le tapis de nuages gris qui se déroulait sous ses pieds semblait aspiré par l'avion.

– Tout va bien ?

La voix d'Isaure lui parvint dans le casque, étouffée par le sifflement assourdissant des réacteurs.

– C'est parfait, répondit-il. J'ai l'impression d'être enfermé depuis dix heures dans une valise en verre qu'on aurait centrifugée. Mes yeux vont bientôt sortir de leurs orbites en se liquéfiant, toutes mes vertèbres se sont soudées de façon irréversible et mes viscères sont tellement emmêlés que même un médecin légiste y perdrait ses repères. Oui, tout est parfait. J'aurais juste préféré qu'Orson soit à ma place. Pour une fois.

Le rire d'Isaure envahit les écouteurs.

– C'est une vengeance, continua-t-il, c'est bien ça ? Mais je ne vous ai rien fait pour mériter un sort pareil. Il y en a encore pour longtemps ?

– On est au-dessus de la Sibérie. Dans quatre heures, vous poserez le pied à terre. Alors, profitez du spectacle.

– Pour profiter du spectacle, il faudrait d'abord que je puisse ouvrir les yeux et que vous voliez une allure décente !

– Vous voulez qu'on fasse du tourisme ? Mais il fallait le demander ! Suivez-moi, je vais vous présenter le lac Baïkal et les montagnes de Mongolie.

Elle piqua vers le sol nuageux et le déchira. Il cria, par réflexe, comme s'ils allaient s'écraser contre ce mur de béton gazeux. À la sortie de la nappe, ils se trouvèrent face à une immense chaîne de montagnes, barrée d'un long trait bleu. Vision unique, magique, sensation d'être les premiers explorateurs d'un monde nouveau.

– C'est incroyable ! cria-t-il, le nez contre le cockpit.

Son malaise disparut, aussitôt remplacé par une ivresse inconnue.

– Pensez à lui. Pensez à Saint-Ex et à ce qu'il a pu ressentir dans son avion. Vous le comprenez mieux, maintenant ?

– Je comprends. On n'est plus le même ici. Je ressens une sorte de plénitude.

Le Gloster frôla les pics enneigés avant de percer à nouveau les nuages, laissant derrière lui un ruban blanc qui s'étala et se déforma avant de disparaître.

La base aérienne de Kholodilnik était située à environ cinq kilomètres de Vladivostok, au pied d'un mont éponyme, dans une zone interdite aux civils. Sur la piste déserte, Isaure posa en douceur son engin de cinq tonnes. Un véhicule militaire, jailli d'entre deux hangars, s'approcha et s'arrêta à distance respectueuse de l'insecte de métal. Isaure ouvrit le cockpit et descendit en glissant le long de l'aile. Un officier, en tenue de couleur ocre, la salua et s'excusa de l'absence d'assistance technique et d'escalier mobile. Tous les soldats de la base avaient été conviés à une manœuvre afin de permettre une arrivée la plus discrète possible. Le minimum de gens devait être au courant. Isaure fut frappée par le caractère typiquement asiatique des traits de son visage. L'homme avait une peau au grain lisse, des yeux effilés derrière des paupières mi-closes et une bouche fine aux lèvres qui semblaient perpétuellement sourire. Elle réalisa seulement à cet instant qu'ils n'étaient qu'à quelques kilomètres des frontières chinoise et coréenne.

– Le vol fut-il bon ? s'enquit-il auprès du pilote, alors qu'Alex tentait maladroitement de rejoindre l'aile en se raccrochant à l'antenne radio qu'il plia en deux.

Il chuta lourdement sur le tarmac après avoir dérapé sur le fuselage. Isaure se retourna et lui jeta un regard amusé avant de répondre.

– Très bon, mon lieutenant. Juste un souci avec le capitaine, qui a sans doute avalé de la nourriture avariée avant notre départ.

– Ça va aller, mon capitaine ?

Alex fit un signe rassurant de la main, mais la terre ferme lui procura une étrange sensation. Les premières minutes, il eut l'impression de réapprendre à marcher, avançant maladroitement, ses jambes ayant du mal à porter le reste de son corps. Il put se reposer à l'infirmerie pendant qu'Isaure supervisait le parcage de l'avion dans un hangar isolé du corps de bâtiments. L'air, froid et humide, charriait des odeurs âcres provenant des exsudats crachés par les rangées de cheminées de la ville voisine. Vladivostok était un grand port de pêche et de fret encastré sur la côte de la mer du Japon, une capitale industrieuse dont le front était hérissé de grues, paré de docks animés, rythmé par les cornes gueulantes qui régulaient le travail des différentes équipes de chantier. Les immeubles, dont les façades de pierre basaltique étaient noircies par la suie, se répétaient à l'identique dans de larges rues, peu fréquentées, sauf par un vent incessant. Plus en retrait, le quartier Tretyakovskaya avait le privilège peu envié d'accueillir le plus grand centre de transit de prisonniers politiques de Russie orientale, autour duquel les habitants les plus modestes avaient bâti des maisonnettes de tôle et de bois, s'entassant par familles entières dans des taudis insalubres sans eau ni électricité. Pas le genre de ville qui donnait l'envie de s'y installer, juste le genre qui faisait rêver d'un ailleurs. Mais à Vladivostok, l'ailleurs se mesurait en milliers de kilomètres.

Alex, remis de son cauchemar aérien grâce à un déjeuner frugal et une longue sieste, regardait sans les comprendre les affiches de propagande vantant les exploits de la 2e division aéroportée, dont l'unité faisait partie. Le texte était entrecoupé de photos de jeunes soldats posant souriants et détendus. *Combien d'entre eux sont-ils revenus sains et saufs des combats ?* songea-t-il en pensant aux pertes – volontairement sous-évaluées – du rouleau compresseur russe. Des chiffres officiels qui dépassaient déjà l'entendement. *La guerre elle-même dépasse l'entendement,* se dit-il, comme pour se convaincre qu'il n'était pas en train de s'y habituer. Il regarda Isaure, qui consultait ses notes, assise devant la seule fenêtre de la pièce. L'endroit servait de mess et de salle de réunion le jour, et de lieu de détente le soir, à en juger par la table de ping-pong qui jouxtait un tableau noir mille fois essuyé. Son visage, qui se découpait à contre-jour, exprimait à la fois grâce et quiétude. Son sourire était rassurant. Cette femme était rassurante, malgré les fortifications qu'elle édifiait entre elle et les autres. *Elle veut juste se protéger*, se dit-il. Il réalisa qu'il ne connaissait rien d'elle, même pas sa fonction réelle au sein de l'armée.

– Quel est votre grade ?

Elle leva la tête vers lui.

– Pardon, Alex ?

– Votre grade. Je ne le connais même pas.

Elle fourra son carnet dans la poche de sa veste.

– Vous voulez savoir s'il est inférieur au vôtre, pour me donner des ordres ?

– Non, c'était juste par curiosité. Je ne sais rien de vous.

– Tant mieux. Moins vous en savez, moins vous pourrez en dire aux Japonais s'ils vous capturent.

– Charmant. Vous pourriez aussi me donner une capsule de cyanure, au cas où...

– Pas la peine. Je vous abattrai, c'est plus simple, dit-elle en regardant sa montre.

Alex marqua un temps de surprise, cherchant dans les yeux d'Isaure une trace d'humour. Qu'il ne trouva pas.

– Non, c'est impossible. Vous ne pouvez pas tuer de sang-froid. Surtout un compatriote. Pas vous.

– Vous venez de me dire que vous ne saviez rien de moi.

– Mais je connais suffisamment l'âme humaine. Vous êtes incapable de tuer.

– Alex, nous sommes en guerre. G, U, E, R, R, E, épela-t-elle. Réveillez-vous, sinon, vous ne ferez pas long feu. Vous devez vous méfier de tout le monde, y compris des femmes, y compris de moi. Votre survie en dépend.

– Et si on vous demandait de me tuer, vous le feriez ?

– J'obéirais aux ordres de mes supérieurs.

– Vos supérieurs vous ont demandé de me protéger, ne l'oubliez pas, ou on risquerait de se quitter fâchés.

– Je dois protéger les intérêts de la LCS.

– Mais je suis peut-être aussi votre supérieur...

– Peut-être.

– Alors, je vous ordonne de ne jamais attenter à ma vie. Quoi que je dise ou quoi que je fasse. Même si je suis capturé par les pires tortionnaires de Hirohito. Je trouverai bien un autre moyen de m'en sortir.

– Vous êtes naïf.

– Je sais. Suis-je votre supérieur ?

– Un conseil : face aux Japonais, inventez-vous le grade le plus élevé. Enfin, dans la limite du crédible, ajouta-t-elle en le dévisageant. Je ne voudrais pas être désagréable, mais même le grade de capitaine semble usurpé chez vous.

– J'essayerai d'en tenir compte, répondit-il sans relever la moquerie.

– La plupart du temps, ils hésitent à exécuter les officiers supérieurs. C'est une bonne monnaie d'échange. Et il y a toujours quelqu'un à échanger.

– Tant mieux. En me supprimant, vous risqueriez de les contrarier et ce ne serait pas bon pour votre avenir.

– Trouvez un autre argument.

– Sans moi, vous êtes perdue en Chine. Je parle mandarin, pas vous.

– Je connais le nom et l'adresse de notre contact à Shanghai.

– Je connais le médecin le plus réputé de la ville.

– Je sais piloter n'importe quel type d'avion.

– Je peux obliger le pilote à le faire.

– C'est moi qui ai vos faux papiers. Sans eux, vous ne pourriez même pas débarquer.

– Je suis votre supérieur ? Je vous ordonne de me les restituer.

– Ça n'est pas dans l'intérêt de la LCS.

– Tant qu'on y est, je vous ordonne aussi de me donner les clés de l'avion. Au cas où...

Ils rirent tous les deux de leur conversation surréaliste.

– Bien, dit Isaure en regardant à nouveau sa montre. Il est l'heure d'aller se changer.

– Se changer ?

– Oui. Vous n'avez pas remarqué que nous sommes habillés en tenue d'aviateur ?

– Je n'y avais pas pensé.

– Vous dites cela pour me faire peur ?

– Peut-être. Quelle est notre identité ?

– Je suis la propriétaire de la maison Mérey. Cognac et vins fins. Une affaire de famille qui me vient de mon père. Je vous ai rencontré lors d'une réception à l'ambassade de France à Washington. Coup de foudre.

– Encore ? C'est une manie chez vous !

– J'ai un passeport français au nom d'Isaure Beaumont et vous un passeport américain. Deux pays neutres pour les Japonais.

– On est mariés maintenant ?

– Depuis deux ans. Une belle cérémonie.

– Je ne m'en souviens plus. Je devais être soûl.

– La nuit de noces ne fut pas fameuse. Mais vous devez vous souvenir du reste : nous habitons à Angoulême, où nous avons notre bureau, et voyageons un peu partout dans le monde. Ce qu'attestent nos passeports. Vous aurez la traversée pour apprendre tous les détails que je vais vous fournir.

– Je suis censé jouer quel rôle ?

– Le vôtre : fils de Peter Beaumont, scientifique renommé. Sauf que vous êtes devenu un spécialiste du cognac et que votre passeport est américain. Pour cette mission, on n'a pas voulu trop vous compliquer la tâche.

– Trop aimable. Mais vous avez oublié un point essentiel.

– Lequel ?

– Les alliances. Je n'en ai pas, dit-il en montrant sa main gauche.

– Elles sont dans la malle qui nous attend sur le bateau. Avec une provision de vêtements et d'effets personnels. Vous n'avez pas été surpris de partir les mains dans les poches ?

– Vous m'avez affirmé que le service s'occupait de tout. Vous voyez comme j'ai confiance en vous.

– Vous n'êtes qu'un beau parleur. Vous vous êtes renseigné auprès de Miss Marple.

– Ça n'exclut pas la confiance. Le bateau appareille quand ?

– Dans deux heures. C'est un navire de marine marchande battant pavillon anglais. Nous serons les seuls passagers. Pas de contact avec l'équipage.

– Ça ne nous changera pas beaucoup d'ici. J'ai l'impression d'être en quarantaine. Il y a quand même une bonne nouvelle dans cette journée.

– Laquelle ?

– Orson n'a aucune chance d'arriver avant l'embarquement. Ce qui nous laisse un répit.

– Vous le jugez mal. Il nous sera précieux.

Alex se leva et écarta le rideau jauni maculé de déjections d'insectes. La fenêtre donnait sur une grande cour de terre battue entourée d'un mur d'enceinte surmonté de barbelés.

– La ville est interdite aux étrangers, dit Isaure en s'approchant. Depuis plus de dix ans. Les Russes ont accepté notre passage sous certaines conditions. On ne fera pas de tourisme ici.

Il se retourna et la dévisagea du regard le plus doux qu'il pût trouver.

– Mon amour, souviens-toi de notre mariage. Des paroles du prêtre. On ne peut pas se mentir l'un à l'autre, d'accord ?

– Je m'en souviens, très cher, dit-elle, jouant le jeu.

Il croisa les bras et fronça les sourcils.

– Alors... je suis votre supérieur ou pas ?

8.

25 septembre 1941, Shanghai.

À l'approche du port, la sirène du *Pandora* poussa un puissant barrissement qui fit trembler les tôles du pont. Isaure avait rejoint Alex sur la coursive supérieure afin de profiter du spectacle. Tout autour du navire, des centaines de sampans et de jonques aux voiles tressées fourmillaient, pêchant dans les eaux boueuses du Whangpoo, affluent sinueux du Yangzi Jiang. Les lignes de vagues enfantées par le colosse de métal secouaient les frêles coques qui s'écartaient nonchalamment de la trajectoire du cargo de la Matheson Trading Company. Le Bund, alignement d'immeubles de style victorien formant la plus grande allée de Shanghai, se dévoila au détour d'un méandre de la rivière qui séparait la ville en deux parties. Image saisissante d'une prospérité qui cachait, tel un décor de carton-pâte, la fragile réalité des quartiers périphériques faite de misère et d'insécurité. La marée invisible du vent les contraignait à crier pour se faire entendre, alors qu'ils se trouvaient côte à côte.

– C'est incroyable, dit Alex. On se croirait à Portsmouth ! Et regardez ce beffroi : on dirait le carillon de Big Ben, ajouta-t-il en désignant une tour à l'allure londonienne dont la pendule aux larges aiguilles indiquait 10 heures.

– Vous n'êtes pas au bout de vos surprises. Chaque quartier est un pays en miniature : Angleterre, France, Russie, Italie, Allemagne, Autriche, Japon... Shanghai est une Babel.

– Vous croyez qu'on verra des Chinois ?

Elle rit.

– À peu près deux millions, ça vous ira ?

– Juste ce qu'il faut pour parfaire mon mandarin.

Le bateau manœuvra en douceur pour accoster, sous le regard de quelques badauds. Le Bund était animé à toute heure de la journée. Le long de la jetée, des boutiques à ciel ouvert proposaient poissons et canards grillés, ainsi que du thé, infusé dans de grands chaudrons. De nombreuses voitures, de marques américaines, Ford, Plymouth, Studebaker, Cadillac, étaient garées au milieu de l'immense avenue, formant une contre-allée mouvante. Le trafic se composait pour une majorité de vélos, pousse-pousse et cyclo-pousse. Un seul policier officiait aux abords du quai, régulant le flot au gré de ses envies. En uniforme de bobby, il portait la barbe et le turban caractéristiques des sikhs. Alex lança un regard interrogateur à Isaure.

– Il fait partie des Volunteers Corps, la police de la zone internationale. Chacun porte les couleurs de sa patrie.

L'Indien arrêta la maigre circulation, deux bicyclettes et un pousse-pousse, pour les laisser traverser. Le porteur, âgé et malingre, se courba en avant pour reprendre son souffle, la bouche blanchie par la salive séchée. Ses deux passagers, un Européen et un Asiatique, discutaient bruyamment. Ce dernier salua Isaure en soulevant son chapeau et lui fit un sourire équivoque. Il pointa son regard sur Alex qui le dévisagea à son tour. Chacun soutint le regard de l'autre. Isaure l'attrapa par le bras pour le forcer à avancer.

– Allez, dit-elle, venez. Remerciez-les d'avoir attendu et foutons le camp.

Alex lâcha trois mots en chinois auxquels seul le porteur répondit par un signe de tête. Alors que l'attelage reprenait sa course, le passager se retourna vers Alex et l'interpella :

– *Zai shang hai yu dao yi ge mei li de nu ren hen wei xian.*

Ils regardèrent le pousse-pousse s'éloigner.

– Vous n'allez pas commencer ! grogna Isaure. On vient à peine d'arriver et vous faites tout pour nous faire repérer.

– Vous avez vu ce type ? Il vous a regardée comme une marchandise. Et comme si je n'existais pas.

– Mais pour lui, vous n'existez pas ! La ville est aux mains de gangsters liés aux forces de police japonaises. Ils contrôlent le jeu, l'opium et la politique. Ils provoquent les Européens, les agressent, les rackettent. Toutes les ambassades ont eu pour consigne de ne pas répondre à ces actes afin de ne pas donner une excuse aux Japonais pour progresser encore plus dans la ville. On est venus sur une poudrière, Alex. Évitons d'être l'étincelle. Ici, tout le monde se promène avec un flingue ou un garde du corps. Évidemment qu'il fait partie de la pègre. Il fait tout pour qu'on le voie. Qu'est-ce qu'il vous a dit ?

– Que c'était dangereux d'avoir une belle femme à Shanghai. Il a raison.

– Bien sûr qu'il a raison, cette ville est l'incarnation du danger.

– Ce n'est pas ce que je voulais dire : il a raison de penser que vous êtes une belle femme.

L'hôtel *Cathay* était un palace de treize étages surmonté d'un toit pyramidal, situé sur le Bund, à quelques immeubles de la Banque de Hongkong et Shanghai, l'établissement bancaire le plus coté et le plus luxueux.

Alex tira l'immense malle qu'un chasseur à l'uniforme vermillon et à l'anglais sommaire venait de déposer dans leur chambre.

– D'ailleurs, remarqua-t-il, il suffit de demander l'adresse d'une banque pour retrouver celle de l'hôtel. Ce front de mer est un vrai coffre-fort.

– Et vous vous attendiez à quoi ? répondit Isaure en tirant les voilages des fenêtres. Shanghai est une concession économique ouverte depuis cent ans.

La suite, située au dernier étage, offrait une vue sur l'ensemble de la ville. Le port s'étendait sur des kilomètres le long du Whangpoo, telle une fourmilière géante à l'activité incessante. Les navires crachaient des colonnes de fumée de leurs gigantesques cheminées, ponctuant le ciel immaculé de petits moutons grisâtres. Derrière la façade flatteuse du front de mer, s'étendait à perte de vue Shanghai, composée de maisons et d'immeubles qui dépassaient rarement quelques étages.

– Vous ne trouvez pas que cet endroit est un peu trop voyant pour nous ? demanda Alex, songeur, sans pouvoir détacher son regard du panorama.

– L'importation de spiritueux est l'une des activités les plus rentables de la ville, après l'opium. Vous ne vouliez tout de même pas que l'on s'installe dans un taudis de Great Western Road ? Il n'y a rien de plus anodin ici qu'un Européen affichant sa réussite sociale.

– J'adore cette couverture ! Quand voit-on notre contact ?

– Tout de suite.

– Qui est-ce ?

– Walter Grant. Commerce de gros. Alcool.

– D'où notre activité...

– Son bureau se trouve tout près d'ici, sur Nankin Road. Il a une petite flotte de bateaux et des entrepôts, sur les quais. Grant est le seul en relation directe avec le numéro un de la mission orientale du SOE[1]. Le seul à connaître son

1. Special Operation Executive.

identité. Pour tous les autres, son nom de code est Bulldog. Tous nos messages à destination de Wake transiteront par lui, sauf en cas d'urgence. Il est basé à Singapour.

– Singapour ? Personne ne peut envoyer de message directement à Londres d'ici ?

– La situation est un peu complexe. Il existe une ligne sécurisée, utilisée par le SIS [1], à l'ambassade de Grande-Bretagne. Mais nous ne sommes pas dans leurs petits papiers.

– Vous voulez dire qu'à cause d'une rivalité entre les deux services, on va être obligés de faire transiter tous nos messages par les colonies ?

– Pour être franche, oui.

– Et qui est notre opérateur ?

– Moi.

– Vous ?

– Oui, moi. Ça vous étonne ?

– De votre part, plus rien ne m'étonne. Mais je pensais trouver ici un service de renseignements un peu plus... professionnel.

– Si vous voulez tout savoir, Bulldog a recruté Grant et ses hommes il y a trois mois.

– Trois mois ? Ce sont des militaires ? Des professionnels de l'intervention ?

– Tous civils et tous patriotes. Principalement des hommes d'affaires. Vous êtes fixé sur nos moyens à présent.

– Pour être fixé, je suis carrément collé ! Si je résume la situation, on va être aidés par une bande de volontaires amateurs dans la ville du monde la plus dangereuse.

– Je vous signale que vous faites aussi partie des volontaires amateurs.

1. Secret Intelligence Service.

– C'est bien ce qui m'inquiète. Et votre machine de cryptage, elle est cachée dans la malle, entre vos pulls et vos chemises ? ironisa Alex en montrant la valise.

– Non. Elle doit arriver par la voie diplomatique. Au consulat américain, en compagnie d'Orson. D'autres questions ? demanda-t-elle afin de couper court à la conversation, l'impertinence d'Alex commençant à l'agacer.

Il sembla le remarquer et lui fit non de la tête.

– Bien, conclut-elle. Notre mission commence. À partir de maintenant, nous n'avons plus droit à l'erreur.

25 septembre 1941, Victoria Street, Shanghai.

La Grant & Partners Inc. se résumait en façade à une plaque de cuivre vissée sur une porte cochère. Pas de boutique, de vitrine aguichante, de vendeuses accortes. Juste une secrétaire, au physique familier, sorte de cousine d'Elizabeth Marple mâtinée du caractère enjoué des autochtones, un bureau sans apparats, recouvert de piles de dossiers à la verticalité parfaite et des murs parsemés de nombreuses photos de clients posant toujours avec le même homme. De taille moyenne, les cheveux ondulés plaqués vers l'arrière, les sourcils épais et rebelles, son regard exprimait une profonde lassitude. Sa bouche, de petite taille, aux lèvres contractées renforçait cette sensation d'un homme tourmenté.

– Mr Grant est dans l'usine, je l'appelle, fit l'assistante, délicat mélange de cultures, partagée entre les attitudes révérencieuses locales et la froideur des femmes du Dorset.

La version animée du portrait fit son apparition cinq minutes plus tard. Le sourire était plus apaisé, le cheveu plus ras et plus blanc.

– Isaure et Alexandre Beaumont ! Quel plaisir de voir la prestigieuse maison Mérey visiter un client aussi éloigné que notre modeste société.

Il les salua chaleureusement. Baisemain, accolade et effusions. Il semblait sincèrement ravi de les rencontrer. *Quel acteur*, songea Alex.

– Ce soir, je vous emmène au *French Club*. Tout Shanghai veut vous saluer. Mais avant cela, parlons un peu affaires.

Il ferma la porte du bureau avec un sourire pour son assistante, occupée à changer le ruban de sa Remington. Il s'assit en silence et regarda les époux Beaumont une poignée de secondes, qui vira à l'éternité. Ses yeux allaient de l'un à l'autre, sans plus vouloir arrêter leur mouvement pendulaire.

– Mais qu'est-ce qui vous a pris ? finit-il par dire en fixant Isaure. J'avais émis un avis défavorable. Pourquoi êtes-vous venus malgré tout ?

– Je n'ai pas à vous le dire. Notre mission a été classée prioritaire par la LCS. Vous êtes là pour nous apporter un soutien technique et logistique, répondit-elle avec calme.

– Bulldog vous a expliqué la situation. C'est intenable ici. Les troupes américaines ne vont pas tarder à quitter la ville. Quant à nous, il ne reste plus que le *HMS Peterel* comme force armée. La dernière canonnière de tout le Yangzi Jiang... Notre empire s'effrite. Il se fissure. La Couronne abandonne ses colonies aux puissances étrangères. Cela sent la fin de règne. Combien de temps allez-vous rester ?

– Pas plus de trois mois. Peut-être beaucoup moins. Dès que nous aurons obtenu ce pour quoi nous sommes venus.

– Cela m'ennuie de vous le dire ainsi, mais votre présence risque de nous gêner dans les jours à venir. Nous sommes sur une opération importante.

– Monsieur Grant, cela m'ennuie de vous le dire ainsi, mais vous ne toucherez pas à l'*Eritrea*. Ce n'est pas le moment d'attirer l'attention sur nous.

– Mais... comment savez-vous ? répliqua Walter Grant, soudain cramoisi.

– L'officier du SIS en poste ici nous a envoyé un rapport sur vos intentions.

– La vermine !

– Il vous a sans doute sauvé la vie. Votre groupe est trop jeune et trop inexpérimenté. Vous ne pouvez pas couler ce sloop italien sans casse. Le port de Shanghai fourmille d'agents de tous les pays.

– Nous connaissons la ville bien mieux que vous ! Vous pouvez compter sur notre expérience, rétorqua-t-il, vexé.

– Des affaires, sans doute, mais dans les commandos, vous êtes novices. Encore une fois, n'y voyez aucune critique, mais ce travail nécessite l'appui d'une équipe de professionnels. Toute la foi et la bonne volonté ne suffisent pas pendant une guerre, malheureusement. Et quand bien même la Navy s'en mêlerait, nous ne pouvons nous permettre de cristalliser les crispations. Nous avons besoin de la plus extrême discrétion.

Isaure avait parlé avec une assurance et une autorité qui ne souffraient aucune contestation. Alex était impressionné par cette facette qu'il ne lui connaissait pas. Il continua de suivre le dialogue en observateur discret et effacé.

– Monsieur Grant, j'admire votre courage et celui des hommes qui ont choisi de vous suivre. Sincèrement. Mais vous serez, sans aucune comparaison possible, bien plus utile à votre patrie et à toutes les forces alliées en nous aidant dans notre tâche plutôt qu'en envoyant par le fond une corvette vieillissante et son équipage.

Walter sembla sensible à l'argument et opina.

– Il est vrai qu'au moindre incident, vous serez les premiers suspects, concéda-t-il. Très bien. Je suspends notre opération tant que vous serez parmi nous.

– Merci, monsieur Grant. C'est la meilleure décision.

– Je n'ai qu'une ambition : vous aider de mon mieux pour que vous repartiez le plus vite possible.

– C’est bien ainsi que je l’avais compris. Avez-vous contacté Mr Yang ?

– Bien sûr. Il a reçu vos instructions.

– Instructions ? intervint Alex, étonné. Vous ne m’en avez pas parlé.

– Le Dr Yang est un citoyen américain d’origine chinoise. Ce qui le rend doublement suspect aux yeux des Japonais, expliqua Isaure. Seul son statut de chirurgien lui procure une relative immunité. En lui écrivant de Londres, vous lui avez fait courir un sacré risque, ajouta-t-elle.

– Heureusement qu’on a pu intercepter le courrier, reprit Walter Grant. Il l’a reçu et vous a répondu par un canal sécurisé.

– Désolé, dit Alex. Je ne suis pas encore mûr pour votre métier. Quelles instructions lui avez-vous données ?

Walter et Isaure se jetèrent un regard furtif. L’inquiétude se voyait dans le regard de l’Anglais.

– Nous allons feindre une urgence médicale qui nous permettra d’être conduits à l’hôpital Saint-Jean, dans la concession française, répondit-elle. C’est bien l’établissement qu’il dirige ?

Walter acquiesça.

– C’est lui qui fera le diagnostic, précisa-t-elle. Il est prévu que l’hospitalisation dure deux semaines. Nous sommes censés nous lier d’amitié avec lui.

– Mais c’est du théâtre, de la comédie ! protesta Alex. Qui va croire à votre histoire ?

Walter haussa les épaules.

– Cette ville est une immense scène où tout le monde fait son spectacle : mythomanes, aventuriers, gangsters, espions. Il n’est pas une personne qui ne soit un peu de tout. Vous l’apprendrez bien vite.

– Vous ne pourrez pas duper bien longtemps les autres médecins et les infirmières, continua Alex.

– Vous êtes des leurs, argua Isaure.

– Et en plus, c'est à moi de m'y coller ? Mais personne ne peut simuler la maladie face à des professionnels !

Elle eut un sourire étrange :

– Mais, cher amour, qui vous dit que vous allez simuler ?

25 septembre 1941, hôpital Saint-Jean, Shanghai.

L'anesthésique se dissipa lentement, abandonnant son corps à une pesanteur écrasante. Une nausée vertigineuse l'empêchait d'ouvrir complètement les yeux. Il sentait une présence humaine mais ne distinguait que des ectoplasmes lumineux. La porte claqua. Quelqu'un demanda en chinois les valeurs des constantes sanguines. *Sans doute Chen*, se dit-il. Il crut l'appeler, mais aucun son ne sortit de sa bouche. Une voix féminine répondit que toutes les analyses étaient normales. *L'inamovible infirmière,* pensa-t-il.

– L'opération s'est très bien passée, dit la voix masculine, en anglais. Mais il était temps : l'inflammation de l'appendice avait entraîné un abcès. Voyez.

Non, il ne voyait rien.

– Oui, répondit la voix d'Isaure. C'est impressionnant. Mon pauvre chéri.

Mon appendice allait très bien, cria-t-il pour lui-même, *avant que vous n'y touchiez. La douleur se réveille. J'ai la fosse iliaque en feu.*

– Combien de temps va-t-il rester à l'hôpital ? demanda-t-elle.

– Dix à quinze jours, s'il n'y a pas de complications.

– C'est un sportif, vous savez. Il joue au rugby chez nous, à Angoulême.

– Il a l'air d'avoir une constitution robuste.

– En tout cas, merci. Merci de tout ce que vous avez fait pour nous. Nous vous serons éternellement reconnaissants.

Bla bla bla, pensa Alex. *Je n'aimerais pas être son petit ami. Elle est si naturelle quand elle ment.*

La porte claqua de nouveau. L'infirmière, restée seule, marmonna :

– Il vieillit le Dr Yang. Il était à peine gonflé, son appendice. Le pauvre monsieur.

Alex sourit – du moins, il en eut l'impression – et se promit de ne révéler à personne sa connaissance du mandarin. Il arrêta de lutter et s'assoupit immédiatement.

Son sommeil fut agité. Dans son rêve, quelqu'un lui grattait la joue. Il se réveillait face à un chimpanzé, un curieux animal, le dos tondu couvert d'ulcérations qui suivaient la ligne de sa colonne vertébrale. Il grimpait sur le lit pour s'en servir comme trampoline et jouer avec les draps. Un homme entrait. Un Européen hideux, à la moustache courte, aux yeux globuleux derrière des lunettes rondes en métal, une cicatrice sur la joue droite. Il parlait au singe en allemand. L'animal lui répondait en hurlant et en agitant les bras. Il voulait l'attraper mais la bête se réfugiait contre Alex qui, trop faible, ne pouvait résister aux assauts de l'individu pour les séparer. L'homme coinçait les bras du chimpanzé dans le dos et lui frappait la tête contre un mur de la chambre, jusqu'à ce que, groggy, il soit incapable de lui résister. Il sortait en le traînant par le bras.

Le réveil, cette fois-ci, fut rapide et sans effets secondaires, mise à part l'angoisse qui l'étreignait et qu'il mit sur le compte du cauchemar. Un pâle soleil arrosait la ville et sa chambre d'une lumière diaphane. Une forte odeur d'antiseptique flottait dans l'atmosphère. Sa bouche était sèche et ses lèvres craquelées. Il connaissait suffisamment le protocole postopératoire pour savoir qu'il n'y avait aucune chance pour qu'il boive avant le soir ou le lendemain matin. Ses pensées le ramenèrent vers Saint-Exupéry, lui qui avait connu dans le désert les affres d'une déshydratation aiguë. *L'eau est bien plus qu'un aliment...* Il n'arrivait plus à se souvenir dans lequel de ses livres il avait lu ce passage. Son esprit était encore un puzzle éparpillé. Machinalement, il se palpa le bas-ventre pour valider ses craintes : la cicatrice boursouflée était bien réelle et le contact raviva une douleur lancinante, qui se dissipa lentement. Il parvint à se redresser contre la tête du lit, progressant au ralenti afin de ne pas réveiller le mal qui s'était rendormi. Il aurait pu se croire à l'hôpital St Thomas. Il était dans la seule chambre individuelle de l'établissement. Les autres pensionnaires avaient droit à une salle commune, et étaient séparés de leurs voisins par un rideau de tulle ou un paravent apporté par leurs proches.

Ici, ce qui unissait les malades – en dehors de leurs pathologies –, c'était la faiblesse de leur niveau de vie. Les Shanghaiens fortunés, en majorité européens, étaient hospitalisés à l'hôpital Paulus ou au Country Hospital, dont les soins étaient payants et l'environnement *ad hoc*. L'hôpital Saint-Jean, situé avenue Joffre, côtoyait Nantao, la vieille ville de Shanghai. Une grande partie du budget de fonctionnement était prise en charge par le consulat de France, le reste provenait de fonds privés levés par des organisations caritatives sous l'égide de la Croix-Rouge. La gratuité des soins faisait la fierté de Chen, qui avait eu cet objectif en vue dès son arrivée à la direction, en 1939. Cette politique audacieuse avait provoqué la migration des catégories aisées de la population, ainsi que de certains médecins hospitaliers, vers des institutions dont les tarifs élevés étaient le gage d'un environnement plus sélectif, à défaut de soins de meilleure qualité. En moins de trois ans, il avait réussi à sauver d'une mort certaine des centaines de malades qu'aucune institution ne voulait accueillir. L'hôpital du peuple avait acquis une renommée dans toute la province et les patients affluaient parfois de Jiading ou de Minhang dans l'espoir d'y être soignés. Alex avait de lui le souvenir d'un homme calme et souriant, qui prêtait autant attention à l'adolescent qu'il était qu'aux adultes, ce qu'un enfant n'oublie jamais.

Lorsque Chen entra, une scène du passé traversa l'esprit d'Alex. L'image de Peter Beaumont buvant du thé avec son meilleur ami, occupés à refaire le monde sur la terrasse de la maison de l'île de Wight, bercés par le bruit des vagues, et lui, Alex, les regardant du haut de ses dix ans, fier de son père et heureux d'être considéré comme un homme parmi les hommes.

– Alexandre, soyez le bienvenu ici, dit-il sobrement.

Son sourire trahissait l'émotion qu'il cherchait à contenir.

– Peter est... était mon ami, ajouta-t-il. Il n'existait pas d'homme meilleur que lui. Et vous êtes son digne héritier.

Alex s'était assis, sans grimacer.

– Vous avez raison à son sujet, mais vous êtes trop gentil en ce qui me concerne, Chen.

Le médecin s'assit à son tour sur le bord du lit. Ils étaient seuls pour la première fois depuis son arrivée au service des urgences, plus besoin de faire semblant. En silence, ils se portèrent une longue accolade qu'Alex dut interrompre tant la douleur irradiait son abdomen en raison de sa position inconfortable.

– Je suis désolé pour cette mise en scène. Mais vous n'auriez pas dû venir. Vous n'auriez pas dû, insista Chen. Tout cela pour écrire la suite du livre de Peter. Ce n'est pas raisonnable, ajouta-t-il, choisissant ses termes avec soin pour ne pas blesser son interlocuteur.

Le ton de sa voix montrait qu'il ne croyait en rien à la version qu'Alex lui avait servie dans sa lettre. Ce dernier baissa les yeux, conscient qu'il lui devait la vérité. À Shanghai, en cette période trouble, une simple relation amicale pouvait mettre n'importe qui en danger de mort. Il devenait même quasiment impossible de ne pas se retrouver entraîné à son corps défendant dans un des nombreux camps que comptaient les forces en présence. Ce qui, inéluctablement, déplaisait à tous les autres.

Alex lui expliqua leur mission sans rien omettre. Il parla longuement. Chen ne l'interrompit pas, se contentant de ponctuer son monologue de borborygmes d'étonnement. Quand Alex se tut enfin, Chen ne réagit pas. Il resta un long moment immobile, prolongeant une réflexion née des révélations de son ami. Alex se faisait l'impression d'être à nouveau l'enfant qu'il avait connu, et d'être sur le point de se faire gronder. Il anticipa les reproches.

– Nous avons agi avec une sécurité maximale, afin que vous ne soyez pas inquiété par notre présence, argumenta-t-il.

– Qu'attendez-vous exactement de moi ? demanda Chen en changeant de sujet pour ne pas avoir à contredire Alex.

– De nous aider à assembler les pièces du puzzle parmi toutes les informations que nous avons sur ce qui s'est passé à Canton en 1918. De convaincre Ding Gareng de nous parler de l'origine de cette épidémie.

– Ding Gareng ?

– Il ne nous dira rien à moi et à Isaure, vous le savez. Il n'aime ni les Anglais, ni les Américains.

– Je suis américain.

– Vous êtes le directeur de l'hôpital du peuple et un grand médecin. Il vous respecte et vous admire.

– Pourquoi croyez-vous qu'il puisse vous aider dans votre recherche ?

– S'il y a bien une personne qui a pu examiner les premiers cas de grippe espagnole, c'est lui.

– Excusez-moi, Alexandre, mais vous semblez tellement sûr de vous. Y aurait-il des éléments que vous ne m'auriez pas révélés ?

– Ce ne sont que des intuitions et des déductions. Dr Yang, si vous vouliez fabriquer un virus tueur, quelles seraient les étapes indispensables dont vous ne pourriez vous exonérer ?

Chen fronça les sourcils tout en fixant le mur derrière le lit. Sa main gauche frottait son menton sur un rythme croissant. La connaissance des virus avait connu un développement exponentiel ces trente dernières années. Il était maintenant acquis que ceux-ci n'étaient définitivement pas des bactéries de petite taille, qu'ils possédaient de l'ADN ou de l'ARN et qu'ils agissaient comme des parasites, se multipliant uniquement dans les tissus et les cellules vivantes. Les techniques d'ultracentrifugation et la microscopie électronique avaient permis de mieux les isoler et d'en identifier certains. On pouvait même depuis peu cultiver le virus influenza dans des œufs de poule embryonnés.

Il arrêta soudain de se frotter le menton et regarda Alex, l'air satisfait.

– J'en vois deux, dit-il, péremptoire. Je rechercherais un virus connu pour être extrêmement dangereux chez une espèce animale, mais inoffensif pour les humains, comme la grippe porcine, et je le ferais muter pour passer la barrière des espèces.

– Porcine ou aviaire ?

– Le poulet est trop éloigné en termes de génétique. Cherchez d'abord chez les mammifères. Nos collègues anglais Andrewes, Smith et Laidlaw du National Institute of Medical Research, sont parvenus il y a huit ans à transmettre le virus de l'homme au furet et inversement.

– Quelle serait la deuxième étape ?

– Parvenir à le cult ver. Ce genre de tueur est, paradoxalement, très fragile et difficile, voire impossible, à produire en grande quantité, Dieu soit loué.

Dieu soit loué... Alex avait complètement oublié que Chen était un catholique pratiquant. Encore un point dont il aurait dû tenir compte avant de l'impliquer dans cette aventure à son corps défendant. À Shanghai, même sa religion ne le protégeait pas.

– Je suis arrivé aux mêmes conclusions que vous, Chen, dit-il en reprenant le fil de ses idées. Et Ding Gareng était à la fois le responsable du plus grand hôpital de Canton et un spécialiste des plantes.

– En quoi son savoir des plantes peut-il vous aider ?

– Il y a vingt-cinq ans, le seul moyen de cultiver l'influenza était d'utiliser des tissus infectés pour en contaminer d'autres, un peu comme une flamme qui irait de bougie en bougie pour ne pas s'éteindre. Mais ces cultures sont très sensibles aux autres microbes, comme les bactéries. Et celui qui aurait trouvé un agent antibactérien efficace aurait pu envisager de la produire à grande échelle.

– Je n'ai pas assez de connaissances sur le sujet pour vous suivre dans votre raisonnement, Alexandre.

– La plupart des plantes produisent naturellement des substances antibactériennes pour se protéger des microbes auxquels elles sont sensibles. J'ai lu les études de l'équipe de l'Institut Pasteur de Paris sur le sujet. Et Ding Gareng a collaboré à leurs travaux sur le Huang Qi.

– Huang Qi ? L'astragale ? On utilise ses racines comme fortifiant des défenses immunitaires.

– Mais il contient aussi un facteur qui serait efficace pour lutter contre les bactéries mais inoffensif pour les virus, donc idéal pour tenter de cultiver le virus influenza.

– Tout cela est ténu, Alexandre. Très ténu.

– Je le sais. C'est la raison de notre présence ici. Si l'on se trompe, on pourra toujours monter une histoire vraisemblable pour discréditer les Allemands. Et si on a raison...

– Si vous avez raison ?

– On doit découvrir s'ils possèdent encore des souches. Est-ce que vous imaginez l'arme que ce serait ?

– Plus que vous ne croyez, Alexandre. Cependant Peter ne m'a jamais parlé de cette éventualité.

– J'ai son carnet personnel que tante Jane m'a donné, dit Alex en essayant de trouver une position qui ne mobilisait pas ses chairs meurtries. J'avais plusieurs questions à vous poser sur le sujet. Certains points me perturbent.

– On verra tout cela plus tard, Alexandre, dit Chen, conscient des efforts que cet entretien demandait à son malade. Pour l'instant, vous devez vous reposer.

– Est-ce que vous étiez au courant que ses travaux sur le virus influenza étaient financés par l'armée américaine ? dit Alex en se relevant brusquement, laissant échapper un gémissement de douleur.

Isaure entra sans frapper.

– Bonjour, fit-elle en déposant sur la table une cage en osier de petite taille et une enveloppe. Comment va le malade, docteur ?

Chen reprit le cours normal de sa visite en avisant la fiche médicale placée au pied du lit. Il la parcourut rapidement et répondit, sans lever la tête :

– Aussi bien que possible. Les constantes sont bonnes. Les marqueurs de l'inflammation restent élevés, mais l'opération est récente. Tout est normal, ajouta-t-il en reposant le document. Je vous laisse entre époux.

Il sourit à Isaure et se dirigea vers la porte.

– Chen, attendez, appela Alex. Vous n'avez pas répondu à ma question.

Le Dr Yang se retourna.

– La réponse est oui, Alexandre. Oui. Mais n'en déduisez rien de hâtif. La vérité n'est pas toujours fille de la réalité. Bonne journée.

Isaure retira son blouson qu'elle lança vers le fauteuil et regarda Alex d'un air suspicieux.

– Vous lui avez dit quoi ?

Il ne se sentit pas capable de lui mentir. Ses yeux dirent : *Pourquoi ? Pourquoi m'avoir posé cette question ?*

– Vous lui avez parlé de la mission ? dit Isaure, devant le regard éloquent d'Alex. Ne me dites pas que vous l'avez fait ! Non...

– Il doit savoir. Il va prendre des risques pour nous.

– Vous venez de le condamner ! Bon sang, Alex, mais vous rendez-vous compte de ce que vous venez de faire ? S'il venait à être arrêté ou enlevé et s'il parlait du projet *Destitute*, toute la mission serait compromise !

– Je réponds de lui comme de moi-même.

– Mais quand on est torturé, on ne répond plus de rien ! Le seul moyen de se protéger est de ne rien savoir !

Elle se mit à arpenter la pièce.

– Nous ne pouvons pas le laisser à Shanghai. Nous allons le ramener avec nous. De gré ou de force.

– Voyons, il n'acceptera jamais. Sa vie est ici.

– De gré ou de force. Il n'y a aucune alternative ! s'emporta-t-elle.

Alex baissa les yeux. Il savait qu'elle avait raison. Il s'en voulait tellement de son inconséquence. Il savait que Chen ne parlerait jamais de lui-même. Malheureusement, il y a des circonstances où le libre arbitre n'existe plus. Bien sûr qu'il n'aurait pas dû lui dévoiler leur mission, mais il aurait eu l'impression de le trahir en lui jouant la comédie. En lui disant la vérité, il l'avait aussi trahi. Trop de vérité nuit. Il s'en rendait compte, trop tard. La colère d'Isaure fut de courte durée, comme si ce qui venait de se passer avait été anticipé.

– Philips avait envisagé cette possibilité, dit-elle en lisant dans ses pensées, et ses ordres sont clairs. Grant a aussi été informé. Yang repartira avec nous à la fin de la mission. Jusqu'à la fin de la guerre, ajouta-t-elle, pour minimiser l'impact de cette décision.

Alex lui fit un sourire en guise de remerciement. Il admirait son énergie et sa capacité à réagir dans l'adversité. Elle n'était jamais prise de court. Il se faisait l'impression d'être un enfant comparé à elle, mais il chassa bien vite cette idée. Son caractère indépendant ne le supportait pas.

– J'ai deux bonnes nouvelles, dit-elle en tirant les rideaux.

– Vous pouvez nous faire revenir deux heures en arrière ? répondit-il, retrouvant sa bonne humeur naturelle.

– Non, mais je vous ai trouvé un compagnon de jeu.

– Vous voulez vraiment que je raconte notre histoire à tout l'hôpital ?

– Au moins, lui, je suis sûre qu'il ne parlera pas.

Elle lui tendit la cage, qu'il crut vide.

– Vous voulez que j'enferme quoi là-dedans ? Ma bonne conscience ?

– Pas la peine, il y a déjà un locataire.

Il inspecta la cellule et découvrit, recroquevillé contre un barreau, un insecte aux ailes caractéristiques.

– Un grillon ?

– En effet.

– Ça se mange ?

– Comme vous êtes terre à terre. Ils sont élevés pour le plaisir de leur chant.

– Charmante attention. Il y en a parfois à Wight, quand les étés sont chauds.

– Mais ils les utilisent le plus souvent pour des combats.

– Des combats de grillons ?

– Oui. Vous avez encore beaucoup de choses à découvrir, n'est-ce pas ?

– Vous avez fait votre shopping ?

– Il y a une boutique qui en vend des centaines sur le Bund. Celui-ci est, paraît-il, un fils de champion. Nous pourrons le faire concourir.

– Vous n'êtes pas sérieuse ?

– Si. Toujours en temps de guerre. Ça aide à rester vivante.

– Pourquoi voulez-vous nous faire participer à ces combats ? demanda Alex qui commençait à mieux cerner l'esprit pragmatique de sa coéquipière. Quel est le but du jeu ?

Elle ouvrit l'enveloppe posée près de la cage et en sortit une photo, qu'elle tendit à Alex.

– Theo Siefielg. Officiellement conseiller commercial de l'ambassade d'Allemagne à Shanghai. Il possède une compagnie, nommée Astra Electrical Appliances, à l'angle de Kiangsi Road et Kiukiang Road.

– Une couverture ?

– Un vrai édredon, visible de loin ! Son nom de code est Fern. Il a été repéré depuis plus d'un an.

– Un agent allemand ?

– Mieux : le responsable de l'Abwehr de Shanghai. Un professionnel des microphotographies. Tous les messages des agents allemands passent par lui.

– Quel lien avec les grillons ?

– C'est un passionné de ce genre de combats. Il préfère ce raffinement aux courses de chiens ou de chevaux.

– Et quel est son rapport avec notre mission ?

– Nous avons ordre d'entrer en contact avec lui et de sympathiser. Il peut nous être utile.

– Si on lui demande poliment de nous laisser tous ses dossiers secrets ?

– Non. Si on visite le bureau qu'il possède au cinquième étage de l'immeuble d'IG Farben, au 261 de la rue

Szechwan. On ne trouvera rien à Astra Electrical Appliances. Grant pense qu'il a tout transféré rue Szechwan. L'autre compagnie n'est qu'un leurre. Tout le monde s'y est cassé les dents.

– Tout le monde ?

– Les Américains, les Russes et les Français. Les dossiers que Siefielg possède sont les plus complets qui existent sur leur organisation dans le Pacifique. Y compris tout ce qui pourrait concerner les unités chargées de la fabrication d'armes biologiques.

– Bien. Je n'ai plus qu'à entraîner mon insecte champion pour qu'il se fasse bouffer par celui de Siefielg. Pour la bonne cause. Et quelle est la deuxième bonne nouvelle ?

– Elle est plus personnelle. Mais la LCS tenait à nous la transmettre. Kathleen est sortie de son coma.

Alex poussa un profond soupir. Cette annonce était un soulagement. Il pensait souvent à elle depuis leur départ et se sentait confusément coupable de ce qui lui était arrivé. Il s'en voulait de ne pas avoir cherché à la voir, même endormie, quelques instants, afin de lui dire combien elle comptait encore pour lui. Il s'en voulait d'avoir obtempéré au refus du Dr Swann.

– A-t-elle... parlé de moi ?

– Non. Elle est partie se reposer dans leur maison familiale en Écosse. Alex, il faut que vous sachiez qu'elle n'a aucune mémoire de l'explosion. Ses derniers souvenirs remontent à votre explication dans le parc. Pour elle, vous l'avez définitivement quittée. Je suis désolée.

9.

28 septembre 1941, hôpital Saint-Jean, Shanghai.

La fièvre l'avait happé à son réveil. Il avait dormi d'un sommeil lourd, sans rêves. Quand il avait ouvert les yeux, il avait senti la chaleur inhabituelle de son corps et les frissons. Ses yeux étaient rougis et ses paupières gonflées. L'opération datait de plus de trente-six heures et il n'avait toujours pas pu boire ni manger. Toutes les deux heures, l'infirmière lui apportait des glaçons, qu'il suçait en tentant de les maintenir le plus longtemps possible dans sa bouche afin de faire perdurer la sensation d'apaisement de sa soif. Mais cette dernière revenait invariablement, de plus en plus aiguë, violente, insupportable. Et maintenant, il devait faire face à une complication postopératoire qui allait retarder d'autant sa sortie. Et surtout qui lui interdirait de boire et de manger.

– Merde ! s'exclama-t-il en apercevant les zones foncées de son T-shirt.

Il était trempé de sueur. C'est à ce moment qu'il les vit. Deux griffures profondes, longues d'une dizaine de centimètres, sur l'intérieur de son avant-bras gauche. Rouges et boursouflées. Chaudes, mais tout son corps était brûlant.

– Qu'est-ce que c'est que ça ? murmura-t-il en les palpant.

Elles étaient douloureuses, sans doute infectées. Il appuya dessus, doucement. Un exsudat purulent s'en échappa. Son rêve lui revint en mémoire. Le singe... L'homme l'avait arraché des bras d'Alex. Il regarda à nouveau les deux marques, refusant l'évidence qui tentait de s'imposer en lui. Que ferait un singe dans un hôpital ? Si c'était le cas, d'autres personnes l'auraient vu. Chen devait être au courant. Il avait dû se griffer lui-même pendant ce cauchemar. Peut-être avait-il convulsé. *Impossible*, songea-t-il, *je n'avais pas de fièvre après l'opération*. Il regarda ses ongles, coupés au cordeau, incapables de faire des sillons aussi profonds, même dans le pire état de démence.

La soif le tira de ses réflexions. Il devait boire, coûte que coûte. Tant pis pour les protocoles médicaux établis par ses illustres et expérimentés confrères. Il avait l'impression de devenir fou. La soif avait pris possession de son corps et lui dictait sa conduite. Il entra sous la douche et régla le mélange. La ficelle d'argent coula le long de son corps, l'enveloppant d'une fraîcheur apaisante. Il mit la pomme devant son visage et sortit sa langue pour récupérer prudemment les gouttes qui s'écoulaient le long de sa face. Puis, n'y tenant plus, il ouvrit la bouche en grand et but à même le jet. L'apaisement fut très rapide. Il n'insista pas, sachant que la soif se tenait en embuscade, et qu'elle reviendrait rapidement. Il ne devait pas lui céder si facilement. Dans sa chambre, la porte claqua. Isaure arrivait à point nommé.

– Je suis dans la salle de bains, cria-t-il, avant de le regretter car il avait réveillé la douleur dans son bas-ventre.

L'eau avait évaporé un peu de la fièvre, mais ses articulations restaient très douloureuses et les frissons trémulaient son corps, le courbant comme un vieillard sous le poids des ans. Il se sécha, s'habilla en prenant soin de recouvrir les griffures devenues violacées par une chemise à manches longues. Il regarda son visage creusé et livide dans la glace et sortit.

– Isaure, il faut... commença-t-il avant de s'interrompre brusquement.

L'inconnu, qui regardait par la fenêtre, se retourna et tendit la main à Alex, son chapeau melon dans l'autre main. Vêtu d'un costume gris de chez Harrod's & Lloyd, d'une chemise Arrows blanche à fines rayures et d'une cravate aux armes d'Oxford, il semblait tout droit sortir du quartier de la City de Londres. Chic, sobre et élégant jusque dans ses cheveux, discrètement gominés, et son sourire, tout en retenue, il avait l'air d'un pan de la tradition britannique égaré en mer de Chine. Quoique tout le monde eût l'air égaré à Shanghai.

– Tony Queswick, président du conseil municipal de notre belle ville. Comment allez-vous, monsieur Beaumont ?

Alex hésita, puis lui serra la main :

– Aussi bien qu'un malade à la sortie d'une opération, répondit-il. Les médecins souffrent autant...

Il se tut, soudainement conscient de sa bévue. *Ils souffrent autant que les autres,* pensa-t-il, *mais je ne suis pas censé être médecin. Quel imbécile je suis !*

– Ils souffrent autant que moi quand ils sont malades, corrigea-t-il. Cela me console.

Queswick ne sembla pas relever l'incongruité de la phrase prononcée et rit :

– Vous avez raison. Quoi qu'il en soit, je voulais vous souhaiter la bienvenue et assurer de mon soutien un compatriote dans la difficulté.

– Je ne voudrais pas vous décevoir, mais je suis en partie américain.

– Je sais. Et votre femme est française. La maison Mérey. Ça ne fait aucune différence. Ici, nos trois concessions sont conjointes et nous vivons en parfaite harmonie. Si vous avez besoin de quoi que ce soit, n'hésitez pas à me contacter. La prochaine fois, cela me fera plaisir de faire la connaissance de votre épouse. Nous buvons les cognacs de sa famille depuis des années !

– Je lui ferai part de votre visite amicale, répondit Alex en s'allongeant sur les draps. Je suis désolé de vous recevoir ainsi, mais je n'ai pas encore repris toutes mes forces et je dois me reposer.

Il s'efforçait surtout de ne pas lui montrer les tremblements de fièvre qui avaient repris. Ses yeux étaient larmoyants et injectés de sang. Queswick regardait de nouveau par la fenêtre. Puis il prit congé :

– Mon chauffeur m'attend. En tout cas, je suis content de voir que vous semblez aller bien. Nous organisons une soirée la semaine prochaine pour l'anniversaire de la création de la zone internationale. Nous comptons bien vous avoir parmi nous.

Resté seul, Alex s'approcha de la fenêtre pour le voir sortir du bâtiment et s'éloigner. Mis à part deux ambulances qui attendaient, il n'y avait aucune autre voiture dans la cour centrale en terre battue. Ni trace de chauffeur. Juste, plus loin, une femme en veste de cuir, qui venait d'entrer par le grand porche de pierre, et s'approchait, les mains dans les poches. Il reconnut avec soulagement Isaure. Elle allait pouvoir l'aider à trouver une explication à ses mystérieuses blessures. Elle marchait en direction de Queswick. Au moment de se croiser, ils s'arrêtèrent. Se serrèrent la main. Parlèrent avec vivacité.

Je croyais qu'il ne la connaissait pas, pensa Alex, irrité. *Mais qui faut-il croire ici ?*

Tony prit Isaure par le bras. Ils quittèrent ensemble l'hôpital sous le regard courroucé d'Alex.

– Alexandre, non, ce n'est pas sérieux, gronda la voix de Chen, dans son dos.

Il se retourna et vit son ami, cerné d'un halo flou. Puis des milliers de mouches noires envahirent son champ de vision. Il sentit le contact froid du dallage contre sa joue. Le vertige disparut rapidement. Le médecin l'aida à se relever et à s'allonger sur le lit. Il appela l'infirmière qui prépara une perfusion pour le réhydrater. Elle releva sa manche et découvrit les deux balafres gonflées. Elle eut une hésitation puis un regard oblique vers le Dr Yang, qui resta impassible. Elle installa le kit en silence et sortit.

– Chen, fit Alex, en lui montrant les griffures, je crois que vous me devez une explication.

– *Hei xing xing*, répondit simplement le médecin, l'air contrit.

– Un chimpanzé ? C'est un singe qui m'a fait ça ?

– Oui, Alexandre. Je suis désolé, cet animal vous a griffé et je crains que l'infection dont vous souffrez actuellement n'en soit la conséquence.

– J'en ai un vague souvenir. Je croyais rêver. Mais ce singe, il est à qui ? Que fait-il ici ?

– Il y a une animalerie dans l'hôpital.

– Comment ? Une animalerie ? Mais c'est impossible, vous connaissez les règles d'hygiène. Vous plus que les autres.

Le médecin était de plus en plus mal à l'aise. Il jeta un regard derrière lui comme s'il s'attendait à ce quelqu'un entre ou épie leur conversation. Il sortit un passe de sa poche et ferma la porte à clé.

– Je voulais vous en parler, Alexandre. De toute façon, vous et votre équipière auriez fini par l'apprendre. Il n'y a rien de secret. L'année dernière, un nouveau service a été créé ici, dans mon hôpital. Un laboratoire de pathologie. Seulement, je n'y suis pour rien. Tout m'a été imposé par les Japonais.

– Les Japonais ? Ce sont déjà les maîtres de la ville ?

– Je sais, nous sommes dans la zone française. Mais la France est dans une situation délicate, comme vous le savez. Ni le consul général, Roland de Margerie ni moi n'avons eu le choix. La plupart de mes patients viennent de Wayside District ou des Badlands, contrôlés par les Japonais et leurs hommes de main. Toute cette pègre qui se prétend nationaliste et qui mange dans la main de l'occupant... Ils ont installé cette animalerie pour leurs travaux de recherche et des animaux s'en échappent régulièrement. On les retrouve errant dans les couloirs ou les services de soins. C'est regrettable, mais mes protestations restent vaines. À croire qu'ils le font exprès pour vider cet établissement de ses malades.

– Quel genre de travaux font-ils ?

– Je n'en ai aucune idée. Nous n'avons aucun droit de regard sur ce qui s'y passe. Je n'ai pas l'autorisation d'y entrer. Nous n'y faisons même pas le ménage.

– Chen, quand tout ceci est arrivé, j'ai vu, dans mon demi-sommeil un homme, et j'ai cru l'entendre parler allemand.

– Alexandre, mon ami, surtout ne tirez aucune conclusion hâtive de ce que je vais vous dire. Il y a effectivement un Allemand. C'est lui qui travaille dans ce laboratoire. Il n'y a personne d'autre. Il est très mystérieux et nous n'avons aucun contact avec lui.

– Quel est son nom ?

– Franz Herlich.

– Herlich ? Ça ne me dit rien. Croyez-vous qu'il fasse des expériences interdites sur ces animaux ?

– Qu'entendez-vous par interdites ?

– Vous savez très bien ce à quoi je pense. J'imagine qu'il ne s'entraîne pas pour pratiquer des opérations chirurgicales délicates.

– Je ne sais même pas s'il est médecin ni quels sont ses diplômes.

– Des expériences interdites par la Convention de Genève, en 1925...

– Des armes chimiques ou biologiques ? Seigneur, non !

– Et pourquoi pas ?

– Il n'a aucune équipe avec lui. Il est seul au laboratoire de pathologie. Et les animaux n'ont jamais provoqué d'épidémies chez mes patients.

– Et ça ? demanda Alex en montrant son bras boursouflé.

– Le *hei xing xing* a joué dans le sycomore de la cour avant de rentrer dans votre chambre. Ses ongles étaient infectés de microbes telluriques. C'est regrettable, mais sans danger. Tout va rentrer dans l'ordre d'ici demain. Je parlerai à Herlich. Cela ne se reproduira plus.

– Il faut absolument qu'on visite son labo.

– Alexandre, vous êtes fou ? C'est le protégé de la Gestapo de Shanghai. Si le major Kahner a le moindre soupçon, il vous fera purement et simplement disparaître !

– Qui est ce Kahner ?

– Gerhard Kahner est le responsable de la Gestapo locale. C'est un homme malveillant et brutal. Un barbare. Ceux qui s'opposent à lui finissent toujours par mourir. Même les Allemands en ont peur. Il ne faut surtout jamais le prendre de front. Herlich et lui ont des parts dans un club où se réunissent Allemands et Japonais, le *Café Fédéral*. Il se dit qu'ils y écouleraient l'argent de certaines fumeries d'opium. Je vous implore de ne rien faire à son encontre, Alexandre. Laissez-moi trouver des informations par moi-même. J'obtiendrai ce que vous désirez.

– D'accord. Vous avez raison. Juste une dernière question : où se trouve le *Café Fédéral* ?

– Sur Bubbling Well Road. Mais vous ne pourrez y rentrer sans l'invitation d'un membre du club.

– Vous pourriez me trouver la liste des membres ? dit Alex en claquant des dents.

– Sans doute, sans doute. Mais pour l'instant, je vais vous examiner. Vous n'êtes même pas capable de sortir de cette pièce sans aide.

Il prit son stéthoscope et écouta longuement la respiration d'Alex.

– Alors ? fit ce dernier, qui se lassait de respirer profondément et lentement depuis plusieurs minutes.

Chen lui tendit son appareil. Quelque chose clochait. Il mit les deux embouts dans ses oreilles et comprit instantanément.

– Un râle crépitant, lâcha-t-il sur un ton qui ne laissait paraître aucune émotion. Je suis en train de faire une pneumonie.

– Je suis d'accord avec votre diagnostic, dit Chen en baissant les yeux. Je vais demander à ce que l'on commence immédiatement un traitement.

Alex rendit le stéthoscope au médecin qui l'enfila machinalement autour de son cou comme un foulard.

– En espérant qu'elle ne soit pas d'origine virale. En tout cas, elle n'est pas liée à l'appendicectomie, continua Alex. Docteur Yang, cet animal était malade.

30 septembre 1941, Anyuan Road, Shanghai.

Rien ne distinguait le Temple du bouddha de jade des autres maisons d'Anyuan Road. Une façade dans le style architectural classique du vieux Shanghai, au toit aux bords relevés, aux boiseries sculptées et aux grandes portes laquées. Seul le dernier étage de la pagode pouvait renseigner sur la nature religieuse des lieux. Isaure vérifia le numéro inscrit sur la carte que Grant avait fait déposer dans sa chambre de l'hôtel *Cathay*. Le 170. Elle s'arrêta devant la devanture d'un restaurant mitoyen de l'édifice et vérifia dans le reflet de la vitrine que personne ne l'avait suivie. Puis elle entra dans le temple.

Elle longea un couloir dont toutes les portes s'ouvraient sur une cour intérieure ornée de représentations symboliques. Des lanternes rondes en vessies de buffles teintées en rouge étaient suspendues à intervalles réguliers au bord inférieur du toit de tuiles. À l'intérieur du bâtiment, les ombres créées par des bougies allumées dansaient au gré du vent marin. Deux moines, assis au milieu de la cour, dans leur tenue traditionnelle, étaient absorbés dans leurs prières. Rien ne semblait pouvoir les en déloger. Une odeur d'encens flottait dans toutes les pièces, qui, mêlée à l'image des hommes en méditation, apportait une sensation de sérénité. Elle quitta le bâtiment principal, traversa un jardin de pierre, aux sculptures en forme de dragons, et entra dans la tour du bouddha de jade. La salle était borgne, recouverte de tentures orange et rouges aux reflets changeants. Deux spots projetaient une lumière hâve sur l'immense niche qui abritait la statue, haute de deux mètres. La pierre donnait à la sculpture une pâleur laiteuse. Assis dans la position du lotus, le bras gauche posé sur la jambe, paume vers le ciel, le bouddha avait un visage juvénile et androgyne, souriant, les yeux en amande, mi-clos, les cheveux ondulés noués en chignon. À ses pieds, fleurissait un parterre d'offrandes et de papiers recouverts de mantras. Un cartel indiquait, dans un anglais approximatif, que l'œuvre avait été rapportée de Birmanie en 1882 par un moine nommé Huigen. Longtemps exposée dans un sanctuaire, la statue avait été épargnée lors des saccages perpétrés pendant la révolution qui avait renversé la dynastie Qing. Le Temple du bouddha de jade fut alors construit pour assurer sa postérité.

Les statues ont parfois des destins aussi étranges que les hommes, pensa Isaure. Elle entendait le pas reconnaissable, pressé et légèrement dissymétrique, de Queswick.

– Bonjour, Miss D'Argreen.
– Tony.
– Alors, que pensez-vous de l'endroit ? Surprenant, non ?
– C'est plutôt nous qui sommes surprenants dans un tel lieu, fit-elle remarquer en dévisageant sa tenue.
– Je vous le concède. Mais c'est le monument le plus visité des touristes occidentaux. J'y amène toutes mes relations. Vous ne pouviez pas y échapper. C'est le contraire qui eût été suspect.
– Où est Grant ?
– Nous allons le retrouver ailleurs. L'avantage de cet endroit est d'avoir plusieurs sorties discrètes.

Ils quittèrent la tour et longèrent le Kwan-yin Dian puis le Zen Tang Hall[1] par un sentier dallé, bordé de ginkgos miniatures. L'enceinte du temple se finissait par un tapis de nénuphars en dessous desquels on devinait une mare grouillante de vie. En le contournant, ils aboutirent à une porte coulissante qui donnait sur une ruelle dominant Soochow Creek, un des nombreux affluents de la rivière Whangpoo qui veinaient la ville. Une pluie fine, presque londonienne, balayée par le vent, arrosait les promeneurs.

– Comment va-t-il ? demanda Queswick qui avait scrupuleusement attendu d'être sorti du temple pour se couvrir de son melon et reprendre la conversation.
– La fièvre n'a pas baissé depuis deux jours, malgré les soins.
– Contrariant. Oui, vraiment. Que dit le Dr Yang ?
– Ils ont effectué une biopsie de tissu pulmonaire afin d'identifier la nature de l'agent infectieux.
– Une biopsie ?
– Un minuscule prélèvement, qui a nécessité une nouvelle anesthésie. Ils auront les résultats demain.

1. Deux des bâtiments qui composent le temple.

– Pensez-vous qu'il faille annuler la mission et vous rapatrier ?

– Il refuse catégoriquement. De toute façon, il n'est pas transportable. Il est peut-être même contagieux. On porte tous gants et masques quand on lui rend visite.

– Mon Dieu ! Comme s'il n'y avait pas assez d'épidémies comme ça.

– Que voulez-vous dire ?

– Des cas de choléra ont été signalés dans le nord-est du pays, dans la province du Shandong. Il semble que l'extension soit rapide. Tout le monde surveille sa progression avec angoisse.

– Alex n'a ni le choléra ni la typhoïde. Les symptômes sont ceux de différentes maladies. Comme si un virus inhibait les défenses de son organisme pour ouvrir la porte à toutes les infections possibles.

– Ce pourrait être un influenza ?

– Peut-être. On le saura demain.

Elle s'arrêta et fixa l'horizon de grisaille.

– Vous avez l'air inquiète.

– Il continue à jouer au bravache, mais il souffre beaucoup.

– Il souffre des poumons ?

– Pas seulement. Ses articulations et ses muscles sont aussi très douloureux. Il a des migraines permanentes. L'opération l'a affaibli. Et là-dessus, il se fait contaminer par cette bestiole...

– Ne prenez pas ce que je vais vous dire pour de l'indifférence, mais ce qui vient d'arriver est peut-être pour nous un incroyable coup de pouce du destin. Franz Herlich était inconnu de tous nos services à Shanghai.

Isaure ne réagit pas, le regard toujours fixé sur les nuages diffus qui disparaissaient derrière le Bund.

– Si vous pouvez démontrer que les Allemands ont contaminé volontairement des animaux avec des maladies infectieuses, vous aurez bien plus que ce que vous étiez venus chercher. Et nous, on s'occupera de ce cinglé.

– Il est sous opium.

– Qui ça ? Herlich ?

– Alex. Chen lui procure de l'opium pour calmer ses douleurs.

– Et alors ? Tant mieux. Cela n'a rien d'illégal. Vous savez comment notre administration qualifie l'opium dans ses livres de comptes ? Produit pharmaceutique étranger. Le Dr Yang sait ce qu'il fait. Ce n'est pas en deux jours qu'il va devenir dépendant.

– Pardonnez-moi, vous avez raison, dit-elle en le regardant enfin. Mais je me sens responsable. L'idée de l'appendicite était de moi.

– Il le sait ?

– Non.

– Ne lui dites pas la vérité. Et ne vous mettez pas martel en tête. Tout va s'arranger.

Ils reprirent leur marche en silence et traversèrent Soochow Creek sur un pont de pierre dont quatre montants étaient ornés de lions assis, tournés vers quatre points opposés. Tony Queswick devança la pensée d'Isaure :

– Il n'y a pas de place pour le hasard dans l'architecture chinoise. Les symboles sont partout. L'emplacement de ces statues a été minutieusement étudié, croyez-moi. Les jeunes qui sont occidentalisés parlent de superstition. Mais si vous voulez vraiment comprendre la Chine, vous devez passer par leur attachement aux symboles.

Il caressa la tête d'un des lions et tendit le bras.

– Tenez, c'est là. On est arrivés.

La maison de bois, à deux étages, chacun composé d'une seule pièce, était coincée entre deux immeubles qui semblaient vouloir l'étouffer. Ils y accédèrent par une porte minuscule qui fit surgir dans l'esprit d'Isaure une image de son enfance. Celle d'Alice entrant par une issue si petite qu'elle devait boire un élixir afin de rétrécir et pénétrer dans le pays des merveilles. Depuis, elle détestait les endroits confinés dans lesquels elle était obligée de se mettre à genoux ou de ramper pour les traverser. Elle détestait Lewis Carroll, responsable à ses yeux de cette phobie de l'étouffement. Heureusement, personne, pas même Philips, n'était au courant.

À l'intérieur, une odeur aigre de tofu mariné nimbait la pièce d'une brume olfactive. Walter Grant, assis seul à une table qui occupait la majeure partie de la modeste salle, buvait une soupe à la cuillère, penché sur son bol, l'air sur ses gardes. *On dirait une bête sauvage aux aguets lapant l'eau d'une mare*, songea Isaure. Il leva la tête, leur sourit et les invita à s'asseoir en s'essuyant la bouche dans une grande serviette. L'expression d'angoisse dans ses yeux était encore plus marquée que lors de leur dernière rencontre. Isaure lança à Tony un regard bref, qui lui reprochait d'avoir engagé comme responsable local du SOE un homme incapable de dominer sa peur. Qu'en sera-t-il le jour où il se trouvera dans un rapport de force défavorable ? Où il devra faire face à une menace physique ? Queswick avait pour lui un calme et un sang-froid à toute épreuve. Mais sa fonction de président du conseil municipal lui interdisait de prendre le moindre risque dans une opération secrète. Shanghai était une poudrière, dont les Japonais attendaient le moindre prétexte pour l'allumer. Isaure chassa ces pensées pour se concentrer sur les informations que Grant venait de recevoir de Bulldog concernant Herlich. Londres avait obtenu ces renseignements en un temps record, ce qui lui avait mis du baume au cœur : tout le monde à la LCS se mobilisait pour eux, malgré la distance et la guerre en Europe.

Une vieille femme, au visage lisse, habillée en qipao traditionnel, vint se placer à leurs côtés dans l'attente de leur commande.

– Une soupe ? proposa Grant. Hai fait les meilleurs potages à la tortue de la ville.

Ses deux hôtes acquiescèrent, heureux de pouvoir se réchauffer après avoir marché dans la fraîcheur humide du soir. Queswick sortit de son manteau du tabac américain et une fine pipe en bois dont il bourra le foyer avant de l'allumer. La douce odeur de miel se mêla au fumet des soupes.

– Où sommes-nous ? demanda Isaure, intriguée par le lieu.

– En sécurité, répondit Walter. Hai est ma gouvernante. Vous êtes chez elle. Elle servait déjà chez mes parents. Loyauté sans faille à la Couronne. Pas d'amélioration pour Alex ?

– Non, fit Isaure. Quelle est la nature du message de Bulldog ?

Grant avala un peu de soupe avant de répondre.

– J'ai deux informations pour vous. La première sur Orson.

– Où est-il ? Nous sommes arrivés depuis cinq jours. Même s'il était venu en B-17, il devrait être là !

– Nous l'avons localisé. Brown l'a envoyé dans le nord-est du pays.

– Qu'est-ce qu'il fait ?

– Il a rencontré le *generalissimo*. Tchang Kai-shek en personne.

– *Damned* ! intervint Tony en tirant sur sa pipe. Je savais qu'il se tramait quelque chose du côté de Tchang Kai-shek. Je comprends mieux maintenant.

– Que se passe-t-il avec les nationalistes ? demanda Isaure.

– Les Américains sont en train de nous chasser d'Asie tout aussi sûrement que les Japonais, affirma Tony. Ils tissent des liens étroits avec le *generalissimo* en pariant sur sa victoire finale. Tchang Kai-shek utilise de nombreux instructeurs américains pour entraîner ses troupes, jusqu'au conseiller de ses forces aériennes. Le général Chennault est officieusement mandaté par le gouvernement US pour l'amadouer. Il y a trois semaines, j'avais envoyé un commando du SOE dans la zone de Tchang Kai-shek pour une action de guérilla. Figurez-vous qu'il a demandé et obtenu le retrait de nos hommes. Avec l'appui en sous-main des Américains. Nous sommes devenus indésirables à leurs côtés.

– Ce que vous dites corrobore mes informations, dit Grant. Vous connaissez William Donovan ?

– Le coordonnateur pour l'information ? Ce type de Washington ? interrogea Queswick, sans enlever la pipe de sa bouche.

– Oui. Il vient d'être officiellement nommé à la tête d'un nouveau service de renseignements, baptisé Office of Strategic Service.

– OSS... affilié aux renseignements militaires ? demanda Isaure.

– Non, justement. Il dépend directement du président.

– Brown a dû être furieux, il contrôlait tous les services auparavant.

– Oui. C'est pour cela qu'il a envoyé Orson chez Tchang Kai-shek. Donovan négocie directement avec le *generalissimo* un plan d'aide à la guerre contre les Japonais, le Friendship Plan. Ils sont en passe de former la future armée chinoise, censée mater les Nippons puis les communistes de Mao Tsé-toung. Brown a une peur bleue de perdre le contrôle de ce genre d'action. Pour lui, c'est le pré carré des services militaires. D'après un de nos informateurs, Orson a essayé de discréditer Donovan pour reprendre la main. Sans succès. Vous devriez le voir débarquer à Shanghai d'ici deux jours.

– Ça n'est pas vraiment une bonne nouvelle, estima Queswick. Les Américains jouent sur tous les tableaux. On ne peut pas avoir confiance en Orson. Impliquez-le au minimum, ajouta-t-il à l'intention d'Isaure qui acquiesça.

– Autre point concernant Donovan, ajouta Grant en regardant son bol vide comme s'il consultait ses notes. Il a nommé un agent de l'OSS pour toute la Chine. Quelqu'un de Shanghai. On ne sait pas encore qui. Sans doute un des journalistes locaux.

– Donc, méfiance envers les journalistes américains, conclut Tony.

– Avez-vous des informations sur Herlich ? demanda Isaure dont les pensées oscillaient entre l'hôpital et la modeste maison de Hai.

– Oui. Et de taille...

– Ce qui veut dire ? intervint Queswick, qui n'aimait pas chez son adjoint son goût pour le suspense.

– Tenez-vous bien : Franz Herlich est mort en 1937, d'une hépatite fulminante au retour d'un voyage en Asie. Votre homme est un usurpateur.

– Avez-vous idée de sa véritable identité ?

– Le MI-6 l'a découverte. L'homme est arrivé à Shanghai le 12 mars 1940. Il s'était embarqué trois semaines auparavant au Caire sous sa véritable identité : Dr Reinert Neuermann.

Isaure blêmit, ce que Queswick remarqua aussitôt.

– Miss D'Argreen, qui est Neuermann ?

Elle les regarda, figée, sans répondre.

– Qui est-il ? répéta doucement Queswick.

– Il est vraiment médecin, finit-elle par répondre. Du moins, il en a le diplôme. Mais au MI-6, tout le monde le connaît par son surnom : le Boucher de Buchenwald.

10.

1er octobre 1941,
hôpital Saint-Jean, Shanghai.

Neuermann s'arrêta devant le kiosque à journaux situé à l'entrée de l'hôpital, acheta un exemplaire du *Ostasiatischer Lloyd* et le coinça sous son bras sans même en consulter la une, ainsi qu'il le faisait chaque matin. Il pénétra dans le hall et se présenta devant l'ascenseur réservé au personnel sans saluer aucun des employés présents, le regard constamment baissé sur le bout de ses chaussures. Seule la sonnerie signalant l'ouverture des portes parvint à lui faire lever les yeux. Il s'engouffra et se cala contre la vitre du fond, ses deux mains jointes sur sa serviette de cuir marron. Il détestait cette ville sale et bruyante, il méprisait sa population qu'il trouvait servile et ignorante, ses lieux de débauche entre drogue, alcool et jeu. Il conchiait Himmler qui l'avait obligé à quitter l'Allemagne pour mener ses travaux dans ce pays aux portes de l'oubli. Ses méthodes semblaient déplaire jusqu'aux caciques de Berlin. Qu'importe. Il serait le premier à réussir ce que tous peinaient à obtenir. Et quand il reviendrait présenter le résultat au Führer lui-même, ils seraient obligés de reconnaître sa supériorité. Il serait alors temps de s'occuper de leur cas, un par un.

La machinerie stoppa au premier étage. L'appareil ouvrit sa gueule sur une Européenne qui lui sourit en entrant et appuya sur le même étage que celui de son bureau. Il lui jeta un regard salace, sans la moindre discrétion. Les Allemandes lui manquaient. Les seules Aryennes de Shanghai étaient les femmes des militaires en poste ou des conseillers de l'ambassade d'Allemagne, pour la plupart agents des services secrets. Trop dangereux. Quant aux prostituées, il s'était vite lassé de leurs services. Sans compter les maladies qu'elles véhiculaient. Ils sortirent ensemble au quatrième étage. Il la regarda s'éloigner et entrer dans la chambre réservée aux malades hautement contagieux, ce qui inhiba le désir qui était en train de naître dans son ventre. Il n'aimait pas cette dépendance à ses hormones. Lorsqu'une envie sexuelle le prenait, elle le poursuivait sans répit jusqu'à ce qu'il l'assouvisse. Il n'y avait pas d'autre issue. Cela avait été l'une des raisons de son exil à Shanghai. *Ce Peter Künst, ce chien, il paiera aussi*, marmonna-t-il intérieurement en ouvrant la porte de son laboratoire. Il posa sa serviette près du portemanteau et retira sa veste. Künst avait osé mettre le nez dans ses affaires. Il avait appris que certaines des prisonnières qui lui avaient été allouées pour ses expériences avaient subi des violences sexuelles avant de disparaître sans laisser de traces. Et alors ? D'autres le faisaient aussi sans être inquiétés. Alors que lui avait dû se faire oublier en Extrême-Orient. *Künst est un franc-maçon pédéraste, il devrait finir avec ceux qu'il défend,* pensa-t-il, agacé par le souvenir de cette humiliation. Il enfila une blouse blanche, des gants en latex et ferma le loquet de la porte d'entrée du laboratoire. Il fouilla sous sa chemise et en sortit une clé de sécurité qu'il tenait en permanence pendue à son cou. Il ouvrit une penderie, en écarta les vêtements alignés et introduisit sa clé dans une serrure à combinaison située sur le fond du placard. Le cliquetis caractéristique de la rétraction des clavettes précéda l'ouverture du panneau de gauche qui se déroba, faisant apparaître une seconde salle plus grande, aux fenêtres obturées. Les néons fatigués diffusaient une lumière blanchâtre et instable sur les paillasses encombrées d'objets divers dans un désordre chaotique : microscopes, centrifugeuses, étuves, boîtes de Petri empilées, flacons remplis de milieux de culture, cahiers ouverts, photos éparpillées, matériel de chirurgie usagé, compresses imbibées de sang coagulé, seringues, masques... À l'opposé, plusieurs cages de tailles différentes renfermaient des chats, des chiens et deux singes amorphes. Aucune bête ne réagit à l'arrivée de Neuermann. L'homme se dirigea vers le centre de la pièce où se trouvait une table en inox légèrement creusée. Sur la table, un drap vert recouvrait une forme inerte, de petite taille. L'homme prit un scalpel, attrapa un tabouret haut et s'assit devant le rectangle d'inox. Il souleva l'étoffe, dévoilant le cadavre raidi d'un chimpanzé dont le visage était figé dans un rictus de peur, les bras repliés, les poings serrés. Les côtes avaient été coupées en leur base et relevées, dévoilant les deux lobes pulmonaires, percés de trous à intervalles réguliers. L'abdomen avait été éviscéré, donnant l'impression que l'animal était passé sous une roue de camion. Les muscles des cuisses étaient apparents de la hanche au genou. Neuermann fit jouer l'instrument tranchant à la lumière et fixa la dépouille du singe :

– Tu vois, *xing xing*, je t'avais bien dit qu'il ne fallait pas s'échapper une nouvelle fois.

Chen tenait son masque à la main, l'air effondré. Alex avait les mâchoires serrées et les sourcils froncés dans une attitude de colère rentrée. Isaure baissait les yeux. Elle venait de leur révéler l'identité réelle du locataire de l'hôpital Saint-Jean. Chacun ruminait en silence.

– Vous n'avez aucune idée..., murmura Alex.

– Aucune idée de quoi ? demanda Isaure, gênée par le masque que le médecin lui avait formellement interdit d'enlever.

– Aucune idée du genre de personne à qui vous avez affaire.

Il déglutit avec difficulté, avant de continuer :

– Il utilisait les prisonniers du camp de Buchenwald pour des expériences prétendument médicales. Ce type est un malade. Il n'a aucune limite.

– Vous vous connaissez ? demanda Isaure, incrédule.

– Ce fou a envoyé les résultats de ses délires à une revue scientifique internationale, afin d'être publié. Je suis l'un des correcteurs de cette revue. L'éditeur me les a montrés : résistance de l'être humain à la privation de nourriture, au froid, aux maladies infectieuses. Il y énonçait froidement le pourcentage de décès en fonction des conditions expérimentales. C'était irréel. On a d'abord cru à une mauvaise farce. Puis on a vérifié. Il a été jusqu'à envoyer des certificats signés par ses cobayes, prétendant qu'ils donnaient leur consentement éclairé pour ces « expériences ». Un monstre.

Il se tut et respira profondément afin d'évacuer la tension qui s'accumulait en lui.

– Un monstre, répéta-t-il faiblement. Toute l'équipe de la revue a porté plainte collectivement contre lui pour actes de barbarie sur humains en état de faiblesse. C'est dérisoire, n'est-ce pas, alors que nous sommes en guerre contre son pays...

– Non, il fallait le faire, répondit Chen. Même si la portée n'est que symbolique.

– Alex, rassurez-moi, intervint Isaure. Vous ne vous êtes jamais rencontrés ?

– Non. Il a été condamné par défaut.

– Connaît-il votre nom ?

– Je figurais dans la liste des parties civiles, mais nous étions plus de trente.

– Il y a donc peu de chances qu'il fasse le lien entre le Beaumont négociant en cognac et le médecin anglais ?

– La probabilité est faible, en effet.

– Il ne faut pas que l'on prenne ce risque, dit Isaure en regardant Chen.

– Je vais donner des instructions afin que votre nom n'apparaisse plus sur le registre, répondit ce dernier. On vous pointera sous le patronyme de Smith.

– Merci, docteur Yang, répondit-elle. Et comment va Mr Smith aujourd'hui ?

– Stable. On n'a pas retrouvé de virus dans les tissus pulmonaires.

– Rien que des pneumocoques, compléta Alex. J'en suis presque déçu. Apparemment ce singe n'était pas infecté par la grippe.

– Par contre, la fièvre n'a pas baissé et les marqueurs de l'inflammation sont encore élevés, remarqua Chen.

– Ce qui signifie, pour une néophyte comme moi ? demanda Isaure.

– Que nous devons absolument pénétrer dans ce laboratoire de pathologie, affirma Alex. Nous devons savoir ce que ce salaud fait subir aux animaux.

– Cela signifie aussi et surtout, corrigea Chen, que nous devons trouver le traitement pour que vous guérissiez le plus vite possible, Alexandre. J'ai un peu de pénicilline à la pharmacie.

– Le nouveau médicament issu des travaux de Fleming ?

– Oui. Deux collègues, Chain et Florey, ont réussi à l'isoler il y a deux ans. Ils m'en ont envoyé pour que j'effectue les premiers essais cliniques, mais je n'ai pas encore eu l'occasion de l'essayer. Ils m'ont affirmé qu'elle était très efficace sur les pneumocoques.

– On peut tenter le coup, proposa Alex. Je n'ai pas envie de rester un mois dans cette chambre et de ne voir que des masques blancs. Je préfère votre sourire, ajouta-t-il à l'adresse d'Isaure.

Il se tourna vers le médecin :

– J'aurais un dernier service à vous demander, Chen.

– Vous les aurez demain, répondit Chen, sans attendre la question.

– De quoi parlez-vous ? demanda Isaure, perdue.

– Des plans de l'hôpital, dit Chen. Alexandre est aussi têtu que Peter. Mais je ne vois pas comment vous pourrez pénétrer dans ce labo sans qu'il ne s'en aperçoive.

– Pour ce qui est de la médecine, j'avoue mon ignorance, mais pour ce genre de travail, je me débrouille plutôt pas mal, intervint Isaure. Il n'y a qu'un seul système que je n'aie jamais réussi à pénétrer.

– Lequel ? demandèrent-ils de concert.

– Le cœur des hommes.

2 octobre 1941, hôpital Saint-Jean, Shanghai.

Vous êtes sur XCDN. Nous sommes le jeudi 2 octobre 1941. Il est 10 heures et vous écoutez James Woodhead.

La radio cracha un interminable intermède musical joué par un orchestre symphonique avant que le commentateur le plus écouté de Shanghai n'entame sa chronique.

Bonjour à toutes et à tous. Aujourd'hui, je ne commencerai pas ce billet d'humeur par l'habituelle blague que j'ai coutume de perpétrer tous les matins depuis quatre ans sur les ondes de cette radio. Aujourd'hui, je n'ai plus le cœur à rire. Car la violence a atteint dans cette ville un niveau insupportable. Depuis des mois, agressions, vols et rackets sont devenus monnaie courante dans certains quartiers et jusque sur le Bund, symbole de la réussite et de la cohésion de notre communauté multiconfessionnelle et pluriculturelle. Shanghai, j'étais inquiet pour toi. Juste inquiet, car tu avais survécu à tellement d'autres crises, à tellement d'autres conflits. Mais hier, à la sortie du conseil municipal, notre président, Tony Queswick, a été victime d'un lâche attentat. Sa voiture a été mitraillée par deux individus en moto sur Nankin Road. Notre maire et ami est actuellement dans un état qualifié de sérieux par les médecins du General Hospital où il a été admis hier soir à 22 h 40. Mais ses jours ne sont plus en danger. Je le répète pour ceux qui se réjouiraient déjà de sa disparition : Tony Queswick est sauf. Je ne m'adresse pas aux voyous de la pègre des Badlands qui ont tiré, mais à ceux qui les ont armés et qui les protègent. Ceux qui occupent une partie de la ville depuis quatre ans et agissent comme des barbares avec la population. Tout le monde connaît le QG de leur police au 76, Jessfield Road et ses salles de torture, qui n'ont rien à envier aux méthodes des nazis en Europe. Oui, c'est de vous dont je parle, messieurs les Japonais. Vous qui semez la terreur au nord du Soochow Creek. Le Garden Bridge est devenu une sorte de frontière qu'aucun d'entre nous n'ose plus franchir. Vous qui contrôlez, par le biais des hommes de Li Taiqin, plus de quarante fabriques d'opium et une centaine de fumeries dans notre ville, votre désir d'expansion n'a pas de limite. Nos dernières troupes à peine retirées, vous avez déjà investi les Western Extension roads, prenant excuse d'incidents créés par vous-mêmes pour déployer vos troupes dans chaque quartier, tels des charognards prêts à fondre sur leurs proies. Churchill, pourquoi nous as-tu abandonnés ? Pourquoi nous laisses-tu sans défense face aux sbires d'Hirohito ? Combien de temps pourrons-nous encore tenir sans répondre à ces provocations monstrueuses ? Combien d'entre nous devront y laisser la vie avant que la Couronne ne réagisse et protège ses enfants ? Déjà des Shanghaiens, qui avaient émigré de leurs pays afin de trouver ici un havre de paix, songent à fuir à nouveau. Pourquoi l'histoire se répète-t-elle sans que personne ne retienne rien des leçons du passé ? Un jour, les troupes japonaises défileront sur le Bund et, ce jour-là, personne ne pourra dire que l'impensable est arrivé. Mes amis chinois, révoltez-vous ! Quels que soient les griefs que vous pouvez avoir contre l'Empire britannique, ils ne sont rien face à ce qui vous attend si chacun regarde passivement la peste nippone déferler sur votre pays. Prenez votre destin en main tant qu'il en est encore temps. Tony, courage, le peuple de Shanghai, confucianistes, taoïstes, bouddhistes, chrétiens, juifs et musulmans, prie pour ton rétablissement. C'était James Woodhead pour XCDN.

Alex coupa le son et s'approcha de la fenêtre à pas lents. L'activité dans la cour était, comme d'habitude, quasi nulle ; seuls quelques malades, accompagnés de soignants, déambulaient entre les ambulances à l'arrêt. Rien à voir avec le discours enflammé qu'il venait d'entendre. Il était arrivé il y a plus d'une semaine et il ne connaissait que le décor de l'hôtel *Cathay* et de sa chambre d'hôpital. Autour de lui, Shanghai était vivante, partagée entre la fête, la drogue, le jeu, l'oubli et les griffes des prédateurs et des seigneurs de guerre. Une ville schizophrène. Rien ne se déroulait comme il l'avait prévu. Il était venu chercher des renseignements auprès de Ding Gareng, qui ne s'était toujours pas manifesté, avait croisé à nouveau la route du Boucher de Buchenwald et souffrait d'une affection inconnue que les premières doses de pénicilline de Chen ne parvenaient à circonscrire. Ses articulations étaient douloureuses, ses muscles étaient sans force, la fièvre n'avait que peu reculé. Le plus handicapant, c'étaient les migraines, douleurs temporales qui martelaient sa tête de la base à l'apex, pulsatiles, nauséeuses, irrépressibles. Quand elles apparaissaient, il était obligé de s'allonger dans l'obscurité, immobile, prostré, et d'attendre, attendre en essayant de laisser son esprit s'échapper de la foudre qui s'abattait sur son corps. Il pensait à Londres en état de guerre, à Kathleen et tout ce qu'il n'avait pu lui dire, à ses amis qui se battaient sur le front – il priait pour qu'ils reviennent indemnes –, à l'accident de son père et aux révélations de Mr Bishop. Il pensait à Isaure, qu'il voyait peu et qui, manifestement, ne lui transmettait que des informations fragmentaires – *pour ma sécurité*, essayait-il de se convaincre. Quand la douleur était plus forte, il se concentrait sur ses cheveux noirs rebelles, son regard aiguisé de pilote de chasse, son sourire chasse-spleen, ses yeux émeraude. Et quand les élancements devenaient insupportables, tout se mélangeait, les villes, les visages, les vies, phénomène sans doute renforcé par les doses thérapeutiques d'opium que Chen lui administrait. Il finissait invariablement par s'endormir dans un tourbillon de pensées chaotiques.

C'est au sortir d'une de ses crises migraineuses que Chen lui apprit ce qu'il estima être la meilleure nouvelle depuis son arrivée – la seule bonne nouvelle, en fait. Ding Gareng avait accepté de le rencontrer ce vendredi 3 octobre, profitant de sa visite à un cousin malade, hospitalisé dans le même service. Alex remercia le ciel de cette opportunité, sans laquelle jamais le directeur de l'école de médecine chinoise de Shanghai n'aurait accepté de le voir. C'eût été pour lui perdre la face que de collaborer avec des Occidentaux et prendre des risques face à l'occupant japonais.

– Cher monsieur Gareng, je suis très honoré que vous ayez accepté de consacrer quelques minutes à ma femme et moi-même afin de répondre à des questions qui sont pour nous d'une grande importance, dit Alex en s'inclinant à la chinoise devant son hôte.

– Je l'ai fait pour mon estimé collègue, le Dr Yang, dont j'admire beaucoup le travail à la tête de cet hôpital, même si les fondements des techniques qu'il utilise sont très différents des nôtres, répondit l'homme.

Chen l'invita à s'asseoir dans un des fauteuils spartiates qui faisaient face à son bureau.

Alex et Isaure les y attendaient depuis un long moment. Leur interlocuteur avait expressément demandé à ne pas être vu en leur présence par d'autres membres de l'hôpital que le Dr Yang, un luxe de précautions qui indiquait à quel point le sujet et la situation présente étaient sensibles. Ding Gareng faisait partie de ces hommes sur lesquels le temps avait eu peu de prises. Alex évalua son âge à cinquante-cinq ou soixante ans, mais celui-ci paraissait n'en avoir qu'une quarantaine. La peau lisse, sans aucune ride, les cheveux noir de jais, de petite taille, le corps proportionné comme un modèle de cours de dessin, il émanait de sa prestance une autorité naturelle qui impressionna Alex. L'homme ôta son manteau et ses gants, que Chen s'empressa de déposer sur un fauteuil resté libre.

– Pouvez-vous m'expliquer votre requête, monsieur Beaumont ? dit l'homme en le fixant droit dans les yeux. Le Dr Yang m'a dit que vous vous intéressiez au virus de la grippe. Quel rapport avec le commerce de cognac ?

– Mon père, le Dr Peter Beaumont, a écrit un livre sur le sujet : *Lady Flu*.

– Vous êtes le fils du Dr Beaumont ? Mais je croyais que son fils était aussi médecin.

– Vous parlez de mon frère, mentit Alex, qui s'était préparé à la question. Il est chirurgien dans un hôpital de Londres. C'est aussi un grand champion de rugby. Moi, j'ai toujours détesté le sport.

L'allure malingre et émaciée d'Alex plaidait en sa faveur. L'homme n'insista pas.

– J'ai collaboré il y a vingt ans avec votre père, sur la grippe espagnole justement. Il a eu la gentillesse de me citer dans son ouvrage, mais ma participation fut modeste.

– Au moment de sa mort, mon père travaillait sur la suite de ce livre.

– Vraiment ? Je ne savais pas. Nous n'avions plus de contact depuis longtemps.

– Nous avons décidé de le finir, grâce à ses notes, et de le faire éditer, continua Alex, qui sentait une douleur sourdre dans l'hémisphère gauche de son encéphale. Il y retrace la propagation de l'épidémie de 1918, et s'attaque à la question de la naissance des premiers cas.

L'espace d'un instant, il crut déceler une lueur d'intérêt dans l'œil de son interlocuteur, comme si la dernière phrase avait éveillé sa curiosité. *Nous y voilà,* avait dû penser Gareng. Mais il ne laissa rien paraître :

– C'était louable de la part du Dr Beaumont de s'atteler à cette tâche et je comprends votre démarche afin de perpétuer sa mémoire. Mais d'autres l'ont fait avant lui, sans succès.

– Nous sommes bien d'accord avec vous et notre but n'est pas de continuer ses travaux, ce dont nous ne serions d'ailleurs pas capables, mon mari et moi, intervint Isaure.

Ding Gareng se tourna lentement vers elle, comme s'il découvrait seulement sa présence, et lui lança un regard réprobateur. Une femme chinoise ne se serait jamais permis d'interrompre une conversation de ce type pour y prendre part. Les Occidentales bousculaient les traditions. Il n'était pas loin d'y voir une des raisons de la décadence de l'Empire britannique, et cela n'était pas pour lui déplaire.

– Chère madame, votre sincérité vous honore. Mais dans ce cas, je ne vois pas en quoi je pourrais vous être utile.

Isaure perçut la condescendance dans le ton du médecin. Elle regarda Alex dont le visage avait changé d'expression sous la douleur naissante qu'il essayait de masquer. Les battements de son artère étaient visibles sur sa tempe gauche. Ses yeux s'étaient creusés.

– Le livre de Peter Beaumont fait sur le sujet des révélations importantes qui nécessitent d'être examinées, continua-t-elle. Il n'en a malheureusement pas laissé toutes les sources et nous nous devons de tout vérifier avant publication. Nous sommes ici pour affaires, vous le savez. C'est pourquoi nous souhaitions vous rencontrer afin de vous soumettre les passages qui doivent être consolidés.

– Pouvez-vous être plus précis ? demanda l'homme à l'intention d'Alex.

Celui-ci avala sa salive pour étouffer le feu qui brûlait ses poumons et répondit :

– Mon père a appris, il y a quelques années, que des scientifiques allemands étaient présents à Canton quand la première vague de grippe éclata, au printemps de l'année 1918. Nous n'avons malheureusement pas pu les identifier, mais il est certain qu'ils se trouvaient aux premières loges et auraient pu nous fournir des informations précieuses concernant la raison d'une telle virulence.

Il fit une pause involontaire. Sa vue se troublait.

– Tout va bien, monsieur Beaumont ? demanda Ding Gareng, en jetant un regard interrogateur vers le Dr Yang.

– Alexandre ? renchérit Chen.

– Ça va aller, désolé, répondit-il. Ce n'est pas l'abus de cognac, ajouta-t-il en plaisantant. Ma question est la suivante : avez-vous entendu parler de la présence de médecins étrangers à cette époque ? En avez-vous rencontré ?

– J'aimerais beaucoup vous aider, mais ce que vous me demandez remonte à vingt-cinq ans. À cette période, notre hôpital était débordé par l'afflux massif de victimes de la grippe. Il y avait des Occidentaux, oui, bien sûr. Canton est proche de Macao et de Hong-Kong. Quant à vous affirmer qu'il y avait des Allemands parmi les victimes, je ne me souviens plus.

– Avant même l'épidémie, monsieur Gareng, y avait-il des médecins allemands qui travaillaient en collaboration avec votre école de médecine traditionnelle ou avec la faculté de Canton ? demanda Isaure.

– Notre école avait pour principe d'accueillir tous les étudiants et chercheurs qui voulaient effectuer une spécialisation. Vous comprendrez bien que je ne connaissais pas l'identité de tous les intervenants. Pour ma part, je n'ai pas eu de relation contractuelle avec une équipe de recherche occidentale pendant cette période. La guerre y était pour quelque chose. Je suis vraiment navré de ne pouvoir plus vous aider.

– Nous vous remercions pour cet entretien, que vous avez bien voulu nous accorder sur votre temps précieux, dit Chen, qui sentait venu le moment de libérer leur visiteur.

– Monsieur, intervint Isaure, est-ce que le nom de Reinert Neuermann vous dit quelque chose ?

– Neuermann ? Non, rien. Rien du tout, répondit-il en laissant poindre son impatience.

Il se leva pendant que Chen lui apportait son manteau avec révérence. Alex ne se sentait plus capable de bouger sans décupler les vertiges qu'il essayait de maîtriser depuis l'apparition des céphalées. Ding Gareng, qui l'avait remarqué, s'adressa à lui en chinois :

– De quoi souffrez-vous réellement ?

– Infection par plaie, répondit Alex en mandarin. Résistante aux anti-inflammatoires et à un nouveau médicament antibiotique.

– La pénicilline, précisa Chen.

Il reposa son manteau, s'approcha d'Alex et lui prit le pouls.

– Filant, lâcha-t-il en anglais. Vous avez des maux de tête associés à des vertiges et des douleurs musculaires semblables à des crampes fugaces, n'est-ce pas ?

Alex acquiesça.

– Mes articulations aussi sont atteintes, ajouta-t-il.

– Comment est la VS ?

– Très allongée, dit Alex, sans laisser à Chen le soin de répondre.

– Pour un négociant en spiritueux, vous êtes plutôt calé en médecine, remarqua Ding Gareng. Peu de malades connaissent la vitesse de sédimentation.

– Je tiens sans doute cela de mon père. La génétique.

– Oui, la génétique... En attendant, êtes-vous prêt à faire confiance à la médecine traditionnelle chinoise ?

– Je l'étais avant même de venir à Shanghai.

– Dans quarante-huit heures, vous serez sur pied.

– Quelle est la cause de mes problèmes ?

– Un déséquilibre de votre yin et de votre yang.

– Dû à quoi ? insista Alex. Un virus mutant ?

– Je n'en sais rien. À vous de le découvrir. Cela dépasse mes compétences.

– Avez-vous déjà vu des cas identiques ? demanda Isaure.

– Je vais indiquer le traitement à mon confrère, poursuivit l'homme comme s'il n'avait pas entendu la question.

– Je vous suis très reconnaissant, docteur, dit Alex, comprenant qu'il n'obtiendrait plus rien de lui sur le sujet. Une dernière question : connaissiez-vous Franz Herlich ?

– Décidément, vous n'abandonnez jamais ! Chen, j'espère que vos patients ne sont pas tous comme lui...

Chen hocha la tête en souriant poliment.

– Oui, je connaissais Herlich de renommée. Je me souviens qu'il est décédé à Nankin d'une hépatite fulminante, l'année de...

Il s'interrompit.

– L'année de la prise de la ville par les Japonais, compléta Isaure.

– Je ne sais plus, répondit-il, évasif. Je ne sais plus. C'était un excellent immunologiste, de l'Institut de prévention et protection des maladies infectieuses de Berlin. Le groupe InVivo. Sa femme Eleanor a repris le flambeau. Votre frère connaît peut-être leurs travaux.

– InVivo ? Je lui demanderai, répondit Alex, songeur.

Ding Gareng prit congé, accompagné de Chen. Une fois qu'ils furent seuls, Alex souffla.

– Il n'a absolument pas cru à notre histoire.

– Non, confirma Isaure. Mais, de son côté, il nous cache aussi ce qu'il sait. C'est un jeu de dupes.

– Pas tout à fait. Il a raison sur un point : le nom InVivo ne m'est pas inconnu.

– Vous connaissez leurs travaux ?

– Non. Mais je sais où je l'ai vu écrit. Dans le carnet de jour de mon père.

5 octobre 1941, hôpital Saint-Jean, Shanghai.

Le traitement de Ding Gareng eut un effet radical. Le soir même, la fièvre diminuait et le lendemain, les douleurs musculaires avaient disparu. Les migraines persistèrent, mais en diminuant d'intensité et en s'espaçant. En quarante-huit heures, Alex était redevenu un convalescent dans la norme, au grand soulagement de Chen et d'Isaure. Assis dans la salle commune sur une chaise longue, chauffé par le soleil à travers une baie vitrée, Alex observait avec curiosité la forme noire du grillon endormi dans sa cage, dont le fond était recouvert de terre. Isaure lui avait indiqué que l'animal se nourrissait de végétaux et de pucerons, mais avait omis de lui préciser qu'il ne sortait de son trou que la nuit. Il avait pris les premières stridulations nocturnes pour un problème électrique de sa radio et avait alerté l'infirmière de garde. La méconnaissance d'Alex avait beaucoup amusé Chen, qui lui avait offert le *Zujijing*, la bible indispensable à tous les amateurs de grillon. Il avait, en outre, appris que l'insecte avait une durée de vie de six à huit semaines, ce qui obligeait les champions à multiplier les duels sur des périodes extrêmement courtes. Rares étaient ceux qui finissaient leur vie de manière non violente. Les combats de grillons étaient clandestins, en raison des paris pris sur les résultats. Ils se déroulaient dans les arrière-salles des clubs et des tripots, principalement en fin de soirée, quand les parieurs désespérés étaient prêts à emprunter des sommes à des taux usuriers pour se refaire après leur infortune au jeu.

– Vous aimez leur chant ?

Alex leva la tête vers l'homme qui venait de lui parler. Il ne l'avait pas vu s'asseoir sur la chaise contiguë à la sienne, ni l'observer depuis un moment. Devant son air interrogatif, l'homme reprit en montrant la cage :

– *Gryllus campestris*. Vous aimez leur chant ? Vous êtes un collectionneur ?

– Pas vraiment. C'est un cadeau.

L'homme sourit.

– C'est ainsi que naissent les passions. Par un cadeau anodin.

Il rapprocha sa chaise.

– Permettez-moi de me présenter : Ossi Lewi. Diabétique sous dialyse.

– Alexandre Beaumont. Dépossédé de mon appendice.

Ils se serrèrent la main. L'homme, d'aspect jovial, tout en rondeurs, avait une parenté physique avec Charles Laughton, ce qui accentuait l'élan de sympathie qu'il inspirait.

– Vous êtes de Shanghai ? demanda Ossi.

– Non. D'Europe. Je suis ici pour mes affaires. La maison Mérey.

– Le cognac ?

Alex fit une mimique d'approbation.

– Ça alors ! Savez-vous que votre Fine Charlemagne est ma boisson préférée ? Enfin, était, avant que mon diabète se complique. Mon médecin me l'a déconseillée car il paraît que la couleur dorée provient de l'ajout de sucre brûlé. Je me suis toujours dit qu'il exagérait. Alors ?

– Alors quoi ?

– Maintenant que j'ai devant moi le plus grand producteur de cognac au monde, répondez-moi : c'est vrai ce qu'il me raconte, ce sacré toubib ?

Alex se rendit compte qu'il n'avait même pas lu les fiches qu'Isaure lui avait fournies sur les produits Mérey. Sa légèreté pouvait leur coûter cher. Il improvisa :

– Vous savez, les médecins sont obligés de doubler leurs recommandations s'ils veulent que les patients fassent la moitié de ce qu'ils prescrivent.

– Ah ? Oui, j'en conviens... Mais la teneur en sucre de la Charlemagne ?

– Ossi, vous êtes originaire de quel pays ? fit Alex en espérant réussir à détourner la conversation.

– Autriche. Une ville du nom de Imst, en plein cœur du Tyrol. Mais je vivais en Allemagne avec ma femme jusqu'à ce que IG Farben, mon employeur, me mute à Shanghai.

– Vous travaillez pour IG Farben ? fit Alex, soudainement intéressé.

Il regarda le grillon censé lui faire rencontrer Theo Siefielg, dont le QG se trouvait précisément dans le même immeuble que la société allemande qui employait son interlocuteur.

– Il y a un mois encore, je vous aurais répondu oui. Mais ils m'ont viré.

– Je suis désolé, dit Alex, déçu de perdre aussi rapidement une piste intéressante.

– Pas tant que moi. Nous avons quitté l'Autriche avec Birgitt pour fuir le climat d'antisémitisme qui s'installait. Puis l'Allemagne, six ans plus tard. J'étais le seul à postuler pour l'Extrême-Orient. Et voilà que la persécution continue.

– Que voulez-vous dire ?

– Que j'ai été renvoyé parce que je suis juif. Ainsi que plusieurs de mes collègues.

– Ça n'est pas possible...

– Monsieur Beaumont de la maison Mérey, que croyez-vous qu'ils fassent aux juifs en France ? Depuis combien de temps n'y êtes-vous pas retourné ? J'ai des nouvelles alarmantes d'une partie de ma famille qui s'y trouve encore. Un commissariat aux questions juives a été installé, la plupart des métiers leur sont interdits et il y a des rafles et des déportations vers des camps d'internement. Comme si notre religion faisait de nous des criminels ! Et à Shanghai, les Allemands font pression sur les Japonais pour qu'ils nous confinent dans certains quartiers qu'ils contrôlent dans la ville, comme Hongkew. Est-ce que vous imaginez ce qui se passerait si les troupes nippones venaient à envahir les concessions qui restent libres ? Un ghetto. Ils nous jetteraient dans un ghetto, puis dans des camps. Mais pourquoi ? Pourquoi ? Nous étions si bien ici, Shanghai était la ville la plus libre du monde. Nous vivons en bonne entente avec la population chinoise.

– Avez-vous réussi à retrouver du travail ? Tout le monde n'est pas antisémite à Shanghai.

– Non, vous avez raison. Je suis tombé sur un employeur qui ne l'était pas. Normal, il est juif. Je suis journaliste au *Shanghai Jewish Chronicle*. Je m'occupe de la rubrique des festivités dans les différents quartiers juifs de Shanghai. D'ailleurs, il y en a une mardi prochain à Little Vienna.

– Little Vienna ?

– Zhoushan Road, si vous préférez. L'inauguration d'une nouvelle synagogue. La communauté représente environ vingt milles personnes. Vous viendrez ?

– Pourquoi pas, si j'ai obtenu mon billet de sortie d'ici là.

– Venez. Vous verrez la plus belle rue de la ville. Et les plus belles fêtes. Je pourrai aussi vous indiquer où se passent les combats de grillons.

– Qui vous dit que c'est mon intention ?

– Avez-vous idée de la taille normale d'un grillon ?

– À vrai dire, non.

– Le vôtre est environ deux fois plus gros, croyez-moi. Et votre sumo vous a été vendu uniquement dans cette intention. Il faut bien que les spectateurs puissent le voir.

– Je cherche un coach pour mon champion. Ça vous tente ?

– Quand j'aurai été viré de mon nouveau job, pas avant.

– Vous qui êtes journaliste, savez-vous comment va Tony Queswick ? J'ai appris la nouvelle de l'attentat en écoutant la chronique de Woodhead.

– Il va mieux. C'est un type qui a la peau dure. Son frère John le remplace au conseil municipal. Ils emploient cent mille personnes sur Shanghai. La Matheson, c'est du solide. Jamais des gars comme eux ne licencieraient un employé à cause de sa confession religieuse. Même sous la pression. Par contre, Woodhead a du souci à se faire. Son éditorial n'a pas du tout plu à Taiqin. J'ai entendu dire qu'il avait lancé un contrat sur lui. Il a intérêt à sortir le gilet pare-balles de l'armoire.

– Qui est ce Taiqin ?

– Si vous ne le connaissez pas encore, c'est que vous n'êtes pas ici depuis bien longtemps.

Une femme sortit dans le couloir et appela quelqu'un par son nom avec un accent asiatique qui le rendait incompréhensible.

– Ah, c'est pour moi, fit Lewi en se levant. Si vous voulez que je vous parle de lui, passez me voir chez moi. J'habite au dernier étage du Grosvenor, un superbe immeuble, route du Cardinal-Mercier, dans la concession française. Vous ne pouvez pas le rater. Du balcon, on a une vue magnifique sur tout Shanghai. Vous en profiterez pour me raconter tout sur la couleur de la Fine Charlemagne. Ça vous laisse le temps de réviser, ajouta-t-il en lui faisant un clin d'œil.

Alex le regarda marcher avec difficulté jusqu'à l'infirmière, avec qui il plaisanta avant de s'engouffrer dans la salle de dialyse. De toutes les rencontres qu'il avait faites, Ossi était le seul à ne pouvoir être un agent secret ou un homme de main. Alex en était persuadé : il venait de dialoguer avec la première personne sincère de Shanghai.

11.

5 octobre 1941, le Bund, Shanghai.

La douce rumeur de la ville se mélangeait aux embruns et aux odeurs de poissons grillés des marchands ambulants de la promenade du Bund. Appuyée à la rampe qui longeait la grève, à l'abri d'un immense sycomore, Isaure observait le ballet des jonques dans la rade. À cinquante mètres, amarré au ponton le plus excentré du quai, l'*HMS Peterel* arborait un Union Jack flambant neuf qui claquait, écartelé par la force d'un vent de mousson. Sur le pont, un marin salua un officier, sans doute le lieutenant Stephen Polinkton. Isaure connaissait tous les états de service du capitaine de la corvette, le nombre exact de marins et l'état de l'armement du navire, qui devait leur servir de refuge en cas d'extrême urgence. Elle avait demandé à Grant d'envoyer un message à Polinkton, après avoir constaté que leur emplacement précédent, au sud du Bund, près de la vieille ville de Nantao, nécessitait un trajet de plus de vingt minutes à pied depuis leur hôtel. Impensable en cas d'urgence. Manifestement, l'officier s'était exécuté et la remontée du navire vers le nord du quai avait permis de réduire ce temps de latence de moitié. Un avion de chasse chinois fila dans le ciel en direction des terres. *Sans doute un des fameux tigres volants de Tchang Kai-shek*, songea-t-elle en constatant, en même temps, que son Gloster Meteor lui manquait. Elle eut soudainement l'envie de voir leur mission se terminer au plus vite afin de retrouver une existence qu'elle considérait comme normale, entre entraînements et essais des appareils les plus performants et les plus secrets de la RAF. Ses racines se situaient entre ciel et terre, là où le sexe, la condition sociale et les rapports de force s'effaçaient devant l'expérience et la technique pure. Cette vie lui manquait. L'inaction et la moiteur de Shanghai grignotaient tous les élans, comme un insecte rongeur pourrit le bois. Lentement mais inéluctablement. Le vent avait pris de l'ampleur – l'annonce d'un typhon. Il gonfla sa chemise et sa veste, qu'elle dut fermer jusqu'au cou. Elle fourra ses mains dans les poches de son pantalon afin de les réchauffer. Une voiture s'arrêta à sa hauteur sans qu'elle y prête attention. Le passage d'un ouragan signifiait l'impossibilité de quitter la ville par la mer pendant au moins une semaine. Personne à la LCS n'avait envisagé de plan de secours en cas de tempête tropicale. Elle devait en parler à Grant, afin qu'il trouve une solution par la route. Une portière claqua, puis une deuxième. Elle était de plus en plus persuadée que leur départ serait lié à l'évolution de la situation internationale et non à la réussite de leur mission. Mais Vladivostok se trouvait à deux mille kilomètres de Shanghai. Une ombre s'approcha, accompagnée d'une odeur de cuir neuf.

– Madame Mérey, Shanghai est une ville dangereuse pour une femme qui se promène seule.

Elle se retourna et se trouva face à l'individu qu'ils avaient croisé sur le Bund lors de leur arrivée, dix jours auparavant. Les traits asiatiques mais habillé à l'occidentale, il portait une paire de bottes, un pantalon de golf, une veste en agneau retourné et une casquette à carreaux, qui lui donnaient l'allure d'un parvenu sans goût ni classe.

– Elle ne l'était pas jusqu'à votre arrivée, répondit-elle, avec cran.

– Voyons, les rues ne sont plus sûres en cette période troublée, continua-t-il sans relever la repartie. Permettez que je vous offre mes services pour vous faire visiter notre belle cité.

– Je vous remercie, mais je m'en passerai, monsieur... ?

– Yusheng. Tu Yusheng. Pour vous servir, ajouta-t-il en esquissant un baisemain.

Elle retira sa main sans lui laisser le temps de l'achever.

– Je m'en passerai, monsieur Yusheng. Je réserve ce privilège à mes amis.

– Votre impertinence fait votre charme. J'ai appris que votre mari avait eu des problèmes de santé. J'espère qu'il va mieux, ajouta-t-il, d'un ton indifférent.

– Il va bientôt sortir de l'hôpital. Je vous sais gré de prendre de ses nouvelles.

– Je possède plusieurs établissements, restaurants et clubs, dans Shanghai et d'autres villes du Zhejiang. Peut-être pourrions-nous faire affaire ? Le cognac est une valeur sûre chez nos clients. Voulez-vous que nous en discutions ?

– Voyez cela avec mon époux. D'ailleurs, je vous signale que je ne m'appelle plus Mérey, mais Beaumont. Depuis cinq ans.

Elle se tourna à nouveau vers le quai, comme pour signifier la fin de l'entretien. Il s'approcha et s'accouda à la rampe.

– Écoutez, madame... Beaumont, acceptez au moins de me revoir. Je suis un homme influent à Shanghai et, quant à vos affaires, je pourrai accélérer les choses face à l'administration. Je ne comprends pas votre attitude, j'essaye juste d'être amical.

– Vous avez raison, dit-elle, en faisant mine de se raviser. Je vous avais pris pour un de ces hommes qui courtisent les femmes dont les maris sont absents. Vous savez, le genre de prédateur qui joue sur les rapports de force pour séduire.

– Je ne vous en veux pas, tout le monde peut se tromper, répondit Yusheng, dont les traits se détendirent. Alors, vous acceptez ma proposition ?

Elle le regarda droit dans les yeux :

– Je vous avais pris pour un de ces types d'homme. Et je ne m'étais pas trompée.

Lorsque Walter Grant la rejoignit, Isaure était au même endroit, accoudée à la balustrade. Yusheng était reparti furieux, avait bousculé son chauffeur, qui lui ouvrait la portière trop lentement à son goût, et avait proféré des paroles qui ne pouvaient s'assimiler qu'à des menaces ou des insultes. Le vent n'avait pas faibli et avait apporté de la mer une cohorte de néphélions menaçants.

– Désolé pour mon retard, dit Grant en l'accostant. Mais j'étais au conseil municipal pour le premier discours de John Queswick.

– Stupide... répondit-elle, perdue dans ses pensées.

– De quoi parlez-vous ?

Elle le regarda droit dans les yeux. Il avait l'air moins apeuré que d'habitude.

– De qui, voulez-vous dire. De moi ! Je me suis laissé emporter par mon tempérament au lieu de jouer le jeu. Quelle idiote !

Elle lui relata l'altercation avec le gangster chinois. Walter fit une grimace, sans autre commentaire. Il n'avait pas besoin d'en rajouter, elle s'était aussitôt rendue compte des possibles conséquences de son attitude. Il ne faut jamais faire perdre la face à ce genre d'individu. Surtout quand on est une femme. Surtout devant son chauffeur. Isaure avait accumulé les erreurs.

– Venez, marchons, dit-elle, sentant le froid la gagner.

Ils traversèrent le Bund en direction de Nankin Road et cheminèrent en silence. Les maisons anciennes en bois vernis, aux couleurs rougeoyantes et aux toits aux pointes relevées, succédèrent aux immeubles en béton de style victorien du front de mer.

– Quelles conséquences mon attitude peut-elle avoir ? demanda-t-elle, après avoir mentalement envisagé toutes les hypothèses.

– Connaissez-vous Tu Yusheng ? Savez-vous qui il est ?

– Non, pas vraiment. Une crapule qui s'est enrichie avec la drogue, j'imagine. Il m'a dit posséder des établissements ici.

– S'il n'était que cela, je ne serais pas inquiet pour vous. Mais il est le chef du gang vert.

– Le gang vert ? Bucolique.

– Ne vous y fiez pas. À Shanghai, il régnait en maître sur l'industrie de l'opium jusqu'à l'arrivée des Japonais, en 1937. Il avait plus de vingt mille hommes sous ses ordres. Une véritable petite armée. Discipline et obéissance obtenues par la force et la peur. Les Japonais l'ont, petit à petit, exclu du business, aidés en cela par des victimes du racket opéré par ses troupes. Il ne s'était pas fait que des amis en construisant son empire. Il s'est alors retiré très diplomatiquement à Chungking. Mais il attendait son heure. Il s'est d'abord racheté une conduite en s'impliquant de façon ostentatoire dans des œuvres caritatives, comme la Croix-Rouge locale. Venez, entrons là, ajouta-t-il en lui montrant une boutique d'antiquités chinoises.

Le magasin était de petite taille et les objets exposés peu nombreux : des vases Ming, qui occupaient les places d'honneur dans la vitrine, quelques armoires laquées, des sculptures et des céramiques de l'époque Tang, des vases Qing en jade sculptés. Rien que des objets d'une valeur marchande élevée. Destinés à des collectionneurs aisés et des musées plutôt qu'au touriste en quête de souvenirs à rapporter.

– Sid est là ? demanda Walter à la vendeuse assise au comptoir.

La femme, une Européenne taciturne qui se manucurait les ongles, répondit par la négative, dans un anglais à l'accent distordu qui lui donnait l'air de parler la bouche pleine.

Elle est aussi laquée et ancienne que sa marchandise, pensa Isaure en la saluant. Ils pénétrèrent dans une arrière-salle qui sentait la cire et s'installèrent de part et d'autre d'un secrétaire en bois précieux.

– Sid Giggs est un expert en art chinois internationalement reconnu. Accessoirement, il nous prête son bureau pour récolter les informations en provenance de Bulldog. Sid voyage beaucoup à Singapour.

Il ouvrit le tiroir du secrétaire, le fit sortir de ses rails et enfouit sa main dans l'espace libéré. Il en dégagea une enveloppe de grande taille.

– Depuis l'année dernière, Yusheng reprend pied à Shanghai. Pas à pas. Il a racheté deux clubs, le *Farren's* et le *Kavzak*, dans la concession internationale. Il a des parts dans des restaurants. Il ne touche plus à l'opium. Pour l'instant. Mais il a bien préparé son retour. Il est devenu le protégé de Taiqin, un fou furieux qui fricote avec les troupes d'Hirohito et de Tchang Kai-shek en même temps. Il est responsable du Bureau militaire d'investigation des statistiques, drôle de nom pour un service d'espionnage. Il est aussi de mèche avec une organisation fasciste, le mouvement Blue Shirt. Tout le monde le craint, Chinois comme Japonais. Il est surnommé le Himmler de Chine. Vous voyez le programme ?

– Yusheng a-t-il le pouvoir de nous nuire ? demanda Isaure, qui avait besoin d'un avis clair avant de trancher sur les actions à mettre en place.

– Définitivement, oui. Principalement à cause de Taiqin. Tous les deux vouent une haine féroce aux Occidentaux, en particulier Taiqin, arrêté par les Anglais pour sympathie avec les Allemands, qui a passé quelques jours en prison au début de l'année. Il ne nous l'a jamais pardonné et il attend la moindre occasion de se venger.

– Donc, si Yusheng lui monte une histoire, il est possible que nous courions un risque vital ?

– Je n'emploierais pas le terme « possible » dans ces circonstances, dit-il en déchirant l'enveloppe d'un coup expert de coupe-papier.

– Pourtant, vu le tableau que vous avez dressé...

– Oui, c'est pourquoi je dirai « inévitable ». Vous venez de fournir à Taiqin l'excuse pour se venger de l'humiliation qu'il a subie. En revanche, à titre personnel, vous ne risquez rien, Isaure. Ils ne feront aucun mal à une femme.

– Et à Alex ?

– Je vous conseille vivement de l'éloigner. Ils vont s'en prendre à lui. Ils savent que personne ne réagira. Les Américains, comme les Anglais, ont trop peur de déclencher un Anschluss de la part des Japonais sur la concession internationale. Ils n'attendent que cela. Heureusement, Yusheng ne connaît pas Alex. On peut le cacher sous une fausse identité.

– Je crains que non. Ce voyou est la première personne que nous ayons rencontrée en débarquant ici.

Walter se massa les sourcils en réfléchissant.

– Le passeport d'Alex est américain, ça va nous aider. Il faut neutraliser les intentions de Yusheng en faisant protéger Alex par Taiqin. C'est le seul moyen.

– Vous pensez aux négociations que les Américains ont engagées avec Tchang Kai-shek ?

– Oui. Vous savez, les amis de mes amis...

– ...Sont mes amis. Les Américains font pression sur Tchang qui fait pression sur Taiqin pour qu'un citoyen américain soit protégé de son sbire. Ça peut fonctionner.

– Il nous faut l'appui de Brown et surtout de Donovan. C'est lui qui tire les ficelles auprès des nationalistes. Où est Orson ?

– Je ne sais pas. Il devrait être arrivé. Lui aussi peut nous gagner les faveurs de Tchang Kai-shek.

– On doit agir vite.

L'excitation perçait dans la voix de Grant. Son visage s'était transformé. Il avait perdu son expression d'anxiété. Son regard était calme et déterminé. L'urgence semblait le transcender.

– Il est plus facile de le protéger à l'hôpital, reprit-il après un temps de réflexion. Quand doit-il en sortir ?

– D'ici quarante-huit heures. On le prolonge ?

– Tant qu'on n'aura pas reçu l'assurance de Tchang quant à sa protection, c'est préférable, non ?

– Oui. D'autant qu'il nous faut trouver un moyen de pénétrer dans le labo de Neuermann et qu'on n'a toujours pas trouvé de solution. Pouvez-vous détacher un homme à vous en permanence à l'hôpital ?

– Je vais demander à Gary. Gary Quark. C'est un ancien de la police municipale de Shanghai. Discret et efficace. Ça tombe bien, il est sujet aux calculs rénaux. Il dormira dans la même chambre qu'Alex et ne le quittera pas d'une semelle.

– Je suis vraiment navrée d'avoir causé cette situation. Merci de votre soutien.

– Je vous propose de gagner l'hôpital tout de suite. On fera le point avec Alex sur les dernières infos de la LCS, ajouta-t-il en agitant l'enveloppe.

– En espérant qu'Herlich les ait inspirés, dit-elle en se levant.

Elle intercepta dans la glace d'une armoire Qing un mouvement de retrait de la part de la vendeuse.

– Vous êtes sûr de Giggs ? demanda-t-elle à voix basse à Walter.

– Comme de tous mes hommes. Pourquoi cette question ?

– La femme au comptoir, de quoi est-elle au courant ?

– Clara ? Ne vous inquiétez pas, ce n'est pas ce que vous dites qui l'intéresse. C'est vous.

– Moi ?

– Oui, vous. Elle est attirée par les femmes. Elle a fui la Pologne à cause de ses penchants lesbiens. Ici, elle ne risque pas d'être arrêtée et internée pour son homosexualité. Enfin, pas tant que nous sommes là.

Clara jetait des regards furtifs vers Isaure, qui sentit la gêne rosir ses joues.

– Excusez-la, continua Walter, il y a longtemps qu'elle n'a pas vu une aussi belle femme.

– C'est un compliment de sa part ou de la vôtre ? demanda Isaure en observant dans la glace son corps, qu'elle trouvait filiforme et sans grâce.

– Manifestement, vous ne laissez personne indifférent, dit-il en allusion à l'épisode de Yusheng.

– Sauf mon mari, répondit-elle sur le ton de la plaisanterie afin de couper court à la discussion. Allons le retrouver.

5 octobre 1941, hôpital Saint-Jean, Shanghai.

La chambre était vide. L'infirmière, assise dans la salle de repos, une tasse de thé froid à la main, affirma que la dernière fois qu'elle avait vu Alex, c'était deux heures plus tôt, lors des soins. Ce qui ne semblait pas l'inquiéter. Alex n'était pas de ces malades casaniers qui réduisaient leur périmètre de vie à leur lit, sous prétexte que leur pathologie allait être aggravée par la marche ou la lumière du soleil. La plupart des salles communes n'avait plus de secret pour lui. Isaure et Walter entreprirent une recherche méthodique. Personne ne l'avait vu dans le service de cardiologie. Il n'était pas passé en néphrologie, ni en pneumologie. L'hôpital leur parut soudain bien grand. Cinq étages, deux services par niveau. Et toujours les mêmes réponses : *wo mei jian zhe ge ren*. Personne n'avait vu Alex depuis le début de l'après-midi. Chen était au bloc chirurgical, en pleine opération. Impossible à déranger. Parvenus dans le hall d'entrée, ils fouillèrent l'espace du regard dans l'espoir d'apercevoir sa silhouette. Peine perdue. Il semblait s'être volatilisé.

– Il ne serait jamais sorti sans me prévenir, dit Isaure en réponse au regard interrogateur de Grant.

Elle s'approcha du guichet des admissions où une jeune Chinoise, vêtue d'une blouse blanche, les cheveux rassemblés en une immense natte, se tenait prête à lui indiquer le numéro de lit du malade qu'elle semblait chercher. Cet établissement était un vrai labyrinthe pour les visiteurs, qui venaient régulièrement se plaindre auprès d'elle après avoir erré dans des couloirs qui aboutissaient à d'autres couloirs identiques.

– Je peux peut-être vous aider ? demanda-t-elle, en anglais, avec un sourire forcé.

– Savez-vous si Mr... Smith est sorti cet après-midi ? demanda Grant en chinois, ce qui froissa l'hôtesse.

– Attendez, je vérifie dans son dossier s'il n'est plus hospitalisé, répondit-elle, imperturbable, en anglais.

– Je suis sa femme, intervint Isaure. Il est encore hospitalisé. Avez-vous vu un Européen quitter l'hôpital, seul ou accompagné ?

– J'ai pris mon service il y a une demi-heure et je n'ai vu personne sortir de l'établissement. Mais son dossier est sorti. Voyez, dit-elle, en leur montrant la couverture cartonnée sur laquelle un idiome chinois était inscrit.

– Pourquoi était-il sur votre bureau ? demanda Isaure.

– Je ne sais pas. Peut-être le médecin de garde en a-t-il eu besoin. Tous les dossiers sont archivés ici, pour accomplir les formalités administratives.

– Quel est votre nom ? demanda Walter.

– Je m'appelle Chee, monsieur.

– Très bien, Chee. Vous voulez bien nous aider ? Pouvez-vous vérifier ? Nous voudrions en être sûrs.

– D'accord. Je contacte l'infirmière en chef.

Elle eut une conversation téléphonique brève et animée et raccrocha, un large sourire aux lèvres.

– Soyez rassurée, c'est bien un médecin de chez nous qui avait demandé à le voir.

– Pouvez-vous me dire qui ? demanda Isaure, inquiète.

– Le Dr Herlich.

De retour dans la chambre d'Alex, Isaure fouilla les journaux et papiers éparpillés sur la petite table qu'il utilisait pour écrire. Elle n'y trouva aucun mot ni indice susceptible de l'aider. Rien que le désordre habituel qui régnait dans la pièce.

– En tout cas, il n'a rien prémédité, remarqua Walter en poussant les habits, qui traînaient sur le lit, pour s'asseoir.

– Son carnet ! s'exclama Isaure. Il ne s'en sépare jamais. Ce sont les notes de son père.

Elle ouvrit la malle dans laquelle elle savait qu'il le rangeait. Elle fit basculer le double fond : la cache était vide.

– Il l'a pris ! dit-elle, soulagée. Ce qui veut dire qu'il n'a pas été emmené de force.

– Ou qu'il leur a avoué où il se trouvait.

– Non. Jamais il n'aurait fait ça. Il y tient autant qu'à sa vie. Et on ne peut pas enlever quelqu'un comme ça, en plein jour, dans un hôpital aussi fréquenté, sans qu'il n'y ait de témoins. Yusheng ne peut pas avoir fait aussi vite.

– Et si ça n'était pas lié à Yusheng, mais à Neuermann ? Il a consulté son dossier.

– Possible. Mais je suis persuadée qu'il l'a fait pour vérifier que l'infection due aux griffures de son singe n'avait pas été identifiée. Il a sans doute été rassuré de constater qu'Alex allait mieux et que l'agent infectieux restait inconnu. Je pense que, pour lui, l'affaire est close.

L'infirmière entra sans frapper.

– Vous n'avez pas retrouvé votre mari ? demanda-t-elle en voyant le regard inquiet d'Isaure, qui lui fit signe que non. Je me suis renseignée, ajouta-t-elle. Il a discuté un moment avec Ossi, un habitué de la dialyse, qui m'a dit l'avoir vu ensuite partir avec un homme.

– Était-ce Franz Herlich ?

– Je ne sais pas. Ossi ne connaît pas le Dr Herlich. Il m'a dit que c'était un Européen. Ils sont partis vers les cuisines. En tout cas, il faut qu'il soit revenu avant 18 heures, il doit prendre son traitement.

Elle montra le pilulier et le posa sur la desserte attenante au lit.

– Je m'en occupe, dit Isaure à la soignante, qui les salua et partit.

– Isaure, je suis moins optimiste que vous. Vous connaissez les antécédents de Neuermann. Ce type est capable de tuer pour se protéger. Les cuisines sont sur le chemin du labo. Il est situé juste au-dessus. S'il avait attiré Alex dans un piège ?

– Cela expliquerait pourquoi l'hôtesse ne l'a pas vu sortir... conclut Isaure, dont l'inquiétude ridait le front.

– C'est une hypothèse qui se tient. Le Dr Yang vous a dit que personne n'en avait les clés. On devrait passer au bloc opératoire pour qu'il aille trouver Neuermann.

– Trop long. Walter, on y va directement. Dieu sait ce qui a pu se passer en deux heures ! Vous avez une arme ?

– Non. Je suis un commerçant, pas un tueur à gages.

Elle s'accroupit sous le lit et en retira un couteau à cran d'arrêt qu'elle introduisit dans la manche de sa veste.

– Alex est comme vous, il part à la guerre la fleur au fusil, lui dit-elle en guise d'explication. Décidément, il faut toujours que les femmes s'occupent des affaires des hommes.

Elle sortit, l'entraînant dans son sillage.

– Comment opère-t-on ? demanda-t-il alors qu'ils arrivaient devant l'entrée fermée du laboratoire de pathologie.

Elle colla son oreille contre la porte et appuya lentement sur la clenche qui ne bougea pas.

– J'entends du bruit, mais pas de conversation. Vous avez bien dit que les cuisines étaient juste au-dessous ?

– Oui, Alex l'a fait remarquer hier en étudiant le plan des locaux. Il se demandait s'il y avait un conduit de type monte-plats.

– Et alors ?

– Chen devait vérifier. Mais je ne crois pas qu'il ait eu le temps de le faire.

– Venez, il faut en être sûr. Ce genre de passage dessert en général tous les étages. Même s'il n'y a pas d'ouverture à chaque niveau.

Les cuisines étaient désertes. Le personnel était parti prendre le repas du soir à la cantine avant le rush du dîner des malades. Ils les entendaient parler et rire bruyamment depuis l'arrière-salle. Ils ne furent pas longs à repérer les deux portes métalliques encastrées dans le mur. Isaure ouvrit la première. Le caisson était en attente à l'étage inférieur.

– Au-dessous, c'est la réserve, dit Walter en anticipant la question.

Elle s'engouffra dans le conduit jusqu'à la taille en se tenant au chambranle, et observa le haut du boyau.

– Bien joué, Alex, dit Isaure en ressortant. On voit la lumière de l'étage supérieur. Il y a une ouverture sur le labo.

– Mais rien ne dit qu'il soit en service. Neuermann en a peut-être clos l'accès.

– J'ai mon passe, répliqua-t-elle en sortant le couteau de sa manche. Voilà ce que nous allons faire : je me glisse dans le monte-charge, que vous envoyez à l'étage. Vous vous rendez à la porte du labo et vous faites tout pour qu'il vienne ouvrir : appelez, criez au feu, tambourinez, n'importe quoi pourvu qu'il vous ouvre. Puis trouvez une excuse pour le garder un maximum de temps avec vous. Si Alex est là, je hurle pour vous prévenir. Précipitez-vous à l'intérieur, je ne tiendrai pas longtemps seule contre ce type. D'accord ?

– D'accord. Si vous ne m'appelez pas, je redescends et je rapatrie le monte-charge.

– Oui, s'il vous plaît. Cela m'arrangerait de ne pas passer la nuit dans cette caisse à savon. Je déteste les endroits confinés. Il est 17 h 40. Laissez-moi dix minutes et foncez, ajouta-t-elle en regardant sa montre. Walter ?

– Oui ?

– Soyez imaginatif.

– Quand j'étais étudiant, à Liverpool, j'ai fait partie d'une troupe de théâtre.

– Parfait.

– À ceci près qu'ils m'ont viré au bout de trois représentations. Je ne supportais pas la pression. Le trac me rendait incapable de jouer.

Lorsque la machine s'arrêta au niveau du laboratoire, elle déclencha un avertisseur sonore au bruit caractéristique. Neuermann se retourna vers la porte métallique encastrée dans le mur, au-dessus de laquelle une lumière rouge clignotante indiquait l'arrivée du caisson. Il s'approcha du monte-charge, tendit la main pour l'ouvrir, se ravisa, regarda sa montre et jura en allemand. Le plateau-repas qu'il avait demandé avait une heure d'avance. *L'absence de rigueur dans les horaires est une des plaies de ce foutu pays*, songea-t-il, en se remettant au travail.

Isaure, blottie dans sa niche, n'avait rien perdu de la scène à travers les interstices des soufflets. Elle tenta de contrôler sa respiration qui s'était emballée comme le rythme de son cœur. L'ombre de Neuermann s'éloigna et disparut. L'étroitesse du logement lui interdisait de changer de position. Elle eut soudain l'impression de manquer d'air. L'habitacle lui parut alors minuscule. *Je ne vais pas m'en sortir, je vais étouffer,* pensa-t-elle. Des frissons froids l'envahirent et lui firent dresser les cheveux sur la tête. La panique était en train de prendre possession de son esprit. *Je savais qu'un jour cela m'arriverait. C'est mon cauchemar, mon pire cauchemar. Et je me suis jetée dedans toute seule !* Elle fit une nouvelle tentative pour contrôler sa respiration. Mais les pulsations de son cœur avaient encore accéléré. Ses mains tremblaient, elle sentait la chaleur monter. Walter était sur le point d'intervenir, mais elle se sentait incapable d'ouvrir le volet roulant. Encore moins de sortir. Les tremblements s'étaient propagés à son corps tout entier. Elle avait l'impression de ne plus pouvoir se maîtriser. Sa respiration se fit rauque, ce qui augmenta son angoisse. Se concentrer. Il fallait se concentrer sur une image, sur une idée et ne plus la lâcher. *Laquelle ? Laquelle ? Il faut trouver. Vite, vite... Le Gloster.* Son avion était sa fierté. Il avait fallu qu'elle se batte contre sa claustrophobie latente pour rentrer dans le cockpit sans que personne ne se doute de rien. En cette circonstance, ce n'était pas un souvenir agréable. Elle sentit la nausée monter dans sa gorge et essaya de changer de position. Sans succès. Son pied cogna la cloison de métal, qui fit un bruit de tonnerre. *Non !* pensa-t-elle, en colère contre elle-même. *Il va venir. Il va me trouver. De toute façon, j'étouffe. C'est la seule solution, sortir... Non, je dois tenir. Je dois tout oublier, penser à quelque chose de fort.* La seule image qui lui vint fut celle d'Alex lors de leur première rencontre. Elle se concentra sur ce souvenir comme elle se serait agrippée à une bouée de sauvetage. La piste d'Ascot était trempée. Elle avait eu du mal à se poser, mais les spectateurs ne s'étaient aperçus de rien. En sortant de l'appareil, elle avait été marquée par la vision de cette foule qui se précipitait vers elle en courant. Ils formaient une vague sombre, gigantesque, mouvante, qui s'était cassée en des centaines de minuscules gouttes tout autour de l'avion. Elle s'était sentie happée, portée par l'énergie des autres. Le premier visage qu'elle avait discerné dans cette marée humaine avait été celui d'Alex. Leurs regards s'étaient accrochés. Il était différent. Elle n'avait pas su dire pourquoi. Peut-être la tristesse qui se dégageait de lui et qui contrastait avec la liesse générale. Plus un indicible sentiment d'empathie. Elle eut l'impression qu'il la comprenait. Et qu'ils étaient les deux seuls à vouloir se trouver ailleurs en ce moment de communion intense. Elle n'aimait pas représenter un espoir pour quiconque. Elle ne voulait être l'icône de personne, ni de son amoureux, ni de sa famille, pas même d'un peuple en guerre. Son indépendance d'esprit ne pouvait le supporter. Quand Nelson, le ministre, l'avait présentée à Alex, elle avait ressenti chez lui la même soif de liberté. Elle n'avait pas été attirée par son physique qui, bien qu'agréable, ne le rendait pas unique ce jour-là. Mais son attitude et sa présence avaient suffi à le rendre familier à ses yeux. *Oui, c'est ça,* se dit-elle, tout en maîtrisant peu à peu son souffle et ses battements cardiaques. *Il était à la fois inconnu et familier. C'est ce qui m'a intriguée.* Intriguée ou attirée ? Elle rejeta cette proposition au plus profond d'elle-même, l'attraction avait toujours été synonyme de désastre dans sa vie. Elle était une fille de la lune, perdue dans un monde qui lui était étranger. Pour la première fois, elle avait rencontré un autre enfant de la lune. *Nous sommes les deux derniers représentants d'un peuple disparu,* songea-t-elle en souriant.

Elle réalisa que son corps avait retrouvé son équilibre. C'est alors qu'elle entendit Neuermann crier.

Il ne voulait être dérangé sous aucun prétexte. Il l'avait maintes et maintes fois répété au personnel, qui avait pris l'habitude de ne plus l'importuner. Mais la sonnette à l'entrée du laboratoire retentit, agaçante et nerveuse. Il s'arrêta devant la porte et hurla pour être entendu :

– Qu'est-ce que c'est ? Que voulez-vous ?

Pour seule réponse, le grésillement irritant du marteau sur la plaque de métal.

– Qu'y a-t-il ? *Was wollen Sie ?*

La sonnerie s'arrêta. Pas de réponse. Le silence reprit possession des lieux. Il haussa les épaules et retourna sur ses pas. Arrivé au niveau de la penderie, le râle électrique de la sonnette reprit par salves. Neuermann maugréa et revint vers la porte :

– Vous avez intérêt à avoir une bonne raison, sinon...

Il ouvrit. Le couloir était vide. Personne. Il regarda la sonnette, la manœuvra. Tout fonctionnait normalement. Il rentra en claquant la porte.

Le beagle au corps pelé aboya en le voyant entrer. Les animaux étaient nerveux. Il se jeta dans son fauteuil à roulettes et colla son œil contre l'oculaire d'un microscope.

La série de lames qu'il venait de lire confirmait ses observations cliniques. Il était sur le point d'aboutir.

Trois coups de sonnerie. Pas de doute : quelqu'un se moquait de lui. Comme lorsqu'il était enfant, le soir après l'école. Sonner chez un inconnu et partir en courant. Puis revenir. Jusqu'à ce que l'adulte reste tapi derrière sa porte, attendant une nouvelle provocation pour bondir à l'extérieur. À l'hôpital, il arrivait que des gamins jouent dans les couloirs. Mais il les chassait bien vite. Personne n'avait jamais été aussi loin. Il allait leur donner une leçon. Un jour, l'année de ses neuf ans, un adulte l'avait finalement attrapé et l'avait molesté à coup de barre de fer. Son dos en portait encore les stigmates. Bien que la sanction fût disproportionnée, il ne s'en était jamais plaint. Il considérait cela comme un risque à courir. Il s'approcha sans bruit de la porte et attendit. La sonnerie se fit plus pressante, puis cessa. Il posa la main sur la clenche, décidé à intervenir au prochain appel. Plusieurs minutes s'écoulèrent. *Ils me paieront de me faire perdre mon temps*, pensa-t-il, envahi par une colère froide. Bien qu'il fût aux aguets, il sursauta quand résonna le bruit métallique. Il ouvrit la porte et bondit dans le couloir. Une infirmière, qui poussait une malade en fauteuil roulant, cria et sursauta à la vue de ce diable sorti de sa boîte. Il l'apostropha sans ménagement.

– Où sont-ils ? Où sont-ils ? hurla-t-il, hors de lui, comme si seule une bande organisée pouvait avoir fomenté un tel acte.

La soignante, hébétée, fut incapable de lui répondre, pendant que la malade, une vieille Mandchoue édentée d'apparence centenaire, éclata d'un rire dément qu'elle répéta inlassablement entre deux charabias incohérents.

– Ça va, ça va, je m'excuse, dit Neuermann, que le raffut provoqué rendait nerveux. Qui était dans le couloir ? Qui sonnait ?

– Je ne sais pas, je ne sais pas, répondit la femme dès qu'elle put retrouver la parole. Je n'ai rien vu. Il n'y avait que moi et Mme Laiyuang.

– Impossible, dit-il rudement. On vient de...

Il n'eut pas le temps de finir sa phrase. Une porte venait de claquer. Il n'avait pas besoin de se retourner. C'était celle de son labo. La clé était dans la serrure. À l'intérieur.

Isaure avait tenté sans succès de lever le loquet qui maintenait fermés les deux battants du monte-charge. Le couteau ne lui donnait pas un appui suffisant pour le faire basculer. Elle entendit la porte se fermer et Neuermann rentrer à pas pressés. Son ombre se posta devant le monte-charge. Elle se blottit au fond du caisson, les doigts crispés sur le manche de son canif. Les deux battants s'ouvrirent, une lumière aveuglante envahit l'espace et une forme humaine se pencha vers elle.

– Isaure, c'est moi, lui dit une voix familière.

Elle sentit une main se poser doucement sur la sienne et lui prendre son arme. Elle se laissa faire. La voix lui était d'autant plus familière qu'elle avait pensé à lui pendant son séjour au cœur de sa peur et qu'il l'avait aidée à s'en sortir.

– Alex, c'est bien vous ?

– Oui, répondit la forme qui prenait petit à petit ses traits.

Il l'aida à sortir de son réduit. Ses membres étaient ankylosés, mais le contact avec le sol raviva toutes ses sensations. Il la prit dans ses bras.

– Ça va aller, ça va aller.

Elle se laissa porter par la douce chaleur de son corps. Les vociférations de Neuermann écourtèrent leur étreinte.

– Ouvrez, ouvrez. Qui que vous soyez, ouvrez !

À côté de lui, une voix de femme affirma :

– Mais c'est un courant d'air qui a fermé cette porte, docteur. C'est juste un courant d'air.

Une autre voix renchérit :

– Il faut aller chercher le directeur.

– Inutile, je suis le seul à avoir la clé, répliqua Neuermann.

– Alors, un serrurier. Je m'en occupe.

– Dégagez, dégagez, il n'y a rien d'intéressant. Allez ! fit la voix agressive de l'allemand.

À l'extérieur, régnait la confusion.

– Qu'est-ce que vous faites là ? demanda Isaure à voix basse.

– La même chose que vous, répondit Alex. Notre boulot.

– Mais comment avez-vous fait pour entrer ?

– Je vous expliquerai plus tard. Le serrurier va faire son maximum pour retarder l'ouverture de la porte, mais on n'a pas toute la soirée. On commence ? ajouta-t-il, sortant un appareil photographique de sa poche.

– Vous l'avez eu où ?

– Ça fera aussi partie de l'explication. Vous vous sentez d'attaque ?

– Bien sûr, répondit-elle d'un ton bravache. Qu'est-ce qu'on cherche ?

– Notes, comptes-rendus, photos, dit-il en s'approchant des cages afin d'observer les animaux. Tout ce qui peut ressembler à des résultats d'expériences.

Il photographia les bêtes à travers les barreaux. Les malheureuses n'avaient sans doute plus que quelques jours à vivre. Le chimpanzé avait l'abdomen exagérément gonflé par une ascite, signe d'une déficience hépatique majeure. Sur sa peau, plusieurs zones avaient été rasées et portaient des cicatrices de biopsies.

– Vous avez prévu que l'on reparte comment ? demanda Isaure, sans illusion quant à la réponse.

– Désolé, mais on va être obligés d'utiliser le monte-charge.

– Pas de problème, ça ira, fit-elle crânement. Et ça, est-ce que cela nous intéresse ? demanda-t-elle en agitant une lame de microscope, une de celles qui traînaient sur la table à côté de l'appareil.

– Montrez.

Il la posa sur le porte-lame et regarda dans l'oculaire.

– C'est une coupe de poumon, déclara-t-il en réglant la molette crantée.

Dans le même temps, Isaure avait entamé la fouille des papiers qui s'étalaient sur la paillasse.

– Bon sang ! s'exclama Alex. Mais qu'est-ce qui a bien pu leur faire ça ?

Elle s'approcha de lui, mais il resta l'œil rivé à l'oculaire.

– Il y a des zones de nécrose énormes. Les cavités inter-lobulaires sont envahies de coccis et de pseudomonas. Pas de macrophages visibles. Accumulation de lysozymes, indiqua-t-il, comme s'il dictait ses observations.

Il la regarda enfin et sentit à son air interrogateur qu'il venait de faire un incompréhensible compte-rendu anatomo-pathologique. Il lui sourit en guise d'excuse.

– Je n'ai jamais vu une infection de ce genre : il y a au moins quatre types de germe différents et aucune défense de la part des cellules atteintes. Comme si un autre micro-organisme avait annihilé l'immunité de l'animal et avait ouvert les portes à un cocktail de bactéries pathogènes.

Il prit une autre lame et continua ses observations. Elle le regarda en silence et eut envie de caresser ses cheveux ébouriffés. *Mais qu'est-ce qui m'arrive ?* se dit-elle en retournant examiner les dossiers médicaux. *Comme si c'était le moment. Tu vas mal, ma pauvre fille ! Tu ne vas quand même pas sauter au cou de tous ceux qui t'aident dans un moment délicat. Reprends-toi !*

Elle se concentra sur un classeur intitulé Togo Unit 731, qu'elle entreprit de photographier méticuleusement. Alex complétait sa lecture de la série de lames. Ils restèrent plusieurs minutes sans se parler. Dehors, la situation semblait calme.

– Elles montrent toutes la même chose, dit Alex en se relevant. Poumons, foie, muscles envahis par ce quatuor de bactéries. C'est terrifiant.

– Il a fait des essais sur tous les animaux ? demanda Isaure en regardant les bêtes résignées dans les cages.

– Je n'en sais rien. En tout cas, ces coupes ressemblent à s'y méprendre à des tissus humains. Je suppose qu'elles viennent de ce singe.

– Ce qui est rassurant, c'est qu'il est vivant, fit-elle remarquer.

– C'est d'ailleurs plutôt étrange. Il n'aurait pas dû survivre.

Il regarda l'animal aux yeux suppliants, puis la lame qu'il tenait à la main.

– On peut photographier les lames ? demanda Isaure.

– Impossible. Il faudrait un adaptateur que je n'ai pas. On va en prendre une avec nous.

– Mais il va s'en apercevoir ! Il ne faut laisser aucune trace de notre passage.

– La série n'est pas numérotée et il y en a une trentaine. Je prends le pari qu'il ne connaît même pas le nombre exact. Cette coupe est peut-être la preuve qu'ils travaillent sur une arme biologique, on ne peut pas s'en passer !

– D'accord. On finit la pile de dossiers et on dégage.

– Il reste aussi le réfrigérateur, dit Alex en le désignant.

Lorsqu'il l'ouvrit, Isaure ne put réprimer un cri d'effroi. Le corps d'un singe, découpé en morceaux, en occupait les quatre compartiments. La tête, posée sur l'étage supérieur, les regardait, les yeux grands ouverts, les poils recouverts de givre. Thorax et abdomen remplissaient le palier intermédiaire. Les membres repliés garnissaient les deux derniers.

– Pour le chimpanzé, on a la réponse, dit Alex en refermant la porte de la morgue improvisée. On sait aussi que ce cocktail est moins virulent chez l'homme.

– Pourquoi en êtes-vous aussi sûr ?

– Parce que sinon, je ne serais plus là pour en parler.

Un bruit sourd leur parvint du couloir. Puis des cliquetis métalliques.

– Le serrurier vient d'arriver, affirma Alex. Il nous reste un quart d'heure maximum.

– Ça devrait suffire, je n'ai plus qu'un classeur à photographier.

Alex s'approcha de la porte d'entrée et y colla son oreille. Neuermann bougonnait en apostrophant l'artisan :

– Dépêchez-vous, vous ne voyez pas que je suis pressé ? dit l'Allemand.

– Ce n'est pas une porte classique, je dois trouver le passe adapté, répondit l'homme. Souvenez-vous, c'est vous qui nous l'avez fait monter.

– *Scheisse !* fit Neuermann, excédé. *Schnell, schnell !*

Alex regagna le labo, satisfait de la tournure des événements. Il y découvrit Isaure, penchée sur l'évier, le corps secoué de spasmes.

– Isaure !

Elle régurgita douloureusement un mélange de salive et de bile et s'effondra par terre en hoquetant.

Il la prit par les épaules.

– Que se passe-t-il ? Que vous arrive-t-il ?

Elle ne semblait pas le voir.

– Non, murmura-t-elle. Non, non...

– Isaure, c'est Alex, je suis là. Ça va aller.

Il tenta de la relever, sans succès. Elle ne fit aucun effort pour l'aider. Ses membres ne la portaient plus. Son état de sidération était profond.

– Mais que s'est-il passé ? se demanda-t-il tout haut.

Dans le couloir, les clés s'agitaient dans la serrure. Ils devaient redescendre sans plus tarder. Il prit l'appareil photo, qu'elle avait laissé sur la paillasse, et jeta machinalement un œil sur le classeur ouvert à côté. Son sang se glaça instantanément. *Non, ce n'est pas vrai !* pensa-t-il, comme si son esprit refusait d'accepter ce que ses yeux voyaient.

– Ils ont osé, dit Isaure d'une voix faible. Ils l'ont fait.

Elle s'était relevée et se tenait, chancelante, au bord de la table recouverte de carrelage blanc. Son visage était diaphane, ses traits tirés. Ses yeux étaient remplis de larmes qui refusaient de couler.

– Il faut... il faut finir le travail. Les photos, balbutia-t-elle en lui montrant le dossier.

Il prit les clichés, page après page, jusqu'à la fin du classeur, essayant d'évacuer les images de son esprit au fur et à mesure qu'il les photographiait. Puis il le remit à sa place, disposa les piles de documents telles qu'ils les avaient trouvées, et rejoignit Isaure. Elle s'était assise dans le monte-charge et pleurait en silence. Il ferma les soufflets et appuya sur le bouton d'appel. La cabine descendit à l'étage inférieur. Alex avait le regard perdu dans le vide, dans ce laboratoire d'apparence banale où il avait pourtant entrevu l'enfer. Celui de ses pires cauchemars. Lorsque la sonnerie du monte-charge retentit, il mit l'appareil photo dans la poche intérieure de son blouson et s'engouffra dans le caisson. Au moment où il repliait les deux battants, la porte d'entrée s'ouvrit sur un Neuermann rouge et en sueur, qui pénétra dans le labo tel un chien lâché sur une proie qui l'avait trop longtemps nargué. Il fouilla la pièce, écumant de rage. En vain.

La descente lui parut interminable. Sa main droite était crispée sur la bosse que formait l'appareil dans sa poche, comme pour l'empêcher de s'en échapper. Quand elles seraient développées, les images montreraient des médecins japonais pratiquant une dissection. Celle d'un être humain. Alex ne pouvait évacuer de son esprit les gros plans de son visage. L'homme, la bouche maintenue par un bâillon, avait un regard rempli de haine. Il était vivant.

12.

5 octobre 1941, hôpital Saint-Jean, Shanghai.

Alex referma la porte du bureau de Chen et s'affala, les traits tirés, sur le canapé, à côté de Walter Grant. Orson s'approcha et Alex lui donna l'appareil photographique, qu'il fourra dans la poche de son holster.

– Alors, c'est toi qui es derrière tout cela ? Pourquoi avoir mis tant de temps pour arriver à Shanghai ? Pourquoi ne m'as-tu pas avertie que tu étais là ? questionna Isaure d'un ton irrité.

– Bonjour, Isaure, ravi de te voir en aussi bonne forme, répondit-il. Je suis honoré que tu m'attribues la paternité de ce plan réussi, mais je n'ai fait que prendre l'histoire dans le sens de la marche. La conception et la réalisation en reviennent à Alex. Et j'ai été amené à régler certaines affaires en chemin.

– Et vous, pourquoi êtes-vous parti de votre chambre sans me prévenir ? demanda-t-elle rudement à Alex, sans même écouter la fin de la réponse d'Orson.

– Je ne savais pas où vous étiez et je n'avais aucun moyen de vous joindre. Orson est arrivé ce matin. Et tout s'est enchaîné. Quand Grant est revenu des cuisines, nous étions en train d'étudier la possibilité de monter par le conduit. Votre empressement nous a obligés à improviser quelque peu.

– Empressement ? rugit-elle, en allant et venant devant eux. Vous vous moquez de qui ? Sachez que nous étions inquiets pour vous. Vous aviez disparu !

– Pourquoi s'inquiéter pour moi ? Que vouliez-vous qu'il m'arrive, à part me faire attaquer par une armée de singes infectés ?

– Alex, vous n'êtes qu'un ingrat, répondit-elle sans humour. Nous avions des raisons de penser que Yusheng pouvait s'en prendre à vous.

Elle lui relata l'incident avec le gangster chinois.

– Je crois qu'il est temps que l'on déguerpisse de cet hôpital, conclut Alex. Désolé, Isaure, sincèrement.

– Y a-t-il des indices intéressants que vous n'ayez pu photographier ? intervint Orson.

Alex regarda Isaure droit dans les yeux en répondant :

– Non, rien. Tout est sur le film.

Elle ne cilla pas. Il se tourna vers Orson :

– J'espère que vous avez le cœur bien accroché.

– Pourquoi ? Qu'avez-vous vu ?

Chen entra, habillé d'une blouse verte maculée de taches.

– Ça y est, c'est fait, dit Alex, sans lui laisser le temps de poser la question.

– Vous avez trouvé ce que vous cherchiez ? demanda-t-il en enlevant son sarrau de chirurgien qu'il jeta dans une corbeille.

– Au-delà de toute espérance.

– Au-delà de l'horreur, compléta Isaure.

– Mais que diable avez-vous vu là-bas ? pressa Orson.

– L'enfer, justement, dit Alex. Neuermann fait des expériences interdites sur des animaux, qu'il dissèque ensuite pour en voir les effets.

– Quel genre d'expériences ? questionna Orson.

– Contamination bactérienne et virale.
– Pas chimique ?
– De ce que l'on a pu voir, non.
– Des indices sur une utilisation éventuelle de l'influenza ?
– Non, aucun.
Orson soupira.
– C'est plutôt maigre. On dispose de photos d'animaux amochés, sur lesquels on suppose qu'un cacique de Berlin, exilé en Chine, fait des expériences avec des micro-organismes. Difficile à monter en sauce.
– Les photos montrent autre chose, intervint Isaure.
– Quoi donc ?
Alex s'adressa à Chen en chinois :
– Savez-vous ce que signifie Togo Unit 731 ?
Chen blêmit. Ses paupières clignèrent nerveusement. Sa bouche se crispa :
– J'aurais quelque chose à vous dire, Alexandre. Plus tard, seul à seul.
– Pourriez-vous éviter de faire des apartés ? intervint Orson. Je pourrais croire que vous avez des informations à cacher.
– Il s'agit juste de considérations d'ordre médical, répondit Alex. Maintenant, si vous voulez savoir ce qu'elles représentent, les clichés montrent des individus, probablement chinois, atteints de peste, choléra, typhoïde, anthrax et autres maladies que je n'ai pas pu déterminer. Des hommes, des femmes, des enfants.
– Et alors ? Elles ont peut-être été prises lors des dernières épidémies.
– Tous les sujets portent une tenue identique. Ce sont des prisonniers. À leurs côtés, on voit parfois des soldats en uniforme japonais. Et puis, il y a des photos de vivisection humaine.
– Pardon ?

– Vous m'avez bien compris. Des médecins disséquant des prisonniers VIVANTS. Enlevant leurs organes l'un après l'autre jusqu'à ce que mort s'ensuive. Tout cela sous le regard du photographe.

– Quelle horreur ! fit Walter, jusque-là silencieux. Quelle barbarie !

– Savez-vous où ces photos ont pu être prises ? demanda Orson.

– Impossible à localiser. Un camp de prisonniers, peut-être au Japon, en Corée ou en Chine.

Isaure s'était éloignée du groupe et regardait par la fenêtre comme pour évacuer le caractère insupportable des images qui s'étaient collées dans son esprit. Elle ne se sentait pas capable de parler de ce qu'elle avait vu. Elle fut à nouveau prise de tremblements, de nausées et de vertiges, qu'elle n'arrivait pas à maîtriser. La fenêtre du bureau s'ouvrait sur la seule partie boisée de l'hôpital. Quatre grands sycomores formaient un carré d'ombre, délimité par des bancs de pierre, au centre duquel les malades en long séjour avaient pris l'habitude de se réunir pour jouer au ma-jong et aux échecs. Une scène de vie paisible et harmonieuse qui sonnait comme une fausse note dans un environnement fait de leurres, de mensonges, de blessures et de traumatismes. Elle vivait dans un monde incompatible avec le bonheur. Cette réflexion résonna dans sa tête comme un avertissement. La guerre, un jour, aurait une fin. Les atrocités, un jour, auraient une fin. C'était inéluctable. Et le quotidien, fait de matins calmes et de douceur, remplacerait l'urgence et l'instabilité. Elle avait peur de ne pas se sentir prête, de ne jamais pouvoir s'assimiler à une vie normale quand le moment serait venu. Mais que pouvait être une vie normale pour elle ? Les pensionnats anglais où, derrière le bon goût et le savoir-vivre, se disputaient une rudesse et une sauvagerie insoupçonnées. L'école de pilotes de la RAF, où elle avait eu le malheur d'être la seule femme, toutes promotions confondues, ce qui lui avait valu condescendance et sarcasmes de la part de ses camarades. Et aussi d'être l'objet de leurs fantasmes. Puis les services secrets, qu'elle avait vécus comme une punition et non comme un honneur. Partout où elle était passée, elle s'était sentie seule et différente. On ne l'aimait pas pour ce qu'elle était, on la désirait pour ce qu'elle représentait. Décalage. Déchirure. En ce 5 octobre, elle regardait d'innocents joueurs de ma-jong palabrer à l'ombre de feuillus géants, depuis la fenêtre d'un hôpital, à l'autre bout du monde et à l'opposé de son monde. Elle se promit de se sortir saine et sauve de cet enfer et de ne plus jamais laisser la vie l'emmener là où elle ne l'aurait voulu. Elle venait de décider de prendre son destin en main, mais elle n'avait aucune idée de là où ça pourrait la mener.

– Isaure ?

La voix d'Alex la tira de ses pensées. Elle se retourna. Orson et Grant étaient partis. Sa pâleur inquiéta son partenaire :

– Vous êtes sûre que ça va ?

– Oui, ça va aller, répondit-elle, gênée par la sollicitude d'Alex. Juste le contrecoup, vous comprenez...

– Isaure, vous devez parler de ce que vous avez vu. Pas maintenant, ni demain, si vous ne vous sentez pas prête. Mais un jour, il faudra que vous puissiez évacuer ce qui est en vous. D'accord ?

– Oui, répondit-elle d'un ton las.

– Non, je ne vous demande pas de me faire plaisir. C'est une question vitale pour vous. Vous le ferez ? D'accord ?

Elle le regarda et eut un sourire complice :

– Oui.

Chen leur proposa de se reposer, ce qu'ils refusèrent. Il les invita alors à s'asseoir et s'installa à son bureau. Il avait l'allure du médecin qui devait annoncer une mauvaise nouvelle à son patient, mais qui hésitait encore à le faire, comme si le moment n'était pas le plus propice.

– Chen, fit Alex posément, qu'est-ce que l'unité 731 ?

– J'ai entendu ce nom pour la première fois il y a six ans, en 1935. Je venais de rentrer en Chine et de prendre mon premier poste, à Nankin. J'ai été amené à soigner un malade dont le nom était Yang Ziyang. Il avait tous les symptômes de la peste. Son corps était tellement gangrené qu'il en était noir sur presque toute sa surface. Cet homme m'a raconté une histoire incroyable. Tellement incroyable que j'ai cru que le pauvre n'avait plus toute sa raison. Il est mort deux jours plus tard, et je n'y ai plus pensé. Puis, lors de voyages en Asie et aux États-Unis pour des congrès médicaux, je fus frappé d'entendre certaines rumeurs parmi le corps médical. Rumeurs insistantes qui corroboraient le récit de Ziyang. En recoupant les différentes informations et en menant ma propre enquête, je suis arrivé à la conclusion de l'existence de l'unité 731. Je ne l'ai pas gardé pour moi. J'ai mis votre père au courant, Alexandre. Il connaissait des militaires au Pentagone qu'il a informés de l'existence de cette unité et du danger qu'elle représentait pour la région Asie en particulier, et le monde en général.

– Chen, qu'est-ce que c'est ? Qu'y a-t-il derrière ce nom ?

Le Dr Yang respira profondément et raconta. Longuement. Sans s'arrêter. Comme s'il avait attendu des années avant de pouvoir enfin confier ce secret et que, une fois les portes ouvertes, le flux de paroles refusait de se tarir.

– L'unité 731 est le programme d'armes biologiques japonais. C'est l'œuvre d'un homme. Un seul. Tout est parti de cet illuminé qui a réussi à convaincre l'empereur et son gouvernement que seule l'arme biologique pourrait concrétiser la domination du Japon en Asie. Et dire qu'il est médecin... Il s'appelle Shiro Ashai. Entre 1928 et 1930, il a parcouru le monde afin de travailler sur cette question dans les plus prestigieuses universités. Il a même séjourné au Massachusetts Institute of Technology, où il aurait beaucoup apprit sur leurs techniques de fabrication. De retour au Japon, il mit sur pied son premier laboratoire au collège médical de l'armée, qu'il baptisa UPE, Unité de prévention des épidémies. Quel cynisme, n'est-ce pas ? Dès le début, il fit produire par ses collaborateurs des bacilles dysentériques et cholériques à des fins militaires. Il installa sa première UPE à Harbin, dans l'est de la Chine. Mais l'endroit était trop peuplé, trop difficile à surveiller. Il migra rapidement dans un village à cent kilomètres de Harbin, Beiyinhr, et y fit construire une forteresse qui ressemblait à un château médiéval : Zhong Ma.

– Zhong Ma ?

– Le tombeau. Elle est entourée de quatre-vingts bâtiments. Pour éviter que quiconque ne puisse livrer des informations à des agents étrangers, il fera exécuter tous les ouvriers chinois qui avaient participé à la construction de cette ville miniature. Cela vous donne une idée du personnage... Dans cette structure seront mis en place les premiers hôpitaux – c'est du moins le terme employé par les Japonais – où des êtres humains serviront de cobayes et y seront traités comme des animaux. C'est à partir de cette période que des usines de la mort vont voir le jour un peu partout dans le pays. Togo est leur nom de code, suivi d'un chiffre selon leur localisation. Vous savez, il m'a fallu beaucoup de temps avant de pouvoir simplement admettre la réalité des unités Togo. Yang Ziyang venait de l'une d'elles quand il a échoué à Nankin. Il avait réussi à s'échapper avec un groupe d'une douzaine d'autres prisonniers et m'a parlé de leurs conditions de détention : l'arrivée dans des caisses en bois, liés deux par deux et emballés comme une vulgaire marchandise, les cellules, les expériences qui brisent le corps et annihilent la volonté, le demi-litre de sang pris tous les jours à partir d'une ouverture faite dans la porte, les violences, les viols, les humiliations, la déshumanisation...

Il s'arrêta un instant afin de ne pas se laisser envahir par l'émotion. Puis il reprit :

– Ashai ne voulait pas s'arrêter à des unités de taille moyenne. Il était obsédé par l'idée de produire des bacilles et virus en grande quantité, afin de les disperser sur les populations qu'il considérait comme inférieures. On m'a rapporté qu'ils disséminent les bactéries depuis les avions, qu'ils empoisonnent l'eau des puits ou la nourriture distribuée gratuitement aux populations affamées, qu'ils élèvent des puces afin de contaminer des chiens, des chats, qui iront eux-mêmes infecter les humains. Si vous saviez tous les récits que j'ai pu entendre. Combien de fois mon cœur s'est-il serré et les larmes ont-elles coulé sur mes joues. Il y a quatre ans, Ashai entreprit la construction de l'unité la plus grande, la plus démesurée même, à la mesure de sa folie destructrice : l'unité 1644. Pingfang. Le carré. Deux kilomètres sur deux. Cent cinquante bâtiments, entourés par des douves, des clôtures électriques et des postes de garde. Des milliers de Japonais y vivent, près de vingt mille, paraît-il, accompagnés de leurs femmes et de leurs enfants. C'est une ville avec, en son centre, une prison dont personne ne sort vivant et une unité de fabrication d'armes si terribles qu'elles pourraient rayer l'humanité de la carte. Le frère d'Ashai en personne est le responsable de la sécurité. Aucun prisonnier n'en est jamais sorti vivant. Pingfang est un secret de Polichinelle pour toute la communauté médicale japonaise. Ils ne se cachent même plus. Je connais un médecin de Tokyo qui a été invité à l'une de leurs « expériences ». Comme celle que vous avez vue en photo. Ils lui ont expliqué que l'effet des germes était bien plus visible sur un corps vivant... Je ne comprends pas le mutisme de la communauté internationale. Que leur faut-il de plus ?

Que la Chine soit rayée de la carte par un déluge d'épidémies ? Que les cadavres s'entassent en montagnes dans les charniers, comme en 1937 ? Ou qu'ils soient touchés à leur tour ?

– Cette unité 1644, où est-elle située ? demanda Isaure.

– C'est la plus proche d'ici. Elle se trouve près de Nankin.

– Mais pourquoi les Américains n'ont-ils pas réagi après l'intervention de mon père ?

– Ils ont bien eu les documents entre les mains, Peter me l'a confirmé. Il devait voir un militaire très haut placé, qu'il avait convaincu de lui obtenir un rendez-vous auprès du président.

– Devait ? Que s'est-il passé ?

– C'était trois semaines avant son accident. Il est mort sans l'avoir rencontré.

5 octobre 1941, hôtel Cathay, *Shanghai.*

Assis dans un rocking-chair sur la terrasse de sa chambre, Orson fumait sa troisième Craven, quand il fut tiré de ses pensées par deux coups brefs sur la porte. Il posa délicatement sa cigarette dans le cendrier et ouvrit à Isaure.

– Je n'arrive pas à dormir, dit-elle comme pour s'excuser. Je peux entrer ?

Il s'effaça pour la laisser passer.

– Moi non plus. Je fumais dehors. Tu te joins à moi ?

Ils s'assirent. Elle prit une cigarette dans le paquet sans attendre qu'il lui propose et l'alluma. Ils restèrent quelques minutes en silence à regarder le Bund endormi et à écouter le clapotis de la mer.

– Rude journée, hein ? finit par dire Orson.

Elle acquiesça.

– Tu veux boire quelque chose ? Un remontant ?

– Pourquoi pas.

– Un brandy ? Tu aimais le brandy quand nous étions ensemble.

Elle sourit faiblement.

– Oui, je l'ai toujours aimé. C'est la seule chose sur laquelle mon tuteur et moi étions d'accord.

– Il n'était pas facile, sir D'Argreen, dit Orson, songeur.

– Et encore, tu n'en as vu que le bon côté.

Elle se tut, projetée dans ses souvenirs.

– Finalement, reprit-elle, il m'aura été utile pour une chose : m'enlever toute illusion quant à la nature profonde de l'être humain.

– Tout le monde n'est pas comme lui. Tu n'as pas eu de chance, c'est tout.

– Va plutôt chercher le brandy au lieu d'essayer de me convaincre. C'est une tâche encore plus vaine, ce soir.

Il s'absenta et revint avec deux verres. Elle alluma une seconde cigarette.

– Orson, je regrette...

– Quoi ? De m'avoir quitté ? dit-il avec un sourire entendu.

– Non, d'être venue ici, contre ton avis. Tu as raison : cette ville est hors de tout contrôle. Je ne suis pas assez forte pour maîtriser la situation.

– Eh bien ! Il a fallu que je vienne au bout du monde pour enfin t'entendre dire qu'il y avait quelque chose que tu ne maîtrisais pas. Rien que pour cela, mon voyage valait le coup.

– Arrête de plaisanter ! Je suis à bout de nerfs. Je viens chercher du réconfort, pas tes moqueries habituelles.

– Là, je te retrouve telle que tu es. Sauvage et indomptable.

– Tu n'as pas vu ce que j'ai vu.

– Non, bien sûr, concéda-t-il. Viens, viens dans mes bras.

Elle se blottit contre lui.

– Tu ne regrettes pas ? lui souffla-t-il à l'oreille.

Elle se retourna vers lui :
– Quoi donc ?
– Nous deux. On était bien.
– S'il te plaît... ne remets pas toujours cette conversation sur le tapis à chaque fois que l'on se voit. Nous deux, c'était il y a longtemps, il y a une éternité. Et on se disputait tout le temps. Ne réécris pas le passé.
– Et l'avenir ?
– Le mien est loin de toi. Ce n'est pas moi qui ai demandé à travailler avec toi sur cette mission.
– Et si on oubliait tout, au moins pour une nuit.
– Que veux-tu dire ?
– Reste avec moi. Faisons l'amour, comme autrefois.
Elle se défit de son étreinte.
– Ça ne va pas ? Tu me prends pour qui ?
– Pour mon ex qui a besoin de réconfort.
– Et tu penses que c'est une raison pour te céder ? Tu crois que je me respecte si peu ?
– Voyons, ce n'est pas humiliant ! dit-il, vexé. Bien des femmes voudraient être à ta place.
Elle se leva.
– Tu n'as pas changé. Tu n'as vraiment pas changé. Prêt à tout pour un plaisir facile.
– Tu es avec l'autre ?
– Qui ?
– Alexandre. Le médecin, le sportif, le presque héros. Tu as une liaison avec lui ?
– D'abord, cela ne te regarde pas. Ensuite, il n'y a vraiment que toi pour avoir ce genre d'idée.
– C'est ça, c'est donc bien ça. J'aurais dû m'en douter. Tu es avec l'autre. Jouer au couple, ça t'a donné des idées.
– Tu es odieux. Ce soir, je recherchais de la chaleur humaine, juste de la compréhension et de l'écoute. J'avais oublié que tu en étais dépourvu.

Elle écrasa son mégot et se dirigea vers la porte.

– Attends ! dit-il, en essayant de la rattraper. Je m'excuse. Je m'excuse. Je suis un mufle stupide, je le sais. Tu peux rester, tu ne crains rien. Je dormirai sur le canapé.

Elle sembla hésiter.

– ... Alors, tu restes ?

8 octobre 1941, hôpital Saint-Jean, Shanghai.

– Vous nous quittez ?

Ossi accosta Alex au moment où il sortait du service de pharmacie, un sachet de médicaments à la main.

– Oui, répondit celui-ci en montrant son paquet et les ordonnances.

– Les nouvelles vont vite, on est à Shanghai, monsieur Beaumont, dit Ossi comme s'il s'excusait. Même à l'hôpital. Je dirais, surtout à l'hôpital, on n'a rien d'autre à faire, pour faire passer le temps, que de parler.

Ils cheminèrent dans les couloirs déserts.

– Et vous, Ossi, comment va votre diabète ?

– Il m'amène ici plus souvent que je ne l'aurais souhaité. Mais ça permet de rencontrer des têtes nouvelles. Vous repartez en France ?

– Non, les affaires sont les affaires. Il va falloir que je les reprenne là où elles se sont arrêtées.

– Tant mieux, cela nous donnera l'occasion de nous revoir. Vous allez loger à l'hôtel ?

– Oui. Au *Cathay*.

– Si vous avez le moindre problème, n'hésitez pas : nous pouvons vous héberger. Les hôtels sont si ennuyeux ! Notre appartement est immense et ma femme fait une cuisine de premier ordre. Vous vous souvenez de mon adresse ?

– Le Grosvenor, dans la zone française. Merci de votre proposition.

– Au fait, votre grillon est-il en forme ?

– Si j'en juge par le bruit qu'il fait la nuit, il déborde d'énergie.

– Alors, sachez officieusement qu'il y aura des combats dans trois jours au *Farren's*, sur Great Western Road. Les paris ne sont pas très élevés, mais l'ambiance est amusante. Il y a beaucoup de compétiteurs.

Ils arrivèrent devant la chambre d'Alex.

– Ossi, me ferez-vous visiter la ville ? Pas les endroits pour touristes, non, je veux appréhender l'âme de Shanghai. Je veux la comprendre.

– Je vois très bien ce que vous voulez dire. Je suis l'homme qu'il vous faut. Ma proposition tient toujours pour mardi prochain. Rendez-vous à Little Vienna ?

– D'accord, nous y serons.

Alex sembla hésiter puis poursuivit :

– Je voudrais aussi que vous m'emmeniez dans une fumerie d'opium.

– Une fumerie ? Vous en avez sûrement l'image romantique des Européens. Vous serez déçu, cela n'a rien de fascinant, sauf pour les fumeurs, j'imagine. Vous n'êtes pas fumeur ?

– Non. Mais je voulais voir, mentit Alex qui, depuis plusieurs jours, ressentait le besoin impérieux de consommer de l'opium.

Il se rendait compte qu'il était en passe d'en devenir dépendant, mais c'était devenu le seul remède qui calmait ses migraines. Il n'avait pas osé en parler à Chen et la sortie de l'hôpital signifiait la fin de son approvisionnement. *Il sera bien temps de régler ce problème une fois de retour à Londres*, pensa-t-il pour se rassurer.

– Comme vous voulez. Il y en a une à chaque coin de rue. Je vous montrerai les plus prestigieuses. Du moins par leur fréquentation.

– Merci. Au fait, pour la Fine Charlemagne Mérey, n'ayez pas d'inquiétude. Il n'y a pas un gramme de sucre ajouté.

– Ah ! Je le savais, j'en étais sûr ! Vous remercierez votre maître de chais. Il me sauve la vie.

– Je n'y manquerai pas. À bientôt, dit Alex en entrant dans sa chambre.

Il sentait les prémices de la migraine sourdre dans son crâne et il ne lui restait plus que deux doses du dérivé d'opium fourni par Chen. Il conclut, à la puissance exponentielle de ses douleurs, qu'il ne pourrait en faire l'économie en prévision de sa sortie.

Isaure rassemblait ses affaires éparpillées depuis son arrivée, deux semaines auparavant. Il s'assit précautionneusement sur le lit. Il savait qu'il y passerait les deux heures à venir.

– Une migraine ? demanda-t-elle en le dévisageant d'un air interrogateur.

– Ça m'en a tout l'air. Désolé pour le dérangement.

– Vous avez ce qu'il faut ? Chen vous a fait une ordonnance pour ça ?

Il ne répondit pas afin de ne pas dévoiler ses intentions. Il sortit une pilule de sa poche et l'avala comme un bonbon. Inconsciemment, son corps anticipa immédiatement les effets du médicament. Il se sentait déjà détendu. Il était arrivé à un point où il se réjouissait presque de l'apparition des douleurs, prétexte à la prise du narcotique.

Isaure vint s'asseoir à côté de lui.

– On a pas mal progressé depuis notre arrivée, non ?

Il fit un signe d'approbation de la tête.

– Malheureusement, les pièces du puzzle ne sont pas toutes là, dit-elle, songeuse.

– Malheureusement, confirma-t-il.

– On a la preuve que les Japonais cherchent à mettre au point une arme bactériologique, résuma-t-elle. Avec l'aide des Allemands.

– Ce que j'aimerais savoir, c'est ce que Neuermann peut apporter en la matière aux Japonais.

– C'est horrible à dire, mais je crois que c'est son expérience de Buchenwald.

– Peut-être.

– Vous n'en êtes pas convaincu ?

– D'après Chen, les Nippons ont tout pour mettre au point leur arme : des milliers de savants, des installations gigantesques, des centaines de cobayes humains. Ce type n'est d'aucune utilité pour eux.

Isaure frissonna en se rappelant les photos qu'ils avaient trouvées dans le laboratoire.

– Alors quoi ? fit-elle.

– Ils veulent posséder quelque chose que leurs alliés n'ont pas...

– Une souche plus virulente ?

– Ou un moyen de la cultiver. La production à grande échelle doit leur poser de nombreux problèmes d'ordre pratique.

Isaure comprit soudain :

– Vous croyez qu'il y a un lien avec la grippe espagnole ?

– C'est juste une intuition. Berlin possèderait intacte la souche de 1918 et saurait la cultiver. Tokyo a développé les outils pour sa propagation. L'alliance naturelle entre la peste et le choléra...

– Et le vaccin ? Est-il au point ?

– Autre facteur clé. Je n'en sais rien, mais il semble bien que l'absence de vaccin n'a jamais empêché les Japonais de disséminer bactéries et virus sur la population chinoise.

– Sauf que dans le cas de l'influenza, l'épidémie serait mondiale. Tous les pays seraient touchés, comme il y a vingt-cinq ans.

– C'est peut-être ce qui nous laisse encore du temps. Sans vaccin, ils ne prendront pas ce risque.

Alex changea de position. La drogue ne semblait pas aussi efficace que d'habitude. Les douleurs s'étaient atténuées, mais restaient présentes.

– Il faut que l'on retourne voir Ding Gareng, continua-t-il. Il en sait plus qu'il n'en dit sur ce qui s'est passé à Canton. Il doit absolument nous parler.

– Pourquoi le ferait-il ?

– À cause de ça, répondit-il en désignant la pile de photos développées qu'Orson avait déposées le matin même. Il faut le convaincre que nous avons un intérêt commun. Lui aussi a sans doute entendu parler de l'unité 731. Il en aura alors la preuve. Laissons Chen reprendre contact avec lui et nous obtenir un entretien.

Les douleurs s'étendaient à nouveau dans son encéphale. Il avala discrètement la dernière pilule.

– Et la lame de microscope ? demanda-t-elle.

– C'est aux spécialistes de l'analyser, mais elle pourrait montrer le résultat d'une infection par l'influenza.

– Non, je me demandais juste pourquoi vous n'en aviez pas parlé à Orson.

– Orson... je n'arrive pas à avoir confiance en lui. Vous l'avez fait ? Vous lui avez dit ?

– Non. Les Américains ont toujours tendance à imposer leurs décisions à tout le monde. Je préfère que l'on ait quelques éléments de plus qu'eux pour juger de la situation.

Il se retourna vers elle et la regarda, sans parler. Il avait envie de la prendre dans ses bras, comme dans le laboratoire de Neuermann. Il avait senti la chaleur de son corps à travers ses vêtements, le rythme doux de sa respiration, l'odeur de cannelle de sa peau. Pendant quelques secondes, tout le reste s'était effacé. Il s'était senti bien au milieu de l'enfer.

– Quoi ? fit-elle, en prenant son regard pour un reproche. Vous trouvez que ce n'est pas fair-play, c'est ça ?

– Non, répondit-il, alors que les douleurs l'avaient quitté sans qu'il s'en aperçoive, laissant place à un indicible bien-être. Je partage votre point de vue. C'est juste que je me rends compte qu'il doit en faire autant.

– C'est le jeu, fit-elle en ébauchant un sourire.

Alex se mit à rire. Il se sentait en confiance avec elle. Comme il ne l'avait plus été avec personne depuis plusieurs années, depuis la disparition de son père. Son père... Toutes les interrogations autour de sa mort lui revinrent en mémoire. Ses pensées étaient claires, son esprit calme et aiguisé. Toute angoisse avait disparu. Il réalisa que c'était la première fois qu'il ingérait une dose aussi élevée de morphine et que les effets en étaient non seulement accrus, mais que des réactions secondaires, qui lui étaient inconnues, s'étaient ajoutées à l'ensemble. Tous ses muscles s'étaient détendus à un point tel qu'il ne se sentait plus capable de bouger. Il ressentait un bien-être et un détachement qui inclinaient à la confidence. Il la regarda à nouveau. Il la voyait avec une acuité accrue. Tous les détails de sa physionomie s'imprimaient dans son esprit à la manière de tatouages indélébiles : l'expression de son regard, sourcils levés, les yeux interrogateurs aux iris émeraude, les doux contours de ses narines qui se soulevaient imperceptiblement au rythme de sa respiration, le dessin épuré de ses lèvres. Il eut l'impression que le temps se dilatait, qu'il lui accordait une éternité pour apprendre Isaure par cœur. Elle lui parlait, mais il n'écoutait pas. Il lisait sur son visage toute son histoire plus sûrement qu'elle n'aurait pu la raconter. Ses pupilles s'étaient dilatées, invitant un flot de lumière à l'intérieur de sa rétine.

Elle devint un ange aux contours flous, comme il s'était toujours imaginé les anges. Le paradis était sur terre, côtoyant l'enfer. Il n'avait jamais songé à cette idée, qui sembla lui ouvrir des perspectives infinies. La voix d'Isaure se transforma en une mélopée au timbre flûté et tous ses gestes s'accompagnaient maintenant d'un feu de lumière. Il s'entendit lui répondre comme s'il était étranger à lui-même. Il suivait leur conversation tel un spectateur, continuant à détailler sa coéquipière au point de se sentir capable de la dessiner les yeux fermés. Son corps était devenu délicieusement léger, il flottait dans la pièce, sortant de son enveloppe et y rentrant au gré de ses envies. Rien ne l'étonnait, tout lui semblait naturel, Isaure et lui étaient deux rayons de soleil reliés par un arc-en-ciel. Une troisième forme les rejoignit. Une forme familière, qu'il n'avait pas vue depuis longtemps, mais qui l'accompagnait comme une ombre depuis deux ans : son père.

Il eut l'impression de crier *Papa !* et sentit les larmes couler sur ses joues. Il était là. Il ne l'avait pas abandonné. Ils se parlèrent longuement. De Londres, de l'île de Wight. D'eux-mêmes. D'Isaure... Il parla d'elle à son père, de leur mission, pour que Peter soit fier de son fils, pour que lui, Alexandre, soit digne de son père. Il aurait voulu que ce moment n'ait pas de fin. Mais il sentit une immense fatigue l'envahir, comme si une trappe s'était ouverte sous ses pieds et l'aspirait. Il fut pris dans un siphon qui l'entraîna de la lumière vers l'obscurité. Il appela son père, d'un cri d'enfant, et se laissa noyer dans un sommeil profond.

13.

8 octobre 1941, hôtel Cathay, *Shanghai.*

– Vous en faites une tête tous les deux ! J'ai l'impression que vous allez m'annoncer qu'il faut que je retourne à l'hôpital !

Alex, intrigué par la mine déconfite de ses coéquipiers, referma la porte et lança sa veste sur le lit.

– Je m'attendais à un autre accueil pour mon retour. Ou alors, je vous dérange ?

La dernière phrase n'avait pas été prononcée sur le ton de la plaisanterie. Isaure y perçut une pointe de jalousie.

Devant le silence des deux autres, il insista :

– Qu'est-ce qui se passe ?

– Nous avons reçu des ordres de Londres, répondit Orson.

– Brown ? Wake ?

– Londres, reprit Isaure, évasive. Nous ne devons pas intervenir concernant le versant japonais de notre découverte. Les photos doivent rester confidentielles.

– Mais ce que l'on a trouvé est gigantesque ! Ils préparent une attaque bactériologique massive ! s'insurgea Alex. On doit se renseigner sur Pingfang, trouver d'autres témoignages.

– Ce n'est pas de notre ressort, reprit Orson. Nous devons trouver les preuves pour l'épidémie de 1918 et ficher le camp d'ici.

– Ce qui veut dire ?

– Ce qui veut dire qu'on se focalise sur Ding Gareng. Point.

– Vous les avez alertés ? Il savent ce qui s'y passe ? On ne peut pas les laisser continuer !

– Et vous voulez faire quoi ? En Chine, ils sont chez eux.

– Contactez les tigres volants. Qu'ils bombardent les unités 731.

– Et prendre le risque de disséminer les germes ?

– Mais si vous laissez faire, c'est dans le monde entier qu'ils seront disséminés !

– C'est votre opinion. Juste votre opinion, répondit Orson d'un ton sec.

– Nous n'avons pas tous les éléments pour juger, Alex, intervint Isaure. Faites confiance à Londres pour prendre les mesures qui s'imposent. Mais nous sommes hors du coup pour cette partie.

– Croyez-moi, on aura suffisamment à faire avec notre mission initiale. Il va falloir que vous appreniez à être patient, Alex. Si vous avez trouvé vos deux semaines d'hospitalisation trop longues, le temps qui va s'écouler vous paraîtra sans fin. Vous devez gagner la confiance de Ding Gareng. Nous faisons un travail de fourmi. Il ne faut rien brusquer. Attendez-vous à fêter Noël à Shanghai.

– Gareng est chinois. Les japonais occupent son pays. Si on lui montre les photos, je suis sûr qu'il nous aidera.

– Vous n'avez jamais vu ces documents, OK ? coupa Orson. De toute façon, il est probable qu'il en sache déjà autant que nous. Ai-je été clair ?

Alex eut un sourire angélique.

– Orson, j'aime beaucoup votre cynisme. Il est probable que votre absence d'humanité vous fasse vivre centenaire et je vous en félicite. Par contre, vous vous trouvez actuellement dans ma chambre et celle de ma femme et nous aimerions profiter d'un peu d'intimité avant notre première soirée en société. Ai-je été limpide ?

Orson se dirigea vers la sortie et, arrivé à la porte, se retourna :

– Au fait, votre épouse ne vous a pas dit ? Vous serez malheureusement obligé d'y aller seul. Isaure et moi avons du travail qui nous attend.

Alex se retourna vers Isaure, qui jeta un regard furieux à Orson.

– Le travail avant tout, ironisa Alex. Mais attention à ne pas faire jaser le personnel. Comme la nuit dernière. Ce serait dommage que je sois obligé de jouer mon rôle de mari bafoué jusqu'au bout.

Orson sortit, sans un regard pour Alex. Isaure, qui s'était contenue, explosa :

– Mais qu'est-ce que c'est que cette attitude d'adolescent ? Alex, vous rendez-vous compte du ridicule de votre comportement ?

– Ce type est amoureux de vous. Il fait tout pour se valoriser à vos yeux. Peut-être même est-il votre amant. Peu importe. Mais votre manège n'est pas passé inaperçu. J'ai été mis en garde.

– C'est une bonne nouvelle. Cela renforce l'authenticité de notre couple et vous permettra d'avoir la sympathie de nombreux Shanghaiens. Profitez-en pour attirer les confidences.

– Êtes-vous en train de me dire que vous l'avez fait exprès ?

– Non, il ne faut pas exagérer, ce n'est pas de la manipulation. Mais sachons exploiter la situation. Par contre, soyez moins agressif avec Orson. Il ne fait que son métier. Vous vous êtes comportés comme deux jeunes taureaux qui cherchent à en découdre. Plus jamais ça.

– Je ne supporte pas que ce type vous tourne autour.

– Pourquoi ? Vous êtes jaloux ? Ne vous inquiétez pas. Je suis de taille à me défendre et je n'appartiens à personne. Rassuré ?

– Et face à un individu comme Yusheng ?

La remarque d'Alex fit mouche. Elle frissonna en repensant au regard froid et bestial du gangster.

– Nous nous en sommes occupés, répondit-elle. Tchang l'a rappelé auprès de lui pour une période indéterminée.

– Le sang attire toujours les requins. Une femme infidèle ne peut que l'exciter.

– On sera partis avant qu'il ne soit revenu. Tchang Kaishek a trop d'intérêt à nous ménager.

– J'espère que vous dites vrai.

Isaure l'espérait aussi sans parvenir toutefois à s'en convaincre. Ce genre de tête brûlée était incontrôlable.

– Désolé pour ce soir, fit-elle pour changer de sujet de conversation. Mais Orson dit vrai. Nous avons plusieurs messages à décoder. Londres attend nos réponses.

– Alors, je reste avec vous. On aura d'autres occasions de se pavaner en société.

– Non. La réception de Queswick en notre honneur a été maintenue, même après l'attentat perpétré contre lui. Allez-y, montrez-vous à votre avantage. Séduisez-les tous et tentez d'approcher ceux qui peuvent nous aider.

– En matière de séduction, je n'ai pas votre potentiel.

La remarque se voulait drôle mais se révéla blessante. Alex regretta aussitôt sa phrase. Il se rendit compte qu'il était jaloux d'Orson et cette nouvelle situation lui déplaisait. *Elle a raison, je suis vraiment ridicule.*

– Désolé, je suis fatigué. Je n'aurais pas dû.

– Nous sommes tous sur les nerfs. Shanghai n'entame pas que l'intégrité physique.

– Cette ville est un ogre qui se nourrit de ses habitants, ajouta-t-il le regard perdu dans le vague.

Un silence s'installa. Il déballa sa valise et rangea ses affaires dans la commode.

– Alex... fit-elle, après l'avoir regardé pendant un long moment.

– Oui ?

– Orson et moi avons eu pendant deux ans une relation sentimentale. Aujourd'hui, c'est fini. Il a juste parfois du mal à l'oublier. Promettez-moi de ne plus vous montrer agressif envers lui.

– Comme vous voulez, répondit-il d'un ton chargé d'indifférence.

– Il est important que l'on reste soudés tous les trois. On doit pouvoir compter les uns sur les autres dans cet environnement hostile. Ne l'oubliez jamais.

– Je ne l'oublie pas, j'ai confiance en vous.

– Et en Orson... Alex !

– Et en Philips... répondit-il avec malice.

Elle lui envoya un oreiller au visage. Il le rattrapa, heureux de retrouver une certaine complicité. Mais l'ombre d'Orson ne se dissipa que très lentement au fil de la soirée.

8 octobre 1941, Ciro's Club, *Shanghai*.

Tony Queswick avait les traits tirés et le teint pâle. Il réprima d'un sourire crispé la douleur lancinante qui lui cernait le dos et transperçait son thorax.

– Cher monsieur Beaumont, bienvenue dans le monde libre de Shanghai.

Il était sorti de l'hôpital le même jour qu'Alex, contre l'avis des médecins, mais il ne supportait plus l'enfermement et l'inactivité que son état lui imposait.

– Dans enfermement, il y a enfer. Et croyez-moi, je préfère l'enfer de Shanghai à celui de l'hôpital, plaisanta-t-il devant un groupe d'invités, avant de lever son verre à Alex et à la prospérité de la maison Mérey.

Alex le remercia et gratifia l'assistance d'un discours convenu, avant de s'isoler auprès de l'une des immenses fenêtres qui donnaient sur la ville. La salle de réception du *Ciro's* était située au dernier étage d'un petit immeuble de style Art déco, à l'entrée de Bubbling Well Road. Elle pouvait contenir près de cinq cents personnes et possédait en son centre une piste de danse amovible, au parquet marqueté, qui, en coulissant sous le plancher, s'ouvrait sur une piscine dans laquelle finissaient invariablement les convives lors des soirées de fête. La vue sur Shanghai était magnifique grâce à la perspective qu'elle offrait. Au loin, le Bund et l'hôtel *Cathay*. Alex resta, songeur, le regard accroché à la lumière du dernier étage de l'hôtel, à écouter le pianiste qui égrenait sur l'ivoire des touches une version lente de *Jumping at the Savoy*.

Walter Grant l'arracha à ses pensées.

– Alex, je voudrais vous présenter quelques amis.

Dans ce contexte, le terme « amis » signifiait que les personnes en question étaient au minimum des sympathisants, voire d'autres agents du SOE.

– Cornelius Stear et James Woodhead, le propriétaire du *Shanghai Evening Post and Mercury* et son chroniqueur vedette.

Il salua les deux hommes. Stear était autant en rondeurs que Woodhead était élancé. L'un était chauve, le visage buriné de rides profondes, comme des marques que la vie lui avait infligées à chaque événement important – et ils avaient été nombreux. L'autre avait une chevelure abondante et ondulée qui encadrait un visage angélique et juvénile. Il était loin de l'image qu'Alex s'était faite de l'homme en colère qu'il avait entendu à la radio après l'attentat contre Queswick.

– Alors, c'est vous, l'Américain le plus haï des japonais ? dit-il en laissant transparaître son étonnement.

– C'est lui, répondit Stear à sa place. Il n'était déjà pas en odeur de sainteté au nord de Garden Bridge avec ses billets à défriser les moustaches d'Itano, mais maintenant il risque carrément sa vie à chaque sortie.

– Itano ? fit Alex.

– Le chef de la police locale japonaise. Le tôlier de Jessfield Road. Un SS version soleil levant.

– Cornelius, toujours à exagérer... dit Woodhead d'un air détaché.

– Ah oui ? Il paraît qu'il a reçu l'ordre de vous neutraliser par tous les moyens.

– On ne bâillonne pas la presse, répondit James Woodhead, en élevant la voix afin d'être sûr que toute l'assistance l'entende. Si je disparaissais, d'autres prendraient ma place pour dénoncer les exactions des Japonais dans ce pays. Personne ne peut tuer la liberté de parole.

– J'admire votre courage, dit Alex en scrutant le gilet pare-balles visible sous la chemise blanche du journaliste.

– Un courage qui nous coûte cher, rectifia Stear. Le journal est l'objet de menaces permanentes.

– Cornelius, les ventes sont passées à plus de six mille exemplaires par jour. Cela demande bien quelques petits sacrifices, répondit James.

– Petits sacrifices ? Quel euphémisme ! répondit Stear. Regardez autour de vous : la moitié des invités refuse de nous serrer la main, les autres nous évitent comme si nous étions pestiférés.

– Des lâches ! fit Woodhead. Ils lèchent le cul des Japonais dans l'espoir de pouvoir continuer à faire leur commerce. Mais on ne mange pas dans la main d'Hirohito sans contrepartie.

– Vous ne le savez sans doute pas, Alex, commenta Stear, mais j'avais refusé à James qu'il passe son éditorial dans le journal. Trop dangereux, surtout à chaud, comme c'était le cas. Il l'a alors fait sur XCDN, sans prévenir personne. Il a bien fallu qu'on suive. De toute façon, tôt ou tard, il aurait fallu adopter une ligne de conduite plus dure.

– Vous pensez la guerre avec le Japon imminente ? s'inquiéta Alex.

– Non. Ils vont agir en douceur. Grappiller du terrain, mètre carré par mètre carré, quartier par quartier. Ils ne sont pas pressés.

– Ils sont en train de nous chasser de la Chine, compléta Woodhead. Mais je crois que ni les Anglais ni les Américains ne veulent de conflit avec les impérialistes nippons. Leurs revendications s'arrêtent à cette partie de l'Asie et tout le monde prend pour un fait acquis que désormais la Chine leur appartient.

– C'est le nouveau partage du monde, soupira Cornelius. Le colonialisme change de tête, mais reste le grand vainqueur. Tenez, regardez qui voilà, dit-il en désignant du menton les trois hommes qui venaient d'entrer. Les cloportes de Shanghai.

Les quidams saluèrent un groupe avec de grandes accolades et entamèrent une discussion animée en allemand. Le plus grand, quinquagénaire au bouc blanchi et aux traits fins, portait un panama et une écharpe blanche. Il fumait nerveusement Baisha sur Baisha, et accompagnait son discours de grands gestes. Le second, de taille moyenne, à la constitution râblée et à l'allure d'aventurier, chemise trappeur et blouson d'aviateur, écoutait en silence en ponctuant les interventions des autres de hochements de tête. Le dernier, le nez écrasé par des années de boxe, le regard vidé par des années d'alcool et de dépression, se tenait en arrière, bras croisés.

– Qui sont-ils ? demanda Alex.

– Celui au foulard est Alberto Morani. Un Autrichien, porte-flingue des Japonais, indiqua Cornelius. L'autre s'appelle Hilaire du Barry. Un mythomane qui flirte avec la pègre. Il se fait passer pour un comte français. Quant au troisième, il vient vraiment de France, on ne connaît que son surnom : Croque-mort. Il réfléchit avec ses poings, cherche des noises à tout le monde. C'est juste un roquet aboyeur et décérébré.

– Ce genre de personnage vous semble peut-être exotique ou anecdotique, ajouta Woodhead. Mais méfiez-vous. Ils ont un sérieux pouvoir de nuisance. J'ai fait un jour un papier sur Morani.

– Encore un qui a juré ta perte ! interrompit Stear.

– Oui... fit James, songeur. En tout cas, monsieur Beaumont, ne lui tournez jamais le dos et ne lui accordez jamais votre confiance. Ce type a un passé aussi chargé qu'un B18 avant une mission. Venez, asseyons-nous.

Ils avisèrent une table libre et commandèrent des consommations.

– Il est arrivé il y a une dizaine d'années en provenance de Vienne, continua Woodhead. Il est médecin et possède un cabinet pas très loin d'ici, au numéro 934 de cette même rue. Une maison superbe, avec un gigantesque jardin en terrasses. Un niveau de vie au-dessus de ses moyens officiels. J'ai découvert qu'il avait comme spécialité la gynécologie et qu'il avait fui l'Autriche après un avortement qui s'était terminé par la mort d'une patiente. À Shanghai, il a rapidement retrouvé ses anciennes habitudes. Il pratique des avortements à domicile. Il donne aussi dans le trafic de drogue et l'extorsion de fonds. Un système rodé : il emmène de riches Chinois dans un club à l'angle de la rue Haining et North Chekiang pour les plumer à des jeux truqués. Il partage le butin avec les Japonais. Dont Itano. On retrouve toujours les mêmes : Shanghai est un village pour la pègre internationale.

– C'est incroyable, on dirait un tranquille notable de province, remarqua Alex en l'observant avaler un petit-four.

– C'est qu'il sait s'y prendre, le diable ! Il y a le côté face : chantage, drogue, meurtres. Et le côté pile : il joue du violoncelle avec l'orchestre symphonique de Shanghai et donne des représentations théâtrales de la pièce qu'il dirige en ce moment. *He is not jealous*. Un boulevard du plus mauvais cru.

Morani quitta le groupe pour rejoindre une femme eurasienne, belle et élancée, qui l'attendait à l'entrée. Elle lui parla à l'oreille pendant qu'il l'enlaçait par la taille. Il lui sourit et l'embrassa sur la bouche avant qu'elle ne sorte.

Alex et ses compagnons n'avaient rien perdu de la scène.

– Mae Tilton, dit Woodhead, devinant la question d'Alex. Sa maîtresse. Elle vient de lui annoncer qu'elle a rabattu assez de jeunes Chinoises pour ses amis ce soir. La prostitution est aussi une de ses passions. Ne vous approchez jamais d'elle. Aussi perverse que lui. En plus de Morani, elle a un mari et des enfants. Et elle couche avec le plus offrant. Jolie association de malfaiteurs, non ?

Stear rit à la description de Woodhead.

– James, tu es le meilleur, tu as vraiment le sens de la formule.

– J'aurais préféré l'utiliser pour des sujets plus intéressants, dit-il à regret.

– Et du Barry ? Il est du même calibre ? demanda Alex.

– Moins dangereux. Il n'a pas d'ambition particulière. C'est un faible qui aime suivre ceux qui représentent un pouvoir, pouvoir des armes, pouvoir de l'argent. Un mercenaire sans réflexion ni convictions politiques. Il a commencé en faisant la guerre d'Espagne contre les fascistes. Puis en Abyssinie aux côtés du Négus, contre les Italiens. Pour finir par s'engager dans l'aviation chinoise, quelques mois avant d'avoir un accident, qui le cloua définitivement au sol. Il se vend au plus offrant. En ce moment, ce sont les Japonais. Pour l'instant, il n'a pas de sang de Shanghaien sur les mains. Son point faible : l'opium. Il passe ses journées dans les fumeries. Morani le tient par la drogue. Je ne serais pas étonné que, d'ici quelque temps, il ne soit impliqué dans un meurtre.

– Je n'aime pas quand tu fais ce genre de prédiction, grogna Cornelius. Pense à nous...

– Il faut être lucide, répondit James. N'importe qui à Shanghai peut devenir notre bourreau. L'homme qui me tuera est peut-être dans cette salle.

Alex observa les convives. Les paroles de Woodhead avaient un côté surréaliste car l'assistance, feutrée et guindée, ressemblait à celle des réunions de charité de l'hôpital St Thomas. Inoffensive et bourgeoise.

– Et vous, monsieur Beaumont, la France ne vous manque-t-elle pas ? demanda Cornelius Stear.

Il eut une pensée pour Londres, le pub *Harry's*, et un pincement au cœur à l'évocation de Kathleen. Oui, il était en manque de son univers familier.

– Il y a longtemps que je n'y suis pas retourné, dit-il, toujours mal à l'aise dans le mensonge.

– Les affaires ? demanda Woodhead, avec une étrange intonation dans la voix.

– Oui... les affaires.

– Ça ne vous gêne pas de commercer avec l'Allemagne ? insista-t-il.

– Nous ne sommes pas en guerre contre les Allemands, répondit Alex. Contre personne d'ailleurs.

– Mais votre femme est française, votre société aussi. Ne vous cachez pas derrière votre nationalité américaine.

Alex eut un instant d'hésitation que Woodhead décela. Il se rendit compte qu'être courageux signifiait parfois passer pour un lâche aux yeux de tous. Il n'avait pas été préparé à ce genre de situation.

– Monsieur Woodhead, si je suspends mon commerce avec tous les pays pour lesquels je n'ai aucune sympathie politique, je peux fermer la maison Mérey dès demain.

– C'est une réponse de capitaliste.

– Je sais ce que vous pensez. Mais mon suicide économique ne servirait aucune bonne cause. Il y a d'autres moyens pour les défendre.

– En faisant quoi ? En soûlant l'état-major allemand ?

– Écoutez, j'admire votre franchise. Mais elle s'accompagne d'une bonne dose de naïveté. En toute chose, il ne faut pas aller trop loin. Et vous, croyez-vous que vous serez plus utile mort à cause d'une chronique trop provocante ou vivant à aiguillonner l'ennemi avec des formules peut-être moins démonstratives, mais plus efficaces ?

– Avec le genre d'ennemi dont vous parlez, il ne faut pas s'embarrasser de ce type de considérations. Il faut dénoncer sans relâche. Ne pas avoir peur des conséquences. Je préfère mourir debout que vivre couché.

C'est ce que je pensais avant, moi aussi, songea Alex.

– Il faut parfois savoir se coucher pour mieux se relever, répondit-il à Woodhead. C'est une leçon que le sport m'a apprise.

– Voilà quelqu'un de sage ! dit Stear, qui était resté silencieux. Crois ce qu'il te dit, James, si tu veux rester en vie le plus longtemps possible. Les seuls héros utiles sont des héros vivants. Sur ce, messieurs, je dois vous abandonner. Il faut que je passe au journal pour le bouclage de la une.

Il serra la main d'Alex d'une poigne ferme.

– Passez nous voir, je serais heureux de vous faire visiter nos locaux. Et d'avoir un article sur la fabrication du cognac. On a des questions de lecteurs sur le sucre dans la Fine Charlemagne auxquelles on n'a jamais su répondre. Vous viendrez ?

– C'est promis.

Au moment où Stear prenait congé, Alex surprit le regard d'aigle de Morani, qui les observait.

– Pardonnez-moi si je vous ai brusqué, dit Woodhead. Mais j'ai besoin de savoir à qui j'ai affaire. Ici, on ne peut même pas se fier au reflet dans son miroir. Il est capable de vous poignarder si vous lui tournez le dos. Souvenez-vous en.

– J'essaierai.

– Essayer n'est pas suffisant. À Shanghai, on n'a jamais droit à une deuxième chance.

10 octobre 1941, Little Vienna, Shanghai.

Shanghai, Babel de l'Asie, Shanghai la scandaleuse, Shanghai l'impie s'était parée de tous ses atours pour l'inauguration de la nouvelle synagogue. Le bâtiment, situé Zhoushan Road, au cœur de la concession internationale, était contigu à l'un des collèges les plus huppés de la ville. Sa construction avait nécessité deux ans de travaux, parfois interrompus par la recherche de fonds supplémentaires auprès de la communauté juive locale, en raison de surcoûts liés à des impondérables de chantier. Euphémisme, selon Ossi, pour désigner les taxes de la pègre locale.

Fidèles, curieux et riverains se mélangeaient dans un joyeux désordre devant la porte principale de la synagogue.

Un orchestre à cordes entama une entraînante mélodie du folklore juif, provoquant la formation de rondes auxquelles tous participèrent spontanément.

– La joie est communicative ici, dit Isaure, essoufflée après une série de danses.

– C'est un moment tellement important, après plusieurs années d'effort, expliqua Ossi. C'est aussi un symbole d'espoir. Ce quartier est le nôtre. Les japonais ne pourront plus nous déraciner maintenant qu'elle est là, ajouta-t-il en désignant le bâtiment.

La foule entama une nouvelle sarabande au son des violons alors qu'Ossi et ses deux invités profitaient d'un coin d'ombre sous un vieux platane de la cour de l'école adjacente. La musique se tut. Les deux grandes portes de la synagogue s'ouvrirent sans bruit dans une atmosphère soudain tout en calme et retenue.

– Pourquoi les gens ne rentrent-ils pas ? demanda Isaure, impatiente.

– Pourquoi ? Ils attendent la Torah ! C'est elle qui doit pénétrer en premier le lieu saint, répondit Ossi.

– Qu'est-ce que la Torah ? se risqua Alex, honteux de sa méconnaissance en matière de religion.

– La Torah ? Ce sont nos textes sacrés. Ils sont sous la forme de cinq livres, écrits à la main sur des parchemins roulés. Chaque synagogue en a un exemplaire. Tenez, les voilà !

Dépassant la foule, un gros écrin de bois, incrusté de métaux précieux et recouvert d'une tapisserie blanc et bleu, avançait, comme s'il flottait au-dessus des têtes, en direction des deux portes ouvertes. Ce n'est qu'une fois arrivé à leur hauteur qu'Alex aperçut les quatre hommes, en costume traditionnel, qui portaient sur leurs épaules un plateau, sur lequel reposait le coffre contenant les rouleaux. La musique reprit, plus cérémonieuse, invitant à une nouvelle danse tous les participants qui s'engouffrèrent dans le bâtiment à la suite de la procession.

– C'est la Simhat Torah, la joie de la Torah, dit Ossi. Venez, entrons.

Ils rejoignirent les derniers participants. Ossi leur remit une kippah et un foulard et les entraîna à l'intérieur. La pièce, grande et lumineuse, était décorée d'un mobilier de bois précieux. Les porteurs avaient déposé la Torah devant une armoire que le rabbin ouvrit avec cérémonie.

– L'Arche Sainte, précisa Ossi à Alex. Elle va contenir les rouleaux. Elle est orientée vers Jerusalem.

Isaure, assise sur le banc du côté des femmes, profitait des explications de sa voisine, une habitante du quartier qui avait participé à la décoration de la synagogue, et qui en tirait une grande fierté. L'ambiance festive était communicative. Alex s'était senti instantanément accepté par la communauté. Il faisait partie de cette fête. Jamais il n'avait observé une telle symbiose dans les rassemblements rituels catholiques, qui généraient souvent de l'ennui, parfois du recueillement, mais toujours une sensation d'isolement. La prière isolait. L'église, froide et intimidante, isolait. La synagogue de la rue Zhoushan était le premier lieu de culte où il avait ressenti une réelle communion dans la joie.

Les deux battants de l'Arche Sainte se refermèrent sur les rouleaux parcheminés de la Torah. Le rabbin alluma le Ner Tamid, lumière destinée à brûler en permanence devant l'Arche. Alex fixa longuement la flamme jaune, ondulante, presque hypnotique, qui défendait l'entrée du trésor sacré. Des points noirs, comme des mouches, jaillirent alors dans son champ de vision. L'annonce d'une migraine. La première depuis sa sortie de l'hôpital, et la première sans l'opium salvateur de Chen. Il quitta discrètement sa place, prétextant une fatigue passagère, et envoya un regard rassurant à Isaure. La réverbération du soleil sur le parvis augmenta ses symptômes et le força à s'asseoir sur un des bancs de l'école. Déjà, les premières douleurs sourdaient telles des larves en train d'éclore. Il ne connaissait qu'un seul moyen d'enrayer leur propagation. L'opium thérapeutique n'était disponible qu'à l'hôpital, pour les malades souffrant de pathologies particulières et Chen avait refusé d'en délivrer à Alex à sa sortie. En tant que médecin, il en aurait fait de même. Aspirine, lui avait-il proposé. Autant d'effet qu'une cuillerée de sucre...

Il savait que ce moment arriverait tôt ou tard et il avait déjà pris sa décision. Il se mit en quête de l'endroit qu'il avait repéré en arrivant dans Little Vienna, deux rues au nord de Zhoushan. Le panneau, qui ornait la façade, indiquait sobrement en chinois et en anglais : " Une perle d'élégance dans un salon élégant ". Il entra sans hésiter. La pièce était sombre. La seule lumière, une puissante lampe électrique, accrochée à une poutre du plafond, était tournée vers lui. Il cligna des yeux. Les mouches virevoltèrent, plus nombreuses encore. La douleur se fit pulsatile. Dans la pénombre, un homme se leva et s'approcha.

– Monsieur Beaumont, je ne vous attendais pas dans un endroit comme celui-ci. Soyez le bienvenu.

– Il ne vous a rien dit ?

L'inquiétude, plus que l'étonnement, transparaissait dans la question d'Isaure.

– Non, une fatigue passagère. J'ai cru qu'il était allé prendre l'air, répondit Ossi, gêné.

La cérémonie avait pris fin et les derniers convives quittaient le parvis en groupes animés. Les deux portes battantes de l'entrée se refermèrent derrière eux.

– Il n'est pas rentré à l'hôtel, la réception me l'a confirmé, dit Isaure.

– Il n'est pas non plus dans les parages, ajouta Ossi. Rentrez au *Cathay*, je m'en occupe.

La phrase fit sourire intérieurement Isaure. Grant et ses hommes, prévenus, sillonnaient déjà le quartier à la recherche d'Alex. Mais il ne fallait négliger aucun renfort.

– Merci de votre aide, dit-elle. Mais je reste. Allons questionner les riverains.

Sa véritable crainte concernait Yusheng. La réclusion du mafieux chinois auprès de Tchang ne l'empêchait nullement de faire exécuter le travail par ses hommes de main. Elle chassa cette pensée sans parvenir à vraiment l'évacuer. Elle se sentait responsable.

Le barbier situé à l'angle de la rue Zhoushan et du parc Fuxing avait vu Alex remonter Ward Road.

– Qu'y a-t-il de particulier dans cette rue ? demanda Isaure.

Ossi haussa les épaules.

– Quelques boutiques, un cinéma. Un praticien de médecine traditionnelle. Je ne vois pas...

– Attendez, l'interrompit-elle. Mon mari est sujet aux migraines. Vous a-t-il semblé en souffrance ?

– Il portait sa main gauche à sa tempe, comme ça, dit-il en lui mimant le geste. Vous pensez qu'il se serait rendu chez le médecin ?

Isaure eut une intuition qui ne lui plaisait pas du tout.

– Y a-t-il une fumerie d'opium dans cette rue ou dans les environs ?

– C'est curieux que vous me le demandiez, votre époux avait justement l'intention d'en visiter une.

– Où est-elle ? OÙ ?

Une odeur âcre envahit ses narines et ses poumons quand Isaure pénétra dans la pièce borgne. Elle dut s'arrêter pour reprendre sa respiration. Grant, qu'elle avait retrouvé, avait essayé de la dissuader. Une femme ne rentre pas dans une fumerie. En vain.

Elle aperçut le corps inerte d'Alex allongé sur un matelas à même le sol et se précipita pour lui porter secours. Sa respiration était filante et son pouls très lent.

– Alex, vous m'entendez ? dit-elle en se penchant vers lui. Si oui, serrez ma main.

Aucune réaction.

– Alex ! insista-t-elle.

– Ne vous inquiétez pas, il va bien, dit une voix à côté d'elle.

Hilaire du Barry s'assit sur sa couche, les paupières mi-closes. Les lumières des chandelles renforçaient les angles de son visage, lui donnant un air de cadavre. Sa voix était traînante.

– Il s'est juste endormi, ajouta-t-il. Mais ne me faites pas croire qu'il n'avait jamais fumé avant. Il a descendu toute ma réserve de cônes avant de s'écrouler.

Grant, qui s'était approché, s'adressa à son tour à du Barry :

– Que vous a-t-il dit ?

– Qu'il était obligé de prendre de l'opium à cause de ses migraines. C'est étrange comme, au début, on a toujours des bonnes raisons de s'enfumer. C'est notre côté judéo-chrétien de toujours nous trouver des excuses. Eux, ils n'ont pas besoin de ça, ajouta-t-il en montrant la salle, remplie aux trois quarts d'autochtones.

– Walter, il faut le transporter à l'hôtel, dit Isaure.

– Laissez-le tranquille, rétorqua du Barry. Il en a encore pour quelques heures. On est bien ici, non ? ajouta-t-il sur un ton provocateur.

– Clarke, aide-moi, on le met dans la voiture, dit Walter à son coéquipier.

Les deux hommes le transportèrent en le tenant chacun par une épaule comme s'il s'agissait d'un homme soûl et l'installèrent à l'arrière d'une Studebaker noire aux plaques du consulat de Grande-Bretagne. Grant donna une consigne à Clarke qui retourna dans l'établissement. Isaure s'assit à côté d'Alex. La berline démarra.

– Walter, je suis désolée pour ce qui vient d'arriver, dit-elle après de longues minutes.

– Pas tant que moi. S'il a parlé à du Barry de votre mission ou de notre réseau, nous sommes foutus.

– Il n'est pas de notre côté ?

– Il est de celui du plus offrant. Aujourd'hui, ce n'est plus notre cas.

– Alex n'a rien dit.

– Qu'en savez-vous ?

– Je le sais, c'est tout.

Isaure n'en savait rien. Elle n'avait pas besoin de leçon de la part de Walter pour prendre la mesure du risque encouru. Elle voulait juste clore la conversation. S'il avait parlé sous l'emprise de l'opium, tout le réseau du SOE à Shanghai pouvait être démantelé. Leur mission se transformerait alors en fiasco.

– Clarke va interroger les personnes présentes pour savoir si Alex s'est confié à du Barry. On connaîtra vite l'ampleur des dégâts, annonça simplement Walter Grant.

Elle se sentit soulagée qu'Orson ne fût pas présent. Elle savait qu'elle serait obligée de le mettre au courant, mais elle n'aurait pas supporté son regard triomphant et chargé de reproches. Il s'était toujours opposé à cette mission à Shanghai et à la présence d'Alex. Elle ne savait pas jusqu'à quel point ses sentiments personnels dictaient sa conduite. Mais elle ne se sentait pas capable de gérer la complexité de sa relation en plus du reste.

Alex gémit. Son bras droit, coincé sous son abdomen, subissait une torsion importante. Elle lui remit en place sans qu'il ne se réveille et lui massa doucement le muscle froissé. Elle laissa sa main sur l'épaule d'Alex, tout près de sa joue, que les mouvements de la voiture lui faisaient caresser par instants.

Elle ne se sentait plus capable d'assumer la situation. Pour la première fois de sa vie, elle avait envie de se reposer sur quelqu'un.

10 octobre 1941, hôpital Saint-Jean, Shanghai.

Alex ouvrit les yeux sur la couleur crème des murs de la chambre d'hôpital qu'il avait quittée quarante-huit heures auparavant.

– Oh, non ! dit-il d'une voix engourdie.

Il lui semblait que sa bouche sèche craquelait à chaque mouvement de ses lèvres. Ses muscles produisirent un effort maximal pour l'amener à la position assise. La gravité semblait s'être décuplée. Et il allait devoir affronter la colère d'Isaure, dont l'expression du visage lui donnait une furieuse envie de replonger dans le coma.

– Bonjour, Chen, fit-il au médecin qui rangeait ses instruments d'auscultation dans les poches de sa blouse.

– Bonjour, Alexandre. Je ne pensais pas vous accueillir aussi rapidement dans mon établissement.

– Qu'est-ce que vous m'avez enlevé cette fois-ci ? plaisanta-t-il en inspectant son abdomen.

– Alex... commença Isaure, sans pouvoir se contenir plus.

– Je sais ce que vous allez me dire, pas la peine de me faire la leçon, l'interrompit-il. J'ai agi seul, sans votre accord, en mettant tout le monde en péril.

– Alex...

– D'accord. J'en ai bien conscience. Mais quand j'ai vu du Barry dans la fumerie, j'ai compris que ce serait une occasion unique de le faire parler.

– Alex...

– Oui. Mais je n'allais quand même pas le planter là pour aller débattre avec vous de mes intentions. J'ai foncé. Comme il y a quelques mois au *Harry's* avec les ailiers de Cambridge. Je ne vous ai pas raconté ?

– Alex...

– Non. Suis-je bête, on ne se connaissait pas encore. Du Barry, je lui ai raconté toute l'histoire de la maison Mérey et mes déboires conjugaux avec vous et Orson.

– Alex !

– Quoi ? Vous aviez raison : il s'est confié à moi. C'est fou ce que ça attire la sympathie un mari trompé.

– Alex ?

– Oui ?

Isaure parut surprise de pouvoir enfin parler. Elle enchaîna :

– Je sais pour Hilaire. Nous avons vérifié auprès des clients de la fumerie. Vous avez fait du bon travail. Plus personne ne doute de votre couverture à l'heure actuelle à Shanghai. J'ajoute que, pour ce qui s'est passé à Londres, nous étions évidemment au courant. C'est Orson qui vous filait quand vous avez tenu tête aux piliers de l'équipe adverse. J'étais juste inquiète pour vous. Je suis responsable de votre sécurité.

– Comme vous voyez, tout va bien, dit-il, se mettant debout pour le prouver.

– Revenons à du Barry : que vous a-t-il appris d'intéressant ?

– Deux ou trois bricoles qui pourront nous être utiles, répondit-il en rassemblant ses affaires. Je peux sortir, doc ? demanda-t-il à Chen tout en laçant ses chaussures.

– Si vous ne mettez plus les pieds dans un salon d'opium, oui.

– Je crois que mes affaires vont m'y ramener plus d'une fois.

– Je ne plaisante pas, Alexandre. Je vous ai fait une ordonnance pour un antalgique plus puissant que l'aspirine Bayer. Mais, de grâce, ne consommez plus jamais de chandoo.

– Je sais jusqu'où je peux aller, Chen.

– Non ! Vous ne serez jamais le maître avec l'opium. Vous croyez pouvoir arrêter quand vous le décidez, mais c'est un leurre. Un jour, c'est lui qui vous tient. Et qui ne vous lâche plus.

– Alex, il a raison : tant pis pour du Barry. Mais ne prenez plus jamais ce risque. On a suffisamment d'ennuis qui nous attendent.

– Bien, mes affaires sont prêtes, dit-il en enfilant son manteau. On en reparlera une autre fois. Merci pour tout, Chen. *Gan xie ni suo zuo de yi qie*.

– À bientôt, Alex. *Hao hao xiu xi*.

– Je ferai de mon mieux.

10 octobre 1941, hôtel Cathay, *Shanghai*.

La chambre du *Cathay* lui parut moins accueillante que celle de l'hôpital. Orson les attendait. Ils se saluèrent froidement.

– Alors ? dit Orson en guise d'introduction.

– Alors ? réplica Alex. Je prendrais bien un bain ! Il n'y a pas de baignoire à l'hôpital.

Le sens de l'humour d'Orson semblait déjà avoir atteint son seuil de saturation. Il haussa les épaules et posa la même question à Isaure.

– Il semble que du Barry lui ait fait quelques confidences, répondit-elle.

– Oui, cria Alex de la salle de bains. Il m'a parlé... Du bain moussant !

– Comment ça, du bain moussant ? demanda Orson, visiblement irrité.

Alex passa la tête dans l'embrasure de la porte et leur montra un flacon :

– Il y a même du bain moussant ! Merci de me l'avoir laissé, Orson. J'y retourne !

– Ce n'est pas ma chambre... répondit celui-ci, avant de comprendre l'allusion.

Le bruit caractéristique de l'eau chutant dans la baignoire leur parvint de la salle de bains.

– Alex, cria Isaure, Orson et moi attendons vos informations.

Il réapparut dans la chambre, tout sourires.

– Isaure, ma chérie, les événements de la journée m'ont épuisé. Peux-tu dire à ton collaborateur de nous laisser retrouver le calme et l'intimité de notre foyer ? Tu lui feras un résumé plus tard. Merci d'être venu, Orson. Sachez que l'on apprécie tous les deux tout ce que vous faites pour nous. *Bye !*

Il s'enferma dans la salle de bains. Orson comprit qu'il serait vain d'insister et sortit sans un mot. L'eau s'arrêta de couler. Alex réapparut :

– Enfin seuls !

– Alex, vos gamineries sont insupportables, dit-elle, d'un ton désabusé en s'asseyant sur le lit.

– Je n'ai aucune confiance en ce type.

– Mais vos sentiments personnels n'ont rien à faire dans cette mission !

– Ne vous méprenez pas sur mes intentions. Cela n'a rien de personnel. Mais c'est de lui que du Barry m'a parlé.

– De lui ?

– Comme les autres, il est persuadé que vous avez une relation avec Orson. Il m'a mis en garde contre lui.

– Comment le connaît-il ?

– Orson était à Shanghai il y a un an.

– Orson ? Il était en mission en Hollande !

– Étiez-vous avec lui ?

– Non. Mais...

– L'avez-vous vu à cette période ?

– Non... Admettons qu'il soit déjà venu ici, qu'est-ce que cela prouve ?

– Du Barry m'a affirmé qu'il avait des liens avec Yusheng et Taiqin.

– La pègre chinoise est liée à Tchang. Nous savons que les Américains essayent de traiter avec lui depuis des mois. Orson est sans doute impliqué dans ce dossier. Rien d'anormal. Il est resté plusieurs jours chez Tchang avant de nous rejoindre. Arrêtez de vous monter la tête avec des histoires invraisemblables ! Quelle que soit votre opinion, Orson est un type bien.

– Peut-être. Alors expliquez-moi pourquoi, six mois avant que vous ne me contactiez pour cette mission, Orson engageait Yusheng pour enlever Ding Gareng.

– Gareng ? L'enlever ?

– Yusheng était censé lui arracher une information qu'il était le seul à posséder. Ça ne vous rappelle rien ?

– Sans doute des vengeances entre nationalistes et communistes. La situation est tellement complexe en Chine.

– Isaure, ouvrez les yeux : Orson cherchait déjà, il y a six mois, ce que nous sommes venus trouver ici. Comment l'expliquez-vous ?

– Mais il n'a jamais enlevé Gareng...

– Non. Il y a renoncé au dernier moment. Manifestement, Gareng possède quelque chose qui le protège contre l'adversité.

– Un document compromettant pour des gens haut placés ? Quel lien avec la grippe espagnole ?

– Isaure, j'ai quelque chose à vous dire. À propos d'une lettre. Une lettre de mon père.

14.

10 octobre 1941, hôtel Cathay, *Shanghai.*

Alex avait perdu le regard d'adolescent effronté qui était le sien, quelques minutes auparavant, quand il avait privé Orson d'une conversation sérieuse. Il semblait tendu et inquiet.

– Isaure, dit-il en arpentant la pièce, il n'y a que vous en qui j'aie confiance.

– C'est un tort : il ne faut avoir confiance en personne. C'est la règle numéro un.

– Je ne suis ni un agent secret ni un espion. Je suis un médecin. J'aide les gens du mieux que je peux. Et dans mon métier, la confiance est primordiale. Les patients remettent leur vie entre nos mains. Mais je le répète, j'ai confiance en vous. Vos yeux ne mentent pas, Isaure.

– Alors, je suis une mauvaise espionne ! rétorqua-t-elle en s'approchant de la baie vitrée.

Au loin, le soleil se noyait lentement dans la mer. Elle ouvrit la porte-fenêtre et inspira une grande bouffée d'air. Elle ne voulait pas qu'il voie le trouble qui grandissait en elle. Tant d'événements s'étaient produits depuis leur arrivée. Tant de certitudes s'étaient écroulées.

– C'est dommage, cette ville aurait pu être un paradis... Alex, qu'avez-vous à me dire ? demanda-t-elle sans se retourner.

– J'aime mon père. C'est mon héros. Jamais je ne pourrai être à sa hauteur.

– Mais personne ne vous demande d'être comme lui, Alex. Chacun est unique, fort heureusement.

Il la rejoignit devant la porte-fenêtre. Les lumières clignotantes d'un chalut dans le port retinrent son attention.

– J'ai découvert des éléments... dit-il d'une voix étouffée, des éléments troublants dans les archives de la LCS.

– Lesquels ? demanda-t-elle doucement.

– Mon père était l'objet d'une surveillance des services secrets américains pendant la guerre.

Elle ne répondit pas.

– Vous le saviez, Isaure ?

– Non, mais ce n'est pas surprenant. C'était un pacifiste avéré et un membre très respecté de la communauté scientifique. L'armée a toujours redouté les risques de mutinerie.

– Ça ne tient pas. Il n'était pas un leader d'opinion. Il aurait été incapable de lever les foules pour appeler à la désertion. De plus, il s'était engagé sur le front alors qu'il aurait pu rester bien tranquillement à la maison. Non, ça n'a pas de sens, il y avait une autre raison.

– Quelle est-elle d'après vous ?

– J'ai appris récemment que, avant l'entrée en guerre des États-Unis, il travaillait, en liaison avec l'armée, sur le virus influenza. Il était, avec ses collaborateurs, dont Chen, à la recherche d'un vaccin.

– C'est lui qui vous l'a dit ? Chen ?

Alex ne répondit pas et continua :

– Pour une raison que j'ignore, il y a eu un clash entre lui et les militaires et son labo fut fermé. C'était avant qu'il ne parte sur le front, en Europe.

Il baissa les yeux, comme en proie à un tourment intérieur. Elle lui prit le bras.

– Alex, que s'est-il passé ? Si vous voulez que je vous aide, il faut tout me dire.

– Chen a reçu un message de mon père, en juin 1918, dans lequel il lui expliquait qu'il avait envoyé une lettre à Thomas Wilson pour l'alerter au sujet d'une terrible menace.

– Wilson ? Le président Wilson ?

– Oui. Le président des États-Unis d'Amérique.

– Il voulait le mettre en garde contre l'arme biologique allemande ?

– Non. Les services secrets de l'époque l'avaient sans doute déjà fait.

– Alors, qu'y avait-il dans cette lettre ?

– Au cours de ses recherches sur le vaccin contre la grippe, mon père a été amené à produire de grandes quantités d'influenza. Or, celles-ci ont disparu de son labo après qu'il fût fermé. Il savait qu'elles n'avaient pas été détruites et, d'après Chen, il savait qui les avait récupérées et dans quel but.

– Qui ?

– Il a toujours refusé de l'en informer.

– Vous voulez dire que...

– Que dans cette lettre, il accuse les services secrets militaires américains d'avoir subtilisé les souches pathogènes de l'influenza dans le but de les utiliser contre l'ennemi.

– Alex, êtes-vous en train de me dire que les États-Unis ont tenté à l'époque de se servir de l'arme biologique ?

– Pas les États-Unis, les militaires américains. Je ne crois pas que l'administration politique ait été au courant. C'est pourquoi mon père a voulu les alerter.

Isaure sentit un immense frisson la parcourir. L'hypothèse qui grandissait en elle semblait tellement improbable qu'elle avait du mal à la formuler.

– Est-ce que cela signifie que votre père accuse les Américains d'être... à l'origine de la grippe espagnole ?

Il parut surpris de la question :

– Non, bien sûr que non ! L'épidémie vient de Canton, c'est un fait avéré. Et je suis persuadé que les allemands en sont les responsables.

Elle poussa un soupir, mais ne réussit pas à dissiper le malaise qui s'était emparé d'elle. Il continua :

– Mais je crains que... Je crains que ce ne soient les souches de mon père qui aient été utilisées.

Isaure laissa échapper un cri :

– Votre père... ?

– Attendez, mon père n'y est pour rien ! Je ne sais pas ce qui s'est passé, ni comment ces souches ont pu se retrouver disséminées à Canton puis en Europe. Mais je suis sûr d'une chose : il est innocent dans toute cette affaire. Innocent !

– Alex, je vous en prie, calmez-vous, je vous crois. Votre père est un homme bien qui s'est laissé abuser.

– Il ne s'en est jamais remis. Il savait que ceux qui s'étaient approprié les souches avaient l'intention de les utiliser. C'est pour cela qu'il s'est engagé sur le front, en Europe. Je l'ai compris en lisant son carnet. Tout y est en filigrane. Il était le père du virus qui tua des millions d'innocents. Il ne se l'est jamais pardonné.

Il fit une pause. Son visage s'était creusé. Il semblait vidé de son énergie. Il s'assit sur le bord du lit, la tête entre les mains. Elle le rejoignit et l'entoura de ses bras, collant son visage contre le sien. Elle sentit les larmes d'Alex couler sur ses mains.

Il ajouta, d'une voix faible, presque inaudible :

– Le président Wilson n'a jamais su. La lettre n'est jamais arrivée à son destinataire.

– Ils l'ont interceptée ? chuchota-t-elle.

– Personne ne sait où elle se trouve. Tous les services de renseignements du monde la cherchent depuis vingt-cinq ans. Mon père a emporté son secret dans sa tombe.

Ils restèrent silencieux un long moment, s'allongèrent et s'endormirent, presque aussitôt, dans les bras l'un de l'autre.

11 octobre 1941, hôtel Cathay, *Shanghai.*

Le petit déjeuner du *Cathay* était le plus copieux de tous les palaces de la ville. Le chef, un Français, faisait lui-même son pain et ses viennoiseries et il n'était pas rare d'y voir le matin des notables taipans attablés sur la terrasse, avant de se rendre à leur travail. Isaure, assise sous une tonnelle recouverte de vigne vierge, portait un *changfu*, longue robe traditionnelle de soie noire, par-dessus un Lady Levi's et des bottes en cuir. Ses cheveux, tirés en arrière, étaient maintenus par une pince en nacre. Elle offrait son visage au soleil levant, yeux fermés derrière une paire de lunettes teintées. Alex la regarda un moment, admirant sa beauté et l'énergie qu'elle dégageait, et songea qu'aucune autre femme à Shanghai n'aurait osé tenter un tel mélange vestimentaire. Mais Isaure n'avait que faire des convenances sociales et de l'opinion des autres. Il la considérait comme un modèle d'esprit authentiquement libre. Tout ce qu'il avait cherché chez ses compagnes sans jamais l'avoir trouvé. Il savait très bien ce qui se produisait en lui mais refusait de l'analyser.

Elle sourit sans ouvrir les yeux.

– Vous vous asseyez ou vous continuez à me détailler ? demanda-t-elle, moqueuse.

– Je pensais à la chance que j'avais d'avoir épousé une femme comme vous, répondit-il, espérant que sa réflexion passerait pour une boutade.

Elle releva ses lunettes et lui lança un regard interrogateur.

– Une flatterie à l'anglaise ?

– Et si c'était un compliment sincère ?

– Vous ne me connaissez pas assez pour savoir si je suis une chance ou une calamité pour un homme.

– Pourquoi fuyez-vous dès que l'on essaye d'être gentil avec vous ?

– Demandez à Orson.

– Vous savez très bien que je ne le ferai pas.

– Dommage. Il pourrait vous éclairer sur ma personnalité.

– Je ne suis pas sûr qu'il soit très objectif sur le sujet.

– Gagné ! Bon, on a rendez-vous avec Walter, dit-elle en se levant.

– Je ne vous l'ai pas dit ? Le rendez-vous est annulé.

– Annulé ? Il y a un problème ?

– Oui. Moi.

– Vous ?

– Aujourd'hui, je veux oublier les espions, la guerre, les virus, les lâchetés, les bassesses, les injustices et tout ce qui nous tourne autour depuis que la LCS m'a mis le grappin dessus. On fait une pause ! On ne parle plus de la mission, on n'échafaude plus de plans tordus, on ne joue plus de rôle de composition. Walter est au courant, il nous laissera tranquilles. Orson est introuvable, qu'il le reste. Quant à tous les autres, qu'ils aillent au diable ! Je veux sortir de Shanghai et passer un moment agréable. Je vous emmène à Yuantouzhu. J'ai loué une voiture. C'est à deux heures de route.

– Yuantouzhu ?

– L'île de la Tête de tortue. C'est au bord du lac Taihu. Un endroit unique. Qu'est-ce que vous en pensez ?

– Ce que j'en pense ? Vous voulez vraiment le savoir ?

– Oui.

– Est-ce que vous croyez que Ding Gareng soit en possession de la lettre ?

Ils éclatèrent d'un rire complice qui fit se retourner tous les clients présents et s'envoler le couple de ramiers qui avait pris possession de la tonnelle.

11 octobre 1941, lac Taihu, province du Zhejiang.

– *Huan yíng*. Bienvenue.

La vieille femme s'inclina respectueusement et les enjoignit à prendre place sur un banc, accolé à une haie de buis, qui délimitait un petit jardin en terrasse. Isaure préféra s'allonger à même l'herbe, les bras en croix. La modeste maison de planches au toit de tôle était située sur le plus haut des soixante-douze pics qui entouraient le lac Taihu. Isolée du monde par deux heures de montée le long d'un escalier taillé à même la roche.

– Six mille marches exactement, précisa Alex à Isaure qui enlevait ses bottes avec difficulté.

Elle se massa les pieds avec un plaisir évident.

– Je vous préviens, je ne bougerai plus de la journée, dit-elle.

– Pourquoi bouger ? Regardez, n'est-ce pas magnifique ?

Dans la vallée, le lac s'étendait à perte de vue, telle une mer intérieure. L'île de la Tortue - en réalité une presqu'île dont la forme rappelait vaguement celle de l'animal – était le point de départ du sentier. Elle leur apparaissait maintenant, minuscule dans le paysage. La seule trace de l'homme dans ce décor était une immense propriété, fichée dans un îlot de verdure. Elle était constituée d'une grande tour centrale au double toit doré, entourée d'une bâtisse carrée et de quelques bâtiments annexes semblables à la maison dans laquelle ils se trouvaient. Un gong retentit. Son écho traîna un long moment autour des pics rocheux.

– Qu'est-ce que c'est ? demanda Isaure qui s'était redressée et observait la propriété en contrebas.

– *Guangfu Si*. Le temple du bonheur universel.

– Du bonheur universel ? Pourquoi restent-ils dans cet endroit perdu ? Ils feraient bien d'aller prêcher à Shanghai, dit-elle, ironique.

– Il y a une raison. C'est une histoire étonnante. Chen me l'a racontée.

La vieille paysanne réapparut, tenant un plateau sur lequel deux verres de *oolong* laissaient échapper leur fumet caractéristique. Elle leur offrit, tout en parlant dans un dialecte qu'Alex ne comprit pas. Son discours était accompagné de gestes courts et saccadés. Elle termina par un petit rire et se retira. Isaure fut impressionnée par le magnétisme qui se dégageait d'elle. Elle devait avoir soixante-quinze, peut-être quatre-vingts ans. Sa peau était restée très lisse, hormis quelques ridules au contour de ses yeux. Son regard était celui d'une toute jeune femme et son sourire apaisant donnait l'impression d'avoir été inventé pour illustrer le mot bonté.

– Quelle est l'histoire du temple ? lui demanda-t-elle.

– Bien avant sa construction, vivait dans la vallée un jeune homme, nommé Liu. À vingt ans, Liu tomba amoureux de Xu. Rien que de très normal, sauf que Xu était déjà veuve et mère de famille.

– Et alors ? Ne me dites pas que c'était interdit !

– Plutôt contraire aux usages. À la fois à cause de la différence d'âge et du fait qu'elle avait déjà des enfants. Leur relation fut condamnée par tout le village, même par leurs proches. Mais leur amour était si fort que, pour ne pas nuire à la communauté, ils décidèrent d'aller vivre dans la montagne. D'abord dans une grotte, puis une petite maison que Liu construisit de ses mains.

Il but une gorgée de thé brûlant, avant de reprendre :

– Les années passèrent. Le chemin devenant de plus en plus difficile à gravir pour Xu, qui devait se rendre au village chaque semaine afin de ravitailler sa famille, Liu décida de tailler des marches dans la roche pour lui rendre le trajet plus facile.

– Les six mille marches ? C'est lui ?

Alex ne répondit pas et prit le temps de finir son verre.

– Alors, insista-t-elle. C'est ce Liu qui a taillé les six mille marches ?

– Oui, concéda-t-il. Tout seul. En dix ans.

– C'est fou, quelle preuve d'amour ! Il faut absolument en parler à Saint-Exupéry pour son prochain livre ! Ce serait un formidable conte pour enfants. Et le temple ?

– En l'apprenant, les autorités religieuses décidèrent d'y bâtir un édifice pour rendre hommage à ce miracle de l'amour. Le chemin était déjà tracé. C'est ainsi qu'est né le Temple du bonheur universel.

– J'en ai la chair de poule.

– Vous ne seriez pas un peu... Comment dites-vous ? Midinette ?

– Non, je ne me fais pas d'illusion. De tels destins ne sont plus possibles de nos jours. À quelle époque ont-ils vécu ? Il y a cinq cents ans ?

Alex se leva et s'approcha du surplomb qui dominait la vallée. Il observa le temple, situé cent mètres en contrebas.

– Il fut achevé en 1924. Il y a dix-sept ans. Vous êtes ici chez Liu et Xu.

L'île de la Tortue avait disparu dans l'ombre de la montagne. Il restait trois heures de clarté avant que la nuit ne recouvre le chemin et ses marches d'amour. Ni Alex ni Isaure n'avaient envie de prendre congé du vieux couple. Ils avaient partagé leur repas et les avaient écoutés raconter leur bonheur de vivre. Liu, qui se rendait une fois par semaine à Wuxi, la ville la plus proche, parlait un mandarin compréhensible, contrairement à Xu, que sa réclusion volontaire avait restreinte à un dérivé de langue altaïque appris dans sa jeunesse. Ils avaient eu quatre enfants ensemble, douze petits-enfants, et suffisamment d'arrière-petits-enfants pour ne plus se souvenir du nombre avec précision. L'une d'elles vivait avec eux depuis le décès prématuré de sa mère. Guan était âgée de cinq ans et avait déjà le même sourire que son aïeule, qu'elle gratifiait de *« ma ma »* chaleureux, ce qu'Alex n'eut pas à traduire. L'enfant passa son après-midi à jouer avec Isaure, dont le physique l'intriguait. Ils étaient les premiers étrangers à entrer dans son monde. Alex avait été surpris du comportement maternel de sa coéquipière, qui s'était occupée de la fillette avec un plaisir évident. Il avait aussi remarqué que l'enfant ne répondait pas à l'appel de son nom en toutes circonstances, et qu'elle ne semblait pas comprendre les demandes les plus simples. Il s'en ouvrit à Liu.

– C'est un petit ange, un bébé du ciel, lui répondit-il. Ce qui signifiait pour Liu que Guan était mentalement retardée.

Alex lui demanda la permission de l'ausculter.

– Que se passe-t-il ? s'inquiéta Isaure, alors qu'Alex prenait la fillette sur ses genoux.

– Je voudrais vérifier quelque chose, répondit-il, vague. Vous avez toujours votre lampe de poche sur vous ? Celle que vous utilisez pour jouer à l'espionne ?

Elle lui donna l'objet en question, qui avait la taille et la forme d'un crayon.

– Et une pince à épiler ?

– Qui vous dit que j'en ai une ?

– Le contour parfait de vos sourcils.

– Encore une flatterie à l'anglaise ! dit-elle en fouillant à nouveau dans son sac, d'où elle sortit une pince dorée.

Alex laissa Guan jouer avec le matériel pour qu'elle s'y habitue. Le filet de lumière émis par la minuscule lampe l'amusa beaucoup. Pour plus de sûreté, il demanda à Liu de traduire ses paroles pour l'enfant.

– Je vais juste regarder dans ton oreille. Ça ne te fera pas mal du tout, tu verras.

Guan acquiesça. Alex entrouvrit le conduit de l'oreille gauche avec la pince et éclaira l'intérieur avec la lampe. Il fit de même du côté droit.

– Peux-tu ouvrir la bouche et dire « Aaaa » ?

Il observa aussi son arrière-gorge. Le jeu amusa beaucoup Guan. Elle demanda à le refaire plusieurs fois.

– Alors ? s'enquit Isaure, en tendant les bras à l'enfant pour la prendre sur ses genoux.

Une seconde durant, il eut l'impression d'avoir affaire à une mère et sa fille venues consulter au St Thomas. Le regard inquiet de Xu le ramena à la réalité.

– Elle fait une otite chronique. Sans doute aussi une angine. C'est pour cela qu'elle ne semble pas comprendre les demandes. Elle devient sourde.

Il résuma la situation à Liu.

– Qu'est-ce que l'on peut faire ? s'inquiéta Isaure.

– Ici, pas grand-chose. Il faudrait l'hospitaliser. Utiliser des anti-inflammatoires. Peut-être même le nouveau produit que Chen a dans son hôpital, la pénicilline. Mais une chose est sûre : si on ne fait rien, elle va irrémédiablement perdre l'audition.

Isaure le prit par le bras et l'entraîna à l'écart :

– Alex, il faut les convaincre de la laisser repartir avec nous. Quelle serait la durée du traitement ?

– Deux semaines au maximum. Mais il y aura des récidives. Vous avez vu leurs conditions de vie ? Ils ne pourront pas se payer les médicaments.

– Pour le suivi, je m'en occupe. Ils n'auront qu'à descendre à Wuxi téléphoner à Walter. Il enverra quelqu'un apporter les médicaments. Mais je suis inquiète pour aujourd'hui. Pourquoi confieraient-ils leur enfant à deux étrangers qu'ils voient pour la première fois ? Qu'est-ce qui leur dit que nous n'allons pas l'emmener en Europe avec nous ?

– Je ne peux pas les forcer. C'est à eux de décider. Je crois qu'ils ont bien compris la situation.

– Et s'ils repartaient avec nous ? Tous les trois ? Il y a assez de place dans la voiture.

– Je ne peux pas leur garantir une admission dès ce soir à l'hôpital. Il faut en discuter avec Chen.

– On en reparlera à Shanghai. Ils dormiront au *Cathay*, si besoin. Vous ne croyez pas que l'on a vu assez d'injustices contre lesquelles on ne peut pas agir, ces derniers temps ? Pour une fois, on peut changer le cours des événements. Que croyez-vous que sera son avenir, sourde et attardée, sur cette montagne isolée ?

– Isaure...

– On fait ça. Demandez-leur.

Alex sentit soudain une vague d'émotion le submerger. Ses yeux se couvrirent de larmes qui restèrent accrochées au bord de ses paupières.

– Qu'avez-vous ? C'est la situation de ces gens qui vous bouleverse ainsi ? s'inquiéta Isaure.

– Non, c'est vous. Vous êtes formidable. Et ce n'est pas une flatterie à l'anglaise.

Elle ne répondit pas et sentit, elle aussi, une vague étrange l'envahir. Leurs mains se trouvèrent naturellement. Leurs lèvres se touchèrent. Ils fusionnèrent avec l'univers l'espace de quelques secondes.

Guan se mit à hurler :

– *Tóu tòng, tóu tòng !*

L'étreinte cessa. La réalité les rattrapa.

– Elle a très mal, dit Alex.

La fillette se tenait l'oreille gauche des deux mains.

– Prenez-la dans vos bras, ça va la rassurer, demanda-t-il à Isaure. Je m'occupe de Liu et Xu.

– Vous aussi vous êtes formidable, docteur Beaumont, lui dit Isaure avec un regard plein de promesses.

La nuit était tombée quand ils atteignirent la voiture garée au phare de la presqu'île. La descente fut pénible pour tout le monde. Alex et Liu s'étaient relayés pour transporter Xu sur leur dos et Guan s'était endormie dans les bras d'Isaure. Le retour vers Shanghai se fit en silence. Ils étaient tous épuisés. Xu contempla d'un air incrédule les lumières de la ville qui s'étendaient à perte de vue. Les faubourgs sans fin de Shanghai. L'hôtel *Cathay*. Isaure n'aurait pu le jurer, mais il lui semblait que la vieille femme avait perdu dans son regard cette flamme qui l'avait tant impressionnée le matin même. Isaure aussi était harassée, mais elle se sentait infiniment soulagée de pouvoir aider ces gens qui le méritaient tant. Et puis, il y avait eu ce baiser... Elle observa Alex qui tentait de solutionner avec le réceptionniste le couchage des invités imprévus. Il n'y avait plus aucune chambre de libre. Elle avait peut-être eu tort de se laisser aller à ses sentiments, mais elle se sentait si bien. Puis elle se reprit. Ce qui lui arrivait était incompatible avec la mission qui lui avait été confiée. Ne pas se disperser. On verra après. S'il y a un après... Elle se rapprocha de lui.

– C'est résolu, annonça Alex. Ils prennent notre chambre et on investit celle d'Orson. Il est absent pour deux jours. Je suis sûr que, s'il l'avait su, il nous l'aurait spontanément proposé, ajouta-t-il, amusé par la situation.

– Alex, je suis désolée, ne m'en veuillez pas, mais j'ai besoin d'être seule ce soir.

– Que se passe-t-il ? Est-ce que vous regrettez ce qui est arrivé ?

– Non, bien sûr que non. Mais... Le reste, Alex. Aujourd'hui, je me suis laissé emporter, j'ai oublié l'espace d'une journée ce pour quoi nous sommes ici. Et... j'ai eu tort. On ne peut rien démarrer au milieu de tout ça.

Alex savait qu'elle avait raison, mais il ne voulait pas s'en convaincre.

– Alors ? dit-il en désespoir de cause.

– Alors, restons-en là pour maintenant. Après, on verra. Croyez-moi, Alex, cette décision me coûte. Peut-être plus qu'elle ne vous coûte. Mais nous devons nous y tenir.

Alex fit une moue de découragement pour contenir son émotion.

– Vous avez raison. Et c'est une décision que l'on doit prendre à deux. Vous n'avez pas à la supporter seule, ce ne serait pas juste. On se rattrapera après, ajouta-t-il, faussement optimiste.

Elle sourit faiblement :

– Où allez-vous dormir ?

– Ne vous inquiétez pas pour moi. Je vais demander l'hospitalité à Ossi.

– Merci, Alex. Et merci pour eux, ajouta-t-elle.

Liu tenait Guan endormie dans ses bras. Xu se cramponnait à son compagnon. Tous trois suivaient en silence le chasseur qui portait avec circonspection leur petite valise, en direction des escaliers. L'homme aux six mille marches et sa bien-aimée avaient refusé de prendre l'ascenseur.

11 octobre 1941, quelque part dans Shanghai.

La pièce était dans l'obscurité. Les rideaux tirés ne laissaient passer que la lueur rouge du néon de la façade. La sonnerie du téléphone retentit comme une sirène. Bien qu'attendant cet appel, l'Ombre sursauta et hésita un instant avant de répondre, puis décrocha d'un geste nerveux.

– Allô ?

– Bonjour, l'Ombre.

– Bonjour, mon général.

– J'ai eu votre dernier rapport. Beaumont s'éparpille trop. Et je n'apprécie pas son penchant pour la drogue.

– Sauf votre respect, il fait du bon travail.

– En tout cas, surveillez-le plus pour qu'il n'aille pas raconter dans toutes les fumeries de Shanghai ce que vous êtes venus faire ici.

– Bien. Mais ce qu'il a trouvé chez Neuermann dépasse toutes nos espérances. Les Japonais sont impliqués jusqu'au cou dans la recherche d'une arme biologique.

– Surtout ne vous éloignez pas du but de l'opération : la lettre, avant tout. Maintenant qu'il a compris ce qu'elle contient, il va tout faire pour la retrouver.

– Mais, mon général... Aviez-vous connaissance des unités 731 ?

– Ce n'est pas le propos. Nous devons mettre la main sur cette lettre avant tout le monde. Vous me confirmez bien que les souches de la grippe espagnole proviennent du laboratoire de Peter Beaumont ?

– C'est ce qu'il a affirmé.

– Pouvez-vous imaginer les conséquences si les Allemands parvenaient à trouver cette lettre ? Les Américains responsables de millions de morts pour avoir joué aux apprentis sorciers... Ce serait la fin de tous nos efforts pour convaincre les pays neutres de se ranger de notre côté. Sans compter qu'Eisenhower refusera d'entrer en guerre après un tel opprobre. Cette lettre peut décider de l'issue de la guerre, l'Ombre. C'est notre urgence absolue. Après, on pourra monter une mission ciblée sur ce qui se passe en Chine.

L'Ombre ne répondit pas, regardant sa main rougie par le néon comme s'il s'agissait d'un membre ensanglanté.

– Allô ? Que se passe-t-il ? demanda le général. Si vous avez un problème, parlez ! Ce n'est pas le moment de douter ! Nous sommes près du but.

– Non... je ne flancherai pas. Mais je pense que nous devons aussi continuer dans cette voie... les Japonais...

– Arrêtez avec les Japonais. Dans quelques mois tout au plus, Shanghai et toute la Chine seront entre leurs mains. C'est un fait inéluctable. Nous travaillons déjà pour l'avenir. Un avenir sans colonies.

– Je sais. Je ne le sais que trop.

– Il y a forcément à Shanghai quelqu'un qui est au courant pour la lettre. Retrouvez-le, faites-le parler et rentrez à Londres. On a besoin de vous. Tous les services sont sur les dents à cause d'un agent allemand infiltré. À force de fouiller, ils vont finir par découvrir notre lien. Accélérez vos recherches, l'Ombre. Vous avez carte blanche. C'est clair ?

– Très clair, mon général.

21 octobre 1941, maison de la gouvernante de Walter Grant, Shanghai.

Guan était sortie de l'hôpital après un traitement de dix jours pendant lesquels Liu et Xu ne l'avaient pas quittée, au point de dormir avec elle dans l'unique chambre de l'établissement de Chen. Ils étaient repartis comme ils étaient arrivés, sans un bruit. Au moment de monter dans la voiture de Grant, Guan avait offert son dernier dessin, qui représentait sa maison sur le pic, à Alex. Isaure l'avait serrée très fort dans ses bras en lui promettant de venir la voir avant leur départ. Puis la Cadillac avait disparu dans un nuage de poussière au bout de la rue Zhenju.

Ces derniers jours avaient été rythmés par l'attente d'une réponse positive de Ding Gareng à leur demande d'entretien. Mais, malgré les trésors de diplomatie déployés par le Dr Yang, le directeur de l'école de médecine traditionnelle chinoise de Shanghai s'était toujours défilé. Chen leur avait expliqué que tout Chinois qui s'honorait de respecter les convenances ne devait jamais dire non. Que le non embarrassait une relation, qu'il pouvait la mettre en péril. Gareng, qui avait de la considération pour Alex et Isaure, ne pouvait leur refuser un entretien. Mais il remettait sans cesse leur rendez-vous à des dates ultérieures, l'accompagnant des raisons les plus diverses et les plus détaillées, comme si les mensonges énoncés étaient une marque profonde de respect.

– On fait fausse route avec lui, dit Isaure, courroucée. Il doit bien y avoir quelqu'un d'autre qui sait ce qui s'est passé à Canton. Quelqu'un d'autre qui sait pour la lettre. Gareng n'est pas le seul individu à connaître un tel secret.

Tony Queswick tira une longue bouffée sur sa pipe avant d'intervenir :

– Et si on misait nos billes sur Theo Siefielg ? Ce type a des dossiers sur tout le monde. C'est son assurance-vie. Vous ne pouvez pas attendre indéfiniment un rendez-vous qui, selon moi, ne viendra pas. Je connais bien Gareng. Il ne fera jamais un choix de cœur. C'est un pragmatique. Vous n'êtes pas en mesure de le protéger, ni de faire pression sur lui. Il ne vous dira rien. Si tant est qu'il sache quelque chose.

Il sortit sa montre à gousset de sa poche.

– Mais où est Grant ? Il devrait déjà être là !

– Il est passé à l'ambassade chercher un message urgent de Bulldog, dit Isaure.

– Je n'aime pas ça, marmonna Queswick. Je n'aime pas ça. Hai ?

La vieille gouvernante apparut aussitôt.

– *Wo xiang he chá*. Du thé, s'il te plaît. Du zhejiang.

Elle s'inclina en silence.

– Alex, fit Tony, qu'en pensez-vous ?

– Je suis d'accord avec vous sur un point : dans l'état actuel de la situation, Gareng ne nous dira rien. Mais je crois qu'on peut le faire changer d'avis.

– Par quel moyen ?

– Les photos de Neuermann. Montrons-lui les photos. Il acceptera de nous aider quand il saura ce qui se passe.

– Impossible, dit Isaure. Les ordres sont formels. Pour l'instant, ces photos n'existent pas.

Queswick la regarda un court instant :

– N'est-il pas possible d'insister auprès de Londres ?

– Si, on peut faire des rapports alarmistes. Et attendre toujours la même réponse : non.

Hai apporta une théière en argile et de minuscules verres qu'elle disposa devant eux, avant de retrouver sa place dans un angle de la pièce.

– Je prendrai contact avec Siefielg, dit Alex. Il y a des combats de grillons après-demain. Ossi m'en a expliqué les règles. Je l'ai aussi fait parler sur la manière dont sont disposés les bureaux chez IG Farben. Je sais exactement où se trouve celui de Siefielg et qui garde l'immeuble le soir et le week-end. Vous pourrez aller le visiter quand il sera avec moi.

– J'espère qu'il n'y a pas de monte-charge, dit Isaure.

– Le bureau en lui-même ne présente aucune difficulté, indiqua Alex. Mais Siefielg possède un immense coffre qui contient officiellement tous les brevets déposés par la société. Je suis persuadé que tous ses secrets y sont également.

– Walter constituera une équipe pour ce job, proposa Tony. Bill Clarke nous trouvera un bon serrurier. C'est un ancien de la police municipale de Shanghai. Alex, combien de temps vous faudra-t-il pour amadouer Siefielg ?

– Grâce à notre couverture, ce devrait être rapide. Les Allemands ont toujours aimé le cognac.

– Cet Ossi, il est fiable ?

– Actuellement, il monte un dossier pour appeler au boycott des produits d'IG Farben, en raison de leur attitude discriminatoire envers leurs employés juifs. S'il savait ce que nous nous apprêtons à faire, il se proposerait pour allumer la mèche qui ferait exploser le coffre.

– Laissons-le en dehors du coup. Continuez juste à l'interroger discrètement.

Des bruits de pas leur parvinrent du pont de bois qui menait à la maison. La conversation s'interrompit. Tous les regards se tournèrent vers la porte.

Grant entra, avec sa mine des mauvais jours. *Des très mauvais jours*, se dit Isaure. Il ne prit pas la peine d'enlever son imperméable et s'assit en face d'eux.

– Mauvaise nouvelle, dit-il sobrement.

Il se tourna vers Hai et l'interpella en mandarin. Elle quitta la pièce.

Walter se massa le menton et soupira, l'air affligé.

– Un message du QG : dans une semaine, les Américains auront retiré leurs troupes de Shanghai. Il n'y aura plus personne pour nous défendre contre les Japonais.

15.

21 octobre 1941, club La Renaissance, *avenue Joffre, Shanghai.*

La salle était bondée. Des groupes de spectateurs s'étaient agglutinés autour d'une dizaine de tambours improvisés en arènes. L'atmosphère était saturée d'humidité et de fumée. Des encouragements ou des cris de déception s'échappaient du public, passionné par les matches. Ossi tenait levée la minuscule cage renfermant le grillon d'Alex, baptisé Tony en l'honneur des frères Queswick et de leur légendaire pugnacité, afin que tous puissent voir le potentiel athlétique de leur protégé. Tony avait un corps de couleur noir, à l'exception de sa partie dorsale haute, entièrement jaune. Ses pattes étaient musclées, sa queue fine et ses ailes serrées.

– Signe des grands champions, affirma Ossi aux spectateurs qui jaugeaient son potentiel. Tony est âgé de cinquante jours, il est au faîte de sa maturité.

– Combien a-t-il gagné de combats ? demanda un Chinois au regard circonspect.

– Nous nous sommes réservés pour la compétition de ce soir, répondit Ossi qui savait que c'était là que se situait leur point faible.

Le Chinois gloussa et se tourna vers son voisin de gauche en lui donnant un coup de coude :

– Tout juste bon pour la friture, commenta-t-il, goguenard.

L'autre acquiesça en ricanant.

– Il s'entraîne depuis des semaines et son potentiel est énorme, insista Ossi, vexé. Il a des antennes très sensibles. C'est un vrai tueur.

– Messieurs, les paris sont ouverts ! aboya le bookmaker.

Les deux hommes, ainsi que la majorité de la salle, se regroupèrent rapidement devant la table où les paris allaient être enregistrés.

Alex se tenait légèrement à l'écart. Il essaya de repérer Siefielg, sans succès. La foule était trop dense et la plupart des personnes présentes se tenaient courbées pour profiter du spectacle. Ossi le rejoignit.

– Ne vous inquiétez pas si sa cote est très élevée. Notre champion est un challenger, mais il va en surprendre plus d'un.

Alex se demandait bien comment un élément autre que le hasard pouvait décider du résultat des combats, mais il ne voulait pas freiner Ossi dans sa ferveur.

– Excusez-moi pour mon ignorance totale, mais comment sait-on qui gagne ? Il n'y a pas de K-O, j'imagine.

– Tout est très codifié. Il y a six niveaux d'agressivité. Les deux insectes ferraillent d'abord avec leurs antennes, puis se tiennent les mandibules et finissent au corps à corps. Il y en a toujours un des deux qui finit par abandonner. C'est une tradition qui remonte à la dynastie Tang. Ce n'est pas votre rugby qui pourrait se targuer d'avoir mille cinq cents ans d'existence !

Alex se sentit frustré d'être comparé à un animal qu'il considérait comme un élément naturel du décor. Sur leur gauche, une clameur leur indiqua qu'un combat venait de se terminer.

– C'est à nous, dit Ossi. Un ring se libère.

Ils s'installèrent autour d'une barrique retournée dont le fond avait été peint en blanc afin de mieux distinguer le détail des assauts. Ils saluèrent le propriétaire adverse, un jeune Asiatique et son champion, du nom de Kuona. Ossi sortit Tony de la cage en le tenant par les antennes. Il les fit glisser entre pouce et index, d'abord lentement puis plus rapidement, entraînant le grillon, suspendu dans le vide. La bête tournait sur elle-même à une vitesse impressionnante.

– Qu'est-ce que vous faites ? cria Alex. Vous voulez le rendre malade ?

Ossi répondit par un rire franc :

– Au contraire, ça décuple son agressivité. Il vient de recevoir des décharges électriques directement dans son cerveau.

En face d'eux, Kuona subissait un sort comparable.

– Les paris sur la table huit sont finis ! hurla le bookmaker. Le combat peut commencer.

Ils furent instantanément entourés d'une cinquantaine de spectateurs, les derniers grimpant sur des chaises pour mieux suivre le combat. Les deux insectes furent posés au centre du plateau. Tony et Kuona se firent très rapidement face, comme s'ils avaient conscience de ce qu'on attendait d'eux. Tony avança le premier. Leurs antennes se touchèrent, chacun cherchant à écarter celles de l'autre. Le round d'observation ne dura que quelques secondes. Kuona s'approcha de son adversaire et tenta d'atteindre sa tête avec ses mandibules. Le coup de cisaille finit dans le vide. Tony semblait plus nerveux et plus véloce que son vis-à-vis. Plus patient aussi. Il le laissait tenter de porter des coups, esquivait et répondait par des cisaillements efficaces. Au bout de trois corps à corps perdus, Kuona ne cessa plus de reculer, se contentant de se défendre des coups portés par Tony, les élytres hérissés. Mais la domination était entendue. Après une minute et demie, il abandonna, fuyant devant son adversaire qui ne cherchait même plus à se rapprocher et restait au centre du plateau, en vainqueur qu'il était. L'autre tournait à la périphérie du tonneau, cherchant une issue. Son propriétaire le récupéra, l'enfourna dans son pot et quitta l'arène sans un regard pour l'équipe adverse.

Les combats suivants furent un calque du premier. Tony se montra intraitable. Ossi encaissait les gains avec un sourire croissant. Mais Alex attendait toujours l'arrivée de Siefielg. La soirée touchait à sa fin. Le grillon, qui avait vaincu tous ses adversaires, avait reçu le titre honorifique de « grand maréchal », distinction qui récompensait le meilleur combattant d'un tournoi. Les derniers parieurs recomptaient leurs gains avec un plaisir évident, les grillons regagnaient leurs box, dans lesquels des grains de maïs avaient été déposés, et les derniers espoirs d'Alex semblaient sur le point de s'envoler.

– Ossi, finit-il par demander, vous m'aviez assuré que Siefielg serait présent ce soir, mais je n'ai pas vu d'Européens autres que nous.

– Une sacrée équipe, non ? répondit Ossi. Il faut absolument recommencer la semaine prochaine, une fois que Tony aura récupéré de ses efforts. Quant à Siefielg, il ne rate jamais une soirée. Il était là, Alex. Il a observé tous nos combats, croyez-moi. Mais de loin, comme un prédateur. Il a pour habitude de venir défier le champion de la soirée. Il ne veut que des adversaires de valeur pour ses grillons. C'est pour ça que je n'ai pas encore nourri Tony. Il reste un dernier défi. Le plus dur. Theo Siefielg ne possède que des grands maréchaux.

– Ossi Lewi, appela une voix, depuis un endroit non éclairé de la pièce.

L'homme sortit de l'ombre. Il était habillé du nouveau costume chinois à la mode, un Zhongshan Zhuang, copie de la tenue porté par Sun Yat-Sen, au col baissé et aux quatre poches symétriques, directement inspiré des vêtements militaires allemands. *C'est pour cette raison que je ne l'ai pas repéré*, se dit Alex, quelque peu vexé d'être si peu observateur. Siefielg pouvait difficilement passer pour un autochtone. Ses cheveux blonds étaient coupés en brosse, les traits de son visage étaient fins, le regard hautain, la démarche aristocratique. Il s'approcha d'eux, sans se presser, les mains jointes dans le dos.

– Je suis étonné de vous retrouver ici, je ne savais pas que vous aviez un intérêt pour cette activité très... chinoise, dit-il à Ossi d'un ton plein de sous-entendus, sans même le saluer.

– Je ne suis qu'un modeste compétiteur comparé à vous.

– Tout de même, votre insecte a gagné la première partie du tournoi, répondit-il, faisant allusion au combat à venir.

– Tony appartient à M. Alexandre Beaumont, de la maison Mérey, dit Ossi pour introduire Alex.

– Ah ? C'est donc vous le propriétaire des cognacs dont on m'a parlé ? Enchanté.

Il lui tendit la main.

– Accepteriez-vous un dernier combat ce soir ? enchaîna Siefielg en claquant des doigts.

Un serviteur Han apporta une petite table en bois laqué, sur laquelle étaient disposés dix pots à grillons. Il la déposa devant Siefielg et se retira.

– Voyons, voyons, dit-il en examinant les minuscules cages. Quel serait le meilleur compétiteur pour votre grillon ?

Il fit mine d'hésiter devant plusieurs pots et s'empara du plus gros.

Ossi échangea un regard de connivence avec Alex. Un regard qui signifiait : « Il emploie la même méthode à chaque fois. »

– N'importe lequel de vos pensionnaires lui conviendra, déclara crânement Ossi.

– Je n'en doute pas, répondit l'Allemand sans le regarder. Monsieur Beaumont, comment vont les affaires dans notre bonne ville de Shanghai ?

Son antisémitisme suintait par tous les pores de sa peau. Son mépris pour Ossi mit Alex en rage, mais il n'en montra rien. Il devait dialoguer avec la partie la plus abjecte de l'humanité sans montrer aucun état d'âme.

– L'Asie est un marché nouveau pour nous, répondit Alex en le regardant droit dans les yeux. Je suis ici pour nouer des liens et apprendre.

Siefielg l'écoutait tout en préparant son grillon au combat. Il avait sorti une paille, qu'il utilisait pour exciter l'animal en tapant sur ses antennes.

– J'aime votre approche. Il faut toujours comprendre l'histoire et la culture d'un pays avant...

Il s'interrompit pour se concentrer pleinement sur son activité. Il prit le grillon par les antennes et le fit tourner tout en soufflant dessus. L'animal se débattit, soulevant ses élytres et ses ailes.

– ... avant de le conquérir, acheva-t-il, en déposant l'insecte au centre du tonneau. Pacifiquement, bien sûr, ajouta-t-il, avec un sourire ironique. À votre tour.

Ossi, qui avait échauffé Tony, l'installa en face de son adversaire, à distance respectueuse. Il se méfiait des grillons de Siefielg, dont il savait qu'il les affamait avant les combats pour les rendre plus agressifs.

Les deux mâles commencèrent leur ballet d'intimidation sans s'approcher l'un de l'autre, les antennes penchées en avant battant l'air comme des fouets. L'Allemand les observait, fasciné. Ses yeux indiquaient une concentration extrême.

– Vous connaissez Sun-Tseu ? dit-il sans cesser de regarder l'arène de bois blanc.

– Non. Ce nom m'est inconnu.

Tony était moins conquérant que lors des matchs précédents. Son vis-à-vis avait une fois et demie sa taille et dirigeait les débats. Le round d'observation se prolongea par des passes d'escrime.

– Sun-Tseu a écrit *L'Art de la guerre* il y a plus de deux mille ans. Un livre inégalé, encore aujourd'hui. Ah... fit-il en constatant le premier contact direct des deux gryllidés.

– Je ne m'intéresse pas à cet art-là, répondit Alex. Je suis pacifiste.

Siefielg lui jeta un regard en biais :

– Vous avez tort. Tout est rapport de force. Tout est conflit. Chez l'homme comme chez ces bestioles. Et Sun-Tseu décrit la meilleure façon de gagner un combat, quel qu'il soit. Allez, Kaiser, cria-t-il à l'adresse de son champion qui venait de tenter d'attraper Tony à la gorge avec ses mandibules.

Ce dernier, tout en esquivant, avait réussi à placer un coup de cisaille qui avait sectionné le bout de l'antenne de Kaiser. Le morceau gisait sur le sol telle une brindille.

– Vous enseignez Sun-Tseu à vos athlètes ? dit Alex, en regrettant immédiatement sa moquerie inutile.

– Un combat est une vie en miniature, répliqua Siefielg. Il y a des vagues de découragement, d'euphorie, des coups durs, des réussites. Mais seul compte le résultat au coup de gong final. Alors, on peut savoir qui a gagné. Pas avant.

Le premier corps à corps débuta. La puissance de Kaiser fit la différence et Tony dut effectuer une roulade sur lui-même pour s'en échapper.

– Voyez-vous, continua l'Allemand, pour vaincre il faut respecter son ennemi et en prendre la mesure. Une chose que vous, les Français, ne saurez jamais faire.

– Je suis américain. Mais La Fayette, qui était français, est venu nous donner un sacré coup de main. C'est la valeur de la cause défendue qui fait la différence. La démocratie vaincra toujours parce que la cause est juste. Les dictatures finissent par s'écrouler parce qu'elles s'organisent sur des bases fausses. C'est la liberté qui donne la rage de vaincre. Aucun traité de stratégie ne pourra jamais rien contre cela.

Tony prit l'initiative, les élytres levés. Il écarta les antennes de Kaiser avec les siennes et planta ses mandibules dans la chitine de son adversaire, au niveau du thorax. La carapace de Kaiser était d'une extrême solidité et ne subit aucun dégât. Le grillon, que l'attaque avait placé en position surélevée, réussit à attraper et à déchirer l'élytre gauche de Tony sur toute sa longueur. Ce dernier se retira et fit un tour de piste à distance de son adversaire.

– Quelle naïveté, mon jeune ami ! Vous avez encore beaucoup à apprendre de la vie. Le seul ressort de la victoire est l'instinct de survie. Dans toutes les espèces animales, celui qui est battu accepte sa défaite et se soumet. Il est inutile de se battre contre plus fort que soi. C'est juste suicidaire. Regardez votre animal : il a compris.

Tony refusait le corps à corps et maintenait Kaiser à distance, mais l'état de son aile, qui pendait, indiquait qu'il allait bientôt abandonner. Contre toute attente, alors qu'il avait gagné le combat, Kaiser se précipita sur lui et lui assena de profondes blessures. Il lui coupa deux pattes, entailla l'autre élytre et endommagea l'articulation de sa mandibule droite qui prit un angle improbable avec le reste de son corps. Il s'acharna de longues secondes.

– Bon sang, qu'est-ce que c'est que cette bête ? hurla Ossi.

Tony tressautait nerveusement, allongé sur le dos. Ses mouvements anarchiques ne lui permettaient pas de se redresser.

– Siefielg, ce n'est pas un grillon qui peut faire ça !

– Sélection naturelle, croisement pour obtenir les meilleurs combattants, répondit-il d'un air triomphant. Ouvrez vos yeux : c'est la leçon de la nature. Il n'y a pas de place pour les faibles. Alors, monsieur Beaumont, convaincu ?

Alex regardait le grillon, dont une seule patte restait animée de contractions récurrentes. Mais l'animal était mort.

– Pas de place pour les faibles, répéta l'Allemand, alors que son serviteur emportait la table et les pots à grillon, laissant le vainqueur au centre du ring, ce qui étonna Alex.

Siefielg prit son grillon par les antennes, le félicita et le laissa tomber sur le sol. L'animal eut juste le temps de se remettre sur ses pattes avant de se faire écraser sous la botte de son maître.

– Kaiser n'est pas unique. J'en ai des dizaines comme lui dans mon élevage, dit-il, satisfait de l'effet produit sur ses interlocuteurs. L'individu n'est rien, seul compte le but.

Il serra la main à Alex et salua Ossi de la tête.

– Messieurs, ce fut une belle soirée. J'espère avoir l'occasion de vous retrouver prochainement pour la revanche.

Il fit quelques pas puis se retourna :

– Monsieur Beaumont, j'aimerais vous présenter un ami amateur de cognac. Pouvez-vous vous rendre disponible jeudi prochain vers 17 heures ? Venez au *Café Fédéral*, j'ai peut-être un marché pour vous.

– J'y serai.

– Très bien. Lisez quand même Sun-Tseu. Je ne serai pas toujours là pour vous aider dans vos affaires, ajouta-t-il en sortant.

Le club déserté résonna du rire malsain de Siefielg.

– Alexandre, vous n'allez pas y aller, dit Ossi. C'est un repère de nazis !

– Ossi, ne vous inquiétez pas. Je n'ai pas lu Sun-Tseu, mais je connais bien l'histoire du cheval de Troie.

25 octobre 1941, magasin d'antiquités de Sid Giggs, Shanghai.

Bill Clark écrasa sa cigarette et expira la fumée en mimant Humphrey Bogart, qu'il était allé voir l'après-midi même dans *Le Faucon maltais*. Son admiration sans borne pour l'acteur était rehaussée par le fait qu'il pratiquait le même métier que la plupart de ses personnages : détective privé. Et les vingt ans passés dans la police municipale de Shanghai, ajoutés à une décennie à jouer à l'espion pour des sociétés commerciales, puis pour son pays, avaient fait de lui une caricature de Sam Spade. À tel point qu'il s'était persuadé que des scénaristes d'Hollywood étaient venus l'observer pour créer le personnage.

– Si tous les renseignements que vous nous avez indiqués sont exacts, il nous faudra moins d'une heure pour boucler l'opération, dit-il à l'adresse d'Alex.

– Ils le sont, assura-t-il.

Ossi avait répondu à toutes les questions d'Alex sans jamais lui demander d'explication. Sans doute avait-il des soupçons. Peut-être même savait-il. Mais tout ce qui pouvait nuire à Siefielg ne pouvait qu'avoir son assentiment.

– Combien serez-vous ? demanda Isaure.

– Trois. Deux dans le bureau et un qui restera dehors, à guetter. J'aurai avec moi Doigts d'or, le meilleur serrurier de Chine. Un gars qui a travaillé toute sa vie à élaborer les coffres les plus sûrs pour Chubb, à Londres. Il a son nom sur la plupart des brevets. Ce type de serrure à combinaison, il l'ouvre en trois minutes sans laisser de traces. Le plus long sera d'identifier les bons dossiers et de les photographier.

– Nous pourrons le retenir plus d'une heure, si nécessaire, affirma Alex. On emportera des échantillons de cognac pour une dégustation.

– Bien. À cette heure, tous les employés d'IG Farben seront déjà sortis et l'équipe de nettoyage ne passe que le matin, précisa Bill. Je me suis procuré un double de la clé qui ouvre la porte de service, sur l'arrière du bâtiment. Le garde ne verra rien.

– Voilà une affaire qui s'engage bien, résuma Walter Grant. Surtout, Bill, rien ne devra avoir bougé d'un centimètre à son retour. Je te fais confiance.

Clark enfila son pardessus et son chapeau – du même modèle que ceux de Bogart, importés de New York – et les salua en silence. Il regarda sa montre.

– Il est 14 h 35. Prenez la liberté d'arriver en retard au *Café Fédéral*, disons vers 17 h 20. Ce sera toujours du temps de gagné. OK ?

– D'accord, dit Isaure. À vous d'agir.

– À vous de jouer la comédie, répondit Clark. Soûlez-les si possible.

– J'ai un spécialiste pour ça, dit-elle ne regardant Alex d'un air complice.

L'épisode du *Harry's* traversa leur esprit au même moment.

25 octobre 1941, Café Fédéral, *Shanghai*

Le *Café Fédéral* était, en dépit de son nom banal, un établissement chic. Un chasseur en tenue accosta le couple Beaumont dès leur arrivée et s'empressa de porter la valise d'Alex, pour regretter intérieurement son geste tant elle était lourde et encombrante. Le sommelier qui les attendait à la réception se montra moins courtois.

– Ces messieurs vous attendent depuis vingt minutes, fit-il remarquer d'un air pincé en les emmenant vers un salon privé. J'ai dû les faire patienter.

Theo Siefielg les accueillit, pressant mais jovial :

– Les voilà, enfin... La maison Mérey !

Il était habillé en tenue de l'armée de terre allemande. Le dandy précieux, amateur de combats de grillons, était aussi un militaire au service d'une dictature qui mettait l'Europe à feu et à sang. Siefielg fit un baisemain, accompagné de compliments appuyés, à Isaure et porta une accolade chaleureuse à Alex, à la manière d'un copain de régiment. Cette familiarité factice dérangea Alex car il n'en comprenait pas le sens. Alex s'excusa vaguement pour leur retard et demanda au chasseur, resté présent, de déposer sa valise à côté de la table ronde. Siefielg l'interpella en mandarin :

– Non, à côté. Mettez-la à côté. Nous allons passer dans l'autre salle.

Alex fit mine de ne pas comprendre la langue chinoise. L'Allemand s'expliqua :

– Je vous avais promis de vous présenter quelqu'un. Un grand amateur de cognac. Il est à la tête d'une entreprise de plusieurs milliers de personnes... Venez, il nous attend.

Ils entrèrent dans une pièce plus grande, plus lumineuse et meublée à l'européenne. Deux larges sofas se faisaient face à côté d'une immense cheminée qui soufflait la chaleur d'un épais tapis de braises rougeoyantes. D'un fauteuil, installé juste devant l'âtre, dépassait une main nonchalante qui tenait une cigarette State Express 555, à l'état de colonne de cendres, qu'une pression du pouce fit tomber sur le plancher ciré.

– Monsieur et madame Beaumont sont arrivés, un retard bien indépendant de leur volonté, dit Siefielg, révérencieux.

L'homme se leva et leur fit face. De taille moyenne, son corps était tout en rondeurs, et sa tête en proportion semblait trop petite. Son panama blanc porté très en avant du crâne atténuait cette impression tout en lui donnant un air ridicule, accentué par un costume mal taillé. Son origine japonaise ne faisait aucun doute, ses traits et sa petite moustache lisse le faisaient ressembler au général Kuroki, héros de l'armée nippone. Son regard était dur et tranchant. Rien en lui n'évoquait une quelconque humanité.

– Alexandre, fit Theo, je suis heureux de vous présenter une des personnalités les plus brillantes et les plus en vue du Japon...

Ni Isaure ni Alex n'avaient besoin de présentations. Ils avaient instantanément reconnu l'homme des photos que la LCS leur avait fait parvenir quelques jours auparavant.

Bill se frotta les mains. Ils avaient déjà pris de l'avance sur l'horaire. *Doigts d'or n'est pas le meilleur serrurier de Chine, c'est le meilleur au monde*, songea-t-il en le regardant œuvrer. Il prépara son appareil photo, un Leica II, d'une taille encombrante, mais à la qualité de rendu sans égale. Il avait disposé sur le sol une lampe munie d'une ampoule spéciale afin d'obtenir pour ses clichés la meilleure définition possible. Doigts d'or décoda le dernier chiffre de la combinaison et appuya sur le bouton afin de valider le nombre final. Le cliquetis caractéristique des pênes se retirant de leur logement se fit entendre. Bill tira lentement la porte blindée jusqu'à complète ouverture. Il balaya l'intérieur du coffre du faisceau de sa lampe et jura :

– Bon Dieu, mais qu'est-ce que c'est que tout ça ?

– Je vous présente M. Shiro Ashai, dit Siefielg. Le plus grand spécialiste mondial en matière d'épidémie.

Ils avaient devant eux l'initiateur et le responsable des unités 731. L'homme le plus dangereux du Japon. Ashai jeta sa cigarette dans la cheminée et s'inclina légèrement pour les saluer. Ses yeux les jaugeaient sans concession.

– Shiro est venu spécialement de Nankin pour vous voir, ajouta Siefielg. Je lui ai dit que vous aviez des merveilles de cognac à lui faire goûter. N'est-ce pas ?

Alex comprit la joie qui animait l'Allemand à leur arrivée et son comportement obséquieux avec Ashai. C'était en réalité du soulagement. Celui de ne pas avoir à lui apprendre qu'il s'était déplacé pour rien. Quel genre d'homme pouvait bien inspirer autant de crainte à un responsable de l'Abwehr ?

– Nous sommes enchantés de vous rencontrer, monsieur Ashai, dit Alex en maîtrisant sa voix pour ne pas trahir sa tension intérieure. Notre maison est la plus ancienne de la région de Cognac et fabrique des produits d'exception pour des gens d'exception.

– Je connais vos alcools et je les apprécie, dit Ashai en avançant vers eux. Je suis un amateur de la Fine Charlemagne depuis mon passage en France, il y a douze ans. Il paraît que sa formule est un secret qui se transmet de génération en génération.

– C'est exact, répondit Isaure. Je la tiens de mon père et seules deux autres personnes sont au courant. Même Alexandre, mon cher mari, n'est pas dans la confidence.

– Ah, vraiment ? fit Siefielg en manifestant un intérêt de circonstance. C'est incroyable !

– J'aime les secrets, surtout s'ils sont bien gardés, dit Ashai en les invitant à s'asseoir dans un des sofas. C'est un gage de qualité. Malheureusement, j'imagine que vous ne pourrez me mettre dans la confidence...

– J'en suis navrée, mais cela fait aussi parti de la tradition. Et vous ne pourriez le trouver écrit nulle part. La transmission est orale.

– Diable ! Voilà des gens que nous devrions engager ! dit Siefielg en riant de sa repartie.

Alex et Isaure lui rendirent un rire poli tandis que Shiro Ashai lui jetait un regard glacial.

– Bien, fit l'Allemand, sentant que sa présence agaçait Ashai, je vous laisse.

– Vous ne restez pas pour la dégustation ? demanda Alex, inquiet.

– Non, je suis désolé. J'ai des affaires qui m'attendent. Vous savez ce que c'est...

– Mais nous avions amené des liqueurs d'exception, dont une de 1889, l'année de la fondation de la maison Mérey, insista Isaure.

– Ce sera pour une autre fois. Nous serons amenés à nous revoir, répondit-il.

Il fit un salut militaire accompagné d'un discret *Heil*. Ashai l'interpella en mandarin :

– Theo, j'ai besoin d'une réponse rapide pour les plans. Les travaux doivent débuter dans un mois.

– Je m'en suis occupé. J'attends une offre des entrepreneurs, répondit-il, mal à l'aise.

– Qu'y a-t-il ? Vous avez peur qu'ils nous comprennent ? demanda-t-il en parlant d'Alex et Isaure, sans les regarder.

– Non, j'ai vérifié qu'ils ne parlaient pas le mandarin. Mais je n'aime pas les témoins.

– Ceux-là sont inoffensifs, croyez-en mon expérience.

– Je sais, mais le *Café Fédéral*...

– Le Café nous appartient. Tout le personnel est trié sur le volet. Quant à vos entrepreneurs, pressez-les. Sinon, je passe par Tokyo.

– Non, ne vous inquiétez pas, je vais les relancer.

– Ne me décevez pas.

– L'ai-je déjà fait ?

– Si tel avait été le cas, vous ne seriez plus ici pour en parler.

Siefielg sortit sans un mot.

– Excusez-moi pour cet aparté, fit Ashai en se frottant les mains. Alors, on commence ?

– C'est long, c'est trop long, grogna Bill Clark tout en cadrant le document placé sous la lampe. Combien en reste-t-il ? demanda-t-il à son coéquipier.

– Une bonne dizaine, répondit Doigts d'or en regardant l'intérieur du coffre.

Le grésillement du talkie-walkie se fit entendre.

– Furet à Spader ? dit la voix du guetteur.

Bill répondit sans lâcher son appareil photo.

– Ici Spader, que se passe-t-il ?

– Quelqu'un vient d'entrer par le porche principal. Officier allemand. Je n'ai pas reconnu son visage. Il discute avec le garde.

– C'est Siefielg ! Mais qu'est-ce qu'ils ont foutu ? ragea Clark.

– Je le retiens ? demanda le guetteur.

– Non, pas de contact direct. Il ne doit pas te voir. On dégage !

Ils remirent les documents dans leur enveloppe, puis à leur emplacement dans le coffre, que Doigts d'or referma précautionneusement avant de repositionner les trois boutons de la serrure sur les chiffres qu'il avait notés à son arrivée. Ils sortirent sur le palier désert. Doigts d'or rabattit la porte en prenant soin d'essuyer la clenche avec un chiffon. Arrivés dans l'escalier de service, Bill jura :

– La lampe ! J'ai oublié la lampe !

Ils firent demi-tour. Doigts d'or rouvrit la porte en un temps record. Bill se précipita à l'intérieur, prit la lampe et tira vivement sur le fil pour la débrancher. La prise électrique se désolidarisa du mur, projetant un film de plâtre sur la moquette.

– Chiotte ! maugréa-t-il.

Il essaya de repositionner le boîtier de plastique dans son emplacement, sans succès. Il lui assena un coup de poing sec pour le faire rentrer de force. La manœuvre réussit juste à l'enfoncer de moitié.

– Vite, vite, chuchota Doigts d'or en entendant des pas dans l'escalier principal.

Bill enleva ses gants, cracha dedans pour les humidifier et les utilisa comme chiffon pour enlever les particules de plâtre qui maculaient le sol. Il ressortit pendant que Doigts d'or jouait de ses instruments pour refermer la porte à clé. Les pas se rapprochaient. Le bureau était situé à mi-parcours du couloir. Ils n'avaient plus le temps de rejoindre l'escalier situé à son extrémité. Bill désigna une porte, celle des toilettes pour femmes. Ils s'y engouffrèrent au moment où l'homme accédait au palier. Ils l'entendirent s'arrêter devant le bureau, chercher ses clés et les introduire dans la serrure. La porte claqua.

Bill regarda son coéquipier et souffla.

– Jamais eu aussi chaud ! chuchota-t-il, assis sur la lunette des WC.

Ils furent pris d'un fou rire nerveux qui dura de longues minutes. Doigts d'or se regarda dans la glace, tira un peigne de la poche de son pantalon et se recoiffa. Lorsqu'ils sortirent, le jour s'était réfugié entre chien et loup.

– Excellent. Je ne m'attendais pas à moins, dit Ashai en reposant son verre au milieu d'une forêt de verres identiques.

– Merci de vos compliments, dit Alex.

– Venons-en au fait, dit le Japonais après s'être essuyé la moustache. Je suis à la tête de plusieurs usines de bois en Chine, qui représentent des dizaines de milliers d'employés.

Ma plus grande unité est située à Nankin. Plus de vingt mille personnes y travaillent.

Isaure se souvint des descriptions par Chen des atrocités commises dans ces « usines ». Les prisonniers étaient appelés les « bûches » par leurs geôliers en raison de leur soi-disant activité de scierie. Elle ne put s'empêcher de frissonner.

Ashai avait aligné ces chiffres comme l'entame d'une négociation sur les remises à lui accorder pour la livraison de cognac. Malgré leur aversion, Alex et Isaure jouèrent le macabre jeu du commerce. Au fur et à mesure de la discussion, ils prirent petit à petit conscience de l'opportunité unique qui s'offrait à eux : les portes de la plus grande et de la plus secrète unité 731 allaient leur être grandes ouvertes pour une livraison de vingt barriques du cognac le plus réputé au monde.

Clara se leva de son siège, lorsque la clochette de la porte d'entrée du magasin fit entendre son tintement, et maugréa contre celui qui lui avait fait abandonner sa lecture en plein suspense. Elle esquissa un sourire en voyant Isaure, accompagnée d'Alex, et, sans un mot, les conduisit jusqu'à l'arrière-boutique. Puis elle retrouva son tabouret, Bella-Vista et Colette, la seule femme qui aurait pu lui faire aimer les hommes.

Orson les accueillit d'une phrase sans appel :

– On a fait chou blanc !

À ses côtés, Bill et son comparse avaient la tête baissée et la mine déconfite des sportifs après la défaite.

– Que s'est-il passé ? demanda Isaure à Bill, qui enfilait son manteau.

– Ce qui s'est passé ? Son coffre est rempli de documents qui ne nous seront d'aucune utilité. On a pris des risques pour rien !

– Quel genre de documents ? demanda Alex.

– Des plans, dit Bill, désabusé. Des rouleaux entiers de plans d'architecte.

– Des plans de quoi ?

– Est-ce que je sais ? Des bureaux, un hôtel, un hôpital... Croyez-moi, rien de bien excitant. En tout cas, pas de lettre, de correspondance, de carnet de décodage. Rien qui nous intéresse.

– Vous les avez quand même photographiés ? interrogea Alex.

– Oui, en partie. J'allais les faire développer. Bon, je vous quitte. Je vous les apporterai demain à l'hôtel. Tu viens, Doigts d'or ?

Son coéquipier se leva et le suivit sans un mot.

– Alors ? demanda Orson. Qu'est-ce qu'on fait ?

– Où est Grant ? demanda Isaure.

– Avec les frères Queswick, répondit-il. Ça bouge dans les quartiers ouest. Les Japonais ont encore progressé dans les Badlands. Ils ont investi tout un quartier suite à la soi-disant agression d'un de leurs ressortissants. On est sur un volcan, les amis. On n'a aucun intérêt à rester plus longtemps. Surtout après le fiasco de cet après-midi.

– Fiasco ? fit Alex. L'opération est une double réussite ! D'une part, nous avons noué un lien direct avec le responsable des unités 731...

– Ashai ? Vous l'avez vu ?

Isaure lui décrivit leur rendez-vous. Le visage d'Orson changea d'expression en une fraction de seconde.

– C'est parfait, même si cela reste à la périphérie de notre mission. Mais on peut imaginer d'introduire des explosifs dans les caisses de cognac pour une action ultérieure, commenta-t-il. Et d'autre part ?

– J'attends de voir les photos, mais je crois connaître la nature des plans de Siefielg, dit Alex, mystérieux. Pour l'instant, je vais rendre visite à un ami.

25 octobre 1941, le Grosvenor, route du Cardinal-Mercier, Shanghai.

Ossi huma le verre ballon et joua avec le liquide couleur caramel, avant de boire au ralenti, pour mieux en apprécier le parfum.

– Merci, Alexandre, merci. C'est un vrai cadeau que vous me faites ! Un tel bouquet, des arômes si puissants, uniques. Tu te rends compte, Birgitt, ce nectar a mon âge ! dit-il à sa femme.

– Mais il est en meilleure forme que toi ! répondit-elle du tac au tac.

Ossi et Birgitt échangeaient ainsi des plaisanteries depuis trente ans. Depuis leur rencontre.

– Maintenant, il ne reste plus qu'un geste à accomplir pour que le rituel soit parfait.

– La vaisselle ? dit-elle, l'air faussement étonnée.

Il ne répondit pas et prit dans la commode une boîte recouverte de feutrine rouge et en sortit deux énormes cigares.

– Du tabac des Indes, un régal. Venez, allons sur le balcon. Birgitt ne supporte pas cette odeur. Ça lui rappelle son enfance de fille de riches.

Ils rirent tous les deux. L'ambiance bon enfant contrastait avec la tension accumulée tout au long de la journée et Alex se laissa entraîner avec plaisir.

– Regardez cette vue ! Je ne vous avais pas menti : elle est splendide, n'est-ce pas ?

À leurs pieds s'étendaient les quartiers de la ville qui se distinguaient par leurs éclairages si différents : du Bund discret et élégant aux néons colorés de Bubbling Well Road ; de la concession française, dont les rues rectilignes étaient éclairées comme des pistes d'atterrissage, aux taches sombres des Badlands.

– Cette ville est fascinante, reconnut Alex. Fascinante mais désespérante. Elle est comme une femme trop belle que tout le monde courtise et qui finit par se suicider, noyée dans l'alcool et des rêves inaccessibles.

Ossi pompait la fumée de son cigare avec la même délicatesse gourmande qu'il accordait au cognac.

– Oui, vous l'avez comprise, Alexandre. Vous l'avez tout à fait comprise.

Il laissa le silence s'installer avant de continuer :

– Et vos affaires, cet après-midi ? demanda-t-il, faisant allusion au *Café Fédéral*.

– Un possible client japonais.

Nouveau silence.

– J'ai... j'ai ce que vous m'avez demandé, dit Ossi en baissant la voix.

– Vous n'avez pas eu de difficulté ?

– Non. J'ai été très discret.

Il éteignit son mégot sur le rebord de la balustrade et l'envoya dans le vide d'une pichenette.

– Vous n'aurez qu'à prendre la boîte de cigares. C'est dedans. Mais je voudrais que vous me promettiez...

– Je sais ce que vous allez me dire, Ossi. Je vous remercie de votre sollicitude. Vraiment. Mais je sais ce que je fais. Croyez-moi.

– Je voudrais que vous me promettiez d'aller voir un médecin à votre retour chez vous.

– Je vous le promets, fit Alex, qui savait déjà à qui il s'adresserait, à Londres.

– Et surtout, prenez bien soin de vous, monsieur Beaumont, ou qui que vous soyez, continua Ossi sans le regarder.

– Promis, répondit seulement Alex, les yeux dans le vague.

Il n'avait plus envie de jouer une comédie inutile face à quelqu'un de bien. Ils restèrent longtemps sur le balcon, silencieux, jusqu'à ce que Birgitt implore son mari de se couvrir d'un gilet molletonné, ce qui fit rentrer Ossi en poussant des cris apeurés à l'idée de porter un vêtement qu'il trouvait ridicule. Il prit Birgitt par la taille et l'entraîna dans une danse échevelée au son du phonographe Marconi posé en équilibre sur leur vaisselier. *Ces deux-là ont été conçus l'un pour l'autre*, songea Alex. Leurs rires résonnaient encore dans sa tête longtemps après qu'ils se furent quittés.

Alex marcha un moment sur le Bund, que la fraîcheur de la nuit avait vidé de ses promeneurs. Il s'assit sur un banc en face du *HMS Peterel* et ouvrit la boîte de cigares. Il en sortit un sachet en plastique épais, dont il étala le contenu dans l'écrin de feutrine. Dix boules de chandoo, de l'opium prêt à être consommé, grosses comme des noyaux de pêche, d'une limpide couleur de miel. Il les fourra dans sa poche et garda la dernière dans sa main. Bien qu'ayant retardé le moment au maximum, il savait qu'il n'avait pas d'alternative. Il n'avait plus ressenti de migraines depuis l'inauguration de la synagogue. Mais il souffrait d'un autre mal. Plus profond. Plus prévisible. Plus sournois. La dépendance qui gagnait son corps avait tout son assentiment. Il n'avait pas envie de lutter. Il avala la boulette et se laissa emporter en toute conscience.

16.

26 octobre 1941, hôtel Cathay, *Shanghai.*

– Cette fois, c'en est trop ! tempêta Orson. Où est-il encore fourré ?

– Il a passé la soirée chez Ossi Lewi, il est sûrement resté chez eux, affirma Isaure sans montrer de signe d'inquiétude.

– Ce type est ingérable ! continua Orson. Il ne respecte aucune autorité, aucune consigne. Dès le début, je l'ai compris. On ne peut pas faire confiance à quelqu'un qui change aussi souvent de fiancée. Il n'est pas stable.

– Venant de toi, cette réflexion me semble quelque peu... comment dire ? Paradoxale, dit Isaure en décrochant le combiné téléphonique. Je vais appeler la réception pour savoir s'ils l'ont vu.

Quelqu'un toqua à la porte d'entrée. Elle raccrocha et écarta les bras dans un geste qui signifiait à Orson qu'il avait eu tort de s'emporter. Alex entra, les traits tirés, les yeux rouges et cernés.

– Ne posez pas de question, dit-il à Isaure qui s'avançait vers lui. Je vais me doucher.

Il jeta sa veste sur le lit et s'enferma dans la salle de bains sans un mot. Elle lui parla à travers la porte :

– Alex, Chen a appelé. Il a réussi à avoir un entretien avec Gareng. Ils nous attendent au Temple du bouddha de jade.

– Il nous fait traîner depuis un mois, il pourra bien patienter une heure.

– Alex, ça suffit ! intervint Orson en tapant sur la porte. Vous savez à quel point ce rendez-vous est important ! Soyez un peu plus professionnel ! Dois-je vous rappeler pourquoi nous sommes là ?

– Oui, allez-y. Et criez-le bien fort ! Au cas où quelqu'un l'ignorerait encore.

Orson et Isaure échangèrent un regard. L'eau gicla contre le rideau de la douche.

– Ingérable, je te l'avais bien dit ! fulmina Orson. Bon, après tout, c'est ton problème. Débrouille-toi comme tu veux, mais il faut qu'il parle à Gareng. Sinon, j'envoie un rapport détaillé à Londres. Et je n'omettrai rien : l'opium, vos escapades amoureuses sur l'île de la Tortue, son refus d'obéir aux ordres. Crois-moi, après ça, vous retournerez en Angleterre plus vite que vous n'êtes arrivés ici !

– Orson ? fit Isaure. Sais-tu quelle est la meilleure décision que j'aie prise dans ma vie ?

– Non, répondit-il distraitement tout en enfilant son manteau.

– Celle de te quitter. Alex a certains défauts, mais lui, au moins, il n'abandonne pas les gens qui ont besoin de lui.

Il mit son chapeau, ouvrit la porte et se retourna :

– Vous vous ressemblez tellement, vous allez si bien ensemble... dit-il d'un ton qui se voulait ironique. Je vous souhaite bien du bonheur. En attendant, pour le reste du monde, c'est la guerre. Pas une lune de miel.

Il claqua la porte en sortant. Isaure s'assit sur le lit, partagée entre le découragement et la colère. Elle chercha du regard son paquet de cigarettes avant de se souvenir qu'elle l'avait terminé la veille. Elle fouilla les poches de la veste d'Alex à la recherche de tabac, mais n'en sortit qu'un sac plastique qui renfermait des boulettes, dont elle devina la nature sans même avoir à les examiner.

– Du Yunnan, dit une voix derrière elle.

Elle sursauta. Alex, en peignoir, les bras croisés, la dévisageait d'un regard dur. Jamais elle ne l'avait vu porter sur elle ces yeux d'encre.

– Je n'avais pas l'intention de fouiller dans vos affaires, s'excusa-t-elle.

– Mais vous l'avez fait. Qu'est-ce qui compte le plus ? L'intention ou le résultat ?

– Alex, que vous arrive-t-il ? Je ne vous juge pas...

Il lui prit le sac des mains.

– Chacun ses secrets, n'est-ce pas ?

Il ouvrit le placard, et y jeta le sachet.

– Bon, on y va ? ajouta-t-il. Allons sauver le monde contre son gré.

Le cyclo-pousse les déposa devant l'immense porte rouge du temple. Ils traversèrent les différentes salles à vive allure et rejoignirent Zen Tang Hall. Chen les attendait à l'entrée.

– M. Ding Gareng est à l'intérieur, dit-il à Alex en mandarin. Je vous laisse. Votre conversation ne me regarde pas. Isaure, continua-t-il en anglais, je suis désolé. Il ne veut voir qu'Alexandre.

Elle ne fit aucun commentaire, paraissant presque soulagée. Elle posa sa main sur l'épaule d'Alex en signe d'encouragement. Il disparut derrière une épaisse tenture rouge et orange.

La pièce était nimbée d'une apaisante odeur d'encens. Gareng était agenouillé devant une statuette dorée de Guanyin, déesse de la compassion. Celle-ci, posée sur un autel d'un mètre de haut, était entourée de plusieurs rangées de bougies allumées et d'un ensemble hétérogène d'ex-voto en papier, dont la plupart représentaient de minuscules souliers. L'homme se tenait immobile, les yeux clos. Alex s'assit en tailleur en face de lui.

– *Jìng yì*. Mes respects, Ding Gareng. Je suis navré de vous avoir fait attendre.

– Monsieur Beaumont, merci de m'avoir donné l'occasion d'une longue discussion avec moi-même. Cela ne m'était pas arrivé depuis une éternité.

Alex savait que l'homme était sincère. La foi bouddhiste attribuait une raison à tout événement, même anodin. Chaque acte s'inscrivait dans le karma. Immuable cycle entraînant rétribution puis renaissance. Lors de leur première rencontre, Alex avait tenté d'imposer un point de vue européen, basé sur la raison et la logique. Le temple dans lequel ils se trouvaient lui fit soudainement comprendre à quel point il s'était trompé. Il devait adopter une pensée moins rationnelle. Malheureusement, ses connaissances de la religion bouddhiste étaient plutôt restreintes.

– Où en sont vos démarches concernant le livre de votre père ?

– Nous n'avons pas obtenu d'éléments nouveaux sur ce qui s'est passé à Canton.

– Pourquoi vous obstinez-vous dans cette direction ?

– Parce que la vérité se trouve au bout.

– Cette vérité, que vous appelez de tous vos vœux, quelle qu'elle soit, est enterrée depuis des années. Pourquoi voulez-vous ouvrir sa tombe ?

– *Líng hún*. Le salut de mon âme.

– Le salut ? Qu'avez-vous à vous reprocher ?

– Personnellement, de ne pas avoir compris à temps à quel point mon père était un homme formidable. Et collectivement...

– Collectivement ?

– Je fais partie de ceux qui possèdent une pièce d'un gigantesque puzzle. Si je m'arrête, à ce niveau, je sais que je ne pourrai rien en tirer. Mais si je fais tout pour obtenir les autres pièces, alors je serai capable de comprendre ce qui s'est passé et de faire en sorte que rien de tel ne puisse à nouveau arriver. C'est de ma responsabilité.

– Non, vous n'êtes responsable de rien. Ce qui doit arriver arrivera. Cela fait partie de votre karma. Vous seriez prétentieux de croire que vous pouvez influencer votre destin. L'homme n'est pas un dieu. Accompagnez votre destinée au lieu de la refuser.

– La grippe espagnole n'est pas l'œuvre de Dieu.

– Qu'en savez-vous ? Connaissez-vous les quatre nobles vérités du bouddhisme ?

– Non, Gareng. Je n'en ai pas connaissance.

– La première est sans appel : tout est souffrance. Difficile à accepter pour un médecin, non ?

– Oui, la souffrance et la mort sont difficiles à accepter quand on a choisi la voie de la médecine.

– Parce que vous voyez tout avec vos yeux d'Occidental. Vous analysez tout avec votre cerveau d'Occidental. Vous dissociez le corps en zones, en organes, en morceaux isolés. Regardez la flamme de cette bougie. Vous pensez qu'elle est la même, à danser devant vos yeux, depuis tout à l'heure ? Croyez-vous que cette flamme soit la même ?

Alex savait que Gareng l'avait piégé et qu'il attendait une réponse affirmative afin de démonter ses arguments par une brillante démonstration. Mais il se souvint de cet exemple, que Chen avait, lui aussi, utilisé à plusieurs reprises pour caractériser le bouddhisme.

– Non, Gareng. Elle n'est jamais la même. L'oxygène qu'elle utilise est perpétuellement renouvelé. Cette flamme est un amas d'éléments qui apparaissent et disparaissent. N'est-ce pas ?

– Vous prononcez ces paroles, mais en êtes-vous convaincu ?

– Et vous, êtes-vous convaincu que l'influenza soit un élément de votre destin ? Qu'en avez-vous pensé le jour où votre fils est mort dans vos bras, après l'avoir contractée ?

Alex n'avait pas prémédité cette intervention et s'en voulut intérieurement de lui remémorer ce passage douloureux de sa vie, dont Chen lui avait fait confidence.

Son interlocuteur ne manifesta aucune colère.

– Croyez bien que cette question, je me la suis posée des milliers de fois, et qu'aucune conviction, qu'aucune religion ne soulage d'un tel drame. J'ai survécu à la grippe espagnole, alors que mon seul enfant en est mort. Parce que je l'avais contaminé en le prenant dans mes bras, un soir, au lieu de le garder à distance, comme la plus élémentaire des règles de quarantaine l'exigeait. Il s'est échappé des bras de sa mère et m'a rejoint en courant et en m'appelant. Dans ses yeux, il y avait tout l'amour du monde. Et, en cet instant, j'oubliai l'hôpital, l'épidémie, la médecine, mon karma, et j'ouvris les bras pour le serrer contre moi. Un instant de faiblesse. Un seul instant a fait de moi l'assassin de mon propre enfant.

– Je suis navré, monsieur Gareng. Je n'aurais pas dû vous poser cette question. Pardonnez-moi.

– À cette période, mes convictions religieuses n'étaient que superficielles. Mais sa disparition m'a transcendé. J'ai compris à quel point chaque phénomène est à la fois cause et effet. J'ai compris l'impermanence des éléments. Mon fils a été le moteur de ma foi. Il était une flamme parmi une mer de flammes. Mais l'influence de son karma lui a survécu. Il est aujourd'hui un autre, quelque part, ailleurs. Cela fait vingt-cinq ans que j'attends ma renaissance.

– Mais si vous aviez été capable d'empêcher cette épidémie, vous l'auriez fait. Si vous aviez pu arrêter les auteurs de cet acte assassin...

– Monsieur Beaumont, vous connaissez la réponse à cette question. Bien sûr, le bouddhisme ne prêche ni la passivité ni la complicité. Mais dans le cas qui nous occupe, encore faudrait-il que votre hypothèse soit exacte.

– Ce que je veux dire, continua Alex, qui cherchait à mesurer chacun de ses mots, c'est que vous n'avez été qu'un vecteur de la propagation du virus, que vous n'êtes en rien responsable de ce qui est arrivé à votre fils, mais que d'autres le sont. Monsieur Gareng, je recherche la preuve que l'influenza qui a envahi Canton, puis le monde entier, l'a été suite à une manipulation humaine. Que ceux qui l'on fait, pour des raisons sordides, peuvent encore le faire. Qu'un virus, entre de mauvaises mains, peut, encore aujourd'hui, mettre l'humanité en grave péril. Et que tous ceux qui, à quelque niveau que ce soit, peuvent aider à l'empêcher, doivent tout mettre en œuvre pour le faire.

– Soigner l'humanité est une tâche déjà suffisamment compliquée. Nous n'avons pas le pouvoir de l'empêcher de s'automutiler. Monsieur Beaumont, quelle est votre motivation profonde ? Est-elle personnelle ou, sans vouloir vous offenser, inspirée par votre hiérarchie ?

– Mon père a consacré sa vie à essayer d'améliorer celle des autres. Il avait une dette envers eux. Et moi, j'ai une dette envers mon père.

– Nous avons tous ce genre de dette envers ceux que nous aimons.

– Monsieur Gareng, il faut que vous sachiez que la souche virale qui a tué votre fils provenait sans doute du laboratoire de mon père.

Ding Gareng ferma les yeux. Alex continua.

– Mais je sais aussi que mon père n'y est pour rien. Que les Allemands ont réussi à s'approprier les cultures du virus. Et je cherche à comprendre ce qui s'est passé à Canton pour retrouver les responsables.

Les sourcils de Gareng se froncèrent. Ses paupières formèrent deux traits horizontaux.

– Je sais aussi que les Japonais procèdent aujourd'hui, en Chine, à l'élaboration d'une arme semblable, avec l'aide des Allemands. Qu'ils ont édifié des camps, sous couvert d'usines, dans lesquels ils effectuent des expérimentations sur des prisonniers.

Gareng ouvrit les yeux. Son regard exprimait l'effroi. Non pas le traumatisme de se trouver confronté à une situation inconnue et insupportable, mais celui de se retrouver face à un démon enfoui. D'un geste lent, Alex sortit de la poche intérieure de son manteau une enveloppe, qu'il lui tendit.

– Tenez. Ces photos ont été prises à Pingfang, près de Nankin. Dans un lieu que les Japonais appellent l'unité 1644.

Il les regarda, les unes après les autres, maîtrisant ses émotions d'une impassibilité de façade, puis les rendit à Alex.

– Elles proviennent du laboratoire de pathologie de celui qui se fait passer pour Franz Herlich, précisa-t-il. Un Allemand du nom de Neuermann. Le Boucher de Buchenwald.

Gareng restait silencieux. Ses yeux fixaient un point dans le vague.

– Monsieur Beaumont, je voudrais vous croire. Mais...

– Mais... ?

– Comment le puis-je ? Vous êtes anglais. Savez-vous ce que les Anglais ont fait à mon peuple ?

– Regardez ce que les Japonais font en ce moment à votre peuple !

– J'ai entendu parler des unités Togo et de ce qui s'y passerait.

– S'y passerait ? Avez-vous vu ces photos ? Y a-t-il le moindre doute ?

– Qui me dit que vous n'essayez pas de me manipuler ?

– Dans quel but le ferais-je ?

– Les Occidentaux ont toujours des arrière-pensées qui dépassent mon entendement.

– Pourquoi ne me feriez-vous pas confiance ?

– À cause de l'expérience que j'ai des êtres humains.

Alex sortit une petite boîte de la poche intérieure de son manteau et la posa devant Gareng.

– Dans cet étui, il y a une lame renfermant une coupe de tissu pulmonaire atteint d'un virus destructeur. Je n'en ai jamais vu de tel. Elle provient d'une unité Togo. Lisez-la au microscope. Je vous la confie. Je n'en ai pas d'autre. Que puis-je faire de plus pour que vous me croyiez ?

– Pourquoi tenez-vous absolument à me convaincre ?

– Je veux vous prouver ma bonne foi. Je dois savoir ce qui s'est passé à Canton et je suis sûr que vous avez la réponse.

– Alexandre Beaumont, je voudrais que nous cessions cet entretien. Mon cœur souffre de ce que vous m'avez montré. Mes pensées sont confuses. J'ai besoin de réfléchir. Laissez-moi du temps. Je vous contacterai.

Alex se leva.

– Je respecte votre décision, monsieur Gareng. Mais je ne sais pas si l'avenir nous laissera ce luxe.

28 novembre 1941, le Bund, Shanghai.

Le bruit cadencé des bottes résonnait dans la rue, au loin, amplifié par l'écho qui rebondissait sur les façades de pierre du Bund. L'artère avait été fermée à toute circulation. Une foule peu nombreuse, principalement occidentale, s'était répartie tout le long de la promenade. Quelques applaudissements discrets s'élevaient à leur passage. Une pluie fine, associée à un vent venant des terres, obligeait à baisser la tête, comme si l'ultime vision des troupes américaines basées à Shanghai ne méritait pas mieux qu'un regard dérobé. Deux cents hommes, en tenue d'apparat, porte-drapeau en tête, remontaient l'allée en direction de l'*USS Fulton*, d'où ils devaient embarquer pour un retour au pays, que tous attendaient depuis des mois. Leur départ n'était pas une défaite, mais les habitants, taipan ou chinois, le ressentaient comme un abandon, une capitulation qui les laissait aux mains des troupes japonaises. Déjà, les rumeurs les plus pessimistes circulaient quant à une concentration de troupes nippones au sud du quartier de Hongkew. La nature a toujours eu horreur du vide.

Alex et Isaure, emmitouflés dans des parkas aux couleurs de la Matheson, étaient accoudés sur la balustrade de la jetée. Devant eux, les militaires embarquaient en file indienne sur le croiseur américain. L'ambiance était grave et les visages des jeunes soldats ne reflétaient aucune joie. La retenue était de rigueur. Le *Fulton* mouillait à côté de l'*USS Wake*, qui, à partir de ce jour, aurait le titre de dernière canonnière américaine de Chine. Le *Wake*, tout comme l'*HMS Peterel*, amarré quelques centaines de mètres en amont, avaient pour tâche, en cas d'urgence, d'évacuer tout le personnel restant du consulat américain ou de l'ambassade britannique.

– Monsieur et madame Beaumont !

James Woodhead remonta la promenade à contresens de la troupe, accompagné d'un jeune homme en tenue de la marine anglaise. Il les salua et leur présenta son acolyte :

– Jim Cuningham. Il est opérateur radio sur le *Peterel* et accessoirement mon cousin, dit-il en lui baissant son calot sur les yeux.

Jim lui envoya un coup de béret sur l'épaule en guise de réponse.

– J'ai promis à sa mère de veiller sur lui, dit Woodhead. Cela absorbe la plus grande partie de mon temps, ajouta-t-il.

Un sifflet retentit depuis le navire américain. Deux sons stridents.

– Ils vont bientôt lever l'ancre, dit Jim. Je vous laisse, je vais dire au revoir à quelques copains.

Il partit en courant, monta la passerelle sous les yeux indifférents de la sentinelle et disparut dans le navire.

– J'aurais préféré qu'il soit avec les troupes rapatriées plutôt que sur ce rafiot, qui ne partira que quand la ville sera en feu, affirma James.

– Et vous, pourquoi restez-vous ? demanda Alex. Sachant ce qui pèse sur vous, ce ne serait pas un déshonneur de vous en aller.

– Pour aller où ? Ma vie est ici. Mon combat aussi.

– C'est tout à votre honneur, mais souvenez-vous de notre dernière conversation, dit Alex.

Woodhead rit bruyamment, ce qui fit se retourner la foule autour d'eux.

– Vous n'allez pas prendre la place de Cornelius, répondit-il. Pour une fois qu'il n'est pas là pour me faire la morale !

– Non, je serais mal placé pour le faire.

– J'ai entendu dire que vous aviez sauvé une enfant dans les collines du lac Taihu.

– C'est exagéré. On a juste convaincu ses parents de la faire hospitaliser en raison de son état de santé.

– Et modeste en plus... Est-ce qu'on pourrait en faire un article pour le journal ? Les lecteurs adorent ce genre d'histoire.

– Non, non... je ne préfère pas, dit Alex en regardant Isaure.

– Pourquoi ? Les autochtones sont très sensibles à ce genre de comportement, plutôt rare de la part d'un Occidental. Ça vous fera une belle pub pour votre société.

– Merci, mais ce serait un peu cynique de ma part. Même si vous croyez que je ne suis qu'un profiteur de capitaliste.

– Justement, vous m'intriguez. Vous n'avez pas le comportement habituel des hommes d'affaires d'ici.

– Sans doute mes origines.

– Votre père était médecin, c'est bien ça ?

– Vous êtes bien renseigné, dit Alex, mal à l'aise.

– Vous ne voulez pas aborder le sujet ? demanda Woodhead.

– Sa disparition est encore un souvenir douloureux.

– Désolé. Défaut de journaliste... Revenons à mon article : j'aimerais quand même faire un papier sur la fillette. Vous acceptez ?

– D'accord, intervint Isaure, qui sentit qu'Alex ne voulait pas prendre cette décision sans son assentiment. Mais à condition d'y associer un article sur le formidable travail du Dr Yang dans son hôpital.

– C'est une bonne idée, répondit Woodhead. Il y a longtemps que je voulais parler de l'hôpital du peuple. Votre histoire en sera une belle illustration.

– Appelez-nous au *Cathay* pour que l'on convienne d'un rendez-vous, ajouta Alex.

– Rendez-vous ? Écoutez, pourquoi ne pas le faire maintenant ? proposa James. Cette cérémonie m'a filé le bourdon. J'ai besoin de passer à autre chose, et vite.

– Je vous laisse tous les deux, répondit Isaure. J'ai quelques courses à faire.

Ce qui, en langage codé, signifiait qu'elle devait se rendre chez Grant pour récupérer les messages de Bulldog. Les nouvelles qu'elle en rapportait étaient rarement bonnes. Elle les quitta avec un signe de la main.

– Vous avez raison, acquiesça Alex en la regardant s'éloigner. Allons-nous-en. Vous avez un endroit préféré ?

– Un lieu étonnant que vous ne connaissez sûrement pas, proposa Woodhead.

– Si vous saviez le genre d'endroit dans lequel je me suis déjà retrouvé ici...

Une idée s'était insinuée en lui. Une intuition fulgurante qui s'était transformée en évidence. Cette pensée ne le quitta pas tout le long du trajet qui les menait au cynodrome et qu'ils firent en silence.

– C'est un peu mon deuxième QG, confia Woodhead en ouvrant la porte du bar qui dominait le champ de courses. Tout ce qui compte à Shanghai s'y retrouve lors des manifestations. Dès que j'ai besoin d'informations, je n'ai qu'à y venir faire mon marché. D'habitude, il y a des courses le vendredi, mais aujourd'hui...

Ils s'assirent dans une loge, protégée de l'extérieur par une immense baie vitrée saturée de buée. Un serveur s'empressa de la nettoyer, malgré l'absence de toute activité au-dehors. Leurs fauteuils étaient tournés vers la piste ovale qui sembla gigantesque à Alex.

– Elle fait cinq cents yards, dit James, anticipant la question. Impressionnant, non ? Un vrai stade d'athlétisme. Il n'y a que celui de Macao qui puisse rivaliser en taille. Imaginez l'ambiance quand plus de mille personnes hurlent pour encourager les chiens. Vous buvez quoi ?

– Thé brun.

Woodhead héla le barman :

– Niels, deux thés. Et apporte-moi mon carnet, s'il te plaît.

L'homme répondit par un borborygme incompréhensible.

– Il est danois et parle l'anglais avec un accent épouvantable. Le patron le garde parce qu'il fait des économies sur tout. Il coupe les alcools et infuse le thé plusieurs fois de suite. Vous vous en apercevrez dès la première gorgée. Mais ce type a eu un parcours étonnant. Vous savez combien il y a de nationalités ici ? Soixante. Sans compter les particularismes. Pourquoi voulez-vous que je vive ailleurs alors que le monde entier s'est concentré à Shanghai ?

Niels déposa les consommations, une liasse de feuilles et un crayon sur la table basse qui les séparait.

– Ne prenez pas de notes, James, dit Alex.

– Pas de notes ? Mais j'en ai besoin pour écrire mon article !

– Vous le ferez une autre fois. Je vais vous entretenir d'un autre sujet.

– Vous m'intriguez, dit Woodhead en reposant son crayon.

– James, avez-vous déjà entendu prononcer le nom d'unité 731 ?

Woodhead se raidit. Son regard d'ange disparut.

– Mon Dieu, les unités Togo...

– Oui. Savez-vous ce qui se trame dans les unités Togo ?

James jeta un regard circulaire afin de s'assurer que personne ne pouvait les entendre.

– Je sais qu'il y a des endroits en Chine où les Japonais ont installé des camps dont les prisonniers ne ressortent jamais vivants. Les gens parlent d'usines de la mort. On les soupçonne de pratiquer la torture et des actes barbares. Dès qu'il s'agit d'en savoir plus, c'est la chape de plomb. Jamais je n'ai vu un sujet aussi tabou.

Alex avala sa salive, conscient des conséquences de son acte :

– Si je vous apporte la preuve irréfutable de leur véritable activité, seriez-vous prêt à en parler dans votre journal ?

– Attendez, êtes-vous en train de me dire que vous savez ce qui s'y passe ?

– En parlerez-vous ?

– Je ne peux pas me contenter d'on-dit ou de témoignages.

– En parlerez-vous ?

– Je veux des documents écrits.

– En parlerez-vous, quel que soit ce que je vais vous révéler ?

– Bien sûr, je le ferai. Dussé-je l'écrire à la craie sur tous les murs de Shanghai ou le crier à voix nue sur le marché de Yangse Road. Si votre information est irrécusable, personne ne pourra m'empêcher de la faire circuler.

29 novembre 1941, l'observatoire de Zikawei, Shanghai.

L'armature nue du clocher sans toit donnait à la bâtisse un air d'inachevé. Le bâtiment, qui datait de 1873, avait été construit dans le style des hôtels particuliers du quartier parisien des Saint-Pères. La partie découverte, ajoutée à l'édifice central, servait d'observatoire à tous les astronomes amateurs et aux météorologues locaux depuis plus d'un demi-siècle. Les jésuites français en avaient fait le service d'alerte aux typhons le plus efficace de toute la Chine. Depuis peu, certains observateurs militaires, français et anglais, sous couvert d'activités scientifiques, avaient aussi pris possession des lieux, braquant leurs jumelles vers les quartiers japonais de la ville. Une plaque de cuivre apposée à côté de la porte principale indiquait : « Observatoire Zikawei. Cercle français d'astronomie Saint-Ignace », en référence à la basilique qui trônait quelques mètres plus loin.

Alex poussa la porte battante et suivit le couloir central jusqu'à un escalier de bois à peine plus confortable qu'une échelle. Un câble de marine, accroché sur le mur, permettait de conserver un semblant d'équilibre pendant la progression en hélice. L'escalier s'ouvrait sur un plateau carré à ciel ouvert, à dix mètres du sol. Cinq mètres au-dessus, s'étendait un deuxième plateau, plus petit que le premier, qui n'était accessible que par une échelle de corde. D'une surface de deux mètres sur deux, il soutenait un poste d'observation en bois pouvant recevoir deux personnes.

Isaure l'attendait, debout devant la balustrade de pierre qui ceinturait le plateau principal, à côté d'un homme qu'Alex ne reconnut pas de dos. Un vent léger jouait avec les cheveux d'Isaure, ce qui lui donnait une féminité plus affirmée que lors de leur première rencontre. *Coupe courte et tenue militaire*, se souvint Alex avec nostalgie. À son réveil, elle avait déjà quitté l'hôtel, ayant laissé un mot sibyllin quant au lieu et l'heure du rendez-vous. Les jeux de piste permanents commençaient à lui peser, tout comme l'attention qu'il devait porter à chacune de ses paroles afin de ne pas éveiller de soupçon sur leur véritable identité. Il n'avait qu'une envie : reprendre sa relation avec Isaure là où ils l'avaient laissée, c'est-à-dire au premier baiser. Le soleil dispensait généreusement ses rayons, la douceur était partout, dans le chant des oiseaux, les rires des enfants qui s'échappaient du parc voisin, les bruissements des feuilles des palmiers. Il ressentait de plus en plus le besoin d'une stabilité sentimentale. Il voulait égoïstement que la guerre s'arrête le plus vite possible, que tous les masques tombent et que sa vie, enfin, prenne un sens.

L'homme se retourna. Cornelius Stear. Alex comprit instantanément que la journée allait commencer par des problèmes. Et qu'elle allait être très longue. Pas du tout ce dont il rêvait sur le chemin qui le menait à l'observatoire.

– Alex, fit Isaure froidement, je ne vous présente pas M. Stear. Vous vous connaissez.

– Cornelius, comment allez-vous ? dit Alex d'un air détaché.

Il pressentit que le prochain typhon ne serait pas d'ordre météorologique. Cornelius lui serra la main et évita son regard. Sa gêne était visible.

– Je vais bien, répondit le directeur du *Shanghai Evening Post and Mercury*. Mais nous avons un problème avec James au sujet d'un article qu'il veut faire paraître.

– J'imagine que vous savez ce dont il s'agit, intervint Isaure qu'Alex sentait prête à sortir de sa réserve.

– Oui, répondit-il simplement.

– Mr Stear a eu la gentillesse de nous prévenir avant d'interdire sa publication, continua Isaure.

– Interdire ? s'étonna Alex. Mais les documents que j'ai donnés à Mr Woodhead sont authentiques.

Coup d'œil furtif entre Isaure et Cornelius.

– Ces documents n'existent pas, décréta-t-elle. James Woodhead s'est laissé abuser par son imagination.

– Voyons, Isaure, vous savez bien que...

– Votre femme a raison, intervint Cornelius. James est un exalté, un idéaliste. Il faut souvent le protéger des autres, mais aussi parfois contre lui-même. Il n'y aura pas d'article sur ce sujet, confirma-t-il.

– Cornelius, je croyais que votre journal était le fer de lance de la lutte contre les Japonais...

– Il l'est, croyez-moi. Mais vous avez dit vous-même que nous sommes plus utiles vivants, malgré les compromis, que morts, non ?

– Cornelius, nous vous sommes tous reconnaissants d'avoir pris cette décision, conclut Isaure.

La conversation s'était déroulée sans que le nom des unités 731 ne fût prononcé une seule fois. Cornelius prit congé et descendit l'escalier à reculons. Le haut de son crâne glabre disparut dans la cage étroite et sombre.

– Qu'est-ce qui vous a pris ?

Le ton de la voix d'Isaure avait changé. La colère, qu'elle avait contenue en présence de Stear, se libérait.

– Non seulement vous lui donnez ces photos, mais en plus vous me le cachez. Il a fallu que ce soit lui qui me l'apprenne !

– Isaure, laissez-moi vous expliquer...

– C'est un peu tard ! C'est avant qu'il fallait m'expliquer.

Une bourrasque de vent plus forte lui envoya les cheveux dans le visage. Elle se recoiffa, tout en cherchant à s'apaiser intérieurement.

– Moi qui vous ai toujours fait confiance, je me suis bien trompée sur vous.

Le vent était tombé, mais elle maintenait toujours ses cheveux de ses mains, le regard perdu.

– Je n'ai rien prémédité. J'ai pensé que la publication des photos pourrait provoquer une réaction en chaîne, qui déciderait Gareng à nous parler.

– Vous vouliez jouer à l'apprenti sorcier, c'est ça ? dit-elle, dépitée.

– Ding Gareng a évolué dans l'approche qu'il a de moi. Mais il n'est pas encore prêt. Il faut un catalyseur.

– Dans notre métier, on ne prend pas de décision dont on ne peut pas mesurer les conséquences. Dans le vôtre non plus, j'imagine.

– Que voulez-vous que je réponde ? Bien sûr que j'ai tort. J'ai tort !

Il s'accouda à la rambarde et chercha dans le lointain la haute silhouette du *Cathay*.

– Je ne sais pas ce qui me met le plus en colère, continua-t-elle. Que vous ayez désobéi ou que vous ayez trahi ma confiance.

– Je n'ai pas trahi votre confiance.

– Quoi ? Vous vouliez m'en parler, c'est ça ? Ne me dites pas que vous faites partie de ce genre d'homme qui ne sait pas assumer ses fautes et les planque derrière des explications minables.

– Si je vous en avais parlé, vous auriez refusé de m'aider.

– Bien sûr. Vous êtes au courant de notre mission et de ses limites, il me semble.

Sa voix retrouvait son timbre naturel. La colère se dissipait petit à petit.

– Alex, les ordres qui nous sont envoyés ne sont ni négociables ni discutables. Quoi qu'on en pense. L'initiative ne se prend qu'en accord avec sa hiérarchie. Je sais que, dans certains cas, c'est inique et frustrant. Mais la guerre ne laisse jamais de place à l'improvisation. Ni aux sentiments.

Il se demanda si elle avait prononcé ces paroles en songeant à leur relation. Mais le moment était mal venu de poser la question. Elle se tut et le rejoignit à la balustrade.

La cloche de l'école Sainte-Anne sonna la fin des cours de la matinée. Une nuée d'enfants, dont on eût cru qu'ils n'attendaient que ce signal, se dispersa aussitôt dans la cour de terre battue, jouant au cerceau ou à la balle. Certains rejoignirent leurs parents ou leurs gouvernantes qui les attendaient sur le trottoir. Scènes de la vie ordinaire dans une ville européenne. Seuls quelques promeneurs vêtus du qipao traditionnel projetaient un doute sur la réalité occidentale du lieu. Le temps se dilua.

Les enfants accueillirent la fin de la récréation par des cris stridents. Ils se rangèrent derrière la maîtresse qui, d'un claquement sec des mains, mit la classe en route vers la cantine. Un chien traversa paresseusement la cour désertée, une balle dégonflée dans sa gueule. Il s'allongea devant la porte principale, la balle entre les pattes, attendant qu'un humain charitable vienne lui ouvrir.

– Nous devons y aller nous-mêmes, dit Alex en brisant le silence.

Isaure l'observa un moment avant de lui répondre :

– Aller où ?

– À Nankin. Pour rapporter des preuves. Il faut que Gareng change d'avis. C'est notre seule chance.

– Vous lui avez montré les photos de Neuermann et la lame de microscope. Que lui faut-il de plus ?

– Des souches. Si je lui montre des cultures de peste, de choléra, de typhoïde ou du virus qui a tué les animaux de Neuermann, il ne pourra plus se défausser. Ce seront des preuves directes des activités d'Ashai.

– Mais comment voulez-vous les obtenir ? Les demander à Ashai comme cadeau de bienvenue ?

– On n'a pas le choix. Il faut aller les chercher.

– Pardon ? Alex, soyez sérieux !

– Mais je suis sérieux ! Quelle autre solution proposez-vous ? J'ai fait le tour de toutes les possibilités : il faut qu'on pénètre dans l'unité Togo de Pingfang.

Elle marcha vers le centre du plateau en réfléchissant à la proposition d'Alex, tout en se reprochant d'y accorder le moindre crédit.

– Mais c'est complètement fou, c'est du suicide ! Personne ne peut vous suivre dans cette voie, finit-elle par répondre.

– Cela fait des semaines que l'on est ici dans un seul but. Que l'on piétine, que l'on attend que le hasard nous livre sa fournée de preuves. Alors que la réponse est à Pingfang. Il faut juste avoir l'audace d'y aller et de récupérer des boîtes de culture. Je suis persuadé qu'il y aura, parmi celles-ci, de l'influenza. Que ce sont ces souches que les Allemands sont venus tester sur les malheureux prisonniers de Pingfang. Et qu'en les voyant, Gareng nous dira tout ce qu'il sait.

– Mais c'est impossible de pénétrer dans ce fortin ! Personne n'en est jamais sorti.

– C'est bien pour cette raison que les Japonais ne s'y attendront pas. On profitera de l'effet de surprise.

– Vous dites « on », mais je refuse de vous accompagner. Les autres vous répondront la même chose : les chances de réussite sont nulles. Vous ne trouverez personne.

– Très bien, j'irai seul. Ma décision est prise.

– Mais quel est votre problème ? Vous voulez mettre fin à votre vie ? C'est ça ?

– Isaure, vous n'êtes pas objective. Personne n'en est jamais revenu parce que personne ne l'a jamais tenté. Je n'ai pas envie de mourir là-bas, mais je n'ai pas non plus envie de mourir ici. Et aujourd'hui, la solution passe par Pingfang.

– J'ai l'impression que vous en faites une affaire personnelle. Vous voulez venger votre père ? Vous voulez réparer les dégâts ? Vous pouvez toujours faire la morale à Woodhead, mais vous êtes comme lui. Non : vous êtes pire que lui !

– Je ne suis pas une tête brûlée et j'ai la ferme intention de vivre vieux. J'ai un plan.

– Je ne veux même pas l'entendre.

– Avec ou sans votre aide, je le ferai.

– Non, vous ne ferez rien ! Vous mettriez tout le réseau en péril.

– Donnez-moi une pilule de cyanure. Je la prendrai si je suis pris.

– Arrêtez de dire n'importe quoi. Votre inconscience vous aveugle. Vous avez l'air tellement sûr de vous que vous ne pouvez qu'échouer !

– Isaure, écoutez au moins mon plan. Proposez-le au QG. S'ils refusent, je me soumettrai.

– Je n'aime pas votre assurance. Je n'ai plus confiance en vous.

Il la regarda droit dans ses yeux émeraude.

– Avec vous, dès la moindre faute, on est condamné. Vous êtes si rancunière. Vous ne savez pas pardonner ?

Elle soupira et retourna vers la balustrade contre laquelle elle s'adossa.

– D'accord, dit-elle en fourrant les mains dans les poches de sa veste. Vous avez raison sur un point : il faut que je vous écoute avant de vous juger. Quant à ce qui s'est passé avec Woodhead, l'affaire est close. Et elle restera entre nous. Désolée de m'être emportée, mais je suis toujours plus exigeante avec ceux qui me sont proches.

– Ce qui veut dire ?

– ... Alex, nous n'avons pas eu le temps d'en parler depuis notre retour de l'île de la Tortue, mais j'aurai besoin de temps à notre retour à Londres. Je ne sais plus où j'en suis, cette ville me fait perdre tous mes repères. Toutes mes certitudes. Il faut me comprendre.

La gorge d'Alex se serra. Il avait l'impression de la perdre avant même de commencer quelque chose avec elle. Elle comprit son trouble.

– Il faut me comprendre, Alex. Ne m'en veuillez pas. Laissons la vie...

– Non ! s'emporta Alex. Je croirais entendre le fatalisme de Gareng. Je ne veux pas laisser la vie décider à ma place. Je ne veux pas que le hasard me dicte ce que doit être mon avenir.

– Ce n'est pas ce que je voulais dire, corrigea Isaure. Je ne sais pas si le moment est bien choisi pour avoir cette discussion.

– Vous l'avez commencée, dit-il amusé.

Elle sourit, pour la première fois.

– C'est vrai, admit-elle. Je suis une piètre espionne qui mélange tout. On reprendra cette conversation après la guerre, monsieur Beaumont.

– Alors, je vais tout mettre en œuvre pour qu'elle se termine dès demain !

Elle rit.

– J'adore votre côté rêveur, mais promettez-moi de l'oublier pendant quelque temps.

Il lui prit la main.

– Promis. Et vous, promettez-moi de ne pas m'enfouir dans vos souvenirs.

– Même avec la meilleure volonté du monde, ça me serait impossible : vous êtes mon cauchemar du moment ! Bon, vous me parlez de votre plan ? ajouta-t-elle en retirant doucement sa main.

Une voix d'enfant leur parvint des escaliers :

– Non, ça n'est pas juste !

Une tête blonde apparut en haut de l'escalier et fit une grimace en apercevant Alex et Isaure. La fillette déboula sur le plateau, un cerceau à la main, qu'elle lança en leur direction. Le cerceau roula sur le sol en prenant de la vitesse, puis ralentit jusqu'à s'arrêter à deux mètres d'eux, avant de retourner vers l'enfant, comme attiré par un aimant. Sous le regard impressionné des deux adultes, elle l'attrapa, satisfaite de l'effet rétro qu'elle avait su lui appliquer.

La femme, qui l'accompagnait, avait l'âge et l'allure d'une gouvernante rodée aux règles strictes du savoir-vivre de la haute bourgeoisie française. Elle l'interpella :

– Irène, n'embête pas cette dame et ce monsieur. Excusez-nous, ajouta-t-elle à leur adresse dans un anglais sans accent.

– Pourquoi je ne la verrai plus ? demanda l'enfant.

– Parce que ses parents ont décidé de quitter Shanghai, répondit la femme en ajustant son serre-tête.

– Ils reviennent quand ?

– On dit : ils reviendront.

– Ils reviendront quand ?

– Ils ne reviendront pas, Irène chérie, ils ont quitté la Chine.

– Mais ce n'est pas possible, je ne lui ai même pas dit au revoir ! Pourquoi elle m'a fait ça ? C'est ma meilleure amie.

– Ce n'est pas de sa faute, tu sais. Ils ont été obligés de partir rapidement. Elle aussi doit être très triste.

– C'est à cause du monsieur chinois, c'est ça ?

– Qui t'a parlé de ça ?

– J'ai entendu papa et maman hier, qui racontaient qu'il était venu les voir au magasin et leur avait dit que s'ils ne lui vendaient pas, ils finiraient en prison chez les Japonais. Et que Camille irait chez les orphelins. C'est vrai, Nanou ?

– Mais non, ne t'inquiète pas.

– Pourquoi mes parents l'ont dit ? Ils ne mentent pas mes parents !

– Ce sont des affaires d'adultes qui ne regardent pas les enfants.

– C'est quoi le gang vert ?

– C'est... je ne sais pas. Tu ne devrais pas écouter les conversations des adultes, répondit la femme, prise de court. Viens, on va au parc, ajouta-t-elle en la tirant par la main.

La fillette résista.

– C'est quoi un gang, Nanou ? Pourquoi Camille est-elle partie ? Tu crois qu'ils enlèvent les enfants ?

– Tu ne risques rien. On est là. Maintenant, arrête d'y penser.

La gouvernante se trouvait à court d'arguments. Contre toute attente, elle fondit en larmes, puis se reprit et les sécha énergiquement. Mais elle ne put réprimer les spasmes qui continuaient à parcourir son corps.

– Allez, viens, c'est l'heure, dit-elle en réussissant à se dominer. La classe va reprendre.

Irène obtempéra. Elle se sentait coupable d'avoir été à l'origine de la tristesse de Nanou, sans bien comprendre pourquoi. Décidément, elle avait bien raison d'être inquiète. Le départ précipité de Camille, les rumeurs qui circulaient dans la cour de l'école et, maintenant, sa gouvernante qui éclatait en sanglots. Une sensation étrange l'envahit. Une angoisse sourde, pesante, sans raison précise, qui lui donna la chair de poule et lui noua la gorge. Pour la première fois de sa vie, elle ressentait la peur.

17.

30 novembre 1941, QG de la LCS, Londres.

En trente ans de service à la LCS, sous les ordres de Edward Philips, Elizabeth Marple ne l'avait jamais connu dans un tel état d'agitation. Les informations qu'il attendait des services secrets russes tardaient à venir. Lorsque la machine crépita, il sortit aussitôt de son bureau, arracha la feuille à peine l'impression terminée et la déposa sur le bureau de son assistante.

– Elizabeth, faites-le décrypter et apportez-le moi dans la salle de réunion, dit-il en resserrant machinalement son nœud de cravate. Et n'oubliez pas le thé !

Miss Marple prit fébrilement le document et courut dans les couloirs jusqu'au Bureau des renseignements stratégiques, situé dans l'aile opposée du bâtiment. Jack Ostine la reçut avec un air étonné, peu habitué à la voir débarquer dans son service échevelée et essoufflée.

– Une demande urgente du colonel Philips, indiqua-t-elle tout en relevant les mèches de cheveux qui étaient tombées devant ses yeux.

– Elizabeth, nous avons des piles entières de demandes urgentes, répondit-il en lui montrant un casier rempli de feuilles.

– Celle-ci doit être traitée en priorité, indiqua-t-elle d'un ton sec.

– Comme toujours, fit Jack en la posant sur le dessus de la pile.

Miss Marple tira sur sa veste et croisa les bras.

– Oui ? demanda Ostine. Autre chose ?

– Non, dit-elle calmement. J'ai ordre de ne repartir qu'avec la réponse.

Il la connaissait suffisamment pour savoir qu'elle ne lâcherait pas avant d'avoir obtenu satisfaction. Son surnom de Pitbull n'était pas usurpé. Jack haussa les épaules, prit le document et entra dans la pièce derrière son bureau. Miss Marple était persuadée que la guerre se jouerait sur une foule de détails et que sa réactivité constituait l'un d'eux. Elle lui donna quinze minutes avant d'entrer et de montrer les crocs.

Philips salua Wake et Brown, qui lui répondirent distraitement et l'invitèrent à s'asseoir. Ils prenaient connaissance du rapport d'Isaure concernant la proposition d'Alex. Le colonel Wilne était assis à l'autre extrémité de la table, silencieux, les mains jointes sur la table. Philips s'installa en face de Wilne et attendit que les deux généraux aient fini de compulser le document.

– Bien, dit Wake au bout d'un moment qui parut infiniment long à Philips. Nous avons une décision importante à prendre en ce qui concerne le projet *Destitute*. Nous ne sortirons pas de cette pièce avant de l'avoir prise. Je voudrais avoir l'avis de tout le monde. Et pas de langage diplomatique, s'il vous plaît ! Edward, vous nous faites un résumé de la situation en guise d'introduction ?

– Nos agents à Shanghai ont découvert que les Allemands travaillaient avec les Japonais sur un projet d'arme biologique.

Ils ont localisé l'usine de bois de Pingfang, qui serait l'endroit où ces travaux se dérouleraient.

– Une usine de six kilomètres carrés qui emploie vingt mille personnes ! ricana Wake. Ils se moquent bien de la discrétion Tout le monde sait ce qui se passe dans l'unité Togo 1644.

Philips attendit le signe de tête de Wake pour continuer.

– Le Dr Beaumont est persuadé que des preuves irréfutables de l'implication des Allemands dans cette arme se trouvent à Pingfang. Il est de plus convaincu que le Dr Ding Gareng accepterait de collaborer avec nous si ces preuves étaient portées à sa connaissance.

– Pour être plus précis, continua Wilne, Gareng sait ce qui s'est passé à Canton. On peut donc faire d'une pierre deux coups : les accuser d'être à l'origine de l'épidémie d'influenza de 1918 et de préparer une nouvelle offensive de même nature.

– Mais pour cela, il faut pénétrer dans l'unité 1644, voler les preuves et en ressortir vivant, compléta Philips.

– Quelles sont leurs chances de réussite ? demanda Brown en feuilletant le document.

– Wilne, c'est à vous, dit Wake.

– Ils ont deux points forts, commença Wilne en se rapprochant de la table. Leur couverture leur a permis de devenir le fournisseur officiel de cognac de Pingfang. Une commande de vingt barriques. Autant dire une occasion unique de pénétrer dans l'enceinte.

– Dans des tonneaux ? demanda Brown, circonspect.

– Dans des fûts, rectifia Wilne. De cinq cents litres. Leur taille permet à une personne de tenir assise, et d'accueillir en plus un compartiment pour quelques litres d'alcool.

– Et si leur service de sécurité sonde les barriques ? s'inquiéta Wake.

– Ils le feront, sans doute. À coups de marteau pour vérifier qu'elles sont bien pleines.

– Quelle est la parade ? s'enquit Philips.

– Empêcher la propagation de l'onde de choc par deux étais posés en X. Je peux vous garantir que le coup sera sourd comme si le tonneau était rempli de liquide.

– Et une fois à l'intérieur de l'unité ? demanda Brown. J'imagine que la cave à vin n'est pas dans le même bâtiment que les labos.

– C'est leur deuxième point fort. Ils ont réussi à se procurer les plans de Pingfang chez le responsable de l'Abwehr locale.

– Theo Siefielg, précisa Philips.

– Grand Dieu, qu'est-ce que ces plans faisaient chez lui ? dit Brown.

– Les Japonais ont demandé aux architectes qui ont construit les bunkers du Führer de leur installer tout un réseau de galeries permettant aux bâtiments de communiquer entre eux. Ils leur ont fourni pour cela les plans de tous les immeubles, étage par étage. C'est une chance incroyable d'avoir mis la main dessus, ajouta Wilne.

– Vous avez parlé de deux points forts, commenta Wake. J'en déduis qu'il y a aussi des faiblesses.

– Une seule, mais elle est de taille : grâce aux plans, ils peuvent progresser les yeux fermés à l'intérieur des bâtiments, mais ils n'ont aucune idée de leur emplacement géographique à l'intérieur de l'enceinte.

– Vous voulez dire qu'ils ne savent pas où se trouvent les différents blocs ? demanda Brown.

– Ils n'ont pas eu le temps de photographier tous les documents chez Siefielg. Le plan d'ensemble devait s'y trouver, répondit Philips. Mais nous travaillons à y remédier. J'attends d'un moment à l'autre une réponse des Russes, qui ont projeté d'envoyer un petit ballon en plastique transparent avec une caméra espion pour photographier toutes les installations depuis le ciel. Ils n'avaient pas prévu de le faire avant deux mois, pour des raisons météorologiques, mais nous leur avons demandé d'avancer leur mission. On est passés par notre ministre pour se donner toutes les chances de faire aboutir la requête.

– Bien, dit Wake. Admettons qu'ils aient l'ensemble des informations. Comment fait le commando pour ressortir ? Le coup des barriques ne fonctionne que dans un seul sens.

– Les nationalistes de Tchang Kai-shek vont nous aider, répondit Wilne. Ils vont saboter le système électrique à une heure précise. Ils doivent installer un système d'échelle de corde sur le mur d'enceinte et protéger la sortie du groupe en cas de fusillade.

– Excusez-moi, intervint Brown, mais pour un tel sabotage, il faut une complicité à l'intérieur. Et j'imagine que les Japonais ont des générateurs de secours, ce qui augmente le travail. Cela demande à être préparé bien avant l'arrivée de nos hommes.

– Heureusement, non, répondit Wilne. Grâce aux plans, nous savons dans quels blocs se trouvent les générateurs et les centrales électriques. Pingfang est une ville en miniature. Ils l'ont divisée en trois secteurs. Une fois le courant coupé, le commando disposera de quinze minutes pour son évacuation. Mais tant que les Russes n'auront pas pris les photos aériennes, nous ne saurons pas où se trouvent ces blocs. Il y en a plus d'une centaine sur tout le camp.

– Combien d'hommes pour ce commando ? demanda Wake.

Wilne vida son verre d'eau avant de répondre.

– Beaumont, plus un homme de la résistance chinoise pour récupérer les preuves dans les labos et deux soldats de Tchang Kai-shek pour le sabotage de la centrale.

– Une chose m'intrigue, fit Brown. C'est la forte implication des nationalistes dans cette opération. Pour bien connaître Tchang Kai-shek, je sais que, avec lui, rien n'est gratuit. Qu'a-t-il demandé en échange ?

Philips prit la parole après un bref échange de regards avec Wilne :

– De ramener l'un des prisonniers avec eux.

– Quoi ? s'exclama Brown. Mais c'est se mettre un boulet au pied ! Qui veut-il faire évader ?

– Jiahe Youxian. Rien de moins que son bras droit. Arrêté il y a trois semaines. Manifestement, les Japonais ne savent pas à qui ils ont affaire. C'est ce qui l'a sauvé pour l'instant.

– Je comprends mieux, fit Brown. A-t-on le choix ?

– Pas vraiment. Personne du SOE n'est formé pour ce genre de mission et le temps presse. L'équipe de Tchang Kai-shek nous est donc indispensable.

– Bien, intervint Wake. Je pense, messieurs, que nous avons suffisamment d'informations pour prendre une décision quant au lancement ou non de l'opération. Pour ma part, j'y suis favorable. Général Brown ?

George Brown opina. Wake continua son tour de table.

– Edward, Dennis, vos avis nous importent.

– Si les Russes nous renseignent sur la topographie des lieux, nous aurons tous les éléments pour réussir cette mission, affirma Wilne. Après, il faudra faire face aux impondérables sur place. Mais en termes de préparation, on peut difficilement en demander plus.

– Vous savez ce que j'en pense, dit Philips à Wake qui l'interrogeait du regard. Le point faible est Beaumont.

– En attendant, il a monté l'opération avec beaucoup de méticulosité et en un temps record, objecta Wilne. Et il est le seul à pouvoir identifier ce qu'on cherche.

– Exact, confirma Wake. Beaumont est indispensable. Nous avons été le chercher pour cette mission, c'est lui qui la conduira jusqu'au bout. Pas question de laisser l'initiative à Tchang. Ceci doit être clair pour tout le monde : c'est Beaumont qui dirigera cette opération et les Chinois se devront de lui obéir.

– Je chargerai Orson de cette question qui est diplomatiquement sensible, dit Brown.

– Merci, George. Nous savons combien les Américains sont proches de la cause des nationalistes, dit Wake en lui faisant un clin d'œil.

Elizabeth Marple frappa à la porte et entra sans attendre la réponse de Philips. Elle déposa une enveloppe, devant lui, et lui parla à l'oreille avant de se retirer après un salut impeccable aux participants. Philips sortit le document, constitué d'une seule feuille, et le parcourut. Wilne crut déceler dans son regard une lueur de soulagement.

Wake s'impatienta :

– Alors, quand est-ce qu'ils envoient leur ballon de reconnaissance ?

– Messieurs, dit Philips en tendant la feuille à Wilne, je crains qu'il ne faille remettre cette mission.

– Que se passe-t-il ? tempêta Wake.

– Leur engin s'est écrasé lors d'un ultime test dans le désert de Gobi. Il est inutilisable. Il leur faudra au minimum trois mois avant d'en reconstruire un.

– Quelle guigne ! s'exclama Wake.

– Quel autre moyen avons-nous d'identifier la position des bâtiments ? demanda Brown à Wilne.

– Une complicité à l'intérieur. Mais pour l'instant, nos efforts sont restés vains. Les ouvriers chinois, qui ont construit Pingfang, ont tous été exécutés à la fin des travaux. Les habitants aux alentours sont terrorisés. Certains villageois sont arrêtés et incarcérés sans raison. J'ajoute que nous ne devons pas éveiller le moindre soupçon chez les Japonais.

– Laissons cela aux hommes de Tchang. Ils sont chez eux, intervint Brown. Je propose que l'on maintienne l'opération en se fixant une date limite.

– Tu as raison, George, dit Wake. On ne peut pas les maintenir indéfiniment à Shanghai. Début janvier, si rien n'a évolué, on rapatrie nos agents. Est-ce que cela vous convient, messieurs ?

Brown et Wilne acquiescèrent. Philips semblait préoccupé.

– Qu'est-ce qui ne va pas encore, Edward ?

– J'ai une autre mauvaise nouvelle que Miss Marple vient de me communiquer, répondit celui-ci. Nous n'avons plus de thé en réserve.

1er décembre 1941, hôtel Cathay, *Shanghai.*

Vous êtes sur XCDN. Nous sommes le lundi 1er décembre 1941. Il est 10 heures et vous écoutez James Woodhead.

Le barman du *Cathay* monta le son de la radio. À l'exception d'un couple d'habitués, tous les clients avaient déjà pris leur petit déjeuner. L'homme et la femme faisaient grise mine. *Encore deux qui se sont disputés ou qui se sont avoué leurs aventures*, pensa-t-il en les regardant de biais, un peu honteux de sa curiosité. Il sortit du tabac et du papier de son tablier et entreprit de se rouler une cigarette. L'activité était réduite, il s'accordait une pause à l'écoute de XCDN et de son journaliste vedette.

Attablés devant la baie vitrée de la salle à manger, Alex et Isaure étaient silencieux. Alex avait du mal à encaisser la nouvelle qu'ils avaient reçue le matin même en provenance de Londres. Isaure était persuadée que le mois supplémentaire accordé par le QG n'allait rien apporter à leur enquête. Tous les deux savaient que les jours prochains mettraient leurs nerfs à rude épreuve. De la radio jaillit un coup de cymbales triomphal.

Bonjour à toutes et à tous. Ici James Woodhead. Il est un ennemi que nous combattons tous qui, aujourd'hui, plus encore que les mois et les semaines qui ont précédé, est entré dans une folie destructrice sans précédent.

Isaure posa le lychee dont elle venait d'enlever la coque et échangea avec Alex un regard interrogateur.

Mais certaines vérités ne sont pas bonnes à dire, ni pour votre serviteur, ni pour ceux qui le soutiennent. Cet empire du mal a des cautions et des ramifications partout. Ces jours derniers, tout a été fait pour m'empêcher d'écrire ce dont je voulais vous informer. Pourtant, informer reste le premier devoir du journaliste. Mais quand des vies sont en jeu, il faut savoir s'incliner sans rompre. Mes chers auditeurs, je sais que vous comprendrez le sens de mes paroles.

La voix du journaliste résonnait dans le salon désert. Le barman réalisa que le couple le regardait avec insistance et s'excusa :

– La radio vous importune ? Voulez-vous que je coupe le son ?

– Non ! répondirent en chœur Alex et Isaure. Pouvez-vous le monter au contraire ? ajouta-t-elle.

Contrairement à ce que prétend une rumeur insistante, les Japonais ne travaillent pas à la fabrication massive d'armes biologiques. Les unités 731 ne sont pas des camps où les Nippons testent ces armes sur des prisonniers. À Nankin, l'usine de bois de Pingfang n'est pas un laboratoire de la mort où l'on pratique la plus cruelle des tortures : la vivisection humaine. Je le répète, pour être sûr que vous ayez bien entendu : j'affirme que les photos montrant des prisonniers chinois disséqués vivants par des médecins japonais sont des montages grossiers. Tout comme les accusations de certains Occidentaux portant sur l'origine militaire de la dernière épidémie de choléra dans la région de Chongqing. Il n'y a pas de programme militaire japonais destiné à fabriquer des épidémies. Le Japon est un pays respectueux des droits de l'homme et de la Convention de Genève, même s'il ne l'a pas signée. L'homme qui dirige ce programme pacifique est un scientifique honorable, le Dr Ashai, membre de nombreuses congrégations médicales nippones et alémaniques.

Alex et Isaure s'étaient rapprochés du poste. Le trio entourait le meuble de bois verni, d'où s'élevait la chaude voix de Woodhead, à la colère et l'émotion perceptibles.

Toutes ces accusations ne sont que de pures calomnies destinées à nuire à l'image d'une nation qui a toujours œuvré pour la paix, comme en témoigne l'attitude digne et irréprochable de ses troupes appelées à intervenir sur le sol chinois à la demande du gouvernement de Pékin.

– Mais qu'est-ce qui lui prend ? demanda le barman. Vous aviez entendu parler de ces camps ?

Alex ne put réprimer un sourire. Le journaliste avait trouvé une méthode ingénieuse pour dénoncer les exactions sans se brûler les ailes. Dès le soir même, tout Shanghai serait au courant, et ce que Woodhead qualifiait avec ironie de rumeur aurait tôt fait de se propager sur le territoire aussi rapidement que les épidémies auxquelles il faisait allusion.

Isaure entraîna Alex vers la sortie. Ils remontèrent silencieusement à leur chambre.

– Je n'y suis pour rien, dit-il, une fois dans la chambre, anticipant la question d'Isaure. Il ne m'en a pas informé.

– Je vous crois, répondit-elle. Mais cette intervention va nous compliquer singulièrement la tâche. Nous avions besoin de discrétion, il vient de braquer un énorme projecteur sur Pingfang.

– Son intervention va peut-être réveiller Gareng, avança Alex.

Elle n'eut pas le temps de répondre. Orson entra sans frapper et claqua violemment la porte.

– Qu'est-ce que c'est que ce bordel ? cria-t-il à l'adresse d'Isaure.

– Bonjour, Orson, répondit-elle calmement. Tu as la radio dans ta chambre, maintenant ?

– C'est encore une de vos initiatives ? demanda-t-il d'un ton véhément sans cesser de la regarder.

– Elle n'y est pour rien, dit Alex en s'interposant. Je suis le seul responsable.

– Beaumont, le moment est mal choisi pour jouer au chevalier blanc, répliqua-t-il. Allez faire un tour sur le Bund. Ou mieux : allez vous griller une boulette d'opium dans votre fumerie préférée et laissez travailler les professionnels...

Orson ouvrit la bouche en grand et resta un instant figé dans une expression de douleur, le souffle coupé. Alex lui avait décoché un coup de poing dans l'abdomen sans qu'il ait eu le temps de réagir. Il le coinça contre le mur, maintenant son avant-bras sur sa gorge.

– Orson, je déteste vos manières qui ne sont pas celles d'un gentleman. Je déteste votre moralité ou ce qu'il en reste.

L'Américain, le larynx écrasé, ne put émettre aucun son.

– Arrêtez ! Je vous en prie, arrêtez ! supplia Isaure dans leur dos.

– Et par-dessus tout, je déteste votre eau de toilette.

– Arrêtez, répéta-t-elle en essayant de les séparer.

– Maintenant, vous allez vous excuser pour votre attitude grossière, ajouta Alex tout en maintenant sa pression.

– Lâchez-le, Alex, vous voyez bien qu'il ne peut pas vous répondre.

Alex desserra son étreinte d'un cran. Orson respira profondément pour remplir ses poumons de l'oxygène dont ils avaient été privés.

– Je m'excuse, dit-il d'une voix rauque. Ça vous va ?

Alex lâcha prise. Orson toussa et avala péniblement sa salive.

– Maintenant que vous avez fait jouer vos muscles, on pourrait peut-être retrouver un peu de calme pour réfléchir ? dit Isaure, d'un ton cassant.

Elle sortit une cigarette de son sac et l'alluma.

– Tout compte fait, cela ne change pas grand-chose pour nous, dit-elle. Sans le plan des bâtiments, on ne peut pas prendre le risque de la mission, quel que soit leur niveau de sécurité. Et avec un peu de chance, Gareng se rangera à nos côtés sans qu'on ait à investir Pingfang.

Elle expira la fumée sur le côté sans tourner la tête. Orson avait du mal à retrouver sa respiration, se massant la gorge de bas en haut. Alex était silencieux, les yeux fixés sur un point au loin.

– On a des nouvelles de Tchang Kai-shek ? demanda-t-elle à Orson.

– Non. Mais ses agents à Nankin sont formels : il leur sera impossible de localiser les bâtiments des plans. La plupart ont la même forme.

– Trouvez-nous un employé qui connaisse les lieux, dit Alex en regardant Orson. Ne me dites pas qu'il n'y en a pas un sur les vingt mille qui accepterait de nous aider !

– Tout n'est pas aussi simple, Alex, répondit Isaure.

– Vous êtes à Shanghai, Beaumont, intervint Orson. Et vous êtes anglais. Ne l'oubliez jamais au moment de prendre une décision. Je vous avais prévenu de ce qui vous attendait. J'avais aussi prévenu Philips qu'il perdait son temps avec un type irrécupérable comme vous.

Alex s'approcha de lui. Orson recula d'un pas. Les deux hommes se toisèrent.

– Orson, Alex ! fit Isaure, excédée. Oh, et puis zut !

Elle prit sa veste.

– Vous me ferez signe quand vous aurez retrouvé une attitude d'adultes ! dit-elle avant de sortir en claquant la porte.

Orson s'adossa contre la baie vitrée.

– Beaumont, ne perdons pas notre temps. Vous ne m'aimez pas, je ne vous aime pas. Mais nous avons quelque chose en commun.

– Vous voulez parler d'Isaure ?

– Ne faites pas l'innocent. Je la connais bien, en tout cas bien mieux que vous. Vous lui plaisez, c'est évident. Aujourd'hui, vous lui plaisez. Mais Isaure est un oiseau que personne ne mettra en cage. C'est elle l'oiseau, mais c'est elle qui vous brûlera les ailes. Elle reviendra vers moi. Comme à chaque fois. Vous a-t-elle parlé de notre relation ?

– C'est un sujet qui ne m'intéresse pas.

– Écoutez, je vais vous faire économiser du temps : ce n'est pas une femme pour vous. Oubliez-la dès la mission finie. Vous verrez, vous me remercierez un jour pour ce conseil.

Alex semblait ne plus écouter son interlocuteur. Il allait et venait dans la pièce, l'air préoccupé. Lorsqu'il s'arrêta, ses yeux avaient changé de couleur.

– Que faisaient les militaires américains sur l'île de Wight le 29 mars 1939 ? demanda Alex.

Les sourcils d'Orson marquèrent un étonnement sans réelle conviction.

– De quoi voulez-vous parler ?

– Une voiture, dont je sais qu'elle était occupée par des membres des services secrets, a été vue ce jour-là sur la route entre Brook et Brighstone. Le jour de la mort de mon père.

– Beaumont, je vais jouer franc-jeu avec vous, répondit Orson sur le ton de la confidence. Vous savez très bien que votre père faisait l'objet d'une surveillance régulière depuis son retour de la guerre. Il travaillait sur un sujet sensible.

– Vous ne me ferez pas croire que tous les chercheurs qui étudient les virus sont traités comme des espions ennemis.

– Pas tous, non. Mais il y a eu cette histoire de souches qui ont disparu du labo de votre père.

– Que voulez-vous dire ?

– Voyons, je ne vous apprends rien. Les souches d'influenza de la grippe espagnole provenaient de son laboratoire.

Alex eut une réaction crispée.

– Je vous interdis de raconter une chose pareille ! cria-t-il en pointant le doigt vers Orson. Je vous l'interdis.

– Je ne raconte rien. Je ne fais qu'exprimer des faits.

– Que faisaient les services secrets sur le lieu de l'accident ?

– Nous ne faisions rien d'autre que le surveiller.

– Nous ?

– J'étais dans cette voiture, si vous voulez tout savoir. Votre père avait rendez-vous avec un mystérieux contact qu'il avait déjà rencontré à plusieurs reprises. Nous avions intercepté cette information. On le filait.

– Dans une voiture aux plaques d'immatriculation américaines ? Vous vouliez être repérés ?

– La voiture que nous étions censés prendre à la sortie du ferry a refusé de démarrer. On a gardé la nôtre, qui aurait dû rester au port.

– Vous avez vu son correspondant ? Qui devait-il rejoindre ?

– Ça, nous ne le saurons jamais : quand nous sommes arrivés, la voiture de votre père brûlait au fond du ravin. Je suis désolé, Beaumont. Sincèrement.

– Comment puis-je vous croire ?

– Pourquoi vous mentirais-je ? Je viens d'enfreindre mon devoir de réserve en vous racontant ce qui s'était passé. Prenez-le comme un gage de ma bonne foi.

Alex était troublé.

– Mon père était un homme bien. Jamais il n'aurait livré ces souches à l'ennemi.

– J'aimerais vous croire.

– Et moi, j'aimerais comprendre comment vous avez pu entrer en possession de cette information. Vos services ne pouvaient pas être au courant pour l'origine de la grippe espagnole. Mon père n'en a parlé à personne. Il l'a écrit dans une lettre qui n'a jamais été lue.

– Alexandre, je ne voudrais pas vous faire de la peine. Votre père n'en a effectivement jamais parlé. Mais ce n'est pas votre cas.

– Mais je... commença Alex, avant d'être traversé d'une évidence fulgurante. Je n'en ai parlé que récemment. À une seule personne, digne de confiance.

– Je vous l'ai dit, Beaumont : Isaure n'est pas une femme pour vous.

1er décembre 1941, Shanghai.

Alex avait marché, il avait franchi différents quartiers, comme s'il parcourait le monde, comme s'il le remontait jusqu'à sa source, il s'était retrouvé dans des rues qu'aucun pays n'aurait reconnues, enlisées dans la misère et le désespoir, et les avait quittées pour des allées chaleureuses et insouciantes.

Pas elle, ce n'est pas possible... la phrase cognait dans sa tête depuis qu'il avait quitté l'hôtel. Il avançait d'un pas décidé, comme l'homme d'affaires qu'il n'était pas. Il avalait les rues sans rien voir. Son esprit s'était coupé du monde extérieur et son corps évacuait toute la tension qui se chargeait en lui. *Ce n'est pas possible...* Elle ne pouvait pas l'avoir trahi. Les mots d'Orson étaient devenus des lames.

Il affirmait avoir reçu les informations par sa hiérarchie. Comment les Américains pouvaient-ils être au courant d'une conversation privée entre Isaure et lui ?

Une voiture klaxonna en manquant de le renverser. Il s'excusa d'un geste de la main et se rendit compte qu'il était au milieu de Nankin Road à une heure de forte circulation. Les gens rentraient chez eux pour le déjeuner, les cyclo-pousse s'activaient, les marchands ambulants dépliaient leurs étals.

Jamais les Anglais n'auraient transmis cette information à Brown... La certitude qu'elle avait dévoilé son secret aux services américains l'envahit peu à peu, comme un traumatisme. Un choc. Une vérité impensable. Inlassablement, il reconsidérait tous les éléments, sans parvenir à une autre conclusion que celle qu'il redoutait. Il avait beau détester Orson et se méfier de lui, il n'avait plus aucune certitude concernant Isaure. La tête lui tournait, les odeurs de nourriture dans la rue lui donnaient la nausée. Un diseur de bonne aventure le retint par la manche :

– *Jiang lai, jiang lai*, dit-il.

– Non, répondit Alex en mandarin, je ne veux pas connaître mon avenir. Merci, non !

L'homme, indifférent à sa réponse, lui prit la main et détailla les traits qui sillonnaient sa paume. Alex se dégagea brusquement et reprit sa route, sourd aux prédictions que le Shanghaien débitait tout en l'enjoignant de revenir.

Il tourna dans une rue qui lui sembla familière et leva machinalement la tête vers le panneau situé sur le trottoir d'en face : Zhoushan Road. La rue de la synagogue. *J'ai fait un grand cercle dans la ville*, songea-t-il. Il s'arrêta. Son corps était en sueur, ses muscles lui faisaient mal. Il fouilla machinalement dans la poche de sa veste et sentit le sachet plastique qui ne le quittait jamais. Ses doigts roulèrent sur les boules d'opium séché. Il fit demi-tour. Deux rues plus loin l'attendait le salon d'oubli de *La Perle d'élégance*.

Alex plongea l'aiguille dans le récipient de chandoo et en retira une goutte d'opium de la grosseur d'un pois. Il s'affala sur le coussin crasseux en forme de billot, tendit machinalement sa main, qui trouva un briquet caché dans une minuscule niche, et chauffa la boulette pour lui donner une forme de cône. L'opium prit une consistance pâteuse tout en se boursouflant dans un grésillement caractéristique. Il mira la pâte de couleur miel à la lumière du soleil qui s'échappait des persiennes.

– Regardez, Beaumont, regardez et écoutez ! N'est-ce pas tout simplement merveilleux ? dit Hilaire du Barry, allongé sur la couche voisine. Ces miettes, ces toutes petites miettes de bonheur, qui appellent au plaisir. Sentez cette odeur, ce parfum... c'est l'aura du nirvana ! Il en va des grands opiums comme des vins de grands crus. Ils ont de la noblesse et de la générosité. Le Bénarès est bien supérieur au Yunnan. D'aucuns voudront vous faire croire le contraire. Ne les écoutez pas. Rien ne vaut la finesse et l'intégrité d'un Bénarès.

Du Barry bourra le cône de chandoo dans sa pipe et fit un trou au centre au moyen de l'aiguille, qu'il piqua ensuite dans sa manche de veste. Il fit un effort pour se redresser et observer Alex manipuler sa boulette d'opium avec dextérité. Il se laissa tomber lourdement sur sa couche.

Alex approcha sa pipe de la flamme d'une lampe. L'opium s'embrasa aussitôt. Il tira une bouffée et s'allongea. Juste en face de lui, un Chinois âgé, recroquevillé sur lui-même, l'observait sans le voir. Sa peau était cireuse, ses yeux blancs et hagards. Un long filet de bave s'échappait de la commissure de ses lèvres et, happé par la gravité, avait fendu sa joue d'un trait blanc et maculé sa couche d'une rondelle humide. L'homme aurait pu être mort qu'il n'aurait pas eu pire aspect.

– Les Anglais ont réduit tout un peuple à l'esclavage à cause de l'opium, fit remarquer Alex au Français qui, à son tour, alluma son cône.

– Vous êtes même loin de la vérité, rectifia du Barry. Ils l'ont pillé, mis à sac, en ont détourné toutes les richesses à leur profit. Sans verser une goutte de sang. Juste par un tour de passe-passe qu'ils ont osé appeler traité de Nankin. Traité ! Jamais les Chinois n'ont pardonné cet affront. Ce que les Anglais n'ont pas compris, c'est qu'il ne faut jamais donner à un Asiatique la sensation d'avoir perdu la face. C'était il y a cent ans, mais ils n'ont toujours pas digéré l'humiliation, ils ont la rancune tenace. Malheur à ceux qui ne retiennent pas les leçons du passé.

Il inspira une énorme bouffée qu'il avala avec gourmandise. Dans une salle attenante, des rires fusèrent.

– C'est le Japon qui occupe la Chine aujourd'hui. Pas la couronne d'Angleterre.

Hilaire ricana.

– Restez encore quelques mois ici, Beaumont, et vous comprendrez mieux l'histoire et la géographie de ce pays. Tchang Kai-shek déteste par-dessus tout les Anglais. Il sait que les Nippons vont les chasser de son pays. Ça ne fait plus aucun doute. Aujourd'hui, il les ménage. Mais demain, il les combattra avec la plus grande véhémence.

– Vous l'avez rencontré ?

– Plus que ça, cher ami. Plus que ça. J'ai combattu pour lui dans l'unité des tigres volants. Vous connaissez ?

– De nom.

– L'unité est commandée par le général Chennault. Un homme de Washington. Un type remarquable.

– Les Américains soutiennent Tchang Kai-shek ?

– Pas officiellement. Ils ne sont pas en guerre contre les Japonais.

– Pourquoi avez-vous arrêté ?

– Un accident d'avion. Mon appareil s'est planté près de Chungking. J'en ai gardé des séquelles. Jambe et dos. C'est ce qui m'a incité à me tourner vers l'opium, ajouta-t-il en riant.

Ils restèrent un long moment silencieux. Leurs corps se détendaient peu à peu, laissant place à un indicible bien-être. La réalité se détachait d'eux par lambeaux entiers.

Hilaire du Barry se redressa soudainement et harangua l'assemblée des fumeurs allongés.

– Shanghai est une putain qui se meurt. Tous ceux qui ont profité d'elle l'abuseront jusqu'à son dernier souffle. Mais il n'y aura personne pour la regretter. Les Anglais et les Américains ont retiré leur queue de la matrice et bientôt ils iront baiser ailleurs. Les bouchers d'Hirohito la regardent agoniser. Ils sont prêts à la dépecer. Le prédateur joue avec sa proie. Ce n'est qu'une question de temps. Juste une question de temps.

Il cracha sur le sol et remit la pipe en ivoire dans sa bouche. Ses yeux mi-clos, aux pupilles dilatées, regardaient déjà dans un monde parallèle. Les autres n'avaient même pas prêté attention à lui. Seul le vieux Shanghaien semblait avoir ressuscité sous l'effet de son discours. Il battit des paupières et répéta plusieurs fois la même phrase dans un dialecte local, qui comportait suffisamment de parenté avec le mandarin pour qu'Alex puisse le comprendre sans ambiguïté.

– Tais-toi, vieux fou ! aboya du Barry, accompagnant son injonction d'un geste de la main. Je déteste qu'on me parle en chinois. Je n'y comprends rien et l'intonation me déplaît. Vous savez ce qu'il a dit ?

– Non, mentit Alex, sous le regard indifférent du vieil homme qui avait repris son masque de macchabée.

Intérieurement, il avait instantanément retrouvé ses esprits. L'homme avait martelé : « Les bouchers d'Hirohito sont à Pingfang ». Puis Alex l'entendit murmurer en sanglotant :

– *Zhong Chang*. L'usine de la mort.

Le vieux Chinois sortit de la fumerie et remonta la rue d'un pas lent et court vers Buneimei Dalou. Son dos voûté l'obligeait à relever la tête pour progresser dans la foule. Sa canne claquait sur le trottoir et ses pieds glissaient sur le sol plus qu'ils ne le foulaient. Alex le suivait en essayant de maintenir avec lui une distance minimale de quelques mètres, ce qui l'obligeait à s'arrêter fréquemment devant un marchand ambulant ou un magasin, tout en maintenant un contact visuel avec la silhouette courbée du Shanghaien. Ils remontèrent l'avenue Edward VII vers le Bund, tournèrent rue de Montigny et s'enfoncèrent dans la concession française. Le vieil homme garda une allure constante jusqu'au terme de son trajet. Arrivé rue du Cardinal-Mercier, il pénétra dans l'enceinte d'une propriété modeste, constituée de deux bâtiments de fortune en forme de L. Alex avisa la plaque en laiton qui indiquait : « Orphelinat catholique Docteur Schweitzer ». Il entra sans hésiter.

– Vous venez voir l'une de nos pensionnaires ? demanda une jeune femme à l'accent français.

Alex s'approcha de la table qui faisait office de bureau d'accueil, derrière laquelle œuvrait la secrétaire, en tenue de religieuse.

– En fait... non. Je cherche le monsieur chinois qui vient d'entrer.

– M. Chang ?

– Oui, M. Chang. Je dois le rencontrer.

– Pourquoi ? Il a un problème ?

– Oh, non. Aucun. Je dois juste m'entretenir avec lui. C'est important pour moi.

– Tant mieux. Parce qu'il est gentil, M. Chang. S'il peut vraiment vous aider, il le fera. Il a un cœur d'or. Vous n'avez qu'à l'attendre ici. Il est avec sa petite-fille, comme tous les lundis et jeudis. Vous voulez boire quelque chose ?

La jeune Française partagea un thé avec Alex. Elle s'appelait Magui et venait d'un couvent situé dans la région de Lyon. Elle était à Shanghai pour une mission de deux ans. L'orphelinat dépendait d'une congrégation religieuse qui envoyait ses membres dans le monde entier pour aider les plus démunis à survivre et à trouver la foi dans le catholicisme. Son caractère prolixe permit à Alex d'apprendre que M. Chang était arrivé de Nankin avec sa petite-fille, un an plus tôt. Sa condition misérable l'avait poussé à l'abandonner officiellement, afin qu'elle puisse bénéficier d'une place à l'orphelinat. Dans une vie antérieure, il avait été un professeur de mathématiques réputé. C'était avant l'arrivée des troupes japonaises à Nankin. Emprisonné, il avait été condamné aux travaux forcés. Tout le reste de sa famille était mort dans des conditions que Magui ne connaissait pas, mais elle croyait savoir qu'il avait pu s'échapper des geôles nippones. Depuis son arrivée à Shanghai, il mendiait dans la rue et enseignait de manière officieuse dans l'orphelinat. Elle était persuadée que Chang n'était pas son vrai nom.

– Une bien triste histoire, conclut-elle en regardant sa montre. Mais comme le temps passe vite ! Je dois aller m'occuper du goûter des enfants. Je vais le prévenir en passant. Il ne devrait pas tarder. Merci de votre compagnie, conclut-elle alors qu'elle avait été la seule à alimenter la conversation.

Magui avait raison : quelques minutes seulement après son départ, Alex entendit le cliquetis caractéristique de la canne de Chang. L'homme entra et le dévisagea de son masque impassible. Alex s'adressa à lui en mandarin :

– Monsieur Chang, je me présente : Alexandre Beaumont. Je...

L'homme l'interrompit :

– Venez, sortons. Et vous m'expliquerez pourquoi vous me suivez depuis *La Perle d'élégance*.

La cour de l'orphelinat était à l'image du modeste bâtiment. Le sol était en terre battue et le seul banc, situé sous un marronnier aux larges feuilles, ne comportait qu'une latte sur deux. Assis à côté d'Alex, les mains jointes sur le pommeau de sa canne, les yeux plissés comme pour mieux se concentrer, il écoutait le représentant d'une grande marque de cognac lui expliquer qu'il avait besoin de connaître l'emplacement de tous les bâtiments de Pingfang afin de pouvoir livrer ses barriques à l'usine de bois.

– Monsieur Chang, je vous ai entendu parler de cette usine tout à l'heure, dans la fumerie. Connaissez-vous les lieux ? Peut-être pouvez-vous m'aider ?

– Monsieur Beaumont, votre mandarin est suffisamment bon pour que vous ayez compris le sens exact de mes paroles. N'est-ce pas ?

La gêne d'Alex fut une réponse suffisante pour lui. Le nom d'« usine de la mort » résonnait encore dans sa tête. Il continua :

– Alors, c'est le Ciel qui vous envoie.

18.

2 décembre 1941, Shanghai.

M. Chang avait parlé. Il avait raconté à Alex son arrestation lors du pillage de Nankin. Son incorporation, malgré son âge, dans les bataillons d'ouvriers qui avaient construit l'unité 1644 de Pingfang. Il avait été relâché au bout de deux ans, à la fin des travaux. Juste le temps pour lui de voir les unités spéciales japonaises investir sa maison et fusiller son fils et sa belle-fille. Ils avaient reçu l'ordre d'éliminer tous ceux qui avaient participé à la construction de Pingfang et n'avaient pas imaginé que ce puisse être le vieillard de la famille. Son voyage à pied, de Nankin à Shanghai, sa petite-fille dans les bras. Le froid, la faim, l'humiliation. M. Chang avait raconté la vie d'un homme usé par les tragédies, qui n'avait plus qu'une seule volonté, avant de reposer en paix : contribuer à la destruction de l'unité 1644 qu'il avait construite avec son sang.

Il ne posa aucune question à Alex sur ses intentions. Il lui dessina un schéma précis des dizaines de bâtiments et confirma la localisation des immeubles dont Alex possédait les plans. L'opération dura tout l'après-midi, dans l'arrière-boutique de Sid Giggs. À 19 h 30, Alex salua le vieil homme qui repartit par la ruelle. Ses yeux exprimaient un soulagement intense. Ils ne se revirent jamais.

– Parfait. Vraiment parfait. Même le ballon russe n'aurait pas fait mieux. Bravo, monsieur Beaumont. L'opération peut débuter.

Liang replia les plans et les introduisit dans le double fond d'un panier en osier chargé de victuailles. Il était l'homme envoyé par Tchang Kai-shek. « L'homme de la situation », avait précisé Orson. Liang était de taille moyenne, fin et noueux. Un sourire permanent ouvert sur une dentition d'une blancheur parfaite. Ses manières directes et son anglais à l'accent de la côte Est des États-Unis attestaient d'un long séjour dans une université américaine.

– La mission est prévue pour la nuit du 7 au 8 décembre, annonça-t-il.

– Le 7 ? fit Walter, inquiet. Mais c'est dimanche prochain !

– Nous devons faire vite, monsieur Grant. Les Japonais augmentent leur pression sur Shanghai. Alexandre, pouvez-vous prévenir Ashai de la livraison des tonneaux pour le 7 ?

– Ils sont prêts. Nous devons juste les faire livrer à la gare de Shanghai. Ashai s'occupe du reste.

– À la gare ? s'étonna Orson. Ils les récupéreront à Nankin ?

– Non, intervint Isaure, restée silencieuse. Il existe un embranchement à cent kilomètres au nord d'ici qui aiguillera le train sur une ligne spéciale. Elle pénètre jusque dans le camp. Mais elle n'est sur aucune carte.

– Les quatre hommes seront cachés dans des barriques, précisa Alex, sans un regard pour Isaure. L'intérieur a été capitonné et nous serons sanglés de façon à ne pas bouger quand ils les transféreront. Ils vont sans doute les faire rouler. Liang, j'espère que vous n'avez pas le mal de mer ?

– Mon père avait un sampan, pour la pêche. Je l'accompagnais souvent. Et je ne suis pas claustrophobe, si vous voulez savoir.

– Tant mieux, car nous devrons attendre la nuit avant de sortir. La cave aux alcools est située dans le quartier nord, près des restaurants, côté cuisine. C'est un lieu fréquenté jusqu'à 22 heures. On sortira de notre tanière à 23 heures. J'espère que la météo nous sera favorable.

– On sera fixé mercredi, intervint Walter. Mais je ne suis pas inquiet. Depuis deux jours, les vents se sont calmés et on devrait avoir une belle couverture nuageuse.

– Notre objectif est le building Ro, enchaîna Alex, à vingt minutes de marche vers le sud. Les Japonais l'ont baptisé ainsi à cause de sa forme carrée. D'après la description de M. Chang, je pense que c'est l'endroit où se font les travaux de recherche sur la production des virus et des bactéries. La prison est au centre du building. Trois étages. On a évalué le nombre de prisonniers à quatre cents.

– Nous savons que notre camarade Jiahe Youxian est dans le bloc numéro sept, dit Liang.

– Malheureusement, comme vous le verrez sur les plans que je vous ai remis, il n'y a pas de localisation par bloc, répondit Alex. Il ne reste plus qu'à espérer que les Japonais les aient indiqués.

– De combien de temps disposez-vous avant l'évacuation ?

– De quatre heures, pas plus, répondit Liang.

– Comment comptez-vous faire pour ouvrir les portes ? interrogea Isaure.

– Il existe un local pour toute la maintenance du site. Ils ont sûrement des passes, dit Alex.

– Sûrement ? Vous voulez dire que vous n'avez aucune certitude de pouvoir ouvrir les portes le moment venu ? Et les armoires blindées ? Et les coffres ?

– Les souches que nous cherchons ne peuvent se trouver dans des coffres. Elles nécessitent des conditions ambiantes spécifiques que seules procurent les étuves. Même les Japonais sont obligés de se plier aux lois de la biologie. Cette partie est constituée de laboratoires dans lesquels travaillent des centaines de civils. On n'est pas au QG du Kempeitai [1]. Notre meilleur atout, c'est qu'ils sont persuadés que personne ne peut pénétrer dans le camp.

– Je partage la confiance d'Alexandre, dit Liang. Le plus délicat sera de libérer Jiahe de sa geôle. Même avec les plans, nous ne pouvons deviner le système d'ouverture des portes.

La discrète Hai vint disposer des bols sur la table, ainsi qu'une théière fumante. La conversation s'interrompit en sa présence, puis reprit.

– Vous avez l'air sceptique, dit Liang à Isaure.

– Non, je suis inquiète. Il y a trop d'incertitudes. Les risques sont grands. Alex, il est encore temps de renoncer. Personne ne vous en voudra.

Alex sentit le regard d'Orson peser sur lui. L'ambiguïté de la situation le mit mal à l'aise.

– Votre remarque est tout à fait inutile, dit-il sèchement à Isaure. Vous connaissez mes raisons.

Une sirène beugla dans le centre de Shanghai. Trois sonneries interminables qui rappelèrent à Alex les longues nuits du Blitz à Londres.

– Qu'est-ce que c'est ? demanda-t-il à Walter.

– Un incendie. Il y a un incendie dans la ville.

1. Police militaire de l'armée japonaise.

2 décembre 1941, hôpital Saint-Jean, Shanghai.

Les flammes léchaient encore la façade de l'hôpital lorsqu'ils arrivèrent. Les malades étaient rassemblés dans la cour, les plus valides debout, les autres alignés dans leurs lits ou sur des brancards. Le personnel s'agitait, comptant et recomptant les patients afin de vérifier que personne ne manquât à l'appel. Les pompiers étaient à l'œuvre, arrosant le foyer simultanément de l'intérieur et de l'extérieur. Seule une petite partie, au premier étage de l'aile droite du bâtiment, semblait avoir été touchée.

Alex rejoignit Chen, qui traversait la cour, hébété.

– Je suis venu dès que j'ai appris, dit Alex.

– Alexandre, mon ami. Je ne comprends pas comment cela a pu arriver, dit-il la voix nouée par l'émotion. Je ne comprends pas.

– Y a-t-il des blessés ? Des morts ?

Le médecin fit un signe de tête affirmatif et se tourna vers le bâtiment. Il pointa en direction des flammes et se frappa le front.

– Quel est le service touché ? demanda Alex.

Chen ne trouva pas la force de répondre. Il regardait la scène avec sidération.

– Neuermann. C'est l'emplacement de son laboratoire, dit Isaure, qui les avait rejoints.

– Chen, fit Alex en le prenant par les épaules. Neuermann ?

Le médecin baissa la tête.

– Il est mort.

L'infirmière en chef, les yeux rougis par la fumée, passa la tête dans l'encadrement de la porte du bureau du Dr Yang.

– Monsieur, tous les malades ont été relogés dans l'aile est. Ils vont bien. Le repas leur sera servi comme d'habitude.

Chen sourit pour la première fois de la journée. Avec l'aide d'Alex et d'Isaure, il triait les dossiers médicaux qui avaient été empilés dans une cantine ignifugée.

– Merci, Shun. Merci pour tout. Vous devriez aller vous reposer.

– Je l'aurais fait, même sans votre accord, répondit-elle. Je suis épuisée. Le capitaine des pompiers veut vous voir. Il est dans le couloir.

– Faites-le venir. Nous devons le remercier pour l'action de ses hommes.

John Carpenter entra, le visage noirci, les cheveux hirsutes. Alex remarqua qu'il portait l'uniforme des soldats du feu londoniens. Le caractère international de Shanghai autorisait le mélange des uniformes dans une même unité. John était le commandant des pompiers depuis plus de dix ans, après une carrière dans la capitale anglaise. Son calme et son expérience avaient permis d'éviter le pire pour l'hôpital. Chen se leva et lui serra la main longuement tout en lui exprimant une gratitude sincère. Isaure s'approcha du capitaine.

– Est-ce que l'on sait ce qui a provoqué l'incendie ? lui demanda-t-elle.

Il s'essuya le front avec son mouchoir, l'air perplexe.

– À vrai dire, je n'en suis pas sûr. En trente ans de métier, j'en ai vu des choses moches, croyez-moi. Mais cet incendie... on a fouillé les décombres du laboratoire où le feu a pris. Et on n'a pas trouvé de court-circuit. Il y avait des cadavres d'animaux dans un état... Désolé, madame, je ne veux pas vous traumatiser.

– Je connais le lieu et j'imagine très bien ce que vous y avez vu, répondit-elle en l'invitant à continuer. Vous ne savez pas comment c'est arrivé ?

– Je ne vois qu'une solution. J'ai inspecté le cadavre du pauvre Dr Herlich. En fait, il semble que l'origine de l'incendie, ce soit lui.

– Vous voulez dire qu'il aurait mis le feu à son laboratoire ? demanda Chen, surpris.

– Pas de la façon dont vous le pensez. Tout porte à croire que ses vêtements ont pris feu et qu'il se soit transformé en torche humaine.

– En torche humaine ? répéta Isaure, incrédule.

– Vous savez, ce sont des choses qui arrivent : il y avait un bec Bunsen allumé sur une paillasse. Il a peut-être effectué une manipulation qui aurait mis le feu à ses vêtements. Et tout s'est embrasé.

Devant le regard perplexe de ses trois interlocuteurs, il ajouta :

– J'avais déjà dit au Dr Herlich que son laboratoire n'était pas aux normes. Il n'y a ni douche ni extincteur.

– Il a toujours refusé de nous laisser y faire des travaux, commenta Chen, d'un air de regret.

– Ne vous accablez pas, répondit John Carpenter, vous n'y êtes pour rien. Il s'est condamné lui-même. Bien, je dois vous laisser. Je vais rejoindre mes hommes.

– Merci encore pour tout. Vous féliciterez vos collègues de notre part à tous, dit Chen.

– Une dernière question, dit Alex au moment de lui serrer la main. Portait-il une blouse quand vous l'avez retrouvé ?

– Non, pas de blouse. Une veste en tweed.

– Il n'était donc pas en train de travailler quand cela est arrivé. Pourquoi aurait-il ouvert le Bunsen ?

Chee avait vécu la journée la plus horrible de sa vie. Elle avait vu les flammes sortir du laboratoire, avait entendu les cris désespérés du Dr Herlich, aidé les autres à évacuer les malades. Elle avait toujours dans ses narines l'odeur de la chair carbonisée. Ses vêtements, ses cheveux, sa peau étaient encore imprégnés de fumée. Elle avala une gorgée de thé. Il était froid. La cantine était privée d'électricité et plongée dans une pénombre apaisante.

– Chee, peut-on vous parler ?

Elle sursauta : elle n'avait pas entendu le Dr Yang approcher. Il était accompagné de ce couple, dont le mari avait été hospitalisé quelques semaines auparavant.

– Comment allez-vous, Chee ? demanda Chen d'un ton paternaliste.

– Ça va aller, docteur, merci.

– Chee, je vais vous poser une question difficile. Je voudrais que vous vous souveniez des moments qui ont précédé le drame.

– Docteur...

– S'il vous plaît, c'est important.

Elle soupira et posa sa tasse.

– Bien.

– Vous êtes passée plusieurs fois dans le couloir. Y avait-il quelqu'un avec le Dr Herlich quand le drame est arrivé ?

– Non, je n'ai entendu que ses cris. Pauvre Dr Herlich. C'était horrible !

– Et dans l'après-midi, quelqu'un lui a-t-il rendu visite ? demanda Isaure.

Chee la regarda, l'air absente.

– Chee, cela peut nous aider à comprendre ce qui s'est passé, dit doucement Chen.

– Il y a ce monsieur qui vient parfois le voir. Je sais qu'il est aussi médecin. Il est monté en début d'après-midi.

– Avez-vous vu à quelle heure il est reparti ?

– Non. Mais d'habitude, il ne reste pas longtemps. Je suis désolée, je n'ai pas fait attention.

– Portait-il un panama et une écharpe blanche ? demanda Alex.

– Non, répondit-elle sans hésiter.

Alex eut l'air déçu. Son intuition s'envolait.

– Il n'en avait pas aujourd'hui, continua Chee. Mais c'est vrai que, parfois, il en porte. Je peux y aller maintenant, docteur ?

Chen la remercia et la raccompagna jusqu'au couloir. À son retour, les rides de son front s'étaient creusées.

– Alex, avez-vous une explication à la présence d'Alberto Morani sur les lieux de l'accident ?

– Ce n'est pas un accident, Chen. La chronique de Woodhead a déclenché un vent de panique. Ils ont éliminé quelques preuves et un témoin incontrôlable.

– Ils ? De qui parlez-vous ?

– Ashai. Il vient de commettre sa deuxième erreur.

– Quelle était la première ? demanda Chen.

– Son goût immodéré pour le cognac.

5 décembre 1941, bureaux de la Grant & Partners Inc, Shanghai.

Le message de Bulldog était sans équivoque. Les Japonais préparaient une attaque d'envergure. Shanghai était une cible de choix et les dirigeants avaient demandé à Grant de ne plus attendre pour mettre en sécurité tous les dossiers secrets. Il devait aussi faire disparaître toutes les autres preuves de leur activité : les liens des différents agents du réseau, les adresses des planques, des honorables correspondants, les secrets du cryptage. Bulldog avait été catégorique. La mission à Pingfang serait la dernière dont ils assureraient la réalisation. Ensuite, la section orientale du SOE entrerait en sommeil. Walter Grant était persuadé que les militaires japonais, même s'ils prenaient possession de la ville, ne s'en prendraient pas aux représentants occidentaux. *Quel intérêt auraient-ils à entrer en guerre contre l'Europe et les États-Unis ?* se répétait-il inlassablement afin de se libérer de l'angoisse qui l'étreignait depuis qu'il avait lu le message de Bulldog.

Il enfonça le soufflet dans les braises et l'actionna. Une flamme orangée se propagea instantanément, enveloppant les morceaux de bois et dévorant les pages des dossiers déchirés. Il regarda, songeur, la couverture plastifiée rouge du livre le plus recherché des services secrets ennemis se rétracter sous les morsures du feu. Le livre recensant les codes de la machine cryptographique utilisée par l'armée britannique. De son caractère secret dépendait la vie de milliers d'agents anglais. Des cloques se formèrent puis explosèrent en noircissant. Walter se leva. Il se massa le thorax au niveau de la douleur qui le transperçait depuis son réveil. Il se força à respirer profondément. Sa secrétaire l'interpella à travers la porte de son bureau.

– Monsieur, Alexandre et Isaure Beaumont sont dans le jardin intérieur. Je les fais entrer ?

– Non, je vais les rejoindre, cria-t-il sans ouvrir.

Il avait besoin de prendre l'air. Il enfila son duffle-coat et jeta un dernier regard vers l'âtre dans lequel les flammes étaient mortes, étouffées par leur repas orgiaque. Il déverrouilla la porte et sortit.

– Vous devriez renoncer, dit Grant après être resté un long moment à regarder un navire de la Matheson Trading Company charger une Bentley noire dans sa soute. Le jeu n'en vaut pas la chandelle.

– Walter, ce qui est en jeu dépasse de loin l'activité secrète de Pingfang, répondit Isaure.

Alex s'était mis légèrement à l'écart. Il n'avait aucune envie de convaincre Grant du bien-fondé de son choix. Depuis sa conversation avec Orson, il s'était renfermé sur lui-même, évitant au maximum de se retrouver seul avec Isaure, évitant son regard et sa sollicitude, qu'il prenait pour une attitude factice. Plus rien d'autre ne comptait que la réussite de son entreprise. Il s'était fixé un objectif dont il n'avait parlé à personne. Plus que le sauvetage de Jiahe Youxian, plus que la recherche des preuves de la présence de souches d'influenza, il avait décidé d'agir selon ses propres convictions. *Puisque tout le monde trompe tout le monde, il n'y aura plus que ma conscience pour me donner des ordres,* avait-il conclu. Cette décision l'avait libéré d'un poids. Il attendait le lendemain avec impatience. Il ne supportait plus l'inaction. Il ne supportait plus cette ville. Une fois l'opération terminée, il irait saluer Guan et ses grands-parents, il irait saluer Ossi et sa femme et embarquerait pour l'Angleterre. Il enverrait au diable Philips et tous les généraux étoilés. Il oublierait jusqu'au nom de celle dont il avait cru pouvoir être le compagnon, et qui l'avait trahi. Il s'installerait dans la maison de Shanklin, sur l'île de Wight et ouvrirait un cabinet de médecine générale. Il retrouverait ses amis, les inviterait pour des fêtes qui lui rappelleraient les soirées de sa jeunesse. Il épouserait Kathleen, aurait des enfants, entraînerait l'équipe de rugby locale. Et son père serait fier de lui. Les images défilèrent devant ses yeux comme une bande-annonce de la Paramount. Mais quelque chose ne collait pas. Quelque chose qu'il se refusait d'admettre.

– Vous en avez pour combien de temps, Andrei ? demanda la secrétaire de Walter Grant à l'employé roumain qui s'affairait autour de la cheminée.

– Une heure, tout au plus, répondit-il en préparant le matériel de ramonage. Vous avez bien fait de me prévenir, cria-t-il à la secrétaire qui était retournée à son bureau. Il ne l'utilise jamais. Elle n'a pas été nettoyée depuis au moins cinq ans. C'est vraiment dangereux de faire une flambée dans ces conditions.

– Je ne sais pas ce qui lui a pris, répondit-elle en introduisant une feuille de papier dans sa Remington. Heureusement que les secrétaires existent. Les patrons sont si distraits parfois !

Elle tapa la lettre que Grant lui avait dictée dans l'après-midi. Andrei mit en route un puissant aspirateur, ce qui perturba sa concentration. Elle fit plusieurs fautes et dut recommencer son travail. Par précaution, elle ferma la porte avant de retourner à sa machine.

Lorsqu'il entendit le bruit caractéristique des barres de caractère frappant le cylindre de la machine, Andrei tourna doucement la clé dans la serrure et retourna s'asseoir devant l'âtre. Il prit une pince et fouilla les braises qu'il avait éteintes en les aspergeant d'eau. Il en tira des morceaux de papier, imbibés d'eau et couverts de cendre collée. Il les déposa délicatement dans une petite valise métallique, sur plusieurs couches, qu'il sépara à l'aide d'un linge absorbant. Une fois l'opération terminée, il procéda au ramonage du conduit, rangea son matériel et sortit en saluant la secrétaire, qui le gratifia d'un sourire de remerciement. Andrei était l'employé le plus motivé et le plus serviable de toute la compagnie.

6 décembre 1941, un hangar de la Matheson Trading Company, Shanghai.

Tony Queswick tira une bouffée sur sa pipe et expira longuement la fumée à l'odeur de miel. Il regarda sa montre une énième fois. Inlassablement, les aiguilles lui répétaient qu'ils étaient en retard. Orson arriva le premier. Il échangèrent quelques banalités, puis le silence s'installa entre les deux hommes. Bien que leurs rôles les cantonnent à la passivité, ils semblaient déjà concentrés sur ce qui allait se produire dans les heures à venir. La Studebaker couleur crème de Walter Grant s'engagea dans l'allée qui menait aux entrepôts de la Matheson Trading Company. Queswick tapa sa pipe contre la semelle de sa chaussure et la fourra dans la poche de sa veste. Orson regardait, impassible, les cumulus défiler au-dessus de leurs têtes vers l'intérieur des terres. La voiture s'arrêta à leur hauteur. Grant en sortit, les salua et regarda autour d'eux.

– Les hommes de Tchang ne sont pas là ? s'inquiéta-t-il.

Queswick fit un signe de tête vers le hangar :

– À l'intérieur.

– Venez, on les rejoint, dit Walter. Laissons-les tranquilles un instant, ajouta-t-il en désignant Alex et Isaure, qui vérifiaient le matériel dans le coffre de la berline.

Orson les suivit à regret.

Alex enfila un blouson équipé de nombreuses poches qu'il remplit des outils indispensables à sa mission. Le voyage avait été silencieux. Isaure était impressionnée par son calme. Ses mains ne tremblaient pas. Elle avait bien remarqué sa nouvelle attitude envers elle, mais elle n'arrivait pas à se l'expliquer. Plusieurs fois, elle avait remis à plus tard la conversation qu'elle s'était promis d'engager avec lui avant son départ. Elle ne pouvait plus reculer.

– Je ne suis pas douée pour les discours, commença-t-elle. Mais il y a une chose dont je voulais vous parler avant votre départ.

– Pourquoi ? Vous croyez que je n'en reviendrai pas ? dit-il, faussement distrait, en continuant de mettre en place son attirail.

– Ne dites pas des choses pareilles, Alex ! Vous savez que votre santé m'importe plus que tout le reste.

Il s'interrompit et la regarda dans les yeux :

– Non. Je ne savais pas.

– Que vous arrive-t-il ? Vous avez tellement changé à mon égard. Vous êtes devenu distant et indifférent. Et ne me dites pas que vous ne l'avez pas remarqué.

Il remonta la fermeture Éclair de son blouson.

– Non, je ne vous le dis pas. Mais je dois me concentrer sur la mission.

– Vous êtes sûr qu'il n'y a rien d'autre ? demanda-t-elle, incrédule.

– Ce n'est pas le moment pour une telle conversation.

– Si, justement. C'est le moment. Le dernier moment où je me sens capable de l'aborder.

Il referma le coffre et s'empara d'un petit sac de toile noir.

– Nous aurons cette discussion à mon retour, demain. Parce que je reviendrai. C'est vous qui m'avez dit de ne pas mélanger travail et sentiments. Souvenez-vous : restons-en là pour l'instant. Après, on verra.

– Oui, je l'ai dit, dit-elle, dépitée. Et je le regrette.

– Ne le regrettez pas. Vous aviez raison.

Elle le serra dans ses bras. Il ne lui manifesta aucune affection, attendant la fin de l'effusion. Elle s'en aperçut et desserra lentement son étreinte, puis s'écarta.

– Allez au diable, Alexandre ! dit-elle, les larmes aux yeux.

– C'est le but de notre mission, répondit-il en s'éloignant sans la regarder.

Le hangar sombre sentait le salpêtre. Cinq camions aux couleurs de la Matheson étaient alignés, portes arrière ouvertes, en attente du chargement. Quatre barriques étaient posées à l'écart, ouvertes par le haut. Les fûts avaient une taille plus petite qu'il ne l'avait imaginée. Il réalisa seulement à cet instant à quel point leur position allait être inconfortable durant le voyage. Il croisa le regard de ses compagnons d'infortune. Liang et ses hommes étaient jeunes. Il y avait du feu dans leurs yeux. Ils avaient été entraînés à combattre les plus grands dangers, mais ils n'avaient aucune idée du niveau d'horreur qu'ils allaient découvrir dans l'unité 1644 et qui les marquerait à vie. Personne n'est préparé à affronter l'inhumanité de sa propre espèce.

Alex s'assit au fond du tonneau, les jambes repliées, et attacha l'épaisse ceinture de cuir fixée à la paroi. Ses mains trouvèrent machinalement les lanières de cuir qui allaient lui servir de poignées. Liang et ses deux acolytes entrèrent à leur tour dans leurs tonneaux et répétèrent les mêmes gestes. Les couvercles de bois se refermèrent sur eux.

19.

6 décembre 1941, 19 h 30 (heure de Shanghai),
QG de la LCS, Londres.

Une pluie fine tombait sur Londres quand la MG noire stoppa dans la cour intérieure du 54 Broadway Street. Philips sortit sans attendre que le chauffeur lui ouvre la portière et le protège d'un large parapluie. Le déjeuner avec le sous-secrétaire d'État à la Guerre avait été d'un ennui mortel. L'aspect politique de son poste lui pesait de plus en plus, lui qui s'était toujours fixé comme ligne de conduite l'intégrité morale et l'absence de concession. Toutes ses pensées étaient tournées vers la Chine. Il détestait se trouver loin du théâtre des opérations, surtout quand la vie de ses hommes était en jeu. Il ne savait évacuer son stress que dans l'action et songeait sérieusement à démissionner, d'autant qu'une rumeur faisait état de fuites entre la LCS et les services américains. Et les ambitions personnelles de Wake et de Brown venaient compliquer la situation. Il s'était persuadé que cette mission serait la dernière qu'il dirigerait, histoire de garder intacte sa motivation. Il devait être près de 20 heures à Shanghai. Il n'aurait plus de nouvelles avant le lendemain. La présence des hommes de Tchang auprès d'Alex l'avait quelque peu rassuré sur leurs chances de réussite. Mais il ne pouvait s'empêcher d'être pessimiste. Un mauvais pressentiment. Il releva le col de son imperméable et entra dans le bâtiment.

L'air affolé de Miss Marple quand elle vint à sa rencontre dans le couloir le surprit à peine.

– On a reçu un message codé de la plus haute importance, dit-elle sans attendre d'être arrivée à sa hauteur.

– Shanghai ?

– Non, du Japon, répondit-elle en lui tendant le papier. Rick Navee l'a déchiffré. C'est du JN-25.

– Le code naval japonais ? En quoi sommes-nous concernés ? dit-il, inquiet, en lisant le texte.

Ses yeux s'arrondirent.

– Oh, mon Dieu ! lâcha-t-il, stupéfait.

– On procède à l'évacuation d'urgence, mon colonel ?

– Trop tard, ils ne sont plus joignables avant demain. Contactez le SOE pour qu'ils essayent de les intercepter avant leur retour à Shanghai. Et qu'ils procèdent à la dissolution définitive du réseau.

– On ne peut vraiment rien faire d'autre ?

– Si Elizabeth, prier.

6 décembre 1941, 21 h 30, Pingfang.

Les barriques étaient immobilisées depuis plus d'une heure, mais la tête lui tournait encore. L'arrivée s'était produite aux environs de 20 heures, après un trajet de cinq heures, bercé par le roulis du train. Cinq heures avec pour seule source de lumière un filet de photons provenant de minuscules fissures dans le bois, que les hommes de Queswick avaient pratiquées, mais que l'obscurité avait dévorées peu à peu. Cinq heures où il s'était retrouvé face à lui-même. *Il y a six mois, j'étais dans mon pub préféré, avec mes amis, avec Kathleen, à fêter nos victoires, à bouffer la vie et je croyais que toute mon existence se déroulerait ainsi. Et puis Isaure est arrivée. J'ai cru voir en elle mon destin, ma liberté. Quel leurre ! On ne connaît jamais vraiment les gens qui nous entourent. Elle a trahi ma confiance. Pourquoi ? Pour qui ? Les Américains ? Ceux qui ont éliminé mon père ?* Selon lui, il ne faisait plus aucun doute qu'il avait été victime d'un guet-apens. Il avait l'intention, dès son retour en Angleterre, d'aller au bout de son enquête. De trouver cette lettre. Les coupables. Son père était innocent. C'était devenu le but de sa vie. Son sens. Mais s'il y avait bien une décision qu'il ne regrettait pas, c'était celle de l'initiative de cette mission. Peter Beaumont allait être fier de son fils.

Les hommes s'efforçaient de changer fréquemment de position et d'effectuer de petits mouvements avec leurs membres afin d'éviter l'ankylose musculaire. Le capitonnage interne des barriques augmentait la chaleur et la saturation en CO_2 de l'atmosphère. Alex s'était autorisé à déboîter le couvercle de bois de quelques centimètres afin de renouveler l'air ambiant. À l'oreille, la pièce dans laquelle ils se trouvaient semblait déserte. Pas de bruit de pas, ni de voix. Seuls des coups sourds et irréguliers leur parvenaient de l'extérieur, mais leur intensité diminua peu à peu avant de s'éteindre vers 22 h 30.

Liang déplia ses plans et les relut à la lueur de sa lampe torche, refaisant mentalement leur parcours jusqu'au bâtiment Ro, qu'il connaissait déjà par cœur. Son visage était dur et fermé. Il regarda sa montre, il était 23 heures. Il poussa sur le couvercle, tout en l'empêchant de tomber, et s'extirpa au ralenti du tonneau avant d'atterrir sur le sol sans un bruit. Alex sortit la tête de sa barrique. Il inspira longuement une bouffée d'air qui irrita ses poumons asséchés. Il se retint de tousser et avala sa salive afin de calmer les picotements qui couraient dans sa gorge. Il jeta un dernier regard à sa cache, referma le couvercle et rejoignit son camarade. Liang était déjà à l'œuvre. Ils devaient retrouver les tonneaux de leurs deux camarades, sur lesquels les chiffres 20 et 21 avait été gravés au poinçon. Les hommes avaient pour consigne de les y attendre. La cave, éclairée d'une rangée d'ampoules de faible intensité, était constituée de dix niches renfermant chacune une vingtaine de tonneaux de vins et alcools divers. À l'aide d'une lampe torche, Alex commença l'inspection de la partie de droite, Liang évoluant sur le côté opposé. Les marques étaient situées en dessous de l'arceau de métal le plus bas. L'endroit était censé être visible, quelle que soit la façon dont les barriques avaient pu être positionnées dans leur emplacement. Pourtant, arrivés à la fin de la dernière rangée, aucun des deux hommes n'avait repéré les fûts.

– On recommence, chuchota Alex en échangeant sa place avec celle de son comparse.

Les recherches se montrèrent tout aussi infructueuses.

– C'est impossible, dit Liang. Toutes les barriques sont tournées vers l'allée.

– Et s'ils les avaient rangées ailleurs ? demanda Alex, pris d'une angoisse soudaine.

– D'après les plans, il n'y a pas d'autre cave. Non... il doit y avoir une autre raison.

Liang scrutait la pièce avec un calme qui impressionna Alex.

– Les marques ont peut-être été éclatées suite à un choc, dit-il sans conviction. On repasse tous les tonneaux au peigne fin, ajouta-t-il en passant sa main sur le bord du premier. S'il y a la moindre irrégularité au toucher, on essaye d'ouvrir le fond.

– D'accord, dit Alex, reprenant son inspection.

Les deux hommes se mirent au travail en silence. Alex fit un rapide calcul mental et conclut que l'opération allait leur prendre une demi-heure dans le pire des cas. Ils n'auraient pas de retard conséquent sur leurs prévisions, et il se détendit un peu. Une série de coups sourds déchira le silence. Ils se figèrent, prêts à réintégrer leur cache à la moindre alerte. Le silence recouvrit ses droits. Alors qu'ils reprenaient leurs recherches, une nouvelle salve de coups retentit. Faibles mais réguliers.

– Qu'est-ce que c'est ? chuchota Alex.

Liang lui fit signe de se taire. Le bruit reprit. Une séquence répétitive, dont l'intensité restait la même.

– Bon sang ! fit Liang. Un SOS, c'est un SOS !

Ils s'approchèrent de l'endroit d'où semblaient provenir les coups, un renfoncement sombre, à gauche de l'entrée de la cave. Alex braqua sa torche sur une porte à claire-voie. Au fond, ils pouvaient nettement distinguer deux tonneaux. L'exiguïté des lieux avait obligé les Japonais à les poser verticalement. Les numéros 20 et 21 étaient visibles sur leur partie supérieure. Le couvercle prévu pour la sortie des deux hommes reposait face au sol. Ils étaient pris au piège.

Ils dégondèrent la porte afin de disposer d'un espace maximal pour évacuer les fûts. Liang toqua sur les lattes de bois et appela ses camarades sans obtenir de réponse. Les coups continuaient d'émaner de la cache, mécaniques, sourds aux appels. Ils basculèrent facilement la première barrique en position horizontale.

Alex remarqua que les fissures pratiquées dans les douelles étaient bouchées par de la terre séchée. Les Japonais avaient sans doute roulé les tonneaux sur le sol humide, colmatant les ouvertures.

– Vite, vite ! cria Liang. Ils sont en train d'étouffer.

Malgré leurs efforts désespérés, ils ne parvenaient pas à le faire sortir de son étroite niche. Liang appela à nouveau ses hommes. Un gémissement lui répondit du second fût.

– Une corde, dit Alex. Il faudrait une corde pour le tirer !

Pendant que Liang creusait à l'aide de son couteau les interstices obstrués, Alex s'empara d'un câble de serrage rangé dans une armoire parmi le matériel du chai. Il entoura la barrique du filin dont il confia une extrémité à Liang. Il enroula l'autre dans sa main. Au signal d'Alex, ils tirèrent ensemble. Le fût avança d'un quart de mètre, ce qui était insuffisant pour ouvrir le panneau, mais assez pour que Liang s'introduise dans l'espace créé entre le mur et le tonneau. Il prit appui sur la cloison et poussa de toutes les forces de ses jambes sur la barrique pendant qu'Alex tirait sur le câble. Le fût s'extirpa de la niche. Ils le roulèrent jusqu'à l'allée centrale où ils déboîtèrent le couvercle à l'aide d'un biseau. La plaque de bois roula quelques mètres avant de buter contre le mur. Liang plongea dans la barrique et sortit, en le tirant par les bras, un homme inconscient. Son visage était bleui, ses lèvres avaient viré au violet foncé.

– Occupez-vous-en, ordonna-t-il à Alex. Je vais chercher Qin, dans l'autre.

Alex s'accroupit auprès du malheureux. Il savait qu'il n'y avait plus rien à faire. Sa peau était cyanosée, l'absence d'oxygène avait été trop longue. Il lui ouvrit les paupières : ses pupilles étaient dilatées. Liang, de son côté, avait réussi à faire basculer le second fût, en avait ouvert le couvercle et sorti son coéquipier inconscient.

– Alors ? fit Liang, en allongeant Qin à côté de son compagnon.

– Je suis désolé, dit Alex, choqué par la tournure des événements.

– Mais vous êtes médecin !

– Je ne suis que médecin. Votre homme ne respire plus.

– Faites-lui un bouche-à-bouche. Vous pouvez le sauver !

– Il est mort depuis au moins une heure. Je ne suis pas Dieu.

Liang s'énerva soudainement et agrippa le col du blouson d'Alex des deux mains :

– Faites quelque chose !

Alex lui enserra les poignets, prêt à se défendre. Qin toussa et émit un râle.

– Lui, je peux le sauver, dit-il. Pas l'autre.

Liang avait le visage crispé par la douleur. Il s'agenouilla près de l'homme sans vie et lui prit la main.

– L'autre, comme vous l'appelez...

Il fut secoué par des spasmes sans larmes. Il put à peine articuler la fin de sa phrase :

– L'autre était mon frère.

6 décembre 1941, 23 h 30, Shanghai.

Irène se réveilla en criant et appela ses parents. Elle fixa la porte de sa chambre et vit, rassurée, la lumière s'allumer dans le couloir. Son père entra aussitôt après, en nouant sa robe de chambre.

– Qu'y a-t-il, ma chérie ?

– Papa, j'ai fait un cauchemar ! dit-elle d'une voix terrorisée.

Elle sanglotait. Son père s'assit sur le lit à côté d'elle et lui caressa les cheveux.

– Tu veux me raconter ?

– Oui. C'était horrible. Il y avait ces gens, le gang vert.

– Qui t'a parlé d'eux, Irène ?

– Je vous ai entendus, toi et maman. Ce sont des voleurs d'enfants.

Il soupira en prenant conscience qu'une enfant, même en plein jeu, était toujours à l'écoute de ses parents. Il s'en voulut intérieurement.

– Tu nous as mal compris, ma chérie. Tu ne risques rien, dit-il du ton le plus rassurant possible.

– Pourtant, Camille est partie. À cause d'eux.

– C'est ce qui se dit à l'école ?

– Non. Mais je le sais, dit-elle comme s'il s'agissait d'un secret qu'elle ne pouvait trahir.

– Que se passait-il dans ton rêve ?

– Mon cauchemar, papa. C'était un cauchemar !

– Dans ton cauchemar...

– Les gangsters chinois avaient enlevé Camille. Elle était dans un orphelinat. Ils l'ont forcée à dire où j'habitais. Et ils sont venus à la maison pour me voler.

– Tu as raison, c'est un vrai cauchemar, constata-t-il, sérieux.

– Je me suis cachée dans mon armoire à peluches. Ils ont attaché Nanou avec une ficelle. Et ils m'ont cherchée dans toutes les pièces. Il y en a un, il était horrible, avec un sourire méchant. Il a ouvert la porte du placard. J'ai hurlé. Et je me suis réveillée.

– C'est fini maintenant, tu vois. C'est fini. Il n'y a plus rien à craindre.

– Mais s'ils viennent vraiment ?

– Ces gens-là n'existent pas. C'est une légende.

– Si, ils existent. Nanou me l'a dit. Et Camille est partie à cause d'eux.

– Demain matin, il faudra que je parle à Nanou.

– Tu ne vas pas la disputer, dis ?

– Non. Elle n'a rien fait de mal. Elle se laisse juste impressionner par des rumeurs.

Il savait qu'il n'en était rien. Il n'aimait pas mentir à sa fille, même pour la protéger de la réalité. Cela le mettait mal à l'aise. Il la prit contre lui et la berça en lui fredonnant sa comptine préférée. Elle lutta un moment et finit par s'endormir. Il l'embrassa sur la joue et sortit.

Il remplit un verre d'eau au robinet et le vida par petites gorgées, pensif, debout devant la fenêtre du salon. Shanghai semblait aussi calme qu'à l'accoutumée. Mais il savait que Nanou avait raison. Le consul américain, pour qui il travaillait, l'avait convoqué le matin même pour lui conseiller d'évacuer sa famille au plus vite avant d'aller les rejoindre. Il n'en avait parlé ni à sa fille, ni à sa femme, enceinte de leur deuxième enfant, mais il leur avait réservé des places sur le prochain paquebot à destination de New York. Elles embarqueraient le 9 au matin.

6 décembre 1941, 23 h 50, Pingfang.

La marche vers le bâtiment Ro s'était effectuée dans le silence. Ils n'avaient pas même échangé un regard. L'immeuble était le plus large et le plus haut de tout le camp. Sa silhouette, pareille à une tour de château fort, se détachait dans la nuit, éclairée par une lune intermittente. Qin les avait quittés à mi-chemin pour accéder à la centrale électrique qui alimentait le quartier sud. Bien qu'affaibli par ce qu'il avait vécu, il se sentait capable de tenir son rôle. Sa motivation était décuplée depuis qu'il avait découvert la dépouille de son compagnon allongée dans la cave.

Arrivés au pied de la structure, Liang déroula une corde nouée à un grappin. Toutes les issues du rez-de-chaussée possédaient un système de fermeture complexe dont le déverrouillage d'urgence ne pouvait s'effectuer qu'à l'aide de deux clés, dont l'une était la propriété d'Ashai lui-même, l'autre étant dévolue au garde présent à l'intérieur. M. Chang leur avait indiqué que seuls deux gardiens surveillaient le bâtiment Ro, depuis une cellule située au même niveau. Le premier étage était principalement composé de laboratoires de recherche. Le responsable de la division de microbiologie infectieuse, le Dr Niota, y avait son bureau, vaste pièce aux baies vitrées, possédant son propre balcon, qu'il avait fait rajouter dès son arrivée à la tête du plus important département de tout le camp. Il aimait s'y trouver pour superviser l'arrivée des convois, qui amenaient les prisonniers en wagons obturés directement jusqu'à leurs cellules, au centre du bâtiment. Les *maruta*, les « bûches », comme il les avait surnommés, étaient son matériel le plus précieux.

Il ne fallut qu'un essai à Liang pour accrocher son grappin à la rambarde. Le bruit du métal contre la pierre fut étouffé par le moteur d'un véhicule qui circulait à faible allure dans l'allée centrale. Il tira sur la corde afin de caler le dispositif et grimpa sans effort apparent jusqu'à la corniche. Alex le suivit et tendit sa main à Liang, qui le souleva avec une force insoupçonnée au-dessus du garde-corps. Au loin, les deux yeux jaunes de la voiture bifurquèrent vers la zone résidentielle. Liang crocheta la baie vitrée sans peine. Les deux hommes entrèrent. Alex avisa les tiroirs et feuilleta les dossiers méticuleusement rangés. Sa méconnaissance du japonais l'obligeait à ne chercher que des photos ou des croquis, ce qui accéléra sa recherche, qui se révéla vaine. Liang avait entrouvert la porte et surveillait le couloir. Alex ouvrit le courrier déposé dans une bannette sous l'inscription *Kiten'* – départ – et découvrit plusieurs rouleaux de pellicule, ainsi qu'un film, qu'il déposa dans sa besace ventrale. Il fit signe à son compagnon qu'il en avait fini. Ils arpentèrent le couloir à la lueur de leurs lampes torches, à la recherche des unités de production des souches virales et bactériennes. La plupart des portes n'étaient pas fermées à clé. Un simple coup d'œil suffisait, chaque fois, à Alex pour savoir qu'ils n'y trouveraient rien d'important. L'inspection du premier étage dura ainsi moins de trente minutes. Le deuxième étage était constitué sur plus de la moitié de sa surface d'une animalerie, qu'ils évitèrent afin de ne pas ébruiter leur présence en apeurant les animaux. La seconde partie était séparée du reste par une porte sur laquelle un idéogramme restreignait l'accès de l'endroit au personnel autorisé. Liang confirma la traduction. Une nouvelle fois, la serrure ne résista pas longtemps aux mains expertes du Chinois. Fort heureusement, toutes les pièces étaient visibles depuis le couloir par des lucarnes rectangulaires, sans doute aménagées pour permettre aux médecins de suivre les opérations sans avoir à revêtir des tenues stériles. Alex identifia ainsi quatre unités de production, dont l'une différait des autres par son matériel et son agencement. Il était convaincu qu'elle correspondait à la salle de culture des virus. Il la désigna à Liang, qui examina soigneusement le mécanisme de la serrure.

– Il y a un problème, annonça-t-il en désignant deux fines plaques métalliques insérées dans la tranche de la porte et du chambranle. Ils ont disposé un contacteur. Si on ouvre, une alarme se déclenchera quelque part.

– Pas moyen de le leurrer ? demanda Alex en observant les deux lames jointives.

– Je n'ai pas le matériel pour le faire, répondit-il en regardant la vitre qui donnait sur la pièce.

– Pourrait-on la casser ? proposa Alex sans conviction.

– Vous avez vu l'épaisseur ? Trop bruyant. Non... il faut à nouveau passer par l'extérieur.

– L'extérieur ? dit Alex en collant son nez contre le carreau.

La pièce possédait deux fenêtres, apparemment, sans protection particulière.

– Mais comment grimpera-t-on jusqu'à l'étage ? Il n'y a pas de balcon cette fois ! remarqua Alex.

Liang s'était dirigé vers la porte située à gauche de la salle de culture. Il tourna la clenche. À son grand étonnement, elle s'ouvrit.

– Ce sont des douches, dit-il en promenant son faisceau à l'intérieur.

– Bien sûr, répondit Alex, j'aurais dû y penser ! Tout le personnel doit se doucher à la fin de son travail, par mesure de décontamination. Y a-t-il une fenêtre ?

– Non, aucune, fit Liang, dépité. Une pièce aveugle.

– Et le plafond ? demanda Alex, en regardant la structure au-dessus de sa tête.

– Qu'a-t-il de particulier ?

– Les manipulations de virus se font sous des extracteurs. Il y a forcément un système d'évacuation. Le plafond ici est bas. Plus bas que dans la pièce à côté.

Liang se mit debout sur un banc et inspecta la structure.

– Vous avez raison. Il est creux.

– Venez !

Alex entraîna son camarade dans le couloir. Ils observèrent la salle de culture. Un tuyau en inox de section carrée s'échappait de chacune des trois hottes et, comme une rivière se jette dans un fleuve, rejoignait un tuyau de plus grande section, situé à l'angle du plafond, qui s'enfonçait dans le mur commun à la salle d'eau.

– On essaye ? proposa Alex.

Liang lui répondit d'un hochement de tête. Le faux plafond des douches était constitué de dalles de plâtre d'un mètre de côté, qu'ils déposèrent rapidement, découvrant un tuyau en inox d'une taille suffisante pour laisser passer un être humain.

Après une rapide inspection, Liang ouvrit son sac et en sortit des outils.

– On a de la chance, ils ne sont pas soudés, mais rivés tous les deux mètres. On va pouvoir l'ouvrir facilement. Surveillez le couloir.

L'opération dura moins de quinze minutes. Liang fit la courte échelle à Alex qui s'engouffra dans le boyau de métal et avança en rampant. Après une progression de plusieurs mètres, il s'arrêta et dévissa les six écrous qui maintenaient les deux plaques d'inox entre elles. Les boulons firent un bruit métallique en tombant sur le sol. Il s'avança de deux mètres, fit demi-tour avec difficulté et répéta l'opération. Le collecteur entre les deux hommes ne tenait plus que par les boulons qui le maintenaient au mur.

– Et maintenant, demanda Alex ?

– Maintenant, priez pour que le garde soit le plus loin possible de cette salle, répondit Liang en se propulsant.

Sous l'effet de son poids, la section métallique tomba dans un bruit de tonnerre sur la paillasse située un mètre cinquante au-dessous, entraînant dans sa chute un séchoir rempli de fioles et d'éprouvettes qui se brisèrent sur le sol. Liang se coupa à la paume droite. Il alla se coller derrière la porte, dans l'hypothèse où le garde aurait été alerté par le bruit.

Alex sortit par le trou béant et le rejoignit.

– Montrez-moi votre blessure, dit-il en lui prenant la main.

– Ce n'est rien, répondit Liang en retirant son bras.

Alex ouvrit quelques tiroirs et sortit une bouteille d'alcool, du coton et un gant.

– Tenez, désinfectez-vous. Vu le lieu, ce n'est pas un luxe.

Liang s'exécuta sans broncher. Alex lui fit un pansement de fortune, qu'il maintint par le gant en latex, puis surveilla le couloir désert et sombre.

– Au moins, on est sûrs d'une chose : leurs soldats ont le sommeil profond !

– À un point que c'en est bizarre, dit Liang en se relevant. Bon, on commence par quoi ?

– Venez, j'ai repéré les étuves. Elles sont à côté. On va y trouver les souches des virus.

Ils entrèrent dans une seconde pièce qui n'avait aucune issue sur le couloir. Alex alluma le plafonnier. L'endroit était plus grand. D'un côté, une dizaine d'étuves, semblables à de gigantesques frigos, étaient entreposées. De l'autre côté, trois centrifugeuses réfrigérées attendaient, capots ouverts, le matériel cellulaire.

Alex ouvrit la première étuve.

– Enfin, on touche au but, dit-il.

– Taisez-vous, l'interrompit Liang, j'entends du bruit !

Ils restèrent immobiles, l'oreille tendue, la respiration retenue. Un grognement sourd leur parvenait de la salle dans laquelle ils se trouvaient. Il y avait quelqu'un. Une voix, comme étouffée, provenait du fond de la pièce, dans la pénombre. Alex pointa sa lampe vers une grande table de granite sur laquelle une masse était recouverte d'un drap vert qui tombait jusqu'au sol. Ils se rapprochèrent. La forme n'avait rien d'un être humain. Trop petite, trop large aussi. Elle se soulevait légèrement au rythme de ce qui leur semblait être une respiration, et émettait comme un couinement rauque, un râle bestial. Ils se consultèrent en silence. Alex prit le drap qui pendait, et tira d'un coup sec. Les deux hommes ne purent retenir leurs cris.

7 décembre 1941, 1 heure, Shanghai.

Cornelius Stear soupira en relisant la une qu'il allait faire paraître. Le texte, écrit de sa main, demandait pardon au peuple japonais pour les propos de James Woodhead qu'il qualifiait d'inadmissibles et de déplacés. Il s'était senti trahi par son journaliste pour lequel il avait une affection paternelle. Mais James avait refusé de revenir sur ses propos. Cornelius craignait qu'il ne fût l'objet d'une manipulation de la part des services secrets anglais ou américains. Depuis sa prestation sur XCDN et, malgré son habile précaution oratoire, le journal avait été l'objet de pressions de toutes parts afin d'obtenir le renvoi de Woodhead. Stear avait tenu bon, mais avait été obligé de se plier à ce désaveu public en première page de son quotidien. Freddy, le typographe du *Shanghai Evening Post and Mercury*, passa la tête dans l'entrebâillement de la porte :

– Vous n'avez plus besoin de moi, monsieur Stear ?

Son air soucieux et sa mine défaite exprimaient toute la désapprobation qu'il n'avait pas osé manifester en préparant les lettres de plomb pour composer la une. L'atmosphère avait été tendue jusqu'à la sortie des presses. Stear s'en était aperçu, mais sa décision était irrévocable.

– Freddy, entrez et asseyez-vous. On va dicuter un peu.

Pendant que l'employé prenait place dans le fauteuil face à son bureau, Cornelius sortit une bouteille de whisky et servit deux verres.

– Tenez, dit-il en lui tendant le sien. On l'a bien mérité.

Freddy le prit, but une gorgée symbolique du bout des lèvres et le posa devant lui.

– J'étais obligé, Freddy. Obligé. J'ai sauvé l'essentiel : il fait toujours partie de la rédaction. Dans quelque temps, quand tout sera calmé, il reprendra ses chroniques.

– Si vous le dites, monsieur Stear.

– Non seulement je le dis, mais je le ferai. Je n'ai qu'une parole. Et vous savez à quel point je suis attaché à lui. Nous n'abandonnons pas le combat.

– Bien. Je peux y aller ?

– Non, c'est trop facile ! s'emporta Stear. Je tiens ce quotidien sur mes épaules depuis des années. On s'est toujours serré les coudes dans les moments difficiles. Aujourd'hui en est un. Alors vous allez me dire ce que vous avez sur le cœur !

Freddy se pinça les lèvres et déglutit :

– Vous savez très bien que la situation ne va pas s'arranger. On est sur le point d'entrer en guerre et on capitule déjà devant les Japonais.

– Mais si on veut œuvrer pour la paix, il faut aussi éviter de les provoquer ! Il y a d'autres moyens de dénoncer leurs exactions.

– James vous a montré les photos ? Vous les avez vues ?

– Oui.

– Cette rumeur court depuis des mois parmi les rédactions. James nous en a apporté la preuve. On ne peut plus dire « je ne savais pas » !

– Méfiez-vous. Ici, tout le monde manipule tout le monde. Je crois savoir d'où il les tient et je n'ai pas confiance.

Freddy se leva.

– J'espère sincèrement que vous avez raison, boss. Sinon, je n'aimerais pas être à votre place quand le monde nous jugera. Bonne nuit.

– Croyez-moi : même la barbarie humaine a ses limites. Bonne nuit, Freddy.

7 décembre 1941, 1 h 30, Pingfang.

Liang, livide, soutenu par Alex, tremblait de tous ses membres. Il se pencha vers l'évier et vomit, puis s'écroula à terre, prostré, la tête entre les mains. Alex s'assit à côté de lui. Il n'en menait pas large. La vision d'horreur qu'ils avaient eue dans la pièce d'à côté était encore devant leurs yeux.

– Est-ce qu'il est... encore vivant ? demanda Liang la voix coupée par un souffle court.

Alex répondit par un simple mouvement de tête. Mais le Chinois n'avait pas besoin de sa réponse, un long gémissement s'éleva tel un appel au secours. Liang se boucha les oreilles.

– Non, faites-le taire. Non !

Son regard croisa celui d'Alex.

– Je ne pourrai pas retourner à côté, dit-il en anticipant la question. Non, je ne le pourrai pas.

– Je vais m'en occuper, dit Alex. Il faut abréger ses souffrances.

– Oui, confirma Liang. Il faut l'aider, vite. Aidez-le par pitié.

Alex attendit d'avoir régulé sa respiration, se leva et entra dans la pièce des incubateurs.

L'odeur caractéristique des viscères humains envahit ses narines. Il s'approcha de la table de granite, le nez enfoui dans la manche de son blouson. L'homme était allongé sur la stèle de pierre comme une offrande humaine à un dieu païen. Il était d'origine asiatique, vraisemblablement chinois. Ses jambes, sectionnées au niveau du haut des cuisses, se terminaient par un manchon de peau recousue en cours de cicatrisation. Malgré son expérience de chirurgien, Alex eut un haut-le-cœur en découvrant l'ensemble de ses boyaux déposés méticuleusement autour de lui. Son abdomen n'était plus qu'un tapis creux de tissus graisseux, au-dessous duquel la colonne vertébrale formait une bosse. Le thorax, intact, se soulevait légèrement au rythme d'une respiration minimale. *Mais quel genre d'homme est capable de faire ça ?* pensa Alex, que l'effroi paralysait. Le supplicié avait un visage de masque funéraire et la peau presque grise. Ses yeux étaient clos derrière des paupières violacées. *Je n'aurais pas eu la force de supporter son regard,* songea-t-il, soulagé. La plainte reprit, rythmée par la respiration. L'homme vivait ses derniers moments. Alex se devait de le soulager. Mais le médecin qu'il était ne s'était jamais retrouvé dans cette situation. Il inspecta l'endroit des yeux sans parvenir à trouver l'instrument adéquat. Il jeta son dévolu sur une seringue de gros volume et fouilla dans une poubelle à la recherche de l'aiguille, qu'il trouva sans peine sous une couche de cotons imbibés de sang coagulé. Il l'emplit d'air et s'approcha du malheureux. Il posa l'aiguille entre deux côtes au niveau du cœur. Il murmura :

– Pardonne-moi, pardonne-moi...

Il l'enfonça vivement et poussa à fond sur le piston. Soixante millilitres d'air venaient de pénétrer directement dans le ventricule gauche. L'homme eut un soubresaut, puis émit un sifflement rauque en guise d'expiration. Alex tremblait. Ses jambes avaient du mal à le porter. Il prit appui contre une paillasse en attendant de recouvrer ses forces. C'est alors que le bruit recommença. Un râle plus faible, mais le doute n'était pas permis : la seringue plantée dans le thorax s'élevait et redescendait au rythme de la vie qui ne voulait pas s'avouer vaincue. Alex cria, prit le drap et en enveloppa la tête du prisonnier. Il lui pinça le nez à travers l'étoffe tout en maintenant ses mâchoires fermées. Il sentit une légère résistance qui se prolongea plusieurs secondes, puis plus rien. Il maintint sa pression pendant cinq minutes. Une éternité. Liang, qui s'était approché sans qu'il s'en rende compte, lui prit les mains, toujours crispées sur la tête de l'homme, et les retira doucement. Alex, hagard, se laissa faire, les yeux dans le vague. Il s'éloigna de la table pendant que son compagnon enlevait le tissu qui avait étouffé le prisonnier. Puis il s'en rapprocha, retira la seringue du corps sans vie et la jeta violemment contre le mur. Sa détermination se transformait en rage. Il se signa et fit une rapide prière devant la dépouille avant de la recouvrir de son linceul vert.

7 décembre 1941, 2 heures, Shanghai.

Le *Café Fédéral* n'avait pas désempli de la nuit. La bière coulait à flot pour l'anniversaire de Theo Siefielg, qu'Alberto Morani avait préparé avec l'aide des collègues de l'Allemand. Les hommes étaient vautrés dans les canapés des différentes salles, ivres morts dans les bras d'entraîneuses chinoises, que Morani avait rabattues pour l'occasion. L'Autrichien s'était isolé avec Siefielg et deux jeunes Eurasiennes dans un petit salon privatif, éclairé par la lueur d'un feu de cheminée. Theo versa de la Fine Charlemagne Mérey dans deux verres à cognac et trinqua avec son compagnon, pendant que les deux entraîneuses continuaient à les caresser.

– Merci, Alberto. Merci, mon frère, dit Siefielg d'une voix pâteuse. Je n'oublierai jamais cette soirée. C'est le plus bel anniversaire que j'aie jamais eu et je te le dois. Le duel des grillons fut grandiose. Je ne sais pas où tu as été chercher tes combattants... chapeau bas ! Tu peux me demander ce que tu veux, je te l'obtiendrai. À part le poste de maire, il faudra attendre encore un peu, ajouta-t-il, avant d'éclater d'un rire proche du grognement porcin.

Morani l'accompagna d'un gloussement qui puait la complaisance.

– Theo, tu sais bien que je l'ai fait uniquement pour t'être agréable. Tu es mon meilleur ami et le plus fervent supporter de mes pièces de théâtre !

– Alberto, je vais être franc avec toi... Tu veux bien ?

– Bien sûr, j'ai toujours eu confiance en ton jugement, dit l'Autrichien.

Theo vida son verre et le lança dans le feu.

– *He is not jealous* est une merde sans nom !

Morani eut un instant d'incrédulité, mais la mimique de l'Allemand lui enleva tout doute.

– *Nur eine Scheisse*, répéta-t-il. Mais tu restes mon ami !

Il donna une tape dans le dos de Morani, qui ne se força même pas à sourire.

– Je commence à regretter Neuermann, dit Alberto. Lui, il avait apprécié mon œuvre. Si j'avais su...

Il s'interrompit et eut un regard pour les deux femmes qui attendaient patiemment à leurs côtés que les hommes manifestent leur désir.

– Mesdames, merci, dit-il en leur indiquant la direction de la porte. Nous allons continuer cette conversation sans vous.

Elles les saluèrent et sortirent en silence, soulagées que la soirée se termine ainsi pour elles.

– Si j'avais su, je l'aurais épargné, acheva Alberto. J'ai éliminé le seul vrai amateur de théâtre de la ville.

Les deux hommes rirent ensemble.

– Il y a quand même une faveur que j'aimerais que tu m'octroies. En échange de Neuermann.

– Vas-y, parle.

– Le *Ciro's*. Le dancing situé au bout de ma rue. J'aimerais l'acquérir.

– Ah bon ? Il est à vendre ?

– Non. C'est pour ça que je sollicite ton aide. Le propriétaire a refusé toutes mes offres.

– Pourquoi veux-tu t'embarrasser d'un night-club ? Tu as ton cabinet médical.

– C'est pour Mae. Je lui ai promis.

– Ta maîtresse ? Elle veut le transformer en bordel ?

– Elle veut se séparer de son mari, mais pour cela, elle a besoin de revenus. J'ai pensé que le *Ciro's* serait parfait.

– Pourquoi ne demandes-tu pas à tes amis japonais ?

– Le proprio est américain. Ils n'osent pas prendre le risque.

– Nous y voilà...

– Si tu lui envoyais des hommes à toi, je crois qu'il finirait par accepter mon offre. Même les Japonais ont peur d'eux. Et les Allemands n'ont pas à s'embarrasser de considérations diplomatiques à Shanghai.

– Je vais voir ce que je peux faire.

– Si tu veux, on s'associe. Moitié-moitié. On laisse Mae gérer l'affaire. Crois-moi, elle saura tenir la boutique. Tu auras toutes les filles que tu voudras.

– Mes pouvoirs ont malheureusement des limites.

Deux coups secs retentirent à la porte.

– J'ai dit que nous ne voulions plus être dérangés pour la soirée ! hurla Morani, agacé.

– Message pour Theo Siefielg, dit une voix masculine.

Siefielg se leva et entrouvrit la porte sur un officier de la Wehrmacht, avec qui il parla à voix basse. Morani avait déjà aperçu l'homme à l'ambassade d'Allemagne à plusieurs reprises. Il avait la sensation que Theo ne pourrait accéder à sa demande et que Mae ne tarderait pas à le quitter pour un amant plus fiable. Siefielg interrompit sa réflexion en l'apostrophant.

– Je dois te quitter, Alberto. Une affaire de la plus extrême urgence. Mais pour ta requête, je crois que tout va s'arranger. Tout va s'arranger très vite.

7 décembre 1941, 2 h 30, Pingfang.

Liang rejoignit Qin au bas du bâtiment Ro. Ce dernier avait investi le local de maintenance et récupéré sans aucune difficulté tous les passes censés ouvrir les geôles du bâtiment 7. Alex leur avait donné une heure pour leurs recherches, avant d'évacuer l'enceinte de Pingfang. De son côté, il s'était fixé comme but de détruire toutes les souches du virus influenza cultivées dans les incubateurs. De n'en garder aucune, malgré l'intérêt que représentaient ces preuves irréfutables. Mais il n'avait plus confiance en personne. Ni dans les Américains, ni dans les Anglais. Surtout pas en Isaure. Il le ferait pour l'honneur de son père. Pour lui, aussi. Comme un acte de rédemption. Et, depuis qu'il était entré dans l'horreur du quotidien de ces hommes, pour tous les prisonniers de Ashai. Il n'avait pas été prévu que Liang et lui se séparent, mais l'homme n'avait pas discuté l'ordre d'Alex, trop content de quitter l'enfer au plus vite.

Alex se munit d'un masque et d'une paire de gants qu'il retira de leur protection stérile. Il sortit deux bouteilles de son sac à dos. La première, dont l'étiquette était ornée d'un symbole indiquant sa toxicité en cas de contact, renfermait un liquide limpide, à l'odeur âcre et piquante. Il en déposa quelques gouttes sur chacune des boîtes de Petri des dix incubateurs. Il en compta deux cent cinquante. L'acide trifluoroacétique était parmi les acides les plus puissants. Aucune des colonies de virus ne pourrait y résister. Il se l'était procuré auprès de Sid Giggs, qui l'utilisait pour décaper ses meubles et leur donner une patine à l'ancienne – certaines de ses antiquités n'étaient en fait pas plus vieilles que le séjour d'Alex sur le territoire de Shanghai. Il concentra son attention sur ce détail futile afin d'évacuer de son esprit la présence de la dépouille, qui reposait sur la table de granite, et à qui il tournait le dos en permanence. L'opération dura quarante minutes. Il prit ensuite la seconde bouteille, qui contenait une poudre pailletée insoluble sédimentée dans deux litres d'eau. Il vida le liquide et dispersa le contenu solide à l'intérieur des incubateurs. Le phosphore blanc était une trouvaille de Liang. Le thermomètre des incubateurs affichait trente-trois degrés Celsius, niveau de température optimal pour la reproduction des virus. Alex régla chacune des machines sur cinquante degrés. Au passage des quarante-quatre degrés, le phosphore prendrait feu et transformerait les incubateurs en fours, dans lesquels aucune structure vivante ne résisterait. Alex espérait aussi que le feu se propagerait aux autres salles et détruirait tout ou partie des bactéries, dont il était persuadé que les Japonais possédaient des souches : peste, choléra, typhoïde... Il aurait tellement voulu pouvoir en faire plus. Une occasion idéale. Le bâtiment était désert, les gardes absents. Mais il ne lui restait que dix minutes avant l'heure du ralliement.

7 décembre 1941, 2 h 30 (heure de Shanghai),
Pacifique Sud, au large de Pearl Harbor.

Le capitaine Zanji enfila sa plus belle tenue de vol, une combinaison brun kaki sur laquelle il avait fait coudre la devise de sa compagnie : « L'honneur de ne jamais se rendre ». Il descendit à l'étage inférieur où un autel improvisé avait été dressé. Il n'y resta que quelques secondes, s'inclinant juste ce qu'il fallait pour ne pas s'attirer les foudres divines et les remontrances de sa hiérarchie. Lorsqu'il sortit sur le pont supérieur du vaisseau amiral *Akagi*, il fut accueilli par un vent doux et chaud. Le ciel était dégagé et les renseignements météo indiquaient qu'il en était de même sur leur future cible. Zanji avait conscience de l'importance historique de leur mission. Ce jour était le plus beau de sa vie.

Au centre d'information de Fort Shafter, sur l'île d'Oahu, le lieutenant Kent Tyger terminait sa première garde de nuit quand un spot apparut sur son écran.

– Qu'est-ce que c'est que ça ? demanda-t-il à son collègue, Brian.

Le soldat Brian Epforn n'avait que quelques semaines d'expérience de plus que lui, mais cela suffisait pour lui conférer une expertise que Tyger n'aurait jamais songé à lui disputer.

– Ça ? Sans doute des B17 qui rentrent à leur base, répondit Brian, sans hésitation.

– Comment peux-tu le savoir ? Tu bluffes ! Dis-moi que tu bluffes !

– Tu veux parier ?

– Non, tu gagnes à chaque fois.

– Tu vois bien...

– Mais le spot est énorme !

Brian regarda l'écran d'un air détaché.

– Il y en a quelques dizaines.

– On n'a pas de manœuvres enregistrées pour aujourd'hui. Il faudrait peut-être alerter le colonel.

– Tu ne sais pas ce qu'il en coûte de le déranger pour rien. Surtout avec un seul jour de pratique ! Écoute Kent, je vais te donner un truc. En venant, j'ai entendu de la musique hawaïenne à la radio. Quand ils rentrent à la base, nos gars s'en servent pour se guider. Si tu entends les ukulélés sans discontinuer, tu peux être sûr que des pilotes vont rentrer sous peu. Relaxe-toi, tu finis dans une demi-heure.

La sonnerie du téléphone interrompit leur conversation.

– C'est le colon qui t'appelle pour savoir si Hirohito a l'intention de perturber sa partie de golf, plaisanta Brian.

Kent Tyger le regarda d'un air entendu et décrocha :

– CIFS, Tyger, j'écoute. Joss Lockwart ? Bonjour mon vieux. Comment vas-tu ?... Tu as un énorme spot sur ton radar ? Je te confirme qu'on l'a aussi. Cent trente-deux miles à trois degrés nord-est... C'est ça... Non, pas de problème. Juste une unité de B17 qui rentre à la maison. Tout est OK.

Zanji ne cessait de tourner la tête pour profiter du spectacle incroyable qui s'offrait à lui. Le ciel était rempli de bombardiers identiques au sien. Cent quatre-vingt-trois avions de la flotte aéronavale japonaise. Une impression d'invulnérabilité. Il toucha du bout des doigts la photo de sa fiancée et baissa le son de sa radio qui diffusait une musique hawaïenne assourdissante, en se demandant comment les Américains pouvaient être aussi naïfs pour leur envoyer une balise sonore qui les menait droit sur eux. Il se cala dans son cockpit et resserra ses lunettes. La cible venait de passer en contact visuel.

Kent Tyger s'étira en sortant des locaux de Fort Shafter, satisfait que sa première journée à Oahu se soit passée sans incident. Son affectation sur cette île paradisiaque était une bénédiction, qui allait faire passer sa période militaire pour un stage de surf intensif. Il huma l'air qui sentait les embruns et se promit d'être sur la plage pour midi. Une jeep le dépassa à vive allure, manquant de le renverser. Les hommes dans le véhicule semblaient énervés et regardaient fixement, en direction de l'ouest, un endroit que le bâtiment de la cantine cachait à ses yeux. Il fit le tour du building et découvrit une immense colonne de fumée qui s'élevait de la rade, distante de cinq kilomètres. Dans le ciel d'un bleu immaculé, plusieurs nuages noirs se déplaçaient avec lenteur sans que rien arrête leur progression. Le bombardement de Pearl Harbor venait de débuter.

7 décembre 1941, 3 h45, Pingfang.

Le cœur d'Alex fit un bond en apercevant Qin qui l'attendait devant une échelle de corde disposée contre le mur d'enceinte. Malgré son quart d'heure de retard, ils l'avaient attendu.

– Merci, dit-il simplement au Chinois, qui l'invitait à grimper.

– Je vous dois la vie, monsieur Beaumont, répondit celui-ci, dont le visage boursouflé témoignait encore de l'épreuve endurée.

– Les autres ?

– En sécurité derrière le mur.

Ils franchirent l'obstacle sans difficulté. La barrière électrique avait été neutralisée et les fils de fer barbelés, sectionnés sur un mètre de large. Aucun garde n'avait effectué de ronde dans le secteur de toute la nuit. Le plan avait dépassé les attentes les plus optimistes. Un camion, dont les bâches étaient tirées, était stationné, moteur au ralenti, tous feux éteints. Ils grimpèrent à l'arrière où les attendaient Walter, Isaure, Liang et un homme jeune aux traits émaciés, enroulé dans une couverture épaisse.

– Alexandre, je vous présente Jiahe Youxian. Jiahe, Alex Beaumont, de la LCS.

Les deux hommes se serrèrent la main. Alex sentit toute la faiblesse de Jiahe dans sa poigne. Walter lui envoya une tape vigoureuse sur l'épaule, avant de basculer en arrière sous la poussée du camion qui démarrait. Il se rassit et envoya un *« Well done guys ! »* à la cantonade. Son enthousiasme tranchait avec le calme des autres. Tout le monde était épuisé. Le regard d'Alex croisa celui d'Isaure. Ses yeux brillaient d'une lueur qu'il ne lui connaissait pas, des éclats d'étoile dans les pupilles. Comme une invitation à se livrer sans retenue. Il eut envie de la prendre dans ses bras et d'enfouir sa tête dans ses cheveux. Mais la réalité intercepta cette vision. *Elle n'est pas celle que tu crois...* La route cahoteuse l'obligea à s'asseoir en face d'elle. Jiang et Jiahe conversaient à voix basse. Qin s'était vite endormi, à bout de forces. Les autres restèrent un long moment silencieux. Alex regarda Isaure, partagé entre espoir et doutes. Elle le fixait droit dans les yeux, puis posait son regard sur les autres quelques secondes avant de revenir invariablement à lui. Walter mit fin au manège en brisant le silence :

– Vous avez rencontré des difficultés là-bas ?

– Étonnamment non. Ça été presque trop facile. Pas un garde. À se demander où ils étaient.

– On ne va pas s'en plaindre, en tout cas. Liang m'a raconté que vous aviez trouvé des souches d'influenza. Vous les avez sur vous ? demanda-t-il en observant les poches de son blouson.

Alex fixa Isaure tout en répondant à la question de Walter :

– Non. Je les ai détruites.

Elle ne sourcilla pas. Grant se redressa, électrisé :

– Détruites ? Mais les preuves ? Les preuves de leur implication ?

– Tant pis pour les preuves. Le risque de disséminer le virus était trop grand.

– Votre mission était de ...

– Il a pris la bonne décision, interrompit Isaure. La mission est un succès.

Les hommes de Tchang s'étaient interrompus pour les écouter.

– Personne, même dans ses pires cauchemars, ne peut imaginer ce qui se passe à Pingfang, intervint Liang.

– Je parlerai, dit Jiahe d'une voix calme. Je témoignerai de ce qu'ils ont fait. Devant le monde entier, s'il le faut. Je n'aurai de cesse jusqu'à ce qu'ils soient reconnus coupables de leurs crimes. Monsieur Beaumont, même si ce ne sont que des mots, je vous suis infiniment reconnaissant.

Il fit une pause afin de préserver son corps affaibli puis regarda son compagnon :

– Je pense aussi à ton frère, Liang. Il est mort en héros et sa mémoire sera célébrée avec les honneurs qu'il mérite. Je t'en fais la promesse. Son sacrifice n'aura pas été vain. Personne ne voudra s'allier au diable. Sous la pression de l'opinion internationale, les Japonais seront obligés de se retirer de Chine. Aujourd'hui marque une ère nouvelle pour notre pays.

– Nous devons d'abord vous mettre en sécurité avant de crier victoire, observa Grant. Avec un peu de chance, les hommes d'Ashai ne s'apercevront de votre disparition que demain matin, ce qui nous laisse le temps d'arriver à Shanghai.

– Il y a un changement de programme, fit Alex. Dans une heure tout au plus, le bâtiment Ro sera incendié.

– Incendié ? s'exclama Walter en interrogeant Isaure du regard. Par qui ?

Elle marqua elle aussi son étonnement.

– Grâce au phosphore, ajouta Liang.

Il leur expliqua le stratagème élaboré avec Alex.

– Si j'ai pris plus de temps que prévu, indiqua ce dernier, c'est que j'ai disséminé du phosphore dans les conduits d'aération qui mènent aux autres salles de fabrication. À quoi bon détruire l'influenza s'ils peuvent larguer la peste ou le choléra sur les populations ?

– Quelles sont les chances de réussite ? demanda Isaure à Liang.

– Vu la configuration des lieux, elles sont bonnes, répondit-il. La propagation des flammes sera rapide. Si tout fonctionne comme prévu, le contenu des salles de production sera détruit.

– Ce qui signifie que l'on aura droit à un comité d'accueil à notre retour, nota Walter, pragmatique. Vous loger au consulat de Grande-Bretagne devient une hérésie. Il faut improviser et trouver une autre planque.

– J'y ai pensé. On ne va plus au consulat. J'ai prévu un endroit plus approprié, répliqua Alex.

– Où ? demanda Grant d'un ton irrité.

Le chauffeur toqua contre la vitre qui les séparait de l'avant du véhicule et leur fit signe d'ouvrir la bâche. Liang et Qin tirèrent chacun sur une corde. La toile arrière s'enroula sur elle-même, découvrant un spectacle irréel.

Ils avaient parcouru plus de trente kilomètres sur une route qui rejoignait le plateau qui dominait la vallée de Ma'anshan. Dans la noirceur de la nuit, tous pouvaient distinguer une colonne de fumée s'élever dans le ciel depuis l'immense étendue de Pingfang. À la base du pilier de gaz, un point lumineux scintillait comme la lumière d'un phare. Le bâtiment Ro était en feu.

7 décembre 1941, 4 h 20, Shanghai.

Jim Cuningham déchira le message codé qui venait de s'imprimer devant lui, enjamba la rambarde qui menait au carré des officiers et toqua à la porte de la chambre du lieutenant Stephen Polinkton.

– Mon commandant, un message urgent du consulat britannique !

– Entrez, Cuningham !

Le lieutenant était allongé sur son lit, en pleine lecture. Il posa son livre sur le bureau. L'opérateur radio put voir qu'il s'agissait de la Bible – une édition plein cuir reliée main.

– Alors, quelle mauvaise nouvelle m'apporte le consul à cette heure si matinale ?

– Mon commandant, dit Cuningham, dont la voix trahissait l'émotion, les Japonais ont bombardé Pearl Harbor. La guerre n'est plus qu'une question d'heures. Nous devons nous tenir en état d'alerte maximale, parés pour l'évacuation d'urgence du consulat.

Polinkton, en bon officier de Sa Majesté, ne manifesta aucun étonnement. Il enfila sa veste et la boutonna sans se presser.

– Les charges sont-elles placées ? demanda-t-il à son subordonné.

– Conformément à vos instructions. Si vous en donnez l'ordre, nous sommes parés à saborder le *Peterel*.

– J'espère que nous n'en arriverons pas à cette extrémité et que les diplomates auront la sagesse de quitter la ville avant qu'il ne soit trop tard.

Il mit sa casquette et s'arrêta un instant devant la glace afin de vérifier sa tenue.

– Bien. Réveillez l'équipage. Tout le monde à son poste. Je diffuserai un message pour expliquer la situation dans trente minutes.

Une corne de brume retentit à proximité. Polinkton remonta sur la coursive supérieure et vit un patrouilleur nippon accoster son navire. Un marin, debout sur la proue, leur envoya un message visuel à l'aide d'une lampe de forte puissance.

– Ils demandent la permission de monter à bord pour nous informer d'une nouvelle nous concernant, traduisit Cuningham.

– Ils n'ont pas perdu de temps. Dites-leur que nous acceptons la présence de deux émissaires. Et envoyez un message au consulat : qu'ils oublient l'évacuation par mer. Je vous parie mon billet qu'en ce moment, la sortie de la rade est déjà bloquée par un de leurs croiseurs.

– Lieutenant Polinkton, je suis le colonel Hiji Oita, commandant des forces navales impériales japonaises en mer de Chine.

L'homme déclina son titre tout en faisant le salut militaire. Polinkton lui rendit son salut sans empressement.

– Colonel, c'est un plaisir de recevoir une personnalité aussi gradée sur modeste vaisseau, même si, vous en conviendrez, l'heure est plutôt inhabituelle, ce qui m'amène à penser que votre visite n'est pas de pure courtoisie.

– Ne tournons pas autour du pot, lieutenant. Vous êtes au courant comme moi de la victoire éclatante que nous venons de remporter sur les forces aéronavales américaines du Pacifique Sud...

– Victoire ? Je ne savais pas que vous étiez en guerre contre les États-Unis.

– Aujourd'hui, nous le sommes. Je viens vous en informer officiellement. Et je vous demande tout aussi officiellement de vous rendre, ainsi que tout votre équipage.

– Allons donc ! ricana Polinkton. Sachez que ce bateau est propriété de la couronne d'Angleterre qui, à ce que je sache, aujourd'hui à 5 heures du matin, n'est pas en guerre contre votre pays. Tout acte de malveillance contre le *Peterel* et son équipage relèverait donc de la piraterie. Vous n'êtes pas un pirate ?

Oita soupira d'impatience.

– Lieutenant, nos forces ont pris possession de la ville...

– Tiens ? Je n'ai pas entendu un seul coup de canon.

– Ce n'est plus que l'affaire de quelques heures. Nous faisons tout notre possible pour qu'aucune goutte de sang ne soit versée. Les Américains se sont montrés plus coopératifs et nous ont livré le *Wake* sans incident.

– Veuillez m'excuser un moment, colonel, dit Polinkton, en apercevant Cuningham qui venait d'arriver, hors d'haleine, sur le pont supérieur.

Il le rejoignit en prenant soin de tourner le dos au gradé japonais.

– Tout d'abord, Jim, calmez-vous. Ne montrez ni anxiété ni agitation devant eux. Parlez-moi comme si vous alliez me proposer le menu du petit déjeuner.

– Bien, mon commandant, dit Cuningham qui ne pouvait s'empêcher de jeter des coups d'œil peu discrets en direction des deux émissaires. Vous aviez raison : c'est le croiseur *Idzumo* qui fait le chien de garde à l'entrée de la rade. La mauvaise nouvelle, c'est que ses canons sont pointés sur nous.

– Vous avez brûlé les livres des codes ?

– Oui, dans la chaudière centrale. Quant aux charges, elles sont opérationnelles.

– Et quelle est la bonne nouvelle ?

– La bonne ?

– Oui. Quand on commence par une mauvaise nouvelle, c'est qu'il y en a une bonne qui suit. Je me trompe ?

Le regard gêné du marin lui fournit la réponse.

– Ah... donc, je me trompe. Il n'y a plus qu'à gagner du temps avec nos invités. Mettez toutes les machines en marche le plus discrètement possible. À mon signal, on tentera le passage en force.

– D'accord, mon commandant.

– Dernier point : que tous les marins mettent un gilet de sauvetage.

Polinkton rejoignit ses hôtes sous l'œil agacé de Oita.

– Alors, fit ce dernier, vos supérieurs vous autorisent à vous rendre ?

– Sachez, colonel, que le commandant d'un navire est seul maître à bord, après Dieu. Sachez aussi qu'une reddition se négocie et fait l'objet d'un document écrit.

– Mais quand comprendrez-vous que vous n'avez pas le choix ? Ceci est une reddition sans conditions ! Vous et vos hommes serez traités selon la convention de Genève.

– Colonel, nous voulons tous les deux éviter qu'il y ait des blessés ou des morts de part et d'autre, n'est-ce pas ? Il nous faut aplanir tous les malentendus possibles et nous mettre d'accord sur un protocole de reddition.

Oita grommela en japonais à l'adresse de son subordonné, qui lui répondit en dévisageant Polinkton. Leur mauvaise humeur indiquait qu'il venait de marquer un point.

– Descendons sur le pont inférieur, asseyons-nous autour d'une bonne tasse de thé et entamons la discussion, ajouta-t-il en les invitant à prendre l'escalier.

Au même moment, une légère vibration secoua le navire. Oita ne la ressentit pas, mais son second lui signala que les moteurs venaient d'être mis en route. Le colonel, furieux, s'approcha du lieutenant anglais si près que Polinkton put sentir l'odeur de tabac qu'il exhalait à chaque respiration.

– Il n'est pas question de discuter avec les Anglais. Ceci est un ultimatum !

Polinkton répliqua en perdant son flegme :

– Descendez de mon bateau et allez au diable !

Quand le croiseur japonais s'éloigna du *Peterel*, le commandant eut la certitude que c'étaient lui et son équipage qui allaient faire connaissance avec l'enfer.

7 décembre 1941, 6 h 30, Shanghai.

Les premiers faubourgs de Shanghai étaient l'objet d'une animation inhabituelle pour cette heure de la journée. Ils venaient de franchir Soochow Creek par le pont de Jessfield Road. Le camion stoppa à l'entrée des Badlands et Liang descendit se renseigner auprès d'un vieux Shanghaien qui tenait sa bicyclette à la main, immobile comme s'il avait été statufié par ce qu'il avait vu. Alex eut un mauvais pressentiment et tendit l'oreille. Le récit du vieux Chinois lui arracha un cri :

– Non ! Ça n'est pas possible !

– Quoi ? demandèrent Isaure et Walter en chœur.

– Les Japonais prennent possession de Shanghai ! Il paraît que, dans certains quartiers, il y a des combats de rue. Des barricades sont dressées. Les étrangers sont assignés à résidence.

– Mon Dieu ! lâcha Walter. On s'y préparait, mais les diplomates étaient persuadés qu'ils attendraient la fin des fêtes de fin d'année avant de tenter quoi que ce soit. Il faut que je trouve un téléphone pour prévenir le réseau.

– Prévenir ? demanda Isaure. Toute la ville est au courant. Vous avez mis les livres des codes en sécurité ?

– Je les ai moi-même brûlés. Mais il restait des documents à faire disparaître à notre retour, dont les plans de Pingfang.

– Pour l'instant, la priorité est de sauver notre peau, dit Isaure en penchant la tête hors du camion. On est encore loin de l'hôpital ?

– À vol d'oiseau, non, répondit Alex. Mais comment savoir quelle route prendre ?

– Nous allons nous séparer ici, déclara Isaure. Liang, Jiahe et Qin, vous risquerez moins si nous ne sommes pas avec vous. Ils font la chasse aux Occidentaux, pas aux Chinois. Du moins pour l'instant. Ils ont besoin d'un maximum d'otages pour négocier avec les Américains. Quel est le lieu de votre rendez-vous ?

– Hungjao, répondit Qin. À l'ouest de la concession française. Il y a un ancien aérodrome. Un avion des tigres volants doit venir nous chercher à 13 heures. Nous n'avions pas prévu que les événements se précipiteraient.

– Quant à moi, je dois passer chez ma gouvernante, dit Walter. Détruire ce qui reste à détruire. Partez sans moi, Isaure. Je vous retrouverai cet après-midi chez le Dr Yang.

Liang les rejoignit dans le camion.

– La situation est préoccupante. Les habitants ont entendu des bombardements et des tirs jusque dans la rade. Certains ont vu des chars japonais filer vers le Bund à pleine vitesse. Il n'y a pas vraiment de résistance. Quelques barricades sporadiques, c'est tout. Je crains qu'à midi tout ne soit déjà fini. Vous n'avez que quelques heures pour trouver un moyen de fuir.

– Je me charge de votre évacuation, mais j'ai besoin de la journée pour ça, dit Walter. En attendant, vous serez en relative sécurité à l'hôpital du peuple.

– Vous pouvez descendre, dit Liang après une rapide inspection. La rue est déserte. Bonne chance.

Les groupes se séparèrent sans effusion. Juste des regards furtifs, vite engloutis par la réalité qui les attendait.

Alex et Isaure choisirent les rues les plus étroites, dans lesquelles aucune patrouille ne pouvait accéder, ce qui les obligea à s'orienter au jugé. Au bout de trente minutes de marche, Isaure s'arrêta sous le porche d'une cour intérieure.

– Stop ! Alex, on est perdus. On n'a aucune idée de là où on est par rapport à l'hôpital.

– Je crains que vous n'ayez raison, avoua-t-il. Mais c'est bien trop risqué de demander notre chemin à un inconnu.

– D'accord avec vous, dit-elle en observant les paires d'yeux qui les épiaient des nombreuses fenêtres du bâtiment. Et j'ai l'impression d'avoir un néon au-dessus de la tête avec une gigantesque flèche clignotante.

– Il n'y a déjà pas beaucoup d'Occidentaux en temps normal dans cette partie de la ville... Il faut absolument que l'on trouve un téléphone. Chen enverra une ambulance nous chercher.

– Ça peut fonctionner. Ils n'en sont pas encore à tirer sur les ambulances. J'ai bien fait de choisir votre groupe, ajouta-t-elle pour plaisanter.

Alex fronça les sourcils.

– C'était juste une blague, se défendit-elle. Alex, je sais que ce n'est pas le moment, mais vous avez un problème avec moi ?

Il lui fit signe de se taire et jeta un coup d'œil dans la rue.

– Les voilà, chuchota-t-il.

Il la prit par la main et l'entraîna vers la porte d'entrée de l'immeuble située au fond de la cour. Elle ne pouvait s'ouvrir qu'avec une clé. Les bruits de bottes, au pas de course, se rapprochaient rapidement. Alex tira toutes les sonnettes. Le tintement des clochettes leur parvint par les fenêtres entrouvertes. Aucune réponse. Il insista. Le claquement des semelles, répercuté par l'écho sur les façades de pierre, s'amplifiait. Alex tambourina des deux poings sur la porte. Un ordre fut aboyé en japonais. Le bruit cessa aussitôt. Ils étaient là. À quelques mètres. Alex se sentit soudain happé par le vide. Il prit le bras d'Isaure par réflexe et l'entraîna avec lui : la porte s'était ouverte puis refermée derrière eux.

Le couloir était sombre. L'escalier situé au fond n'était éclairé que par une lumière à l'étage supérieur. Ils attendirent un moment, le dos collé contre la porte, occupés à retrouver leur souffle. Un nouvel aboiement leur parvint du dehors. Les pas s'éloignèrent aussi rapidement qu'ils étaient venus.

– Je comprends maintenant, murmura Alex pour lui-même.

– Vous comprenez quoi ?

– Pourquoi Pingfang était si peu gardé. Ils étaient tous ici.

– Alors, qu'attendez-vous pour monter ? dit une voix de vieille femme.

Sa silhouette apparut en haut de la cage d'escalier, frêle, s'appuyant sur une canne d'un côté et sur la rampe de l'autre.

Alex s'approcha.

– Madame, nous ne savons comment vous remercier.

– En venant boire le thé chez moi. Vous me devez bien ça, répliqua-t-elle en les incitant à monter.

Ils la suivirent, et se sentirent en sécurité une fois la porte de l'appartement fermée derrière eux. Elle s'assit dans un canapé usé par le temps et les griffes de chat. Elle leur désigna une théière fumante.

– Servez-vous. Et servez-moi au passage. Vous avez de la chance que je sois matinale. Même si, ce matin, tout le monde est matinal à Shanghai.

– Je m'appelle Alexandre Beaumont. Et voici ma femme, Isaure.

– Enchantée. Je m'appelle Sally. Sally Pledge. Vous allez me raconter votre histoire.

– Madame Pledge, c'est le destin qui vous envoie.

7 décembre 1941, 7 heures, Shanghai.

James Woodhead se réveilla en sursaut. Il regarda sa montre – 7 heures – et crut qu'il rêvait encore : la luminosité de la pièce était aussi intense qu'en plein jour. Un bruit de fond assourdi lui parvint du dehors. Il s'assit sur le bord du lit. Ses pieds nus perçurent les vibrations qui se propageaient par le parquet. Il enleva ses bouchons d'oreille : un torrent sonore envahit l'espace. Bruits mécaniques. Roulements, écrasements. Comme il y a quatre ans en Érythrée. Il couvrait le conflit en tant qu'envoyé spécial. Une angoisse puissante le saisit.

– Des chars ? marmonna-t-il, incrédule. Mais... Il n'y a pas de...

Au moment où il manœuvrait le loquet du volet, une voix l'appela depuis le couloir. Il enfila son peignoir, y fourra son pistolet de défense et colla son oreille contre la porte.

– Qui est là ?

– James, ouvre-moi. C'est Jim, ton cousin.

Il déverrouilla. Jim Cuningham entra et reverrouilla lui-même. Sa main droite était ensanglantée et son visage noirci.

– Seigneur, Jim, mais que se passe-t-il ?

Jim lui expliqua la situation. Pearl Harbor, l'ultimatum japonais. Le *Peterel* avait manœuvré dans la rade pour tenter de sortir en force, mais s'était retrouvé sous le feu nourri des forces navales japonaises. Le commandant Polinkton avait alors ordonné la mise à feu des charges explosives pour saborder le navire. La plupart des marins avaient quitté le bateau à la nage. Une seule chaloupe avait eu le temps d'être mise à l'eau, rapidement arraisonnée par une vedette ennemie. Certains, dont Cuningham, purent se soustraire aux Japonais, recueillis par des bateaux ou des embarcations de pêcheurs. Jim nagea sur cinq cents mètres avant d'être récupéré à bord d'un sampan par des marins cinghalais, qui le déposèrent à l'extrémité sud du port, loin de la zone de feu.

– James, c'est la guerre. Les Japonais quadrillent la ville. Vu le contentieux que tu as avec eux, tu vas être l'une des premières personnalités recherchées. Il faut qu'on se sauve ! conclut Cuningham.

– Attends, pas si vite, dit James en fouillant ses poches à la recherche de cigarettes. Il faut réfléchir...

Il alluma une Craven et arpenta le couloir tout en réfléchissant à voix haute, comme il le faisait avant chaque article :

– Toi, Jim, tu dois trouver un moyen de quitter le pays. Tu es militaire, et en refusant de vous rendre aux Japonais, vous êtes devenus à leurs yeux des résistants potentiels. Donc de dangereux terroristes. Je connais la chanson.

– Mais toi ?

– Je suis un civil. Je ne risque pas de leur causer du tort.

– Et tes chroniques ?

– C'est mon point faible. Je crains plutôt qu'ils ne lâchent leurs chiens de garde chinois pour faire le sale boulot.

Il réfléchit un instant et inspira une dernière bouffée.

– Non, moi, je dois rester, déclara-t-il, comme pour se convaincre lui-même. Il faut que je continue à témoigner. Tant que les organes de presse pourront travailler... Par contre, je dois changer d'adresse. Je vais appeler les Queswick pour qu'ils t'aident à rentrer au pays. En attendant, va te débarbouiller à la salle de bains, tu as la tête d'un mineur !

Woodhead composa le numéro de la mairie de la concession internationale.

– Eh, Charly. James à l'appareil. Je ne te demande pas comment tu vas. Je cherche à joindre Tony... Il n'est pas à la mairie ? Tu sais où je pourrais le trouver ?... Quoi ? Arrêtés tous les deux à leur domicile ? Tu as une idée de là où ils ont été emmenés ?... Au *Cathay* ? Je te remercie. Prends soin de toi et de ta famille.

Il raccrocha et appela le *Shanghai Evening Post and Mercury*.

– Allô ? Cornelius ? J'imagine que tu es au courant... J'ai une parade de ferraille nippone sous ma fenêtre. Toi aussi ? Ça te dirait de reprendre ton chroniqueur vedette plus tôt que prévu ?

7 décembre 1941, 7 h 30. Shanghai.

Ashai inspira longuement la fumée de sa State Express 555 avant de la jeter dans l'âtre froid. Il n'avait pas dormi de la nuit. Il était rentré au camp peu avant 4 heures du matin, en provenance du QG des forces militaires japonaises, où il avait suivi les préparatifs et l'attaque sur Pearl Harbor et Shanghai. À son retour, le bâtiment Ro était recouvert d'une épaisse fumée noire. Au premier étage, d'immenses flammes jaunes léchaient la façade. Les vitres avaient explosé sous l'effet de la chaleur. L'air était irrespirable dans un rayon de cent mètres autour de la bâtisse. L'équipe de secours, réduite, avait dressé tant bien que mal un périmètre de sécurité pour empêcher les employés, alertés par la fumée, de s'approcher du lieu du sinistre. Le seul pompier présent, un militaire peu expérimenté, détaché du 1er corps d'armée basé à Kagoshima, avait paniqué devant ses hommes, donnant des ordres contradictoires qui avaient considérablement retardé la mise en place d'une parade efficace à l'avancée de l'incendie. L'arrivée d'Ashai, qui l'avait immédiatement relevé de ses fonctions, avait permis de retrouver au sein du groupe de secouristes cohérence et motivation. À 6 h 30, le sinistre était globalement circonscrit et Ashai avait regagné sa villa à l'autre bout de Pingfang. Il avait bu une carafe entière de Fine Charlemagne Mérey tout en recherchant dans ses archives les plans du bâtiment Ro. Les dégâts devraient être estimés le jour même, afin d'évaluer le retard dans la fabrication des souches qu'il s'était engagé à fournir aux Allemands pour le front européen. Aucune des autres unités 731 ne produisait d'influenza, la mise en culture nécessitant un protocole qu'il était le seul à connaître et dont il ne voulait sous aucun prétexte partager le secret. Cette précaution se retournait aujourd'hui contre lui.

Il regarda son verre vide et se demanda pourquoi son aide de camp était aussi long à lui rapporter la bouteille de cognac demandée. Il lui avait bien précisé que ses barriques personnelles étaient situées dans une niche, à droite de l'entrée de la cave. La requête n'avait rien de compliqué, mais cela faisait près de trois quarts d'heure qu'il attendait son breuvage favori. *Ce Tamaki est un intellectuel maniéré issu d'une bourgeoisie oisive. Encore un qui a gagné ses galons la tête dans les livres. Tous incapables de se débrouiller dès qu'ils sont dans la nature*, songea-t-il, agacé. La sonnerie du téléphone le fit sursauter.

– Shiro Ashai, j'écoute... Tamaki, qu'est-ce que vous faites, espèce de rat d'égout ?... Quoi ?... Un cadavre ?... Les tonneaux ? *Shimatta* ! Utilisez tous les hommes disponibles, faites fouiller le camp ! Y compris les résidences du personnel, bien sûr ! S'il y a encore des intrus, ils ne doivent pas nous échapper. Et faites vérifier qu'il ne manque aucun prisonnier. Quant à vous, revenez. Tout de suite !

Ashai était convaincu que la fouille ne donnerait aucun résultat. Le commando devait être loin. Comment avaient-ils pu savoir que la quasi-totalité de ses hommes avaient été réquisitionnés pour l'invasion de Shanghai ? Une rage incontrôlée l'envahit. Il saisit une chaise et la cogna contre le mur jusqu'à ce qu'elle se brise. Il ramassa un des pieds et frappa aveuglément tout ce qui se trouvait à portée de main, le bureau, une lampe, un portrait de Togo Heihachiro. Chaque coup porté semblait décupler ses forces. Il était furieux de s'être fait si aisément duper par Alexandre. Alexandre Beaumont... Il envoya un dernier coup contre un dogue de porcelaine qu'il décapita, puis se débarrassa de son arme et s'empara du téléphone.

– Taiqin ? Ici Shiro... Oui, merci. Merci de votre soutien. Notre empereur et nous-mêmes savions que nous pouvions compter sur vous... Bien sûr que nous allons continuer à collaborer ensemble. Plus que jamais. Vous savez que je n'ai jamais eu à me plaindre de vos services. Taiqin, j'ai un travail pour vous. Un travail urgent. Je voudrais que vous le confiiez à Yusheng. Il s'agit d'Alexandre Beaumont. Et de sa femme Isaure. Je crois que c'est une mission qui va beaucoup lui plaire.

7 décembre 1941, 8 heures, Shanghai.

L'ambulance roulait à faible allure dans les rues du centre de Shanghai. Par deux fois, ils avaient croisé des troupes japonaises, qui s'étaient écartées pour les laisser passer. Assis à l'arrière sans fenêtre du véhicule, ils observaient la situation à travers le pare-brise. Leur tension se dissipait peu à peu. La Ford aménagée s'arrêta au croisement de Anyuan Road et Nankin Road. Une voiture se consumait au milieu de la rue, alors que deux pompiers de la concession internationale tentaient d'y accrocher un câble, afin de la dégager du passage. Un maigre attroupement les regardait, qui se dispersa à l'arrivée de la police de Shanghai. Un des hommes, en tenue britannique, vint s'enquérir auprès du chauffeur de l'ambulance de l'état du blessé. Ce dernier eut une réponse hésitante et maladroite. Le policier fit le tour et ouvrit la porte arrière. Il ne parut pas surpris de ne pas y trouver de malade alité, mais un couple dont la bonne santé ne faisait aucun doute.

– Je comprends... fit-il.

– Nous sommes recherchés. Nous devons absolument rejoindre l'hôpital du peuple, dit simplement Isaure.

– Je comprends... répéta-t-il.

– Quelle est la situation, ici ?

Il enleva son casque et s'épongea le front.

– Nous contrôlons quelques rues, dont celle-ci. Mais le rapport des forces est très loin d'être en notre faveur. Et nous n'avons aucun ordre officiel de la mairie. Pour l'instant, c'est le flou le plus complet. Alors, on essaye d'aider les pompiers. Pour votre sécurité, vous ne pouvez pas compter sur nous. Jusqu'à présent, ils nous ont laissés libres de nos mouvements. Mais ça ne va pas durer. Il y a une rumeur qui circule. Ils auraient demandé à ce que l'on dépose les armes. Je n'en sais pas plus.

– Le consulat ?

– Le consulat est occupé par les Japonais. Ils en ont regroupé les occupants et les emmènent dans différents hôtels de la ville.

Alex était descendu de la Ford pour observer les hommes dans leur tentative de déloger la carcasse fumante. Le rouge vif de la porte d'entrée du Temple du bouddha de jade attira son attention. Le bâtiment semblait indifférent à l'agitation de la rue, drapé dans une solennité hautaine. Il s'approcha du policier et interrompit leur conversation :

– Vous en avez encore pour combien de temps ?

– Une demi-heure, une heure tout au plus. Mais je ne vous conseille pas de faire demi-tour : le pont de Zonkian est coupé. Garez votre ambulance sur la placette et attendez à l'intérieur. C'est encore le plus sûr. Bonne chance.

Il les salua et retourna vers ses camarades.

– On va suivre son conseil, dit Isaure en faisant signe au chauffeur de se garer.

Alex ne l'écoutait plus. Il regardait fixement l'entrée du temple.

– Il est là, murmura-t-il pour lui-même.

Isaure lui fit signe de les rejoindre. Il la regarda puis se mit en marche. En direction du temple. Elle l'accosta alors qu'il abordait le bâtiment.

– Mais qu'est-ce que vous faites ? Vous croyez que c'est le moment ? cria-t-elle, essoufflée.

– Il est là, répéta Alex.

– Qui ça *il* ?

– Je sais qu'il est là et que le moment est venu, répondit-il, mystérieux.

Il poussa le battant de bois et entra. Elle le suivit.

Ding Gareng alluma un bâton d'encens et souffla sur la flamme naissante. Il le posa sur son socle au pied de la statue de Guanyin et s'assit en tailleur à sa droite, tourné vers elle. Lorsque Alex et Isaure entrèrent, il resta impassible, les yeux baissés.

– Monsieur Beaumont, je vous attendais, dit-il sans changer d'attitude.

– On circule difficilement aujourd'hui, répondit Isaure.

Gareng leva les yeux vers elle, puis les posa sur Alex qui comprit sa demande.

– Isaure... commença Alex.

– Non, Alex, répondit-elle. Vous ne pouvez pas me demander ça. Pas ça !

– Je ne parlerai qu'à M. Beaumont. Seulement à lui. Après, il sera libre de faire ce qu'il veut de ces informations. Ce sera à vous de décider, selon votre conscience, Alexandre.

Isaure implora Alex du regard. Elle ne comprit pas sa froideur en retour. Alex se servait de la révélation d'Orson pour masquer tous ses tourments intérieurs. Les propos de l'Américain revenaient toujours chasser ses doutes.

– S'il vous plaît, Isaure...

Elle sortit sans un regard pour les deux hommes. Gareng invita Alex à s'asseoir en face de lui, puis continua sa prière. Alex savait qu'il ne devait pas brusquer le dialogue. Il profita du long moment de recueillement pour se détendre et contrôler son émotion. Au moment même où Alex se sentit prêt, Ding Gareng parla. Comme s'il l'avait lui-même perçu.

– En février 1918, je travaillais comme médecin dans le plus grand hôpital de Canton. Le service des maladies infectieuses. Celui de toutes les grandes épidémies. Pas facile pour un jeune homme pétri de convictions de voir la majorité de ses patients mourir sous ses yeux. Un jour, le chef de notre département, Saichi Ducheng, un vénérable professeur que les honneurs et la vie facile avaient rendu moins intransigeant avec l'éthique, vint me trouver accompagné d'un homme, qu'il désigna comme un éminent médecin allemand. Ernst Pflügel. Il travaillait pour un organisme nommé InVivo. Ils me demandèrent s'il était possible que je leur indique des cas de grippe parmi la population locale.

Il y avait justement deux membres d'une même famille, des paysans issus de Funzuan, un village proche de Canton, que j'avais diagnostiqués le jour même. Ils avaient refusé d'être hospitalisés. Pflügel est allé les voir chez eux. Il les a convaincus de se rendre à la clinique du Parc, établissement tenu par un collègue à lui, le Dr Werner, et fréquenté uniquement par des Occidentaux. Les malheureux. Deux jours après, ils étaient décédés. La famille réclama les corps, qui ne leur furent restitués qu'une semaine plus tard. Délestés de certains de leurs organes. J'ai vu les dépouilles. Le cœur, le foie, les poumons, les reins. Prélevés. Que vouliez-vous que je fasse ? J'ai atténué la douleur de la famille en inventant une histoire. D'après le personnel de la clinique, Pflügel utilisa leurs organes pour obtenir du virus influenza. Il fut rejoint dans cette entreprise par un autre médecin. Un Japonais, le seul à l'époque capable de réussir cette manipulation pour avoir mis au point un système de filtration terriblement efficace. Le seul à savoir isoler et concentrer les virus dans de telles proportions. Je vois à votre regard que vous avez compris de qui il s'agissait.

– Shiro Ashai...

– Ils se partagèrent les fioles contenant l'influenza. Ashai repartit le jour même pour Tokyo. Pflügel devait rentrer à Berlin le lendemain. Mais il ne quitta jamais Canton.

Il alluma une seconde baguette d'encens et la ficha dans son socle.

– À quelques heures de l'embarquement, il fit un malaise dans la rue. Par malchance, il tenait à la main la sacoche qui contenait les précieuses fioles. L'ensemble avait disparu à son arrivée à l'hôpital. Canton n'est pas la ville la plus sûre de Chine... Ironie du sort, c'est moi qui fus chargé de l'examiner. Et le diagnostic était clair : peste bubonique. Ce qu'Ernst Pflügel ne savait pas, c'est que les deux paysans étaient aussi contaminés par la peste. Et qu'il avait eu beau mettre masque et gants pour se prémunir de l'influenza, c'est une puce infestée qui l'avait piqué. Il est resté deux jours dans un état semi-comateux, à délirer à cause de la fièvre. Quand il s'est réveillé, il n'y avait plus rien à faire : les bubons recouvraient tout son corps. Au niveau de l'aine et des aisselles, ils étaient gros comme des cailloux. Il mourut deux jours après d'une infection généralisée. Même son ami Werner n'en avait pas voulu dans sa clinique. D'ailleurs, personne ne s'est déplacé, de peur d'être infecté. Je l'avais mis en quarantaine. J'ai fait brûler ses vêtements et toutes ses affaires. À sa mort, il fut incinéré et ses cendres rapatriées en Allemagne.

Il fit une pause. Alex laissa le silence s'installer. Il savait qu'il ne devait pas poser de questions. Gareng but une gorgée de thé froid et reprit :

– Ces fichues fioles étaient quelque part dans Canton, avec sa mallette et le millier de marks qu'il venait de retirer de la banque. Sans doute dans le quartier du port, où survivaient de nombreux mendiants. Mais je n'ai compris le danger que plus tard, quand j'ai vu débarquer à l'hôpital les premiers cas d'influenza. Tous les jours, de plus en plus nombreux. Comme des déferlantes de plus en plus hautes. De cette épidémie que vous avez appelée plus tard grippe espagnole.

– Vous avez fait ce que vous aviez à faire. Il vous était impossible de l'empêcher.

– N'en soyez pas si sûr. Il y a un élément essentiel dont je ne vous ai pas parlé et que vous brûlez de connaître.

– C'est vrai. Mais c'est à vous de savoir si vous devez me le confier.

– Êtes-vous prêt à tout entendre, monsieur Beaumont ?

Alex inclina la tête.

– Deux ans auparavant, c'est une autre équipe qui était venue nous trouver à Canton. Pour les mêmes raisons, ce foyer récurrent de grippe mortelle qui se propageait à l'homme dans certains hameaux du Guangdong. Ils ont passé plusieurs semaines dans un village à étudier les cas humains, à récupérer des échantillons sanguins. C'est nous qui avons stocké tout leur matériel. Quand ils en eurent assez, ils rentrèrent dans leur laboratoire pour étudier et cultiver le virus. Afin d'en obtenir un vaccin. Au bout de deux ans de travaux infructueux, leur laboratoire fut fermé et les souches confisquées. Mais c'est une partie de l'histoire que vous connaissez.

– Mon père ?

– Peter Beaumont et son assistant, Chen Yang.

Alexandre semblait perdu dans des pensées contradictoires.

– Cessez de vous poser trop de questions. Peter et Chen ont mené Pflügel droit au virus tueur, certes. Mais leurs intentions étaient bonnes. Et c'est l'absence d'humanité et de morale de Pflügel et Ashai qui ont conduit au désastre.

– Que s'est-il passé en Europe ? D'où venaient leurs souches ?

– Je n'ai pas la réponse. Peut-être Ashai. Ou celles confisquées à votre père. Quelle importance ?

– Tous ces morts, voilà l'importance. Je ne supporterai pas que mon père soit responsable.

– Votre culpabilité ne vous aidera pas à avancer.

– Vous ne pouvez pas comprendre...

– En matière de culpabilité, je n'ai rien à vous envier. Il n'y a pas d'échelle dans le poids de la peine, Alexandre Beaumont.

7 décembre 1941, 8 h 30, Shanghai.

La porte de bois céda au deuxième coup d'épaule. Le soldat japonais entra dans l'appartement en hurlant des ordres dans un anglais incompréhensible. Ses yeux exhalaient la haine. Ossi, penché sur une valise ouverte, se redressa. Il prit sa femme dans ses bras d'un geste de protection. L'homme les sépara et les poussa de la pointe de sa baïonnette vers la porte. Dans l'escalier, ils dépassèrent leur voisin de palier, un retraité d'origine annamite, qu'un officier japonais tirait sans ménagement par le bras tout en indiquant aux soldats qui continuaient d'arriver les étages à investir. L'homme avait le visage de la peur. Tous les habitants du Grosvenor se regardaient en silence en se croisant. Personne n'osait parler. Le froid vif les mordit à la sortie dans la cour. Les soldats ne leur avaient pas laissé le temps de prendre un manteau. Certains étaient en chaussons ou en pyjamas. Ils traversèrent la rue vers le parc de la Paix. Les Japonais y regroupaient tous les occupants de l'immeuble, une centaine de personnes, en leur faisant former un cercle autour d'une masse sombre. Le soldat japonais gisait sur le ventre, les bras le long du corps, dans une position qui pouvait laisser croire qu'il s'était assoupi. Sa tête trempait dans une mare de sang foncée, face contre terre. Il avait été victime d'un tireur isolé alors qu'il traversait le parc avec son unité. Birgitt détourna la tête qu'elle enfouit dans l'épaule de son mari. Personne n'osait regarder le cadavre en face.

Un gradé s'avança au milieu du cercle. Ossi remarqua la présence de Theo Siefielg dans un groupe de militaires qui se tenait à l'écart. Il portait la tenue de l'armée de terre allemande. Leurs regards se croisèrent. Pour la première fois depuis leur arrivée à Shanghai, il eut peur.

– Cet homme, dit le colonel nippon, cet homme était un brave combattant que j'avais l'honneur d'avoir sous mes ordres. La situation à Shanghai était devenue si précaire pour tous les citoyens que nous nous devions d'intervenir pour maintenir l'ordre et rétablir une autorité morale. Notre empereur nous a donné aujourd'hui cette mission dont nous sommes fiers. Mais le soldat Aomori a été lâchement abattu par un terroriste qui s'était caché dans cet immeuble.

Il montra du doigt le Grosvenor.

– Nous ne pouvons plus tolérer que cette ville soit l'objet de meurtres sauvages et de violences sur les représentants de l'ordre.

Il s'avança vers les habitants terrorisés jusqu'à pouvoir les toucher et fit le tour du cercle en les regardant droit dans les yeux. Personne n'osa soutenir son regard.

– Vous êtes tous d'honnêtes Shanghaiens, j'en suis persuadé. Un seul d'entre vous est un traître, un chien. Je n'attends pas de lui qu'il se dénonce, ce n'est pas dans ses principes. Je vous demande de nous aider. De collaborer. Dans votre intérêt. Nous devons purger la ville de la vermine communiste. Vous comprendrez bien que je ne peux pas vous laisser partir et laisser le coupable s'enfuir. Nous sommes désolés pour ce désagrément, mais plus vite nous aurons arrêté ce terroriste, plus vite vous serez rentrés dans vos foyers. Sinon, nous pouvons attendre ici longtemps. Très longtemps. Alors ?

Le silence qui suivit fut ponctué des pépiements qui provenaient des arbustes du parc. Birgitt frissonna et chuchota à Ossi :

– J'ai froid.

Il regarda sa femme avec tendresse et héla le japonais.

– Monsieur l'officier...

– Oui ? fit l'homme en se rapprochant.

– Non, murmura Birgitt en tirant son mari par le bras.

– Il y a parmi nous des enfants et des femmes, dit Ossi en les montrant. Je vous demande de faire preuve d'humanité et de les laisser repartir.

– Quel est votre nom ?

– Je m'appelle Lewi.

– Trouvez-vous que j'ai manqué d'humanité jusqu'à présent, monsieur Lewi ?

– Je n'ai pas dit cela, mais...

– Et lui, l'interrompit-il en désignant le cadavre, croyez-vous qu'il ait été traité avec beaucoup d'humanité ?

– Nous sommes tous atterrés par la mort de cet homme, répondit Ossi, qui vit Siefielg entrer dans le cercle et s'approcher du colonel. Mais dans une situation aussi pénible, il serait généreux de votre part d'éviter un traumatisme supplémentaire aux enfants et aux femmes, qui sont évidemment hors de cause.

Comme pour valider ses propos, un nourrisson se mit à pleurer dans les bras de sa mère. Siefielg parla à voix basse à l'oreille du Japonais. Celui-ci recula pour se retrouver au centre du cercle, au point que sa botte droite toucha le corps de son soldat.

– Tous les enfants accompagnés de leur mère sont autorisés à rentrer dans l'immeuble.

Une vague de soulagement parcourut l'assemblée.

– Merci, mon colonel. En notre nom à tous, merci, dit Ossi.

L'homme leva le bras pour faire cesser la rumeur.

– Cependant, plusieurs d'entre vous vont devoir nous fournir leur passeport et nous accompagner pour des vérifications d'identités approfondies. Nous devons savoir pourquoi certaines personnes ont fui l'Europe pour Shanghai. Ceux qui n'ont rien à se reprocher seront chez eux ce soir.

Le regard d'Ossi croisa à nouveau celui de Siefielg. L'Histoire était en train de se répéter.

7 décembre 1941, 10 heures. Shanghai.

Le drapeau japonais avait été hissé sur le fronton de la Banque de Hong-Kong & Shanghai. Tous les bâtiments du Bund étaient occupés par des soldats japonais, juchés sur les terrasses ou les corniches des toits. La grande artère, d'ordinaire encombrée de berlines occidentales, animée par les marchands ambulants et l'activité du port, était déserte. Les rares promeneurs se hâtaient, le col relevé et les yeux fixant le bitume. Une Cadillac fit crisser ses pneus en freinant brutalement devant le *Cathay*. Deux fanions au rond rouge sur fond blanc avaient été noués aux rétroviseurs. Cinq hommes en descendirent, armés de fusils et pistolets-mitrailleurs. Yusheng prit la tête du commando et entra dans l'hôtel. Debout dans le hall, le directeur tentait de redonner un semblant d'ordre aux flux croisés des anciens et des nouveaux occupants. Le personnel de l'ambassade américaine avait été amené de force jusqu'à l'hôtel pour y être regroupé, dans l'attente des négociations autour de leur rapatriement. Les familles tentaient tant bien que mal de se reformer, des pères cherchant leurs enfants, des femmes leurs maris. Les soldats japonais semblaient dépassés par l'activité anarchique qui régnait au *Cathay*. Yusheng agrippa le directeur par la manche et, dans un geste théâtral, pointa le canon de son Luger sur sa tempe.

– Numéro de la chambre Beaumont ?

– Le 18, répondit calmement celui-ci, qui subissait ce genre de comportement depuis l'aube. Mais ils n'y sont plus. La chambre est occupée par monsieur l'ambassadeur.

– Où sont-ils ? Où ? cria le gangster en augmentant la pression de son revolver.

Le directeur prit la menace au sérieux. Il grimaça.

– Je n'en sais rien.

– Un effort ! ordonna Yusheng, en armant le Luger.

– Ils ont eu plusieurs fois la visite du directeur de l'hôpital du peuple. Il pourrait vous renseigner, répondit-il, tout en maudissant intérieurement sa lâcheté.

– Personne d'autre ? insista Yusheng.

– Non. Ils étaient liés à un Américain, qui est parti hier matin.

Le gangster poussa l'homme qui buta contre le comptoir et chuta. Yusheng tira une balle au plafond, provoquant un vent de panique dans l'assemblée. Les soldats présents eurent du mal à l'endiguer, jouant de coups de crosse et de menaces. Ils finirent par faire asseoir tout le monde. Le gangster et ses hommes, amusés par la scène, rirent bruyamment. Un capitaine de l'armée japonaise vint les trouver et les fit sortir avec ménagement. Yusheng adorait déjà cette journée, qui s'annonçait grisante. La chasse à l'homme l'avait toujours stimulé.

7 décembre 1941, 11 heures, Shanghai.

Ils étaient arrivés sans encombre à l'hôpital du peuple. Chen les avait isolés dans la même chambre qu'à leur premier séjour. Il avait ordonné à tout le personnel de n'y entrer sous aucun prétexte, ses patients étant suspectés, leur avait-il dit, d'avoir été contaminés par le choléra lors d'un séjour dans le nord du pays. Ils étaient à l'abri pour quelques heures, le temps pour Grant d'organiser leur évasion de Shanghai.

– James Woodhead ! s'exclama Alex, découvrant la silhouette dégingandée du journaliste, debout devant la fenêtre de la chambre.

Assis à ses côtés, Jim Cuningham, les deux mains bandées, leur fit un timide salut.

– Chen a soigné mon cousin et nous a offert l'hospitalité, expliqua James.

– Il a bien fait, dit Isaure. Jim, votre présence me fait croire que le *Peterel* ne sera pas notre issue de secours...

Le marin lui fit part du sort du navire et de la situation chaotique dans le port.

– Ça devient compliqué de fuir par la mer, conclut Isaure.

– D'autant que les frères Queswick sont en résidence surveillée et que leur flotte est séquestrée, indiqua Woodhead. Grant va devoir faire des miracles.

– On pourrait trouver une petite embarcation et se faufiler dans la rade, proposa Jim. Le blocus n'est pas très hermétique.

– Vous pensez à une vedette ?

– Même pas. Une barque de pêcheurs. On passera inaperçus.

– Une barque ? Je ne voudrais pas vous décevoir, Jim, mais vous êtes le seul marin des quatre, remarqua Isaure. Et vu votre état...

– Une petite précision, intervint Woodhead. Vous partez à trois. Moi je reste ici.

– Vous restez ? dit Alex. James...

– J'ai eu une offre du journal. Une promotion qui ne se refuse pas, plaisanta-t-il. Mais en attendant, je vous confie mon cousin. Alors, faites-moi le plaisir de déguerpir d'ici au plus vite !

La sonnerie du téléphone les figea. Alex décrocha et répondit en mandarin.

– Allô ?

– Alex, c'est Chen. Des Chinois sont en bas. Armés et dangereux. Ils vous cherchent. Traversez le bâtiment et cachez-vous dans la pièce du fond.

– La pièce du fond ? Mais c'est...

– Vous n'avez pas le choix ! Dépêchez-vous, ils arrivent !

7 décembre 1941, 11 h 30, Shanghai.

Walter consulta fébrilement les pages de son carnet d'adresses. Hai s'approcha sans faire de bruit et lui proposa son *oolong* préféré.

– Non, merci, non. Tu devrais préparer tes affaires et filer chez ton frère. C'est devenu trop dangereux ici, dit-il en la regardant d'un air affectueux.

– Mes affaires sont déjà prêtes. Je n'attendais que ton accord, répondit-elle en lui montrant deux minuscules valises posées contre le mur.

– Oh, Hai, ma fidèle Hai, dit-il en tombant dans ses bras. Comment en sommes-nous arrivés là ?

Elle le serra contre elle, sa tête sur son épaule.

– C'est ainsi, Walter. Ça devait arriver. Ce n'est qu'une épreuve de plus.

Elle se dégagea doucement de son étreinte.

– On se retrouve dans une semaine à l'endroit habituel ? demanda-t-elle, sûre de la réponse.

– Non, je te contacterai. C'est mieux.

Elle sentit l'angoisse extrême qu'il essayait de dissimuler.

– Veux-tu que je reste ? dit-elle avec inquiétude.

– Sûrement pas. Je veux te savoir en sécurité. Juste le temps d'organiser la fuite de nos agents de Londres et je mets les voiles. Va !

Elle lui tapota la nuque, prit ses affaires et sortit sans se retourner. Walter s'assit à la table, posa le téléphone devant lui et pria pour que son contact lui réponde.

– Allô ?

– Check, je suis si content de t'entendre ! commença Walter.

– Désolé, ce doit être une erreur, répondit son correspondant.

– Hé, Check, c'est moi, Walter...

L'homme avait raccroché. De rage, Walter lança son carnet contre le mur. Il n'avait plus de solution. Il fallait improviser. La modeste demeure de Hai sentait bon les fleurs coupées. La pièce était impeccablement rangée. *Un vrai musée en comparaison de chez moi,* pensa-t-il. L'ambiance le rassura. Il fit bouillir de l'eau et y jeta quelques feuilles de thé séchées. Les brins s'ouvrirent dans le liquide en chuintant, le colorant de reflets ambrés. Il se servit un bol, qu'il garda longtemps entre ses mains pour les réchauffer, humant les vapeurs de miel. Aucun des marins de la Matheson qu'il connaissait n'était joignable. Il n'avait pas eu plus de chance avec les autres compagnies privées. Il faudrait à Isaure et Alex gagner en voiture l'estuaire du Wusong, à vingt-cinq kilomètres au nord de Shanghai, pour y affréter l'un des nombreux chalutiers qui sillonnaient habituellement la zone. Habituellement... La part d'incertitude d'une telle entreprise était trop élevée selon lui, mais il ne voyait pas d'autre solution. Il but une gorgée, rasséréné à l'idée d'avoir détruit, plusieurs jours auparavant, les documents secrets du SOE. Il allait disparaître quelque temps. Les villages environnants étaient une bénédiction pour qui voulait se faire oublier. En attendant de voir la direction que prendraient les événements. Il tâta la bosse dans la poche intérieure de sa veste pour se rassurer. Il avait assez d'argent en liquide pour tenir un mois, deux en vivant chichement, ce qui serait certainement le cas. Son regard se posa sur le qipao accroché au mur. Le préféré de Hai. *Elle l'a oublié,* songea-t-il en le prenant. Il lui apporterait au prochain rendez-vous. Des pas résonnèrent sur le pont de bois, ce qui fit sourire Walter.

– Je savais bien que tu ne pouvais pas partir sans l'emporter, dit-il alors que la porte s'ouvrait.

Les traits de son visage se figèrent soudain en une expression de peur intense, ce qui sembla amuser l'officier japonais qui lui faisait face. Son pied buta sur le carnet, qu'il prit et feuilleta.

– Bonjour, monsieur Grant. Nous aurions des questions à vous poser sur vos activités à Shanghai. Beaucoup de questions.

7 décembre 1941, 12 heures, Shanghai.

Il faisait noir. Aucune lueur, même ténue, ne filtrait à travers les parois de tôle. Il faisait froid. Quelques degrés à peine au-dessus de zéro. L'air était saturé d'une écœurante odeur de formol. Allongée dans un caisson à peine plus grand qu'elle, Isaure faisait des efforts désespérés pour ne pas céder à la panique. L'étroitesse du lieu lui interdisait tout mouvement. Sa respiration flirtait en permanence avec l'étouffement. Comment avait-elle pu se laisser entraîner dans ce cauchemar ?

Ils étaient sortis de la chambre et avaient retrouvé Chen dans une grande pièce au sol carrelé et aux tiroirs encastrés dans les murs. À cet instant, elle avait compris. Alex s'était retourné vers elle. Elle était terrifiée.

– Non ! avait-elle crié. Je ne peux pas.

– Nous n'avons pas le choix, avait-il répondu.

Chen avait ouvert un des tiroirs. Un cercueil vide. Ils étaient dans la morgue.

– Non, avait-elle répété.

Mais personne ne l'écoutait. Alex l'avait prise par les épaules, l'avait rassurée. Elle ne l'entendait pas. Pour sauver sa peau, elle allait devoir affronter son pire cauchemar en matière de claustrophobie. Elle ne s'en sentait pas capable.

– Ils sont à l'étage, avait dit Chen.

Alex, James et Jim s'étaient allongés dans les casiers en métal. Le médecin les avait recouverts d'un drap et avait fermé les trois tiroirs. Il s'était retourné vers elle, lui avait parlé doucement. Elle s'était laissé faire, rampant dans le cercueil comme une condamnée vers un échafaud invisible. Le contact du drap lui avait provoqué un haut-le-cœur. Il avait la même odeur que celle qui flottait dans le laboratoire de Neuermann après l'incendie. L'odeur de la mort. Elle avait d'abord fermé les yeux et tenté de remettre en ordres les bribes de prières qui lui venaient à l'esprit. Le temps s'était écoulé, long, infiniment long. Elle avait fini par ouvrir les yeux. Elle aurait voulu appeler Alex, entendre sa voix pour qu'il la rassure. Mais elle n'osait faire le moindre bruit. Seule sa respiration défiait le silence, rapide, bruyante.

Le froid commençait à la gagner. Les frissons, aussi par vagues irrépressibles. Il fallait tenir, tenir. Elle se concentra sur son Gloster Meteor, s'imagina dans les airs, aux commandes. Peine perdue. Elle suffoquait. La présence du drap sur son visage lui était devenue insupportable. Elle le retira et put respirer profondément. Un court mais salutaire répit. Combien de temps devrait-elle rester ainsi ? Combien de temps le pourrait-elle ?

La voix de Chen lui parvint du couloir. Il criait. Deux autres voix lui répondaient avec violence. En chinois. La porte s'ouvrit. Chen continuait de parler. Les autres semblaient l'insulter. Sa voix se fit plus implorante. Isaure entendit un claquement sec, puis une chute. Ils l'avaient frappé.

Malgré le froid, malgré les frissons, elle brûlait d'une chaleur intérieure. Elle sentit des gouttes de sueur sur ses tempes. Ou étaient-ce des larmes ? Chen hurla plusieurs fois la même supplique à ses agresseurs. Puis le silence. *Pourvu qu'ils partent*, se répétait-elle en boucle, *pourvu qu'ils partent*... Soudain, un bruit de roulement se propagea jusqu'à elle. Un crissement qui se termina par une percussion contre un butoir. Les tiroirs. Ils étaient en train d'ouvrir tous les cercueils. D'un mouvement sec, elle se recouvrit du drap à l'odeur fétide.

La complainte de Chen avait repris. Sa voix avait changé. Elle était rauque, essoufflée. Les deux agresseurs parlaient entre eux. Des phrases courtes, des intonations de dépit. Les claquements étaient de plus en plus violents. La fureur et la déception grandissaient. Soit le tiroir était vide, soit son occupant avait de bonnes raisons de se trouver à la morgue. L'inspection des cercueils se rapprochait inexorablement. Chen supplia en chinois, puis en anglais. Contamination... Il essayait de les convaincre du danger qui les guettait s'ils restaient dans la pièce. Elle imagina avec effroi qu'ils se trouvaient devant l'un des cercueils occupés par l'un d'entre eux. Elle essaya de se rappeler lequel était le plus proche de l'entrée, mais en fut incapable avec certitude. Peut-être Woodhead. Isaure s'était faufilée dans celui qui occupait le centre de la dernière colonne. Le plus éloigné de la porte. Soudain, elle se sentit tirée en avant et étouffa un cri. Elle perçut la lumière de la pièce à travers le tissu. Une forme s'avança vers elle et tira violemment le drap. Le visage de Yusheng emplit l'espace. Elle hurla. L'homme sourit et lui tendit la main. Isaure ne put esquisser le moindre mouvement. Incapable de bouger. Le faciès de Yusheng changea soudain d'expression. Sa bouche se plissa dans un rictus de douleur, son regard se vida. Il tomba à genoux, puis face contre terre dans un craquement sec.

– Orson... articula Isaure, en voyant son coéquipier debout devant elle, là ou se tenait le gangster quelques secondes auparavant.

Elle réussit à s'asseoir et découvrit les corps des deux Chinois allongés sur le carrelage. Orson nettoya son couteau sur le drap avec une grande décontraction avant de le remettre dans son fourreau.

– Alors, dit-il, empreint d'une fierté non feinte, on joue à cache-cache sans moi ?

7 décembre 1941, 13 heures, Shanghai.

Le Vultee L1 Vigilant coupa son moteur après avoir fait demi-tour sur la piste de Hungjao, défoncée et mangée par l'herbe. Le pilote, un mercenaire espagnol du nom de Gomez, s'était engagé dans l'escadrille de Tchang Kai-shek deux ans auparavant. Il sauta sur le tarmac et les rejoignit d'un air dégagé, les mains dans les poches. Les trois hommes l'attendaient à l'abri dans un hangar de tôle désaffecté où reposaient des avions réformés. Le quartier, situé au sud-ouest de la concession française, avait été épargné par le chaos qui avait envahi la ville. Gomez porta une longue accolade à Jiahe.

– *Madre de Dios !* Comme je suis content de te revoir ! dit-il de la manière exubérante qui le caractérisait. Te voilà enfin de retour parmi nous.

Jiahe esquissa un sourire, vite réprimé.

– Nous ne sommes pas encore tirés d'affaire, dit-il. Je ne serai tranquille qu'une fois au camp.

– Jiahe a vécu l'enfer là-bas, dit Liang à Gomez en guise d'explication. Et la situation à Shanghai est aléatoire.

– Bah, détendez-vous ! Tout est concentré sur le centre-ville, lança Gomez, d'un ton désinvolte.

– Tu as vu quelque chose ? s'enquit Liang.

– J'ai survolé le Bund, c'est plein de navires de guerre. Il y a des troupes dans la concession internationale. Mais je n'en ai vu aucune se diriger vers Hungjao. On a même le temps d'acheter des souvenirs avant de partir !

La plaisanterie de l'Espagnol tomba à plat. Il renifla et cracha par terre.

– Bon, j'imagine que vous êtes pressés...

Liang s'adressa à Jiahe en langue Han.

– Jiahe, ils ne s'en sortiront pas.

– Grant va utiliser leur réseau pour les évacuer.

– Comment ? Par la mer, c'est impossible ! Le port est bloqué. Quant à leur organisation, à l'heure qu'il est, elle doit être en cendres. Les services secrets japonais infiltrent les réseaux occidentaux depuis des mois. Crois-moi, ils sont coincés comme des rats. Cette ville est un piège pour eux.

– Nous ne pouvons rien faire, répondit Jiahe, à part nous sauver nous-mêmes.

– Mais ils t'ont sauvé la vie !

– Et je leur en serai éternellement reconnaissant. Seulement ce n'est pas en nous faisant capturer à nouveau qu'on pourra les aider.

– C'est bientôt fini les messes basses ? demanda Gomez, qui commençait à s'impatienter.

– Gomez, ton avion a combien de places ? demanda Liang en anglais.

– Même s'ils étaient présents, on ne pourrait pas tous les embarquer, intervint Jiahe.

– Combien ? répéta Liang.

– Quatre, répondit Gomez. Pas une de plus. Et je compte le pilote.

Jiahe eut un air désolé et se dirigea vers l'appareil.

– Attendez, dit Liang, énergique. On peut faire deux voyages.

Jiahe s'arrêta.

– Mais nous ne savons même pas où ils sont.

– Ils devaient rejoindre l'hôpital du peuple. Je suis sûr qu'ils ont réussi. On peut contacter le Dr Yang.

Jiahe sembla réfléchir.

– Ça pourrait marcher..., commença-t-il.

– Attendez, attendez, intervint Gomez en fronçant ses épais sourcils. Il n'est pas question que je fasse un deuxième aller-retour.

– Quel est le problème ? Vous voulez être payé plus cher ? dit sèchement Liang.

– Ce n'est pas une question d'argent. Mais il me faudra quatre heures avant la seconde intervention.

– Oui. Et alors ?

– Alors, je ne sais pas où en sera la situation en fin d'après-midi.

– D'après vous, on avait même le temps de faire une sieste et des emplettes avant d'embarquer.

– C'était une façon de parler, *gringo*. Je ne veux pas prendre de risque pour des inconnus.

– Eux en ont pris pour sauver la vie de Jiahe.

– C'est comme ça. Je suis chargé de vous ramener sains et saufs. J'accomplirai ma tâche. Point. Maintenant, il faut y aller.

– Et les zincs là-bas ? demanda Jiahe en désignant les appareils à l'abandon.

– Quoi, les zincs ? fit Gomez, de moins en moins patient.

– Il y en a peut-être un qui pourrait voler, proposa Jiahe.

– Mais ce sont des biplans, des antiquités ! Des Polikarpov russes !

– Et alors ? Pourvu qu'ils puissent voler au moins deux heures, renchérit Liang.

– Et vous avez un pilote ? demanda Gomez.

– Oui ! répondirent en chœur Liang et Jiahe.

À court d'arguments, l'homme s'approcha des appareils. Il compta trois Polikarpov I-15, des biplans qu'il connaissait bien pour en avoir piloté pendant la guerre d'Espagne, et deux I-16. Tous monoplaces. Plus à l'écart, se tenait un appareil recouvert d'une toile. Il la tira d'un coup sec, faisant voler un nuage de poussière vers le toit du hangar.

– Ah, ça, si je m'attendais ! s'écria-t-il.

Les autres s'approchèrent de lui. L'avion était de plus grande taille et ses ailes s'étalaient au-dessus d'un cockpit entièrement clos.

– Alors, ça pourrait marcher ? demanda Liang plein d'espoir.

– Faut voir, répondit Gomez. Ne nous emballons pas. Encore faudrait-il qu'il y ait de l'essence, bougonna-t-il.

Il sonda le réservoir en tapant du poing sur le fuselage. Le son mat lui révéla qu'il n'était pas vide.

– Voilà ce que je propose, dit Jiahe en prenant l'Espagnol par l'épaule. On se donne une heure pour que vous fassiez le point sur l'état de fonctionnement de cet avion. S'il y a une possibilité de le faire voler, Liang entrera en contact avec les autres pour leur expliquer notre plan. Et dès que tout est prêt, on dégage. D'accord ?

– Combien de personnes à évacuer ? demanda Gomez, d'un air dubitatif.

– Deux, juste deux.

– Vos copains ont de la chance : c'est un Westland Lysander, un biplace de reconnaissance fabriqué par les rosbifs. Plutôt fiable. Il y a même de l'armement pour se défendre, ajouta-t-il en montrant une mitrailleuse située à l'arrière. Maintenant, comme vous pouvez vous en apercevoir, la maintenance laisse à désirer.

– Gomez, il faut que tu arrives à nous bricoler un avion avec toutes les épaves ici présentes. Pour un génie de la mécanique comme toi, cela va être un jeu d'enfant.

– Jiahe, s'il y a une chose qui ne m'a pas manqué ces derniers mois, c'est bien ta flagornerie, répondit Gomez en enlevant son blouson. Tu as raison sur un point : je suis un dieu de la mécanique. Mais même Dieu ne peut rien sans essence.

Gomez justifia pleinement sa réputation. Il ne lui fallut que cinquante minutes pour réviser le moteur, remplir le réservoir du restant d'essence des cinq autres appareils et délivrer le système d'injection du carburant d'un bouchon de crasse antédiluvien. Après une dizaine de tentatives infructueuses, l'hélice engagea sa course autour du rotor dans un bruit aigu de surrégime. L'Espagnol lança le mégot de cigare qu'il mâchonnait depuis son arrivée.

– Il aurait besoin de réglages, mais pour un baptême de l'air, ça suffira !

Jiahe le remercia d'une tape sur l'épaule.

– Liang, maintenant à toi de jouer. Est-ce que notre contact est loin ?

– À deux rues d'ici, répondit-il en inspectant son plan pour la énième fois. Je serai de retour dans un quart d'heure. Tchang Kai-shek a des correspondants dans tous les quartiers de Shanghai, expliqua-t-il à Gomez. C'est toujours utile en cas de coup dur. Comme aujourd'hui.

Liang fourra le plan dans la poche de son blouson et disparut derrière les bâtiments alors qu'une colonne de fumée s'élevait du port.

– Il est vraiment temps qu'on s'en aille, dit Jiahe, songeur.

Gomez, qui venait d'allumer un nouveau cigare, fit claquer le couvercle de son Zippo et lança :

– Venez, allons l'attendre dans le zinc.

Quinze minutes plus tard, le pilote, aux commandes du L1 Vigilant, mit en route les moteurs et guida l'avion vers la piste.

– Je vous préviens, dit-il une fois la manœuvre effectuée, je n'attendrai pas longtemps.

– Il va arriver d'un instant à l'autre, le rassura Jiahe, harnaché sur un siège latéral, face à Qin.

– C'est bon, dit Gomez, le voyant débouler au pas de course.

Il fit rugir le moteur. Liang se rua à l'intérieur en hurlant :

– Arrêtez, il y a un problème !

Le pilote descendit le régime de l'hélice au ralenti.

– Qu'est-ce qui se passe ? cria Jiahe pour se faire entendre.

– Toutes les communications de la ville sont coupées. Il n'y a plus un téléphone qui fonctionne !

– Quelle malchance !... Bon, on aura fait tout ce que l'on pouvait. Allez, attache ta ceinture. Gomez, on y va.

Le pilote tendit son pouce en guise de réponse et accrocha le manche à balai.

– Non ! fit Liang en lui retenant la main. Il y a encore une solution.

7 décembre 1941, 14 heures, Shanghai.

– Le bateau sur lequel je devais embarquer hier matin a eu une avarie au moment du départ. La compagnie maritime a annoncé un retard de quarante-huit heures. Ma chambre au *Cathay* avait été relouée. Alors, je suis allé au consulat de Grande-Bretagne pour vous attendre. Dans la nuit, le consul a réveillé le personnel pour leur annoncer le bombardement sur Pearl Harbor. On disposait de quelques heures pour préparer l'évacuation. Je suis allé à l'ambassade américaine afin d'envoyer un message au général Brown. Quand je suis revenu au consulat, les troupes japonaises venaient de l'investir. Je me suis planqué toute la matinée chez un de nos honorables correspondants, qui, lui aussi, préparait son évacuation. Je peux vous dire que tous les Européens crèvent de trouille à l'heure qu'il est. Les Japs pourraient être dix fois moins nombreux, qu'ils cueilleraient quand même la ville comme une fleur. Bref, à 11 h 30, je me suis décidé à venir faire un tour à l'hôpital. J'en étais arrivé à la conclusion que c'était le seul endroit à peu près sûr pour vous à Shanghai. En fait, je me suis trompé : il n'était pas plus sûr qu'un autre.

Alors que tous étaient encore sous le choc de ce qu'ils venaient de vivre, Orson restait étonnamment calme et désinvolte. Il venait de tuer deux hommes de sang-froid et leurs corps reposaient dans les tiroirs métalliques de la morgue, à la place que ses compagnons tenaient encore quelques minutes auparavant. Mais il semblait presque de bonne humeur. Alex se crut obligé de le remercier une nouvelle fois.

– Vous nous avez sauvé la vie, Orson et je...

– Pas de cérémonies, Alex. J'ai besoin de vous pour quitter Shanghai. On a tous besoin les uns des autres. Et vous êtes précieux pour notre commandement. Alors, vous n'avez pas fini de m'avoir sur votre dos.

Alex lui tendit la main. Orson lui envoya une tape amicale sur l'épaule.

Isaure, assise à l'écart, buvait un remède à base de plantes que Chen lui avait préparé afin de lutter contre l'état de choc. Mais elle n'avait pas prononcé une seule parole depuis qu'ils avaient rejoint le bureau du médecin. James Woodhead, à côté d'elle, noircissait un bloc de papier d'une écriture fine et serrée. Il tentait, à sa manière, d'évacuer le traumatisme qu'il venait de vivre. Jim Cuningham ne semblait pas atteint et observait, posté à la fenêtre, les allées et venues devant l'hôpital. Chen se pencha vers Isaure et lui posa des questions afin de l'obliger à sortir de son mutisme. Elle y répondit, et réalisa, en le regardant, à quel point il était, lui aussi, mal en point : sa lèvre inférieure était coupée, ainsi que sa pommette, qui avait de plus viré au violet, et son œil droit était si fortement enflé que les deux paupières se touchaient.

– Et vous, Chen, vous tenez le coup ?

– Oui, fit-il en souriant, ce qui obtura totalement ses deux yeux. Vous savez, ce n'est pas la première fois que j'ai ce genre de visite à l'hôpital.

– Peut-être, mais aujourd'hui, vous avez deux macchabées sur les bras. C'est trop dangereux. Vous devez partir avec nous.

– Isaure a raison, dit Alex, qui les avait rejoints. Tu dois nous suivre, Chen. Quitter Shanghai.

– Pour ce qui est de nos deux visiteurs, ne vous inquiétez pas. Une crémation était prévue cet après-midi pour les victimes de l'épidémie de peste. Dans deux heures, ils seront redevenus poussière.

– Taiqin n'abandonnera pas, dit Alex. Il fera une enquête qui montrera que ses hommes sont entrés dans ton hôpital et qu'ils n'en sont jamais ressortis. Tu seras forcément sur la sellette. Tu n'as pas le choix. Viens avec nous.

– Il n'y a pas d'alternative, ajouta Isaure. Votre vie est en danger maintenant. Ce ne sera que provisoire. Vous pourrez revenir quand la Chine aura retrouvé toute son autorité sur son territoire. Les Japonais vont vite se casser les dents.

– Je vous remercie de votre sollicitude, mais je ne vous obéirai pas. Que voulez-vous que j'aille faire aux États-Unis ?

– Mais tu as un passeport américain ! Tu pourras exercer la médecine comme tu le faisais avec mon père.

– Ma vie est ici, auprès de mes malades. Depuis que je suis revenu, j'ai compris à quel point mon pays m'avait manqué pendant mes années d'exil. Et j'ai compris que je ne pourrais plus jamais m'en passer.

– Accepte au moins de quitter Shanghai pour un endroit plus sûr, insista Alex.

– Il ne peut rien m'arriver tant que je reste dans cet hôpital.

– C'est du suicide ! s'emporta Alex. Je ne te laisserai pas faire !

– Tu es bien le digne fils de ton père, Alexandre. Isaure, ne vous inquiétez pas. Je ne dévoilerai jamais aucune des identités de votre réseau. Et il ne m'arrivera rien. Mais vous devez partir maintenant.

– Chen, je t'en conjure ! dit Alex, suppliant. Viens...

– Alex, c'est son choix, intervint Isaure. Et il a raison : si Walter ne nous a pas appelés, c'est qu'il a eu des ennuis. Il nous faut quitter Shanghai sans plus attendre.

– Mais par quel moyen ?

– On va aller sur les docks, proposa Jim sans quitter son poste. L'extrémité des quais est réservée aux petits patrons pêcheurs. Il y a plein de jonques qui ne demandent qu'à être empruntées. Ne vous inquiétez pas, je serai capable de la manœuvrer.

– Mais vous irez où avec une jonque ? demanda James, en levant le nez de ses feuilles.

– On remontera jusqu'à l'estuaire et on trouvera un bateau de fret à Wusong.

– En tout cas, il faut faire quelque chose. Plus on reste ici, plus notre situation se complique, dit Isaure en se levant.

Alex tomba dans les bras de Chen.

– Soyez prudents et tout ira bien, dit le médecin.

– Ne t'inquiète pas pour nous. Promets-moi de venir me voir à Shanklin après la guerre.

– D'accord, Alexandre. Je viendrai. Promis.

– Ne me déçois pas.

– Tu sais que j'ai toujours tenu mes promesses.

– Docteur Yang, je resterais bien chez vous un jour ou deux, dit Woodhead. Un article à finir.

– Votre pathologie est très contagieuse, répondit Chen. Je vais vous isoler quelque temps, si vous le permettez.

– Je me plie au diagnostic du corps médical, répondit-il en déposant son carnet dans son sac de voyage. Alex, Isaure, j'ai promis à la mère de Jim de le ramener sain et sauf. Elle ne m'en voudra pas si je vous charge de cette mission.

– Désolé d'écourter vos effusions, intervint Orson, mais nous avons un bateau à détourner. On y va ?

– Problème ! cria Jim.

– Que se passe-t-il ? demanda Chen en s'approchant de la fenêtre.

– Un homme vient de traverser la cour à grande vitesse en vélo. Il est entré en courant. Type asiatique. Il n'avait pas l'air d'un malade. Il avait le même blouson que vous, Alexandre.

– Le même ? répéta Alex en songeant que Walter avait fourni les mêmes pour tout le commando, afin que personne ne puisse remonter jusqu'à eux par des étiquettes ou des adresses de tailleurs qu'ils auraient oublié de retirer. Alors, c'est...

Liang entra, essoufflé, le visage rougi par l'effort. Il but d'un trait le verre d'eau que Chen lui tendit et leur expliqua qu'il était venu les chercher pour les sortir de Shanghai par la voie des airs.

– C'est un Lysander, précisa-t-il à l'adresse d'Isaure. En état de fonctionnement. Et on pourra monter à trois, ajouta-t-il fièrement. Il y a assez de place !

– Liang, je crains que votre geste n'ait été inutile, dit Alex. Nous ne sommes pas trois, mais cinq.

– *Ta ma de !* cria-t-il, comprenant le dilemme. Quelle malchance !

Il s'assit par terre en continuant à jurer en chinois, puis se prit la tête entre les mains, prostré. Alex s'accroupit à côté de lui.

– Liang, votre geste est formidable. Votre courage est impressionnant. Et il n'est pas vain. Deux d'entre nous pourront repartir avec vous...

Un silence s'ensuivit.

– Isaure sera du voyage, reprit-il. Ainsi que Jim.

– Je reste, dit Liang. Je risque moins que vous à Shanghai.

– Isaure est la seule à savoir piloter et vous êtes notre précieux chargement, ajouta Orson d'un ton ironique en regardant Alex. Le choix me semble évident.

– Moi, je prendrai la mer, fit Jim. Je suis le seul à savoir naviguer.

– Mais vous avez fini de tous vouloir jouer les héros ? intervint Isaure. On ne laissera personne ici ! On repart tous ensemble, d'accord ?

– Et comment tu comptes t'y prendre ? demanda Orson, agacé par l'assurance de la jeune femme.

– Je connais bien les Westlands, j'en ai piloté avant la guerre. Celui-ci doit venir d'inde ou du Waziristan, Westland leur en a livré une vingtaine. Liang, y a-t-il un réservoir juste derrière le pilote ?

– Oui, on a pu le remplir avec ce qu'il restait dans les autres.

– Comment est la mitrailleuse ?

– Impressionnante. C'est une double batterie. Mais elle est rivée sur son axe, on ne peut pas l'en détacher.

– Ce doit être un MKII... commença-t-elle en finissant mentalement sa phrase.

Tous attendaient sa conclusion.

– Ce qui veut dire ? Bon ou mauvais signe ? interrogea Orson, impatient.

– Chen, avez-vous parfois des cas de gangrène à l'hôpital ? demanda-t-elle sous les regards d'incompréhension des autres.

– Malheureusement, oui, toujours. Mais je ne vois pas...

– Alors, on a une chance de s'en sortir, conclut-elle d'un air décidé.

7 décembre 1941, 15 heures, Shanghai.

La plaque à l'entrée de la propriété indiquait : « Orphelinat catholique Docteur Schweitzer. École annamite de filles ». M. Chang caressa les cheveux de sa petite-fille pour la rassurer et entra en serrant fort sa main tremblante.

– J'ai froid, papy, dit la fillette.

– Tu vois, on est arrivés, répondit le vieil homme.

La file s'arrêta devant le bâtiment principal, aux larges fenêtres et à la façade couverte de lierre. Plusieurs groupes de civils occidentaux attendaient dans la cour, surveillés par des militaires japonais, armes à la main.

– Attendez ici, dit le gradé, qui avait investi avec ses hommes l'orphelinat. Nous allons trouver un logement pour tout le monde.

– Qu'est-ce qu'on fait là ? demanda la fillette.

– Ils vont vérifier que l'on n'a rien fait de mal et ils nous relâcheront.

– Mais on n'a rien fait de mal, hein, papy ?

– Non, ma chérie, non. On n'a rien à se reprocher.

– Alors pourquoi ils sont venus ? Pourquoi ils n'ont emmené que nous ?

– Ça ne peut être qu'une erreur, dit-il avant de baisser les yeux devant le regard profond de la fillette. Je ne sais pas, finit-il par dire. Je ne sais pas. Mais on va bientôt repartir chez nous.

– J'ai froid, répéta-t-elle.

– Tes affaires sont au fond de la valise. Attends, je vais les chercher.

Il posa la valise sur le sol et entreprit de l'ouvrir, sans succès.

– Vous voulez de l'aide ? demanda l'homme au visage jovial et apaisant qui se trouvait à leurs côtés.

– C'est que je n'arrive pas à ouvrir le loquet de ce sac, dit M. Chang en se relevant péniblement. Et mon enfant a froid.

– Attendez, je vais vous aider, proposa-t-il.

Il s'escrima sur la serrure sans parvenir à la débloquer.

– Désolé, je n'y arrive pas mieux. Vous voulez un gilet ?

Il fouilla dans son bagage et sortit un vêtement rose torsadé.

– Il est à ma femme, dit-il pour en expliquer la couleur et le style. Elle est partie chercher de l'eau. Elle s'inquiète pour moi, je dois prendre des médicaments pour mon diabète. Il est trop grand, mais il lui tiendra chaud, ajouta-t-il en voyant la fillette l'enfiler.

– Merci, monsieur, dit l'enfant d'une voix timide.

– Merci, monsieur, répéta M. Chang d'une voix lasse.

– Un peu frisquet pour un voyage organisé, tenta de plaisanter l'homme.

M. Chang acquiesça poliment et demanda :

– Vous savez pourquoi vous êtes là ?

– Pas plus que vous, non. En tout cas, je ne vois pas quel danger on peut représenter pour eux.

– Nous non plus, dit M. Chang. Nous non plus. Je m'appelle Son et ma petite-fille, Aurélie.

– Je m'appelle Ossi, dit l'homme en tendant la main. Ma femme, c'est Birgitt. Je crois qu'on va avoir du temps pour apprendre à se connaître, monsieur Chang.

7 décembre 1941, 16 heures, Shanghai.

Le jour avait fortement décliné et un manteau de pénombre régnait sur les avions immobiles quand le groupe pénétra dans le hangar.

– Hungjao, fin du voyage, moment de vérité, dit Liang en s'approchant du Lysander révisé par Gomez.

Isaure fit le tour de l'appareil, la main collée sur le fuselage, puis se hissa dans le cockpit et manœuvra le manche.

– Aidez-moi à le sortir, dit-elle, installée aux commandes.

Tout le monde s'exécuta. Elle n'avait rien révélé de son plan pendant le trajet qu'ils avaient effectué dans la même ambulance qu'à l'aller, conduite par Liang. Personne n'avait osé lui poser des questions. Peut-être pour conjurer le mauvais sort.

Ils poussèrent le Lysander jusque devant le bâtiment. Le bout de la piste se confondait avec son environnement et l'éclairage urbain s'était allumé dans le quartier tout autour. La lune, à peine mangée dans un ciel sans nuages, se tenait dans le prolongement du passage. *Elle me servira de guide au décollage*, pensa Isaure. Elle sauta à terre et retourna à l'ambulance d'où elle sortit un sac de toile. Les quatre hommes s'étaient rassemblés près de l'appareil. Elle les regarda les uns après les autres et jeta le sac devant eux.

– Dans la carlingue, derrière le pilote, il y a de la place pour deux. Le reste est pris par la mitrailleuse. On va la déboulonner.

– Avec quoi ? demanda Orson en sortant son poignard. Mon canif ?

– Grâce à Chen. Ouvrez le sac, ordonna-t-elle.

Orson s'exécuta et émit un sifflement admiratif. Il sortit deux grandes scies aux dents d'acier acérées.

– Précision chirurgicale, commenta-t-elle. À vous de jouer, messieurs. Orson, je te laisse nous délester de cette arme. Cuningham, occupez-vous du siège. On ne voyagera pas en première. Une fois enlevés, il y aura de la place pour quatre.

Le crissement du métal entamé retentit bientôt sur le tarmac. Alex, qui était resté silencieux et à l'écart, aborda Isaure :

– Je peux vous parler une minute, seul à seul ?

Ils marchèrent une trentaine de mètres sur la piste avant qu'il ne s'immobilise face à elle.

– Impossible, fit-il en appuyant sa phrase d'un geste de la main. C'est totalement impossible. Comment voulez-vous tenir à quatre dans cette caisse à savon ? Et si on y arrivait, par miracle, on ne pourrait même pas décoller.

– Alex, j'ai toujours eu confiance en votre diagnostic en tant que médecin.

– Et alors ? Quel rapport ?

– Le Lysander est un avion qui peut emporter des charges bien plus lourdes, croyez-moi. Il a plus de neuf cents chevaux dans le moteur. Pour ce qui est de l'aéronautique, ayez un peu confiance en moi.

– Confiance ?

– Nous y voilà. C'est ça le problème : ce n'est pas l'idée que vous rejetez, c'est le fait qu'elle vienne de moi ! N'est-ce pas ? Pourquoi ?

– Donnez-moi une raison de vous faire confiance, dit-il en croisant les bras.

– Mais que s'est-il passé pour que vous ayez autant changé à mon égard ?

– Isaure, ce n'est pas le moment.

– Mais avec vous, ce n'est jamais le moment ! Je ne bougerai pas tant que vous ne m'aurez pas expliqué ce que vous avez à me reprocher !

– Très bien. Vous le voulez vraiment ?

– Oui. Maintenant. Tout de suite, dit-elle en jetant un œil sur les autres, qui s'activaient autour de l'appareil.

– Je vous avais pris pour quelqu'un de bien. Je vous avais confié un secret. Celui de mon père.

– Je n'en ai parlé à personne.

– Alors comment se fait-il qu'Orson en ait été averti par sa hiérarchie ?

– Orson ?

– Oui, Orson. Votre ex. Ou peut-être votre actuel. Je n'en sais rien. Avec vous, tout est si flou.

– Mais comment osez-vous... ?

– Vous étiez la seule au courant. Alors ? Vous avez une explication ?

Isaure sembla sincèrement perdue.

– Non, je n'en ai pas. Je peux juste vous dire que j'ai respecté votre secret.

– Vous rendez-vous compte que, pour moi, c'est un peu court comme réponse ?

– Je n'en ai pas d'autre. Je comprends mieux votre attitude de ces derniers jours.

– Je suis sur mes gardes, je n'ai plus confiance en personne. J'ai cru un moment que nous étions l'un pour l'autre autre chose que deux coéquipiers...

– C'est le cas, Alex.

– ... Jusqu'au jour où j'ai compris que vous étiez entrée dans mon intimité juste pour obtenir des informations. Et pour le compte des Américains.

– Vous ne pouvez pas dire ça !

Isaure s'était empourprée. Elle luttait pour ne pas laisser des larmes de rage couler de ses yeux.

– Vous n'êtes qu'un... commença-t-elle.

– Un pauvre naïf, je sais, compléta-t-il.

– Il nous a forcément entendus. Orson. Souvenez-vous : la baie vitrée était ouverte quand vous m'avez parlé. Et les balcons des deux chambres communiquaient.

– J'attendais mieux de votre part comme excuse.

– Vous lui en avez parlé ?

– Il m'a dit de ne pas me fier à vous.

– Le salaud ! Le salaud ! lâcha-t-elle. Et vous trouvez son attitude honnête ?

– Non. Mais ça ne m'étonne pas de lui et ça ne minore pas votre responsabilité.

– Je suis vraiment déçue de votre réaction. Vous n'êtes même pas venu m'en parler. Au lieu de cela, vous m'observez depuis quelques jours, afin sans doute de déceler le moindre signe d'une quelconque traîtrise. C'est... petit ! Je n'ai rien à ajouter. Avec un peu plus de sensibilité, vous auriez compris que j'ai toujours été sincère avec vous.

– Ne renversez pas les rôles.

– Je n'essaye même pas de vous convaincre. Je suis juste rassurée de ne pas être allée plus loin avec vous.

– Nous sommes au moins d'accord sur ce point.

– Ça y est ! hurla la voix d'Orson.

– Nous reprendrons cette conversation après notre arrivée, fit-elle, pleine de colère contenue.

– Pour moi, elle est close.

Elle lui jeta un dernier regard, entre regret et oubli, et se dirigea vers l'appareil.

Orson et Jim avaient déposé la mitrailleuse sur le sol et la regardaient comme s'il s'agissait d'un trésor de guerre.

– Liang, vous allez vous caler le premier. Mettez-vous assis, jambes allongées, le dos au réservoir. Jim se mettra devant vous, puis Orson et Alex.

– Comme une équipe de bobsleigh ? demanda Jim Cuningham.

– Exactement, comme une équipe de bobsleigh, confirma-t-elle.

– Comme celle de McEvoy ! répliqua Jim. Vous savez qu'ils ont gagné les championnats du monde il y a trois ans ? Je suis fan de ce type ! Vive le bob, vive la couronne !

La fanfaronnade du jeune marin fit sourire le groupe et baisser la tension ambiante.

– Tout va bien se passer, ajouta Isaure. Le miracle a déjà eu lieu : on est tombés sur le seul avion qui pouvait nous sortir de ce mauvais pas. Dans à peine plus d'une heure, on sera à destination.

Alex savait qu'il n'avait pas d'autre solution. Il savait aussi qu'il devait faire confiance à Isaure. Quelle que soit sa motivation, elle avait intérêt à le rapatrier sain et sauf à Londres. Il était le seul à connaître le secret de Ding Gareng. Il s'installa le dernier et put allonger ses jambes le long de la structure au niveau de la queue de l'appareil. Ses mains serrèrent les tubes de métal qui sortaient du fuselage. Le vol n'allait pas être des plus confortables, mais compte tenu du contexte, il aurait été capable de traverser l'Atlantique dans ces conditions. Il voulait fuir Shanghai, effacer tout ce qu'il y avait vu et vécu.

Le moteur réveilla l'hélice, qui s'emballa autour du rotor. Isaure, installée aux commandes, se pencha en arrière et observa cette curieuse grappe humaine emmitouflée dans des couvertures apportées de l'hôpital. Elle ne voulait prendre aucun risque, même si la géographie du terrain semblait plate. L'avion volerait à environ trois cents pieds. À cette altitude, la température ne serait que de trois ou quatre degrés au-dessus de zéro. Le toit vitré ne protégeait plus que la partie avant de l'avion, où se trouvait Isaure. La verrière arrière n'était qu'une carcasse sans vitre au fond du hangar. Plus que les tirs japonais, le froid serait leur ennemi.

Le Lysander roula au pas sur la piste que la nuit commençait à mordre. Le fuselage leur transmettait toutes les irrégularités du sol. Alex réalisa que leur situation serait, paradoxalement, plus confortable une fois dans le ciel. L'image de Kathleen lui traversa l'esprit, alors qu'il n'avait pas songé à elle depuis plusieurs semaines. Que pouvait-elle bien faire en ce 7 décembre ? Pensait-elle encore à lui ? La douce et raisonnable Kathleen... Trop raisonnable à son goût quand il l'avait quittée. Mais son attitude conventionnelle lui manquait soudain. La promesse d'une existence sans surprises, d'une vie sociale et professionnelle calibrée, d'un avenir familial tout tracé, lui semblait avoir bien plus de saveur et d'attrait en ce moment qu'il ne lui en trouvait six mois auparavant.

Le régime du moteur s'accéléra, ainsi que les tremblements de la structure : l'appareil prenait de la vitesse pour son envol. Durant les semaines passées, la guerre lui avait imposé une image de la nature humaine que son entourage et sa vie privilégiée avaient toujours masquée. Elle avait violemment dépucelé son insouciance et ses illusions. Il avait pénétré dans l'envers du décor. Il savait qu'il n'en ressortirait pas intact. Il savait aussi qu'il devrait témoigner de ce qu'il avait vu. De ce qu'il avait appris. Il fit le serment de retrouver la lettre de son père. De retrouver ses assassins. De tout rendre public. Quelles qu'en soient les conséquences.

Les vibrations cessèrent. L'avion venait de décoller. Le voyage durerait une heure et demie, au terme duquel l'appareil se poserait sur la piste éclairée d'une forêt au nord de Fuyang, sur les terres de Tchang Kai-shek. De là, ils gagneraient Hangzhou, situé sur la mer de Chine orientale où ils embarqueraient sur un cargo norvégien, le *Sokndal*, qui les emmènerait jusqu'à Londres.

Le Lysander prit de la hauteur. Alex put distinguer les lumières sur le Bund, les immeubles du front de mer, le cynodrome, la concession française, les Badlands. Il leva les yeux vers les étoiles naissantes et prononça les paroles de Saint-Exupéry :

– On voit trois étoiles dans un trou, on monte vers elles, ensuite on ne peut plus descendre.

Le bruit du moteur couvrit ses paroles. Il hurla :

– On ne peut plus descendre !

Une ivresse soudaine et inconnue se mélangea à la peur, à l'attente, à la déception qui l'avaient petit à petit enveloppé sur la terre de Chine. Tous ses sentiments s'enchevêtraient, se percutaient, se repoussaient et s'attiraient en même temps. La folie des hommes ne pouvait plus l'atteindre. L'avion le noyait dans l'oubli, là où il avait laissé sa vie quelques mois auparavant.

Il baissa la tête et chuchota :

– Je ne veux plus descendre...

Quelques traits lumineux dans la concession internationale témoignaient de tirs sporadiques. La ville semblait calme. Les paroles de du Barry résonnèrent étrangement dans sa tête : *Shanghai est une putain qui se meurt. Tous ceux qui ont profité d'elle l'abuseront jusqu'à son dernier souffle. Mais il n'y aura personne pour la regretter.* En regardant au-dessous de lui, il eut l'impression que la ville entière disparaissait dans la mer.

Fin de la première partie

Le lendemain, le 8 décembre 1941, le président Roosevelt déclara : *Hier, 7 décembre 1941, une date qui restera dans l'Histoire comme un jour d'infamie, les États-Unis d'Amérique ont été attaqués délibérément par les forces navales et aériennes de l'empire du Japon. Les États-Unis étaient en paix avec le Japon et étaient même, à la demande de ce pays, en pourparlers avec son gouvernement et son empereur sur les conditions du maintien de la paix dans le Pacifique. Qui plus est, une heure après que les armées nippones eurent commencé à bombarder Oahu, un représentant de l'ambassade du Japon aux États-Unis a fait au secrétariat d'État une réponse officielle à un récent message américain. Cette réponse semblait prouver la poursuite des négociations diplomatiques, elle ne contenait ni menace, ni déclaration de guerre* [...]. *J'ai demandé à ce que le Congrès déclare la guerre depuis l'attaque perpétrée par le Japon.*

Références principales

Barenblatt Daniel, *A Plague upon Humanity*, HarperCollins Publishers, New York, États-Unis, 2004.

Bramly Serge, *Le Voyage de Shanghai*, Éditions Grasset, Paris, 2005.

Cave Brown Anthony, *La Guerre secrète. Le rempart des mensonges*, Pygmalion-Gérard Watelet, Paris, 1981.

Geissler E. and J. E. van Courtland Moon, *Biological and toxin weapons : research, development and use from the middle ages to 1945*, SIPRI Chemical & Biological Warfare Studies, n° 18, SIPRI, Oxford University Press, 1999.

Searle Adrian, *Island of Wight at war. 1939-1945*, The Dovecote Press, Stanbridge, Wimborne, Dorset, Royaume-Uni, 1989.

Smith Richard Harris, OSS, *The Secret History of America's First Central Intelligence Agency*, The Lyons Press, Guilford, États-Unis, 2005.

Van Young Sayre, *London's War. A Traveler's Guide to World War II*, Ulysses Press, Berkeley, Canada, 2004.

Wasserstein Bernard, *Secret War in Shanghai*, Houghton Mifflin Company, Boston, New York, États-Unis, 1999.

Remerciements

Mes remerciements vont d'abord à Stephen, pour son aide et sa confiance.

Mes remerciements vont aussi à Benjamin, Éric, Georges, Jean-Luc, Thierry, Véronick et Virginie, pour leur apport lors des relectures.

Enfin, toutes mes pensées volent vers celle qui a pris mon cœur pour refuge. Chaque moment de bonheur est un monde infini qui se transforme en étoiles. Le ciel en est rempli.

Mis en pages par DV Arts Graphiques à La Rochelle,
cet ouvrage a été achevé d'imprimer
sur Roto-Page
par l'Imprimerie Floch à Mayenne
pour le compte des Éditions Anne Carrière
104, bd Saint-Germain 75006 Paris
en avril 2009

Imprimé en France
N° d'édition : 512 – N° d'impression : 73664
Dépôt légal : mai 2009